QUANDO AS MULHERES GOVERNAVAM

O

MUNDO

MAUREEN QUILLIGAN

Quando as Mulheres Governavam o Mundo

Criando a Renascença na Europa

TRADUÇÃO
Elisa Nazarian

VESTÍGIO

Copyright © 2021 by Maureen Quilligan

Título original: *When Women Ruled the World: Making the Renaissance in Europe*

Todos os direitos reservados pela Editora Vestígio. Nenhuma parte desta publicação poderá ser reproduzida, seja por meios mecânicos, eletrônicos, seja via cópia xerográfica, sem a autorização prévia da Editora.

DIREÇÃO EDITORIAL
Arnaud Vin

EDITOR RESPONSÁVEL
Eduardo Soares

ASSISTENTE EDITORIAL
Alex Gruba

PREPARAÇÃO DE TEXTO
Marina Guedes

REVISÃO
Eduardo Soares

DIAGRAMAÇÃO
Guilherme Fagundes

CAPA
Diogo Droschi
(sobre imagem The Armada Portrait, aprox.1588 [óleo sobre painel] por George Gower [1540-1596]. Domínio público/Bridgeman Images)

Dados Internacionais de Catalogação na Publicação (CIP)
Câmara Brasileira do Livro, SP, Brasil

Quilligan, Maureen
  Quando as mulheres governavam o mundo : criando a Renascença na Europa / Maureen Quilligan ; tradução Elisa Nazarian. -- São Paulo : Vestígio, 2022.

  Título original: When women ruled the world: making the Renaissance in Europe

  ISBN 978-65-86551-66-2

  1. Catarina de Médici, Rainha consorte de Henrique II, rei da França, 1519-1589 2. Elizabeth I, Rainha da Inglaterra, 1533-1603 3. Europa - Política e governo - 1492-1648 4. Maria I, Rainha da Escócia, 1542-1587 5. Maria I, Rainha da Inglaterra,1516-1558 6. Mulheres Chefes de Estado - Europa - História - Século XVI 7. Rainhas - Europa - História- século XVI 8. Renascimento I. Título.

21-95362   CDD-320

Índices para catálogo sistemático:
1. Ciências políticas   320
Aline Graziele Benitez - Bibliotecária - CRB-1/3129

A **VESTÍGIO** É UMA EDITORA DO **GRUPO AUTÊNTICA**

São Paulo
Av. Paulista, 2.073 . Conjunto Nacional
Horsa I . Sala 309 . Cerqueira César
01311-940 São Paulo . SP
Tel.: (55 11) 3034 4468

Belo Horizonte
Rua Carlos Turner, 420
Silveira . 31140-520
Belo Horizonte . MG
Tel.: (55 31) 3465 4500

www.editoravestigio.com.br
SAC: atendimentoleitor@grupoautentica.com.br

*Para Maggie Malone e
Maisie Malone Shakman.
Que elas reinem por muito tempo, e bem.*

INTRODUÇÃO   Bens inalienáveis e poder feminino ❧ 9

PARTE UM   **OS TUDORS**
CAPÍTULO UM   O instrumento para a sucessão ❧ 21
CAPÍTULO DOIS   A pérola de Mary Tudor ❧ 55
CAPÍTULO TRÊS   Três rainhas, um poeta e o conselheiro republicano ❧ 78

PARTE DOIS   **OS STUARTS**
CAPÍTULO QUATRO   Rainhas "irmãs", Mary Stuart e Elizabeth
Tudor: A pia batismal de ouro maciço ❧ 109
CAPÍTULO CINCO   Regicídio, republicanismo e a morte de Darnley ❧ 128
CAPÍTULO SEIS   Mary, Rainha dos Escoceses:
Mais dezoito anos na prisão ❧ 155
CAPÍTULO SETE   Uma armadilha para duas rainhas ❧ 177

PARTE TRÊS   **OS MÉDICIS**
CAPÍTULO OITO   Catarina de Médici: Tolerância e terror ❧ 195
CAPÍTULO NOVE   Oito tapeçarias Valois:
Bens inalienáveis de Catarina de Médici ❧ 214

PARTE QUATRO   **OS HABSBURGOS**
CAPÍTULO DEZ   Filipe II: A volta do noivo ❧ 237

EPÍLOGO   Os presentes dados por elas ❧ 255
AGRADECIMENTOS ❧ 262
NOTAS ❧ 265
BIBLIOGRAFIA ❧ 295

INTRODUÇÃO

Bens inalienáveis e poder feminino

Em 1558, quando John Knox, o radical reformista religioso escocês, publicou seu tratado misógino, *The First Blast of the Trumpet against the Monstrous Regiment of Women* [*O primeiro toque da trombeta contra o monstruoso governo das mulheres*], chamou atenção para o que era estranhamente verdade em meados do século XVI na Europa: um número notável de mulheres havia ascendido ao supremo poder governamental. Knox sentia-se ultrajado e argumentou que "Promover uma mulher a assumir um governo, superioridade, domínio ou império sobre qualquer reino, nação ou cidade é: A) Repulsivo à natureza. B) Insultante a DEUS. C) Subversivo à boa ordem, a todo valor e justiça".

Knox focava em duas mulheres que então governavam a Grã-Bretanha: Marie De Guise – regente de sua filha Mary, Rainha dos Escoceses –, e Mary Tudor, que subira ao trono apenas cinco anos antes para se tornar a primeira rainha a governar de maneira independente na Inglaterra.[1] Na época em que Knox escreveu, Isabel de Castela já tinha governado sozinha na Espanha, não tendo seu marido, Fernão de Aragão, qualquer poder executivo em seu domínio. Ela estivera envolvida na reconquista bélica de Granada e, é claro, por conta própria financiara a primeira viagem de Colombo ao Novo Mundo. E embora, com a Lei Sálica, a França tivesse proibido o governo por mulheres, muitas delas tinham exercido o poder supremo ao agirem como regentes para filhos ou irmãos. Muitas mulheres Habsburgo assumiram posição de grande autoridade sobre as vastas terras da família, incluindo os Países

Baixos, Portugal e Espanha. Seguindo a condução de seu pai, Carlos V, Filipe II da Espanha, continuou, em especial, a usar suas parentes na administração de uma ampla rede familiar de poderes europeus. Como sua avó, Isabel de Castela, havia governado sozinha, ele parece ter se mostrado mais favorável ao governo de mulheres do que qualquer outro nobre da Renascença.

A dinastia Habsburgo, de fato, apresenta um exemplo paradigmático de como o exercício de uma vasta autoridade administrativa por parte de suas mulheres capacita uma família a conseguir e manter um supremo poder político. Margaret da Áustria, Maria da Hungria, e Joana da Áustria revelaram-se excelentes exemplares do "reinado de mulheres" no norte da Europa. Embora Knox as tenha ignorado em sua invectiva, elas claramente tiveram um efeito importante em Filipe II da Espanha. Aparentado por estreitos laços matrimoniais a três das rainhas dirigentes e governando na mesma década que elas, vivenciando a mesma conjuntura, ele merece um lugar nesta história ao oferecer um importante aferidor com o qual julgar o sucesso geral da monarquia no século XVI.

Catarina de Médici chegou ao poder dois anos depois da crítica de Knox, escapando assim de sua ignomínia causticante. Ela governou a França por 29 anos (1560-1589), como La Reine Mère, mãe de três reis franceses. Embora Knox usasse o termo "*Regiment*" sobretudo com o significado de "governo" ou "gestão", em seu título provocador, ele também brincava com um novo uso do termo "*regiment*", como se as mulheres estivessem fazendo um ataque bélico ao domínio masculino, contra o qual um toque de trombeta de um soldado passara a ser necessário.

Com uma sutil ironia histórica, a rainha Elizabeth I da Inglaterra – provavelmente a mulher mais famosa a governar a Europa no século XVI – chegou ao poder apenas poucos meses após Knox publicar seu inflamado protesto. Embora ele tentasse se desculpar com ela como rainha *protestante*, dizendo que só pretendia interditar governantes mulheres que fossem *católicas*, Elizabeth I ficou profundamente ofendida com sua diatribe antimulher. Não achou divertido. Como consequência, nunca permitiu que Knox voltasse a viajar pelo seu reino. Nas viagens que ele fez entrando e saindo da Escócia, e consequentemente pelo continente, sempre precisava contornar a Inglaterra de navio, maneira bem mais perigosa de viajar.

Por mais intimidante que possa ter sido a rejeição de Elizabeth a ele, o *First Blast*, de Knox, prestou um verdadeiro serviço à História ao chamar nossa atenção para o notável número de europeias em posição de autoridade máxima no século XVI e ao sugerir que elas tinham razão ao se verem como um regimento. Assim como soldados companheiros numa tropa fraternal, elas tentavam de fato proteger e ajudar umas às outras, apoiando-se, por assim dizer, pedindo auxílio quando qualquer uma delas pudesse estar em perigo. Elas se referiam entre si como irmãs – no caso de Mary e Elizabeth Tudor, elas realmente o eram. Mary, Rainha dos Escoceses, era também prima delas em segundo grau. A não ser Catarina de Médici, todas tinham nascido nobres e sua proximidade com o poder monárquico, que lhes chegara através de gerações, lhes dera uma autoridade divinamente sancionada para governar sobre os homens.

Em vez de narrar as experiências do incrível número de mulheres que exerceram, individualmente, uma autoridade executiva no século XVI na Europa, escolhi focar nessas quatro, as governantes mais conhecidas, porque a história delas exerceu a maior influência e também por ter sido previamente contada a partir de um ponto de vista preconceituoso.[2] Seguindo a condução de Knox, que afirmava que as mulheres eram simplesmente incompetentes para governar por causa da sua histeria de base biológica e sua natureza irracional e passional, essa narrativa misógina colocou as governantes numa oposição invejosa e bélica, em vez de contextualizá-las em seu objetivo real: viverem em paz. Um relatado insulto de adolescente feito por Mary, Rainha dos Escoceses, contra a ascendência de Catarina, ocasionou uma eterna história de ódio da rainha consorte da França por sua nora. Relatos fictícios como *Maria Stuart* (1800), de Friedrich Schiller, em que Elizabeth fica furiosa diante de Mary, que se ajoelha a sua frente, implorando desesperadamente por clemência, tornou impossível não se deleitar com a hostilidade entre elas, ou escolher uma das duas em detrimento da outra. Com frequência, no passado recente, espetáculos de verão de *son et lumière* (som e luz) apresentaram difamações estereotípicas de Catarina de Médici uivando diabolicamente pelos alto-falantes, enquanto luzes lúgubres vermelho-sanguíneas pingavam pelas fachadas dos Castelos do Vale do Loire. Esses efeitos especiais foram, sem dúvida, reminiscências de retratos tais como o de Jules Michelet, historiador francês do século XIX, que chamava Catarina de "um verme que rastejou para fora da tumba da Itália", ignorando suas várias realizações culturais e políticas. Essas são histórias que nos fascinaram por seu horror fantasmagórico ao poder das mulheres que, quando não controladas pelos homens, destroem tudo, especialmente umas às outras, em brigas monstruosamente sedutoras.[3]

É possível imaginar uma história muito diferente para essas rainhas, não apenas por causa do desenvolvimento recente na historiografia do século XX: novos estudos, sobretudo por mulheres, aprofundaram-se em um arquivo intocado, evidenciando que a vida das mulheres na Renascença era culturalmente significativa em todos os níveis da sociedade. Mas agora uma história diferente também pode ser contada por causa de uma recente (e até então subutilizada) nova teoria antropológica que reescreveu as "regras" da sociedade humana. Essas novas e muito diferentes regras ajudam-nos a entender os tipos de conexão que as mulheres criaram entre si, conexões que havíamos rejeitado como sendo de menor importância. Em resumo, as mulheres trocam presentes entre si. Os presentes não são simples sinais de afeto, mas agentes extremamente fundamentais na criação de uma acentuada hierarquia social que permite às mulheres assumir uma autoridade política com poder suficiente para superar seu gênero, em geral, incapacitante. Esses presentes são "bens inalienáveis" passados através das gerações de uma família, ampliando seu prestígio social, aumentando-o a tal ponto que, com o tempo, as mulheres da família podem ascender a posições de suprema autoridade política sobre os homens.[4] Ao contrário dos presentes que os homens se dão, concebidos para circular amplamente pela sociedade, os presentes entre as mulheres têm o propósito de serem mantidos para sempre como tesouros particulares, resultando em vastos poderes sociais para a família pelas gerações seguintes.

Tal doação entre mulheres da mesma família, em que objetos especiais são criados e depois mantidos na intimidade, sem circular externamente, contrasta fortemente com a concepção tradicional da troca de presentes entre homens. Aprendemos que um presente de um homem ou grupo de homens *obriga* a *retribuição* de outro presente. Por muito tempo assumimos que essa era a total natureza do presente, e embora fosse uma visão incompleta de *todo* ato de presentear, ela nos capacitou a entender características fundamentais da criação da sociedade. Enquanto todos os objetos de intercâmbio na troca de presentes "homem-a-homem" fortalecem a conexão social entre grupos masculinos, a antropologia do século XX demonstrou que o presente mais importante a ser dado entre homens é uma mulher. A "troca de mulheres" – por meio da qual algumas delas são postas de lado (pelo tabu do incesto) como uma classe especial, de modo a poderem ser dadas como presentes por homens a outro grupo de homens – potencializa os vínculos sociais mais fortes. Em essência, as irmãs e filhas de um grupo são trocadas para se tornarem esposas de outro, e vice-versa. Segundo esse relato tradicional do "tráfico através de mulheres", o pressuposto é que elas mesmas têm pouca ou nenhuma atuação, simplesmente agem como silenciosos elos entre os dois grupos masculinos.[5]

A própria natureza diferente dos presentes que as mulheres se dão, no entanto, revela que elas não perdem suas ligações com sua família natal ao serem "negociadas" no casamento, mas sim mantêm laços próximos com essa família. Muito semelhante às próprias mulheres, os presentes trocados entre elas permitem uma concentração de tesouro a ser possuído pela família de forma inalienável, aumentando sua riqueza e prestígio dentro da sociedade.

Trago aqui, como exemplo central, um livro dado de presente pela princesa Elizabeth Tudor, aos 11 anos, a sua madrasta, a rainha Katherine Parr. O presente de Elizabeth celebra a ajuda da rainha à volta da filha anteriormente deserdada a seu lugar legítimo no seio da família Tudor e à linha de sucessão real. O livro não é uma escolha ao acaso, porque foi inteiramente feito pela própria Elizabeth. Tendo previamente traduzido para o inglês um poema de uma rainha francesa, Marguerite de Navarra, ela transcreveu o texto em sua letra de estudante. Depois, exercendo uma habilidade tradicional feminina com bem mais elegância do que sua escrita, a princesa também bordou uma capa, com linhas azuis, de prata e de ouro. Juntamente com as iniciais de Katherine Parr dentro de um desenho entrelaçado, havia amores-perfeitos (*pansies*, em inglês) salientes bordados em cada um dos quatro cantos, trocadilho de menina inteligente com a palavra "pensamentos" em francês: *pensées*. Atualmente, é um dos manuscritos mais valiosos no acervo da Bodleian Library, em Oxford.[6] O texto foi impresso numerosas vezes durante o reinado da rainha Elizabeth, testemunhando não apenas sua intelectualidade precoce, mas também suas ligações com outras três rainhas: sua madrasta, sua mãe – Ana Bolena – e a rainha Marguerite de Navarra, que pode ter dado uma cópia a sua mãe.

Um segundo exemplo de presente de mulher para mulher ampliando o prestígio de uma família é o que foi dado por Catarina de Médici a sua neta, Christina de Lorraine: as tapeçarias de Valois. O livro é bem pequeno e as tapeçarias muito, muito grandes, mas os dois objetos, destinados a serem mantidos para sempre, têm o mesmo impacto na identidade familiar. Elizabeth celebra a recuperação da sua posição social de princesa com o presente de gratidão à madrasta, a rainha. Ela se reintegra e reforça a dinastia Tudor (e, logicamente,

Tapeçaria de Valois, "Tournament"; ateliê desconhecido, 1576. À esquerda, Catarina está em pé com a filha, Marguerite de Valois, e o marido da filha, Henri de Navarra (futuro rei Henri IV da França). Eles olham as figuras à direita, que incluem Louise de Vaudément, esposa do filho de Catarina, Henri III da França, e o próprio rei, atrás dela e de perfil. © *Uffizi gallery Via Wikimedia Commons*.

com o tempo se tornará seu membro mais ilustre). Christina, como grã-duquesa da Toscana depois do casamento com o duque, levou para Florença o registro espetacular da magnífica conquista do poder real da França por Catarina de Médici. Possivelmente projetadas desde o começo para ser um presente para sua neta, as tapeçarias de Catarina de Médici são quase um manual de demonstração de bens inalienáveis, ou seja, trabalhos em tecido que elevam o status da família natal de uma mulher, aumentando seu poder social. Alojadas nas Galerias Uffizi, essas monumentais obras de arte em tecido continuam até hoje a proclamar o valor do duradouro prestígio cultural da dinastia Médici. Eles atingiram o pináculo real da sociedade quando sua filha, Catarina de Médici, como uma esplêndida rainha, governou a França por quase três décadas em meio a um imenso florescimento de uma renovada cultura renascentista.[7]

Embora os bens inalienáveis trocados entre as mulheres sejam tradicionalmente itens de tecido – tais como o livro bordado de Elizabeth e as tapeçarias de Catarina –, existe um presente significativo dado por Catarina de Médici à rainha Elizabeth I que, embora não seja exatamente feito de pano, expressa um vínculo quintessencial entre as duas rainhas. Trata-se de um livro, assim como o presente de Elizabeth a sua madrasta.

Élégies, Mascarades et Bergerie (Paris, 1565), de Pierre de Ronsard, foi um livro de poesia encomendado por Catarina de Médici e enviado a Elizabeth como parte de sua tentativa de cortejar a rainha inglesa para noiva de seu filho, o rei Charles IX. Em parte feito de papel (ele mesmo feito de trapos), a verdadeira e profunda importância do livro é o argumento central feito por Ronsard: as mulheres são totalmente merecedoras de governar e, com frequência, fazem um trabalho melhor que os homens. Celebrando o fato de Catarina e Elizabeth terem assinado o Tratado de Troyes, sete anos depois do *Blast*, de Knox, Ronsard louva as mulheres como pacificadoras, concretizando o que nenhum rei havia conseguido fazer: a paz entre a Inglaterra e a França. Consta que Ronsard havia muito estava apaixonado por Mary, Rainha dos Escoceses, filha de Marie De Guise, a quem Knox atacara diretamente no *First Blast* da sua trombeta misógina, e se contrapõe a ele com uma defesa enfática do governo por mulheres. Tanto ele quanto sua patrona, Catarina de Médici, entendiam, apoiavam e celebravam o regimento de mulheres.

Raramente a poesia foi considerada um guia confiável para o fato histórico. No entanto, especialmente na Renascença, a arte pode oferecer lampejos políticos apurados para uma cultura que, por si mesma, falava de política em termos de arquitetura, teatro, pintura, literatura e dança. A coleção de poemas de Ronsard, dedicada a Elizabeth, Mary, Rainha dos Escoceses, Catarina de Médici, Robert Dudley, William Cecil e outros, oferece *insights* até então desconhecidos da avaliação de Catarina dos perigos que todas as mulheres governantes do século XVI enfrentavam em conjunto, enquanto rainhas confrontando um ataque político à própria monarquia.[8] Em particular, Ronsard e Catarina apontavam para o principal conselheiro de Elizabeth, William Cecil, mais tarde lorde Burghley (partidário e amigo de Knox), como potencialmente uma das figuras mais perigosas no desafio à monarquia desencadeado pelo crescente poder da Reforma Protestante.[9] Cecil acabou conseguindo forçar Elizabeth a executar Mary, Rainha dos Escoceses, em 1587.[10] Foi um ato abominado por Elizabeth, que o chamou de um "acidente" a que jamais havia se proposto. A morte oficial, sancionada pelo Estado, de uma monarca consagrada mudou a natureza da monarquia inglesa para sempre, possibilitando a derrubada de um rei apenas sessenta anos depois. Foi preciso quase três séculos e meio para que o academicismo moderno abandonasse a narrativa de ciúme e rancor pessoal entre as três rainhas e descobrisse o que Catarina e Ronsard já pareciam saber com bastante clareza. Eles sabiam que todas as monarcas estavam ameaçadas pelo iminente poder patriarcal da Reforma, e como se tornara necessário para elas, em especial Elizabeth Tudor e Mary Stuart, ajudarem-se mutuamente na manutenção de seus poderes régios. Catarina claramente queria que Elizabeth fosse alertada.

Os historiadores, valorizando acertadamente os documentos oficiais, com frequência não se preocuparam em esmiuçar as informações oferecidas por coisas tão triviais como livros de poemas, bordados, joias, costuras e desenhos sobre as maneiras como as mulheres chegaram ao poder no século XVI e usaram a herança incorporada nesses objetos para governar o mundo. Os estudiosos do passado – por muitos séculos, em sua maioria homens – negligenciaram ou ignoraram não apenas os objetos, como também a natureza compartilhada do poder, inclusive a constatação crucial por parte dessas regentes do século XVI de que a governança era algo que elas exerciam como "irmãs", e que, coletivamente, elas precisavam se juntar para proteger suas autoridades contra a investida patriarcal que as ameaçava. A excelência da cultura monumental que elas conseguiram juntas, a fim de proteger seu poder de governar, deveria nos compelir a lançar um novo – e bem diferente – olhar sobre a história delas.

PARTE UM

OS TUDORS

CAPÍTULO UM

O instrumento para a sucessão

Em 17 de março de 1554, acusada de traição e cercada por guardas armados no Palácio de Whitehall, na cidade real de Westminster, a princesa Elizabeth Tudor, de 21 anos, escreveu uma carta apavorada a sua irmã mais velha, a rainha Mary Tudor. Escrevia para a primeiríssima mulher a governar a Inglaterra de pleno direito. Elizabeth estava em pânico porque sabia que a católica Mary I temia uma posterior violência dos apoiadores protestantes de Elizabeth, que, no mês anterior, tinham feito um ataque armado a Londres, proclamando um plano para depor Mary em favor de sua irmã mais nova. Embora as forças de Mary tivessem rechaçado os rebeldes, sua manutenção no trono permanecia precária. Elizabeth temia por sua vida.

No último mês de julho, apenas nove meses antes, Mary Tudor, aos 33 anos, tinha sucedido ao trono depois da morte de seu irmão mais novo, o rei Edward VI – filho da terceira mulher de Henrique VIII –, vítima de tuberculose aos 15 anos. O caminho de Mary ao trono foi muito dificultado por seu irmão adolescente. Em janeiro de 1553, Edward escrevera de próprio punho "My Device for the Succession" [Meu instrumento para sucessão], em que negava às *duas* irmãs o direito real de sucedê-lo.[11] Ao fazer isso, Edward foi contra o próprio testamento do pai, que estipulava que as duas irmãs deveriam sucedê-lo na ordem certa, primeiro Mary, depois Elizabeth. Assim como o pai, Edward Tudor não achava bom mulheres governarem. No "Instrumento", ele especificou que qualquer criança do sexo *masculino* nascida de Jane Grey, prima em primeiro grau dos irmãos Tudor, é quem deveria governar. Sua irmã mais velha, a rainha Mary, não concordou: na verdade, ela nunca havia concordado com a extrema necessidade de um governante homem, começando por resistir ao "divórcio" do seu pai contra sua mãe, Catarina de Aragão, por ela não ter tido nenhum filho homem que sobrevivesse para ser herdeiro do trono. Curiosamente, todos na corte pensavam que Mary jamais protestaria contra a tentativa de controle feita por uma facção protestante radical no Conselho da Coroa para que Edward prosseguisse com seu plano de colocar um filho de Jane Grey no trono. A única ação que ela havia tomado quando seu irmão, cruelmente, proibiu suas devoções particulares na missa católica, onde com frequência ela encontrava conforto comparecendo quatro vezes por dia, foi fazer planos para fugir da Inglaterra para a católica Bruxelas. No entanto, ela nunca prosseguiu com esses planos, fazendo com que muitos a considerassem tímida e fatalmente indecisa.

Quando, porém, o Conselho Protestante de Edward proclamou Jane rainha em Londres, Mary – tendo permanecido na Inglaterra, sem dúvida para proteger seus direitos –, com ousadia, comunicou amplamente sua própria proclamação, afirmando ser, como filha mais velha de Henrique VIII (e irmã de Edward), sua herdeira apropriada. Era, portanto, a verdadeira rainha da Inglaterra. O público inglês reconheceu muito rapidamente seu direito ao trono, e Mary foi coroada em triunfo em 1º de outubro de 1553. Para que isso acontecesse, não foi derrubada uma gota de sangue, embora em seguida ela tenha executado o duque de Northumberland, sogro de Jane Grey, por sua liderança na tentativa de golpe protestante.

No momento em que a princesa Elizabeth escrevia uma carta desesperada, implorando por sua vida, a questão premente que ela tentava responder era: teria ela, de fato, conspirado pessoalmente com os rebeldes? Pouco tempo antes, eles tinham lutado, sem tréguas, nas ruas de Londres, contra Mary, que planejava se casar com Filipe II da Espanha, poderoso rei católico, que os rebeldes temiam querer forçar a Inglaterra a voltar ao catolicismo. Embora derrotados, haviam usado abertamente o nome de Elizabeth como heroína da sua causa. Seria ela, portanto, culpada de traição? Sua irmã mais velha a executaria como havia feito com os líderes rebeldes?

Enquanto os guardas armados da rainha Mary esperavam para retirar a irmã suspeita da cidade real de Westminster, e levá-la quase 5 km rio abaixo, para o baluarte seguro da Torre Branca de Londres, Elizabeth escrevia sua carta crucial à irmã, muito deliberadamente e também com muita, muita lentidão. Nela, suplicava:

> Humildemente imploro a Vossa Majestade que me deixe responder perante si mesma, e não me faça sofrer a cargo dos seus conselheiros, antes que eu vá para a Torre, se isto for possível.[12]

Desejando evitar a Torre cheia de tragédias, a prisão medieval onde sua própria mãe, Ana Bolena, havia sido decapitada em 1536, Elizabeth suplicava, implorando na carta que lhe fosse permitido dirigir-se pessoalmente à irmã para explicar que não era uma traidora. Ao terminar a carta, riscou a última página com onze linhas inclinadas, da esquerda superior à direita inferior, ocupando todo espaço em branco do papel, antes de escrever a última frase: "Humildemente anseio por apenas uma palavra sua como resposta".

Os riscos eram marcas autoprotetoras, colocados ali para impossibilitar que alguém acrescentasse algo à página, qualquer palavra que pudesse incriminá-la na rebelião vigente contra o reinado de Mary. Na carta, explicava meticulosamente, voltando a insistir quando interrogada mais tarde na Torre, que não tinha desempenhado qualquer papel no golpe de 25 de fevereiro de 1554, liderado pelo jovem nobre protestante Thomas Wyatt, filho de um famoso poeta que anos antes havia escrito poemas de amor para sua mãe, Ana.

Durante o período em que a jovem princesa levou para escrever sua famosa tática protelatória, a corrente no Rio Tâmisa mudara de direção. Bramindo torrencialmente rio acima, pelas estreitas passagens entre os pilares da Ponte de Londres, a maré que subia impossibilitou descer o rio em segurança. Tal tentativa seria um grande risco para todos, prisioneira, soldados e inclusive barqueiros. Dessa maneira, Elizabeth tinha, como pretendia, adiado por um dia uma jornada para o que temia que pudesse muito bem ser sua morte por machado na Torre Verde. Talvez naquele único dia sua irmã cedesse e consentisse em vê-la pessoalmente para escutar suas alegações.

Contudo, no dia seguinte, Elizabeth foi rapidamente levada para a Torre num rebaixamento da maré. Ao subir na Torre, vinda do barco, teve que passar pelo cadafalso na Torre Verde, onde o jovem Guildford Dudley e sua igualmente jovem esposa de 16 anos, lady Jane Grey, tinham finalmente sido decapitados apenas um mês antes. Adiada por quase um ano, a execução de lady Jane foi, por fim, ordenada, quando a clemência de Mary não pôde mais ser sustentada, face à persistente atração de Jane pelos rebeldes protestantes. Mary não culpava Jane pessoalmente, forçada a subir ao trono inglês por nove dias pela cruel manipulação de seus pais e seu sogro, o duque de Northumberland; mas o pai e o irmão de Jane haviam se juntado a Wyatt, colocando um fim à clemência da rainha Mary. A recente rebelião havia tornado suspeitos todos os protestantes herdeiros ao trono, inclusive Elizabeth, que havia conhecido bem sua prima Jane.

Mary não havia adiado a execução de Northumberland, como fizera com Jane; a decapitação dele fora imediata. O duque havia implorado misericórdia a Mary, explicando que apenas seguira lealmente as ordens de Edward VI ao colocar Jane no trono. Durante séculos, os estudiosos deduziram que esta fosse uma mentira deslavada, e que Northumberland estava mascarando sua própria ambição de continuar governando a Inglaterra (tinha sido regente de Edward). No entanto, agora se acredita que Northumberland dizia a verdade, e que, de fato, foi ideia de Edward elevar o filho de Jane a rei. Ainda que o jovem de 15 anos amasse suas irmãs mais velhas (assim como seu pai, o rei Henrique, tinha amado), ele não achava que nenhuma delas, sendo mulheres, deveria governar a Inglaterra (pressuposto que levara seu pai a dispor da primeira e da segunda esposa, esperando gerar um herdeiro homem com uma terceira). Não era só ao catolicismo romano de Mary que Edward objetava, mas à ilegitimidade de ambas as irmãs, impingida a elas quando Henrique VIII divorciou-se das mães das duas. Mas com bastante clareza, Edward objetava a que elas o sucedessem por serem do gênero feminino. Talvez, ele esperasse se igualar ao sucesso final do seu pai (embora sangrento) ao assegurar um herdeiro do sexo masculino para a Inglaterra. Morrendo antes que ele mesmo pudesse providenciar um herdeiro, Edward imaginou um plano que garantiria que um rei governaria após sua morte.

Em janeiro de 1553, bem antes de adoecer, Edward VI havia escrito de próprio punho "Meu instrumento para sucessão". Nele, argumentando que Mary e Elizabeth eram, afinal de contas, apenas suas meio-irmãs e ainda assim bastardas, o rei adolescente alegava que elas não tinham direito de sucedê-lo. Então, escolheu como seus herdeiros os meninos que nascessem de sua prima mais nova, Jane.

Em julho daquele ano, Edward teve que corrigir suas restrições de gênero a herdeiros masculinos, quando ficou claro que ele não viveria tempo suficiente para que Jane Grey desse à luz um filho homem. Assim, revisou seu "instrumento", nomeando ela mesma como herdeira direta. Sua decisão levaria Northumberland, sogro da menina casada apressadamente aos 16 anos, a empurrá-la para o trono com a morte de Edward. Jane governou como "rainha" por meros nove dias, até que o direito claro e óbvio de Mary Tudor, apoiado pela presença de um exército, forçou a dissolução das forças protestantes de Northumberland. Após

Edward VI; o ciclo de William Scrots, 1550. © *Sotheby's London via Wikimedia Commons.*

adiar por quase um ano, Mary finalmente decidiu executar sua prima Jane, ainda que ela não tivesse tomado parte em nenhuma das transgressões de Wyatt. Nesse momento perigoso, a rainha Mary também executaria outra prisioneira na Torre, sua meio-irmã, princesa Elizabeth?

Esse momento crucial, com uma parente na prisão, e a outra decidindo se iria executá-la, tornou-se uma espécie de narrativa emblemática das relações entre governantes mulheres no século XVI. Não é de se estranhar que a história de ciúmes e raiva entre as duas tenha se cristalizado num relato da fracassada Mary Sanguinária e da triunfante Rainha Virgem, que a sucedeu. Em grande parte, contudo, essas inimizades não eram fruto de Mary e Elizabeth, mas projetadas sobre elas pelas circunstâncias, sobretudo como resultado de maquinações de homens poderosos. O desejo avassalador de Henrique VIII para que um filho homem reinasse depois dele criou todas as tensões entre as irmãs, opondo uma contra a outra, uma católica, a outra protestante, conflito em que uma teria que ser bastarda, se a outra viesse a ser legítima.

Mais tarde, as reivindicações do trono de Elizabeth feitas em nome de Mary, Rainha dos Escoceses, na época delfina da França, casada com François de Valois, o delfim, seriam primeiramente emitidas pelo sogro de Mary, Henri II, rei da França. A própria recusa pessoal de Mary em renunciar a seu lugar na sucessão inglesa era muito diferente do desejo de seu sogro de destronar Elizabeth e tornar seu filho rei da Inglaterra. O desejo de Mary Stuart era simplesmente reforçar sua própria posição real como herdeira – e como igual – perante uma mulher poderosa que governava um reino separado na mesma ilha, questão de sucessão paritária e legítima, não uma deposição violenta. A reivindicação de Mary Stuart de ser candidata a herdar o trono da Inglaterra provinha de sua avó Tudor, Margaret, irmã *mais velha* de Henrique VIII, que se casara com o rei escocês James IV. De maneira semelhante, a reivindicação de Jane Grey provinha de sua avó Mary, irmã *mais nova* de Henrique VIII. Nos dois casos, essas requerentes tinham posições legitimadas pelas irmãs de Henrique VIII.

A primeira tentativa de destituir o direto de Mary Tudor ao trono deveu-se ao princípio de seu irmão mais novo de que uma mulher não poderia governar. A segunda grande tentativa de usurpar o trono de Mary foi conduzida por Thomas Wyatt, o Jovem, nobre protestante que, juntamente com outros nobres protestantes e acompanhado por uma massa de insatisfeitos, marchou por Londres para impedir o casamento planejado de Mary com Filipe II da Espanha. Eles queriam evitar o que seria um controle espanhol (e, portanto, católico) do seu reino. Supunha-se que houvesse grupos de rebeldes em inúmeros condados ingleses, mas na revolta apenas o próprio Wyatt conseguira reunir homens em número suficiente para fazer uma marcha contra Londres. Impetuoso e jovem, seguiu em frente e ao longo do caminho suas forças venceram vários conflitos. No entanto, ao chegar a Londres com um contingente de quatro mil homens, enfrentaram cerca de dois mil londrinos prontos para defender sua cidade. Em primeiro lugar, a rainha Mary mandara destruir todas as pontes que atravessavam o Tâmisa, de modo que os rebeldes precisaram marchar até outro local para encontrar uma travessia. Tendo atrasado o exército rebelde, Mary foi até Guildhall, uma construção gótica que tinha sido o centro tradicional para eleições da cidade desde o século XIV. Fora da cidade real de Westminster e entre a população da cidade de Londres, fez um discurso empolgante. Falando da plataforma onde candidatos a governantes normalmente se dirigiam à concentração, contou ao povo, em termos significativamente maternais, que sabia que eles a amavam tanto quanto eram amados por ela.

> Sou sua rainha, a quem, em minha coroação [...] casei-me com o reino e com as leis da [Inglaterra]. Não posso dizer com que naturalidade a mãe ama o filho, porque nunca fui mãe de alguém; mas, com certeza, se um monarca e governante pode amar seus súditos com a mesma naturalidade e fervor que uma mãe ama a criança, então afirmo a vocês que eu, sendo sua comandante e senhora, amo-os com o mesmo fervor e ternura.

Profundamente comovidos pelo apelo de Mary, a concentração de londrinos reuniu-se em massa para confrontar os invasores nas ruas estreitas da cidade, forçando-lhes, por fim, a retirada. No entanto, embora Mary tivesse conseguido uma vitória decisiva, a rebelião de Wyatt comprovou o quanto seu poder ainda estava vacilante perante a resistência protestante.[13]

Quando, mais tarde, Elizabeth ascendeu ao trono, frequentemente usava essa mesma linguagem com seu povo, entendendo que até uma rainha virgem podia alegar o poder de ser "mãe" de sua nação, como Mary fizera. Embora esses não fossem, necessariamente, presentes dados conscientemente por Mary a Elizabeth, como a primeira rainha independente da Inglaterra, foi ela quem estabeleceu uma retórica poderosa para o governo feminino, herdada por Elizabeth de modo bem literal. As afirmações de Mary incluem: (1) a ideia de que ela era a mãe virgem do país; (2) a ideia de que os ingleses eram seus filhos; (3) a ideia de que ela era uma virgem casada com seu reino, sendo seu anel de coroação, especificamente, sua aliança de casamento.

A nova rainha, a quem Elizabeth havia escrito com um medo mortal, compartilhava com a irmã mais nova mais do que o cabelo ruivo e a vontade de aço, que ambas haviam herdado do pai, Henrique VIII. Elas também compartilhavam os traumas profundos provocados pela busca prolongada e crescentemente cruel do seu pai por um herdeiro homem, impulso implacável em que ele destruiu suas mães, baniu da sua corte como bastardas as duas filhas, mal as reconhecendo como suas.

De todos os candidatos a sucedê-lo, Mary Tudor tinha o *pedigree* mais ilustre e uma longa e afetiva história com o povo inglês. Durante dezessete anos, ela foi a única prole viva de Henrique VIII e Catarina de Aragão – a primeira das seis esposas de Henrique, cujo casamento havia durado quase 24 anos. Em comparação, ele ficou casado com suas outras cinco esposas num total de apenas dez anos: duas delas ele mandou decapitar, uma morreu, o casamento com uma delas foi anulado, e outra lhe sobreviveu. Ele tinha bastante medo de Catarina de Aragão, filha da rainha guerreira Isabel de Castela, e sem dúvida por respeito à linhagem da esposa e à sua profunda lealdade em relação a ele, não passou por sua cabeça executá-la. Mesmo assim, anulou seu casamento com ela e exilou-a da corte, talvez apressando sua morte com a forçada separação da filha e a penúria em que vivia.

Mesmo antes do seu segundo casamento (com Ana Bolena, em 1532), quando Mary fez 16 anos, Henrique VIII escreveu um panfleto, *A glasse of the Truthe*, no qual defendia que uma maior estabilidade nacional seria proporcionada por um herdeiro homem a seu trono.

"Consideramos nosso dever [...] [decidir] como poderíamos obter a sucessão de herdeiros homens." O rei gentilmente reconheceu que em sua filha Mary ele já tinha uma herdeira mulher "dotada de grande virtude e graça nos talentos". "No entanto", seu texto prossegue, "se fosse possível conseguir um herdeiro masculino, seria muito mais seguro".[14]

Mary era, de fato, dotada de talentos. Tinha sido bem preparada pelo renomado erudito e humanista renascentista, Thomas Linacre, médico do rei, teólogo e acadêmico em Oxford e Cambridge. Aos 9 anos, Mary havia proferido uma alocução latina a um dignitário em visita, escrita de próprio punho. Não havia dúvida de que podia ser convidada para conversar ou se apresentar publicamente com grande confiança e capacidade.

Além disso, tocava com grande habilidade vários instrumentos musicais e era uma das melhores dançarinas da corte. Habilidades atléticas, como a dança, realçavam a força física do indivíduo numa época em que a saúde tinha uma enorme importância na construção de dinastias familiares – propósito de toda família aristocrática, bem como das famílias reais. Os nobres renascentistas tocavam música e dançavam bastante na corte. Todos os dias, homens e mulheres exibiam sua constituição física resistente (e, portanto, genética), atraindo, assim, parceiros. Como Mary, Ana Bolena também era famosa por sua habilidade em dançar, o mesmo acontecendo com sua filha, Elizabeth.

Sob um ponto de vista mais pessoal, Mary compartilhava com o pai um talento genuíno para a música; quando rainha, ela gastava muito mais dinheiro com música do que qualquer outra pessoa da família Tudor. No entanto, apesar desse vínculo de afeto e dos talentos, Henrique decidiu, implacavelmente, ignorar sua filha mais velha e se divorciar de sua mãe, de 40 anos, a fim de gerar um filho com uma nova esposa mais jovem.

A rainha Catarina, de início com feições doces e elegantes, mas agora desgastada com inúmeras gravidezes, partos problemáticos e abortos, colocou uma imperiosa resistência à decisão de Henrique de se divorciar dela. Era uma mulher de ascendência impecável e aliados poderosos; seus pais eram o rei Fernão de Aragão e a rainha Isabel de Castela, que tinham acabado de reconquistar a Espanha do domínio islâmico, em batalhas nas quais a rainha cavalgara de armadura contra

Rainha Catarina de Aragão aos 35 anos; Escola Inglesa, 1520. © *National Trust Via Wikimedia Commons.*

seus inimigos. A rainha Isabel também tinha notoriamente financiado as viagens de Colombo ao Novo Mundo e depois repudiado com veemência, até o dia da sua morte, a prática da escravidão ali desenvolvida. No entanto, talvez o mais crucial fosse que o sobrinho de Catarina era, naquela época, o sacro imperador romano Carlos V, o governante mais poderoso da Europa. Em Catarina também corria o sangue inglês Plantageneta, oriundo de um casamento real inglês e espanhol feito duzentos anos antes. Provavelmente, ela era mais inglesa que o marido, uma vez que ele era apenas o segundo filho de Henrique Tudor, que havia usurpado o trono de Ricardo III, depois de vencê-lo em batalha.

O pretexto pelo qual Henrique VIII pedia ao papa para dissolver seu casamento com Catarina era incesto, porque anteriormente ela havia sido casada com o irmão mais velho de Henrique, Arthur. Notoriamente, Henrique VII havia dado a seu primeiro filho o nome de Arthur, esperando angariar, posteriormente, alguma legitimidade real do mito da cavalaria da Távola Redonda. Com a mesma finalidade, casou Arthur com a linhagem muito melhor de Catarina. Embora atualmente o casamento entre cunhados não seja considerado incesto, ele era claramente proibido pela Igreja Católica Romana, e casais assim constituídos continuavam a ser processados pelas cortes inglesas durante e após o reinado de Elizabeth. Um papa anterior tinha devidamente concedido a Catarina e Henrique uma dispensa para incesto, que tirou a marca de pecado da união, mas depois que eles não conseguiram gerar um herdeiro masculino para a Inglaterra em 24 anos de tentativas, Henrique decidiu, por conta própria, que Deus o estava punindo pelo pecado do incesto, negando-lhe herdeiros homens. Chegou a ponto de argumentar que, acima de tudo, o papa *não* tinha o poder de conceder a dispensa original, e que ele e Catarina haviam vivido em pecado o tempo todo, motivo pelo qual não tinham filhos homens. Catarina contra-argumentou que ela e Deus (e Henrique) sabiam muito bem que ela era virgem quando veio a ele na noite de núpcias. O irmão mais velho de Henrique, doente durante sua breve união de cinco meses com Catarina, morrera jovem, exatamente como mais tarde o sobrinho de Arthur e filho de Henrique, rei Edward, morreria aos 15 anos. Catarina argumentava que como ela e Arthur nunca haviam consumado seu casamento, ela nunca havia sido, de fato, esposa de Arthur e, portanto, seu casamento com Henrique jamais havia sido incestuoso. O próprio Deus tivera conhecimento (bem como o próprio Henrique) do estado intacto do seu hímen, no dia do seu casamento:

> Quando o senhor me possuiu pela primeira vez, tomo Deus como meu juiz, eu era uma verdadeira donzela sem toque de homem; e coloco na sua consciência atestar se isso é ou não verdade.[15]

Seu apelo íntimo ao marido fracassou, e ela se tornou vítima das demonstrações irracionais de crueldade de Henrique VIII em busca de um filho, seu comportamento cada vez mais tirânico, muito possivelmente também resultado de um dano cerebral quando caiu do seu cavalo, ficando inconsciente, e seu cérebro sem o fornecimento normal de oxigênio por duas horas. Um ferimento posterior em sua perna, que nunca sarou e supurava dolorosamente, sem dúvida somou-se a sua irritabilidade, muito diferente do temperamento equilibrado que havia apresentado em sua juventude.

Em 1528, quando Henrique começou a tentar persuadir o papa a anular seu casamento com Catarina, o papa era prisioneiro no Castelo de

Santo Ângelo, uma fortaleza romana reconstruída no Rio Tibre, cercada pelas tropas mercenárias germânicas do imperador, que havia saqueado Roma no ano anterior. O papa fugira para o castelo, uma sólida torre redonda feita de tijolos romanos, que então era tanto sua prisão quanto seu santuário. Era evidente que ele não poderia se arriscar a enraivecer Carlos V, concordando com o pedido de Henrique VIII de anular seu casamento com a tia preferida do imperador, Catarina de Aragão. O saque de Roma tinha sido tão catastrófico que a população romana reduziu-se de 55 mil para dez mil e levou trinta anos para se refazer.

Destemido e com uma hipocrisia impressionante, Henrique pediu, então, ao mesmo papa, uma dispensa, novamente alegando incesto, para se casar com Ana Bolena! O motivo para essa dispensa é que anteriormente ele havia tomado como sua amante Maria Bolena, irmã mais nova de Ana. Embora Maria Bolena e Henrique VIII jamais tivessem se casado, Henrique sabia que as relações carnais anteriores entre os dois, quando ele tinha 29 anos e ela 20, tornava incestuosa qualquer relação sexual com a irmã ou irmão do outro (uma relação sexual entre eles seria, então, pelas regras da época, o mesmo que o incesto em seu casamento com Catarina). Uma dispensa papal isentaria o incesto que necessariamente ocorreria quando ele se casasse com Ana, como estava determinado a fazer. Com uma cínica exibição de boa vontade, o papa concedeu ao rei sua segunda dispensa, sabendo que jamais sancionaria a dissolução do primeiro casamento de Henrique com Catarina, tia do imperador. A lógica hipócrita, tanto do rei quanto do papa é surpreendente e um tanto inacreditável: Henrique pediu uma segunda dispensa de incesto para permitir outro casamento, exatamente ao mesmo tempo em que patrocinava muitas das universidades europeias para argumentar veementemente a seu favor que, para começo de conversa, o papa *nunca tivera qualquer poder para conceder uma dispensa para incesto.* O argumento de Henrique era que estava além da autoridade papal desfazer a lei de Deus contra incesto. A hipocrisia real só se igualava ao cinismo papal, que concedeu a dispensa para incesto para permitir o segundo casamento de Henrique sabendo que, sem a inalcançável dissolução do primeiro casamento, qualquer dispensa para se casar com Ana Bolena seria inútil.

Por fim, decidindo não esperar pela permissão do papa, Ana forçou o assunto, concordando em sucumbir aos apelos de Henrique. Após oito anos de resistência, ela permitiu que Henrique fizesse amor com ela, e em seguida ficou grávida. Preocupado que, a não ser que eles se casassem, o bebê – logicamente, deduzindo ser o herdeiro menino de Henrique – seria ilegítimo, Henrique rapidamente se prontificou a se casar com Ana em 1533, apesar da falta de permissão papal. Nesse sentido, começou secretamente a desfazer os laços da Inglaterra com a Igreja Católica, empossando-se como Chefe Supremo da Igreja da Inglaterra, no lugar do papa. Ficava, assim, qualificado para indicar um arcebispo de Canterbury (Thomas Cranmer, capelão da família Bolena) que concederia a anulação do casamento com Catarina, e depois, rapidamente abençoaria o casamento com Ana.

Embora tornasse o país protestante ou "anglicano", Henrique nada fez para mudar o ritual católico da missa ou qualquer outro ritual da Igreja. Uma vez que seu governo começou assumindo os monastérios menores, direcionando o dinheiro deles para a Coroa, ele acrescentou a seu título papal "Defensor da Fé" – que lhe havia sido outorgado pelo papa por ter escrito um livro contra Lutero – um

Ana Bolena; artista inglês desconhecido, final do século XVI, baseado em um trabalho de cerca de 1533-1536. © *The Tudor Travel Guide via Wikimedia Commons.*

segundo título, denominando-se "Chefe da Igreja". Quando Elizabeth herdou os títulos do pai, não lhe foi permitido usar este, porque o Parlamento decidiu que a Igreja Inglesa não poderia ter, como Knox argumentara, uma "Chefe" mulher: em vez disso, ela deveria ser chamada "Governadora" da Igreja. Elizabeth reagiu ocultando o termo menos elevado, e escrevendo seus títulos da seguinte maneira: "Rainha da Inglaterra, França e Irlanda, Defensora da Fé, ETC.".

Como Chefe da Igreja, Henrique também deu início ao maior confisco de terras da história da Inglaterra. De 1536 a 1541, ele "dissolveu" oitocentos mosteiros católicos que abarcavam aproximadamente um quarto da riqueza do reino em terras, e que abrigavam aproximadamente doze mil religiosos, homens e mulheres. Grande parte desse patrimônio ele pegou para si mesmo, e depois, com o resto, recompensou seus leais cortesãos. O "um por cento" da nação aceitou as terras e propriedades, e também que Ana Bolena fosse rainha e a Inglaterra, anglicana. (Uma frase em um soneto de Shakespeare lamenta as capelas perdidas, onde monges cantavam para ajudar as almas dos mortos a percorrerem seu caminho pelo purgatório até o paraíso: "Coros vazios e em ruínas, onde doces pássaros cantavam ao entardecer". Tendo rejeitado o conceito de Purgatório, a Igreja Protestante impediu as pessoas de ter qualquer contato direto com familiares falecidos, a quem, anteriormente, elas podiam ajudar com suas preces e doações.)

Mas não muito depois, em uma reviravolta de acontecimentos que logo se revelaria catastrófica para ela, Ana deu à luz não um menino, mas uma menina, Elizabeth Tudor. Ainda que o nascimento de sua segunda filha fosse outra grande decepção para Henrique, como Mary tinha sido anteriormente, ele imediatamente reconheceu Elizabeth como sua herdeira, algo que adiou por longo tempo em se tratando de Mary. Baniu sua primeira filha, a quem apenas recentemente reconhecera como herdeira, e abruptamente substituiu-a pela segunda, tornando-a sua sucessora legítima.

Sendo assim, aos 17 anos, Mary Tudor perdeu seu título real quando a infanta Elizabeth veio ao mundo. Não mais chamada de "princesa", e sim de "lady Mary", ela foi levada para fazer parte do *entourage* do bebê, aparentemente por uma incitação vingativa de Ana, e lhe foi totalmente negado o consolo da presença de sua rejeitada mãe, Catarina. Forçada a reconhecer a nova menina como a única filha legítima de seu pai, enquanto ela mesma era declarada bastarda, Mary foi abruptamente cortada do mundo em que tinha passado toda a sua vida: a criança mimada de jovens pais amorosos, a quem nada era negado, vestida com roupas maravilhosas, tendo professores talentosos nas artes, privadamente recebendo uma esplêndida educação humanista, que incluía muito latim, embora um pouco menos de grego.

De maneira mais significativa, desde o nascimento Mary tinha sido ensinada, por sua mãe – agora no exílio –, a se ver como alguém que acabaria sendo rainha da Inglaterra. Então, após o divórcio dos pais, Mary foi posta de lado em favor do bebê Elizabeth; sua vida encantadora despedaçou-se, raramente lhe era permitido até mesmo avistar a mãe, que permanecia à distância, essencialmente em prisão domiciliar, banida da corte, adoecendo.

Quando ela se recusou a condenar o casamento dos pais como incestuoso e disse abertamente que não aceitaria o pai como Chefe da Igreja na Inglaterra, Mary foi ameaçada com um banimento parecido. Sob alguns aspectos, não foi uma surpresa que a adolescente Mary batesse o pé, resistindo às ordens do pai e suportando a hostilidade da madrasta; afinal de contas, ela era neta de Isabel de Castela, que havia conduzido exércitos para a batalha. E a mãe de Mary, Catarina de Aragão, também tinha conduzido um exército como regente da Inglaterra, formando uma terceira linha de defesa contra os escoceses, em 1513. A grande vitória contra a Escócia, em Flodden Field, aconteceu quando Henrique estava fora, na França, e Catarina era sua regente em casa, tecnicamente no comando do exército inglês. Descendendo de antepassadas reais espanholas tão ilustres e sendo alguém cuja linhagem remontava aos reis Plantagenetas da Inglaterra, Mary recusava-se a desistir do seu título de "princesa".

Parece que Henrique não havia considerado o que aconteceria com Mary quando ele se casou com Ana, e então, até o nascimento de Elizabeth, ela conservara todos seus privilégios e títulos anteriores. Além disso, Henrique continuou a demonstrar o verdadeiro afeto que havia sentido por ela durante dezessete anos, como sua primeira e única filha legítima viva. Quando Mary recusou-se a renunciar a seu título e a seu lugar na sucessão em favor de sua irmã bebê, ela e o pai sofreram uma colisão catastrófica. Sua educação tinha sido interrompida com seu rebaixamento de princesa para uma simples senhoria; ela sofreu todas as indignidades de um abastardamento que não aceitava, mas não tinha o poder para mudar. Como sua biógrafa sarcasticamente resume: Mary Tudor "tinha a personalidade de sua avó castelhana, mas não as tropas".[16]

A trágica situação de Mary mudou muito pouco quando, em 2 de maio de 1536, apenas três curtos anos após seu abastardamento, e apenas quatro meses após a morte da mãe, a rainha Catarina de Aragão, Henrique VIII mandou prender Ana Bolena e levou-a a julgamento por adultério, incesto e traição. Precisava se livrar de sua segunda esposa, que, como a primeira, não tinha conseguido produzir um bebê do sexo masculino após vários abortos. Ele queria tentar um filho com uma terceira esposa, a muito mais dócil Jane Seymour. A rainha Ana foi submetida a um rápido julgamento com testemunhas corruptas e o depoimento de vítimas torturadas e foi considerada culpada das acusações de incesto e adultério com cinco parceiros. Isso fez com que ela e os homens fossem culpados de traição contra o rei. Apesar da tortura, com exceção de um, todos os homens declararam-se não culpados, assim como Ana. Bem ao contrário, ela apresentou álibis sólidos para a maioria das ocasiões em que seus atos de adultério teriam supostamente ocorrido. Mas o veredicto estava pré-determinado. Na verdade, é provável que os espadachins franceses que executariam a rainha haviam sido enviados durante, ou talvez até antes, de se chegar a um veredicto.

O incesto de Ana foi supostamente cometido com seu próprio irmão, George Bolena, lorde Rochford (que também foi decapitado, juntamente com os outros "amantes" falsamente acusados). É perfeitamente possível que a acusação de incesto contra Ana e seu irmão tenha, na verdade, germinado da projeção de Henrique em função do tormento que sentia por seus próprios atos de incesto com irmãs: ele tinha se casado com a esposa do irmão, Catarina, e depois mantido Maria Bolena como sua amante, antes de se casar com a irmã dela, Ana. A execução de Ana seria uma maneira de acalmar sua consciência, especialmente se a verdadeira razão para repudiá-la fosse um natimorto do sexo masculino, lembrança assombrosa do seu fracasso em ter um filho vivo com Catarina, que sofrera com inúmeros natimortos.[17]

Após a morte de Ana, sua filha de 3 anos, Elizabeth, sumiu da corte para levar a mesma existência na penumbra que sua irmã mais velha, Mary, tinha enfrentado: abastardada, órfã de mãe e igualmente destituída dos favores de um pai. A reivindicação de Elizabeth à precedência real tinha durado apenas seus 3 curtos anos como filha favorita de seu pai, posição ocupada pela própria Mary em seus primeiros 17 anos de vida.

Ainda que agora Elizabeth fosse uma companheira sofredora da tirania de seu pai, Mary tinha toda razão para nutrir sentimentos negativos em relação a sua irmã mais nova, todo motivo para menosprezar a filha da usurpadora Bolena, sem sangue real (o bisavô de Ana tinha sido um chapeleiro londrino), a adúltera que havia roubado o pai de Mary e partido o coração da sua mãe.

Mas se "lady Mary" nunca amou Elizabeth – uma "princesa" até os 3 anos de idade –, ela também nunca descontou na criança a raiva que deve ter sentido com o tratamento do pai. Era consistentemente amável com sua irmãzinha, oferecendo-lhe presentes e guloseimas enquanto ela crescia, talvez repetindo com esses gestos a generosidade que recebera, no início, das mãos carinhosas de seus pais. Quando o filho bastardo de Henrique – o duque de Richmond, nascido fora do matrimônio, sendo assim ilegítimo desde o nascimento – morreu aos 17 anos, e Henrique ficou desconsolado, Mary escreveu-lhe: "Minha irmã Elizabeth está bem e é uma criança tão [promissora] [...] que não tenho dúvida de que, com o tempo, Vossa Majestade terá motivo para se alegrar". Mesmo sendo um gesto generoso, Mary também poderia estar fazendo uma defesa em causa própria, como outra filha "promissora" de seu pai.

Henrique VIII ficou comprometido com Jane Seymour apenas um dia depois da execução de Ana e casou-se com ela após o curto prazo de dez dias, em 30 de maio de 1536. A nova rainha era (assim como Ana também havia sido) resistente às investidas sexuais de Henrique antes do casamento; no entanto, ao contrário da radical reformista Ana, Jane era bem mais conservadora em religião, e desde o começo foi uma grande defensora de sua enteada católica, Mary, ajudando-a nas relações com seu distanciado pai. Embora Jane morresse pouco depois de ter dado à luz o tão esperado filho, ela havia pedido a Mary que fosse madrinha do bebê, Edward. No final da cerimônia de batismo, Mary saiu segurando a mão de Elizabeth, então com 4 anos, uma declaração pública de que as irmãs e o irmão caçula estavam, agora, unidos fraternalmente. Mary e Elizabeth Tudor, declaradas bastardas em épocas diferentes, voltaram à linha de sucessão simultaneamente, agora que havia um herdeiro do sexo masculino, o futuro Edward VI, para precedê-las.

Não deveria ser uma surpresa, então, que quinze anos depois, em sua própria coroação triunfante em 1553, a rainha Mary I reconhecesse sua meia-irmã como sua herdeira, pelo menos naquele momento. Assim como ela mesma ascendeu ao trono como a descendente mais direta de seu pai e, portanto, herdeira por direito após a morte de seu irmão, Edward, Elizabeth a seguiria no trono. A Lei de Sucessão (e o apoio do povo inglês) garantiu a posição de Mary por direito de nascença. Henrique VIII tinha, por decreto legal, restabelecido ambas as filhas na sucessão: depois de Edward, a Coroa deveria passar primeiro para Mary e depois para Elizabeth. No entanto, ele não removeu explícita

Lady Mary; Hans Holbein, o Jovem, 1536. © *Hans Holbein via Wikimedia Commons.*

e legalmente a mácula de ilegitimidade imposta sobre cada uma delas. Talvez só tenha negligenciado pensar nisto.

O testamento de Henrique deixou-as muito ricas. Cada uma delas teve o que se equivale hoje a um milhão e meio de dólares como pensão anual, além de um dote de mais de três milhões. Mary também possuía 32 casas (ou grandes propriedades e feudos) e, talvez o mais importante, ela recebera o domínio sobre as terras de Norfolk, Suffolk e parte de Essex. Essas propriedades deram-lhe algo que ela não havia tido antes: uma "afinidade", ou seja, agora ela tinha terras, dinheiro e homens – um grupo de apoiadores com laços locais, cuja lealdade era dela por direito. Ela poderia, e iria, convocar os homens desses condados ao fazer sua tentativa ao trono. Por fim, como sua avó e sua mãe, Mary agora tinha um exército para liderar.

Um incidente durante o reinado anterior de seu irmão mais novo dá uma visão de sua personalidade ao longo do seu reinado: em geral complacente com os outros, mas periodicamente hesitante sobre muitas de suas decisões, sob o ponto de vista religioso ela era sempre inflexível e intransigente. Quando, ao contrário de seu pai, Edward VI proibiu a missa católica e decididamente recusou-se a permitir que Mary continuasse a frequentar os rituais católicos em particular, sua profunda fé católica, que por tanto tempo era seu único conforto, fortaleceu sua decisão. As restrições absolutistas de Edward a suas práticas religiosas levaram a efeito um esquema impulsivo da parte dela, o de ser resgatada da Inglaterra em dois navios enviados por seu poderoso tio, o sacro imperador romano Carlos V. O plano era o navio imperial esgueirar-se na Inglaterra à noite, embarcar Mary e levá-la em segredo para Bruxelas, à corte de Maria da Hungria, outra parente Habsburgo. (Maria da Hungria, sobrinha de Catarina de Aragão, governava então os Países Baixos católicos, em nome de seu irmão, Carlos V.)

Às vésperas da execução de seu esquema, Mary pensou com mais prudência na ideia de fuga, que incapacitaria irrevogavelmente qualquer chance que ela pudesse ter tido na sucessão ao trono. Talvez ela tenha decidido que, apesar de agora ter perdido o uso particular da sua missa, ao ficar ela poderia conseguir, ganhando o trono, restaurar essa missa para o povo por toda a Inglaterra. (Aqueles que, então, professavam a fé como católicos tinham que cumprir os rituais em segredo; construíram "esconderijos de padres" em suas casas, para esconder os clérigos católicos que arriscavam a vida ao rezar a missa.) Quando se espalhou a notícia de que Mary Tudor tinha abortado o plano, Maria da Hungria julgou sua prima inglesa uma mulher fraca e indecisa, sofrendo de autopiedade, incapaz de uma ação corajosa. À época, a maioria das pessoas deduziu que ela tinha sido tomada pela timidez, mas ela pode muito bem ter sido motivada não por fraqueza, mas pela força do seu desejo de garantir o trono com segurança, e devolver a Inglaterra à verdadeira Igreja.

Em Londres, John Dudley, duque de Northumberland, poderia, sensatamente, deduzir que, considerando suas divagações em relação à fuga, Mary seria condescendente com a tentativa dele para que sua nora, Jane Grey Dudley, fosse coroada rainha após a morte de Edward. Sendo assim, estava completamente despreparado quando Mary escapou do Castelo de Hunsdon, aonde havia sido mandada viver sob a vigilância do Conselho de seu irmão. Ela acabou fugindo para uma de suas propriedades, o Castelo Framlingham, uma fortaleza circundada por fosso, onde lentamente, convidado por Mary em cartas, e convocado por seus criados, reuniu-se um grande exército para apoiar sua mais forte reivindicação ao trono da Inglaterra. Na verdade, quando o Conselho da Coroa em Londres saiu em defesa da ascensão de Mary, Northumberland desistiu sem lutar. Tendo em vista o imediato e maciço apoio da população inglesa a Mary, ela não precisou derramar sangue no seu caminho ao trono, mas assumiu o risco; ousadamente lançou uma declaração convocando o povo para sua causa. Um afloramento de tropas leais em seu condado natal de Norfolk, sua "afinidade" local, deu início a uma tendência que logo se expandiu a seu favor.

Essa manifestação vigorosa de lealdade à católica Mary, apenas dez dias após a morte do protestante radical rei Edward, em 6 de julho de 1553, foi uma surpresa espantosa para o protestante radical duque de Northumberland. Por quatro anos, ele tinha sido o governante efetivo durante a minoridade de Edward, mas a princesa Mary tinha sido a herdeira de seu pai por 17 anos, a nação a conhecia por quase duas décadas (e tinha conhecido sua mãe, a rainha Catarina por mais tempo ainda). Por outro lado, poucos tinham ouvido falar no nome de Jane Grey. A conspiração protestante em Londres, conduzida pelo duque, parece ter ignorado completamente o quanto as pessoas comuns lembravam-se com carinho de seus tradicionais governantes católicos. Não se tratava de uma simples questão de terem a mesma religião (embora muitos no interior continuassem decepcionados com todas as novas práticas protestantes da elite metropolitana, instituídas abruptamente durante o reinado de Edward: não mais bater de sinos, não mais incenso, não mais vestimentas de brocado, não mais latim, nenhuma imagem de santos para quem eles pudessem rezar diariamente). Estavam convencidos de que Mary era filha de seu pai e, assim, era agora sua rainha. A declaração dela dizia:

> Em nome da rainha. Saibam todos vocês, bom povo, que a excelentíssima princesa Mary, filha mais velha do rei Henrique VIII, e irmã do rei Edward VI, seu senhor soberano, é agora, pela graça de Deus, rainha da Inglaterra, da França e da Irlanda [...] e é a ela, e a ninguém mais, que vocês devem ser leais vassalos.[18]

Quando Elizabeth I subiu ao trono cinco anos depois, em 1558, ela dizia que era o povo da Inglaterra que a tinha apoiado lealmente para rainha, e não alguma facção da realeza no exterior. Sem dúvida, isto é verdade. Mas a lealdade deles tinha antes sido dada espontaneamente (se não também notoriamente) a sua irmã mais velha, Mary. Elizabeth, com grande astúcia política, poderia muito bem ter se lembrado da lição de Mary e aprendido com ela, assim como aprendeu com muitos dos sucessos da sua irmã e, é claro, com seus fracassos.

Em 1553, Mary comprovou ser neta de Isabel e filha de Catarina, num momento crucial em que seu exército florescente começou a se juntar no Castelo Framlingham, pronto para combater os rebeldes de Northumberland. Não havia combates imediatos a serem travados, e os homens estavam ficando inquietos. Mary cavalgou num magnífico cavalo branco até o acampamento dos soldados, para passar em revista suas tropas dispostas em formação. No entanto, seu cavalo começou a ficar nervoso junto à multidão de soldados, e embora ela fosse uma excelente amazona, preferiu desmontar e caminhar em meio a suas tropas, conversando com cada um individualmente com uma bondade tão excepcional e uma abordagem tão maravilhosamente relaxada que conquistou por completo o afeto de todos. A aparição de Elizabeth I, de armadura, perante suas tropas em Tilbury em 1588, talvez deva algo à corajosa presença de Mary, em Framlingham, 35 anos antes.

Como Mary revelou-se uma Tudor e uma rainha, foi aclamada pela nação. No entanto, ela fez mais do que apenas provar ser filha do seu pai (e da sua mãe). Generosamente, garantiu o reconhecimento de Elizabeth como outra filha do seu pai, merecedora da mais alta posição na sua corte. Ao reivindicar seu trono como a mais velha das irmãs Tudor, contra os desejos do seu irmão, Mary I também traçou um caminho seguro para Elizabeth ascender ao trono. Assumiu a coroa como a filha mais velha de Henrique VIII, acenando, deste modo, para a filha mais nova nos bastidores. A consagração feita por Mary I, em sua coroação, de Elizabeth como sua irmã e sua herdeira, reconhecia a legitimidade de suas ligações de sangue a Henrique VIII. Sem Mary, poderia nunca ter havido Gloriana, nome com que Elizabeth ficou popularmente conhecida.

Em seu requintado cortejo de coroação, o *entourage* de Mary I serpenteou seu caminho por Londres da Torre à Abadia de Westminster, onde a rainha seria coroada. Liderando a procissão, Mary I ia numa carruagem envolta em tecido de ouro. A princesa Elizabeth, a quem fora dado o orgulho de um destacado segundo lugar, seguia imediatamente atrás, usando prata que combinava com sua carruagem. A antiga rainha Anne de Cleves (que tivera um breve casamento com Henrique VIII, antes que ele rapidamente o anulasse, mas se tornara amiga íntima da família) seguia na carruagem com Elizabeth.

Ao longo do caminho para a Abadia de Westminster, a cada esquina, de Fenchurch a Gracechurch e a Cornhill, havia espetáculos públicos produzidos por cidades estrangeiras para entreter a rainha; muitos, na multidão que abarrotava o caminho, ficaram impressionados com a estrutura altíssima de Florença, que levava um anjo todo em verde, soprando uma "trombeta" que soava sempre que um trombeteiro oculto tocava sua corneta. Alguns espetáculos traziam gigantes e dragões, e em Cornhill fontes jorravam vinho. Coros de crianças cantavam e poetas recitavam poemas de louvor.[19] Foi um desfile grandioso em que o povo de Londres pôde se juntar a sua nova soberana para celebrar a monarquia Tudor, que tinha restaurado a ordem após um século de derramamento de sangue na Guerra das Rosas. Naquele dia, ambas as mulheres Tudor estavam em exposição como as legítimas netas de Henrique VII, filhas de Henrique VIII e irmãs de Edward VI.

Depois que a procissão percorreu Londres, Mary desceu de sua carruagem e caminhou o resto do percurso até a Abadia para sua coroação. A cerimônia ungiu-a com óleo santo, trazido especialmente da católica Bruxelas para a Inglaterra protestante. Mary I estava vestida de veludo carmesim, com sapatos de tecido de ouro decorados com fitas de ouro veneziano. O anel de ouro da coroação, conhecido como "a aliança de casamento da Inglaterra", foi colocado em seu dedo, e ela recebeu a espada e as esporas da realeza. Segurou o orbe e *dois* cetros, uma vez que era – pela primeira vez na história inglesa – tanto rei quanto rainha. O segundo cetro era um que tinha sido segurado por sua própria mãe, Catarina de Aragão, em sua coroação conjunta com Henrique VIII, ele como rei, ela como rainha consorte.

Durante o banquete de Mary I, em seguida à cerimônia, Elizabeth sentou-se em um lugar de honra à mesa da rainha. Mas por mais que Mary favorecesse sua irmã, nos meses e anos que se sucederam, velhos conflitos permaneceram, dividindo-as irrevogavelmente. No cerne desses conflitos estava o fato de que, a fim de recuperar sua própria legitimidade, Mary precisou insistir na ilegitimidade de Elizabeth. Embora as duas pudessem ser proclamadas filhas do seu pai, não poderiam ser ambas legítimas. Em uma carta a seu embaixador inglês, o sacro imperador romano Carlos V, tio de Mary, conta-nos que Mary I estava fazendo todos os esforços para restaurar sua legitimidade passada e presente:

> Fica aparente, por sua última carta, que a declaração pelo Parlamento da legitimidade da rainha, e do nascimento ilegítimo de Elizabeth, está no caminho certo para o sucesso.

Embora o Habsburgo Carlos V, aos 22 anos, tivesse sido prometido a sua prima em primeiro grau, Mary Tudor, quando ela tinha seis anos, e era filha legítima de Henrique VIII, ele nada havia feito para ajudá-la em sua pretensão ao trono inglês. No entanto, permaneceu em contato, e apoiou-a quando ela o conseguiu por conta própria. Por sua vez, ela o considerava uma importante figura paterna.

> A rainha deseja [...] que as sentenças proferidas em Roma pelo papa em consistório, em favor da validade do casamento do falecido rei Henrique com a falecida rainha Catarina, nossa boa tia [...], possam ser recuperadas e enviadas a ela.[20]

O imperador enviou devidamente o maço de documentos a Mary, mas pediu que lhe fossem devolvidos. Assim, as irmãs continuavam presas na mesma enrascada dupla. Mary tinha amado profunda e longamente a mãe; estava adulta, a apenas um mês de fazer 20 anos, quando Catarina morreu. De modo bem diferente, Elizabeth só tinha dois anos e oito meses quando Ana Bolena foi executada. Além disso, Elizabeth havia passado grande parte do seu começo de vida não na corte, com a mãe, mas longe, em Hatfield, um lindo complexo de tijolos Tudor, logo ao sul de Cambridge, cercado por elaborados jardins entrelaçados e campos com colinas, com a deslegitimada "lady Mary" servindo essencialmente como dama de companhia.

Se Mary sempre tivesse sido legítima, então Elizabeth jamais poderia ser. E se Elizabeth era legítima, então Mary não seria. Essa escolha draconiana não era um dilema criado por elas, mas consequência do impulso de seu pai a gerar um filho homem como herdeiro, motivo de ter se divorciados das duas primeiras esposas e tornado bastardas suas duas primeiras crianças vivas. Desse impasse primordial fluiu toda a animosidade pessoal sofrida pelas duas filhas pelo resto de suas vidas.

Somado a esse conflito pessoal estava a divisão mutualmente destrutiva entre protestantes e católicos, introduzida por Henrique em seu reino ao romper com o papa para se casar com Ana Bolena. Mary era católica e Elizabeth, protestante, e embora Elizabeth, provavelmente de maneira desleal, continuasse a sugerir a Mary que pudesse estar disposta a se converter ao catolicismo, seus pontos de vista diversos sobre religião mantinha-as em desacordo. Como foi observado, se pelo menos Henrique tivesse resolvido o problema declarando, honestamente, as duas legítimas *e* as herdeiras que sucederiam a seu irmão mais novo, talvez Edward não tivesse anulado o testamento de Henrique com seu "Instrumento", e Mary não precisasse insistir na ilegitimidade de Elizabeth para afirmar sua própria legitimidade.

Mas uma simples declaração teria satisfeito o trauma emocional infligido a Mary? Como rainha, casada com o extremamente católico Filipe da Espanha, ela claramente insistia na certificação documentada de sua legitimidade, não apenas para eliminar a mácula de sua própria bastardia, mas por também querer legitimar o casamento "anulado" de seu pai e da mãe católica espanhola. Quando, durante a rebelião de Wyatt, Elizabeth tornou-se um imã de resistência para os protestantes ingleses que esperavam acabar com o governo de uma rainha católica, Mary I ficou ainda mais cautelosa quanto à atração popular de sua irmã, ainda ilegítima e ainda protestante. Apesar do comparecimento regular de Elizabeth à missa católica, mal dava para Mary deixar de notar que, com frequência, ela chegava tarde e, com frequência, cochilava durante a cerimônia, claramente desrespeitando a sagrada comunhão, com a qual Mary conseguira sobreviver nos anos de exílio do beneplácito do seu pai. Uma hipocrisia tão óbvia e complacente da parte de Elizabeth deve tê-la irritado; Mary tinha arriscado muita coisa ao resistir à exigência do pai em rejeitar sua mãe católica.

Depois de subjugar a rebelião do protestante Wyatt, a rainha Mary mandou Elizabeth para a Torre de Londres, um bloco gótico de pedra branca, assomando sobre o Rio Tâmisa, ao mesmo tempo fortaleza e prisão, com comportas para facilitar a entrada e saída de dignitários e prisioneiros. Elizabeth seria culpada de conspirar contra a irmã e, sendo assim, culpada do crime capital de traição? Sem dúvida, os rebeldes usavam o seu nome. Mary poderia então, facilmente, julgar e executar sua irmã, exatamente como acabou executando Jane Grey. A pouca distância do cadafalso onde Jane fora morta na Torre Verde, Elizabeth achava-se em sua própria cela na Torre, esperando a decisão da irmã sobre decapitá-la, ou não.

No entanto, antes que Mary pudesse se decidir a condenar Elizabeth, sentiu que deveria ter uma prova de que a irmã teria, *ativamente*, conspirado na rebelião de Wyatt. Enquanto Mary buscava tal prova,

Elizabeth, temendo por sua vida, perguntava se o patíbulo de Jane, lá perto, continuava em pé. Nele estava o bloco de execução que a vendada Jane tivera tanta dificuldade em encontrar, até conseguir deitar a cabeça sobre ele. Elizabeth sabia muito bem que parentes de nobres morriam. Seu pai tinha mandado decapitar Ana Bolena na Torre Verde. Provavelmente, Elizabeth sabia sobre a espada francesa de gume fino que tinha sido usada no lugar do machado, oferecendo, era o que se pensava, uma morte menos dolorosa quando manejada por um espadachim francês altamente capacitado. (O machado, com frequência, deixava de realizar seu trabalho corretamente, assim como falharia mais de trinta anos depois, quando o carrasco arruinou a decapitação de Mary, Rainha dos Escoceses, sendo preciso três golpes para cortar completamente sua cabeça, enquanto os lábios continuavam a se mexer. Alguns disseram que eles rezavam durante toda a provação.) Elizabeth sabia que reis e rainhas podiam ordenar a morte daqueles que já tinham amado; seu pai havia feito isso várias vezes.

A rainha Mary, provavelmente atendendo às súplicas de Elizabeth por uma chance para apresentar uma comprovação que rebatesse as acusações feitas por seus conselheiros, exigiu que os homens encontrassem uma prova física de que Elizabeth tivesse conspirado com Wyatt, especialmente que a encontrassem na própria caligrafia da irmã, antes que ela pudesse ser levada a julgamento. Sob intenso interrogatório na Torre, Elizabeth recusou-se a confessar. Argumentou que embora Wyatt pudesse ter escrito, pedindo-lhe que se juntasse a sua rebelião, ela jamais havia lhe escrito uma resposta. Sendo assim, onde estava sua culpa? Por fim, não foi produzida nenhuma prova irrefutável, nenhuma testemunha, nada escrito, nenhuma confissão. Então, quando Wyatt jurou em seu cadafalso que a princesa Elizabeth não participara de sua rebelião, Elizabeth foi finalmente salva.

Como Wyatt tinha se deparado com uma morte por traição – ou seja, seria pendurado pelo pescoço, depois retalhado antes de ser morto, seus intestinos seriam arrancados e seu corpo seria cortado em quatro pedaços que deveriam, então, ser penduradas em logradouros de destaque –, supunha-se que ele contaria a verdade. Muitos prisioneiros diziam o que quer que as autoridades quisessem ouvir, porque assim, embora não pudessem evitar o fim terrível, poderiam poupar à sua família a perda total de todos os seus bens, punição adicional à traição.

Nas muitas horas em que foi atormentada pelo arcebispo de Canterbury, Stephen Gardiner, Elizabeth, aos 22 anos, recusou-se a confessar qualquer coisa. Não foram encontradas cartas incriminatórias. Quando tentada por Gardiner a confessar, ser liberta e confiar na clemência de sua irmã, ela retorquiu: "Prefiro estar na prisão com honestidade e verdade a conseguir minha liberdade e ter a desconfiança de Sua Majestade". Por fim, quando não puderam considerá-la culpada por falta de provas, ela foi libertada da Torre. Contudo, não foi declarada inocente.

Solta da sua prisão na fortaleza, Elizabeth permaneceu em prisão domiciliar por mais dois anos numa aldeia distante, Woodstock, perto de Oxford, onde era cercada por quarenta soldados que vigiavam todos os seus movimentos. Um dia, ela rabiscou um poema com um diamante em uma vidraça, que anos mais tarde seria citado no *Book of Martyrs* de John Foxe, seu famoso compêndio dos "santos" protestantes.

"Muitos suspeitaram de mim.
Nada provaram de ruim."
Quod [disse] Elizabeth, a Prisioneira.

Depois que Elizabeth tornou-se rainha, devolveu à família de Wyatt as terras e a fortuna que eles haviam perdido por sua traição. Esse gesto criou uma permanente suspeita de que ela e Wyatt, o Jovem, tivessem, de fato, conspirado numa rebelião contra a irmã. Para começar, as pessoas se lembravam de que o pai de Wyatt, sir Thomas Wyatt, poeta, cortesão e embaixador, havia escrito poemas extraordinários e famosos que pareciam ser sobre seu desejo passional por Ana Bolena, mãe de Elizabeth.[21] Mas ela também poderia tê-lo recompensado por seu mérito ao não ser forçado, sob tortura, a citá-la como cúmplice, simplesmente para acabar com o sofrimento.

A rainha Mary odiara Ana Bolena, mas acabou poupando sua filha, apesar dos anos de sentimentos conflitantes em relação a Elizabeth (pouco disposta a executá-la ou a soltá-la). Anos mais tarde, já rainha, Elizabeth I teria o mesmo conflito em relação a sua prima,

Mary Stuart, mas, no final, depois de anos de adiamento, tomaria uma decisão diferente. Em 1568, em um momento de extremo perigo para a Rainha dos Escoceses, quando os conselheiros de Elizabeth bradavam por seu sangue, Elizabeth recusou-se a considerá-la culpada de assassinato. Ainda assim, manteve a "rainha irmã" aprisionada, como uma ameaça em potencial para seu trono. Na verdade, manteve a prima e companheira de monarquia prisioneira por dezoito anos, até finalmente assinar a ordem para a execução da Rainha dos Escoceses.

Assim como Mary I havia relutado em executar sua irmã e herdeira sem uma prova convincente em um julgamento, Elizabeth I ficou décadas empenhada em manter viva, o maior tempo possível, Mary da Escócia, sua parente mais próxima, mesmo quando, após longos anos, pareceu, ao menos, haver prova crescente (escrita) de que a Rainha dos Escoceses estava envolvida em tramas para derrubar a rainha da Inglaterra e substituí-la no trono. Mary I tentara fazer o mesmo por Jane Grey, poupando sua vida por mais de um ano, até que a rebelião violenta de seu pai e seu irmão tornar a clemência um risco grande demais.

Elizabeth citou com frequência os anos de seu aprisionamento pela rainha Mary como a principal razão de não querer nomear um herdeiro para seu trono. Em um discurso ao Parlamento em 1566, ela argumentou que tinha certeza de "não haver um deles que fosse algum dia uma segunda pessoa", ou seja, nenhum deles jamais tinha sido herdeiro direto a um trono. Confessou, com veemência, haver "provado as práticas (tramas) contra minha irmã".

> Corri perigo de vida, minha irmã esteve muito furiosa comigo. Difiro dela em religião e me solicitaram de diversas maneiras. E isso nunca deverá acontecer com meu sucessor.

É verdade que a Rainha Mary aprendera a desconfiar de Elizabeth a tal ponto que apenas em seu leito de morte, sem filhos, em seus últimos momentos, conseguiu nomear a irmã sua sucessora. (Em comparação, em seu próprio leito de morte, Elizabeth não conseguiu nomear seu sucessor. O rei James só foi "nomeado" por Robert Cecil, filho de William Cecil, que havia herdado o lugar do pai como conselheiro-chefe.) Ao aprisionar Elizabeth pela suspeita de sua cumplicidade na revolta de Wyatt, Mary I deu à irmã uma versão mais dura, mas mais curta, do tormento que havia sofrido na mão do pai.

Mulher obstinada, Mary era a mais legítima de todos os Tudors, descendente, como era, do lado materno, de reis Plantagenetas e reis e rainhas espanhóis, monarcas Habsburgos, prima de um sacro imperador romano. (Na verdade, todos os reis e rainhas europeus atualmente vivos compartilham sangue com os pais de Catarina de Aragão, Isabel I e Fernão II.) Assim, Mary tinha motivo para sentir orgulho. Ela também não tinha sido tão maltratada como Henrique VIII fizera com quatro de suas esposas (duas delas decapitadas, duas com os casamentos anulados). No entanto, embora ele nunca tivesse enviado Mary à Torre, ela foi exilada da corte, colocada em prisão domiciliar e perseguida sem piedade para obedecer a vontade implacável de Henrique e as ordens mesquinhas de Ana, em ambos os casos com a intenção de humilhá-la. Durante o reinado de seu pai, e também durante o breve reinado de seu irmão mais novo, Edward, inúmeros interrogadores continuamente insistiam para que ela abandonasse sua religião e aceitasse sua bastardia. Ela recusou decididamente as duas coisas. Henrique VIII havia executado seu grande amigo, o católico Thomas More, por ele não concordar com o divórcio de Henrique da mãe de Mary. Quando Mary recusou-se a reconhecer que o casamento dos seus pais era ilegal, arriscou-se à mesma raiva mortal de seu pai.

No entanto, em junho de 1536, ela acabou cedendo aos desejos do pai. Chegou à constatação de que, com sua recusa, estava arriscando não apenas sua própria vida, mas também o bem-estar de um vasto número de pessoas que dependia dela, e que, possivelmente, também estava destruindo qualquer oportunidade de restaurar a Igreja inglesa ao que acreditava profundamente ser a verdadeira fé. À época dessa decisão, fazia cinco anos que ela não via o pai. Quando, finalmente, se submeteu e exibiu sua abjeta obediência a ele, recuperou a vida na corte e recebeu uma imensa renda.

A então esposa de Henrique, Jane Seymour, presenteou Mary com um anel de diamante quando ela se dobrou à vontade do pai. Uma mulher de rosto agradável, tranquila (o oposto de Ana Bolena), e muito mais conservadora em termos religiosos, Jane ficou amiga da jovem infeliz. A recente biógrafa Linda Porter comenta que, apesar da restauração da harmonia com seu pai, "Este supremo ato de negação [do casamento legítimo da mãe e da autoridade do papa na Inglaterra] permaneceu em sua consciência até o fim da sua vida".[22]

Mary e Elizabeth nunca tiveram a reconciliação desfrutada por Mary e Henrique. Elizabeth não foi liberada de sua prisão domiciliar e trazida de volta à corte até Mary, certa de estar grávida, permitir que a irmã fosse chamada para estar presente no nascimento do herdeiro da Inglaterra. Naquele momento, Elizabeth deixaria de ser uma "segunda pessoa" e se tornaria uma "terceira pessoa", ou seja, terceira na linha de sucessão ao trono e, presumivelmente, uma ameaça menor a Mary. Mas Mary não estava de fato grávida, embora tivesse deixado de menstruar e tivesse engordado. Era uma gravidez falsa. A perda de uma criança foi um golpe trágico para a rainha e seu marido, o rei Filipe II da Espanha.

Na verdade, tinha sido por insistência de Filipe, pai ansioso do desejado herdeiro ao trono de Mary, que fora permitido a Elizabeth voltar à corte. Seguindo uma alegação inglesa e um precedente espanhol, fora negado a Filipe qualquer direito a herdar a coroa de Mary: ele não poderia se tornar rei após a morte da esposa. (Sua bisavó, Isabel de Castela, que também era avó de Mary I, tinha feito exatamente este compromisso de exclusão conjugal com seu marido, Fernão de Aragão. Com a morte de Isabel, Castela havia passado para sua filha, Juana, irmã mais velha de Catarina de Aragão, e não para seu marido, ainda vivo.) Além disto, como católico e estrangeiro, desde sua chegada Filipe tinha sido extremamente impopular com o povo em geral, nunca aprendendo uma palavra de inglês. No entanto, conseguiu causar uma impressão muito positiva em membros da corte, motivados por sua inteligência e boas maneiras.

Como jovem marido, Filipe era muito prestativo com sua cunhada ainda mais jovem do que ele que, longe da "Gloriana Regina" que se tornaria mais tarde, ainda vivia em prisão domiciliar na rústica Woodstock, temendo por sua vida. Em março de 1555, enquanto ela ainda era prisioneira nas proximidades de Oxford, o embaixador espanhol, Simon Renard, escreveu a Filipe, aconselhando-o:

Filipe da Espanha usando a Ordem da Jarreteira. © *Kunsthistorisches Museum via Wikimedia Commons.*

Seria sensato de sua parte mandar chamar Elizabeth, antes de sair da Inglaterra, e aconselhá-la a continuar servindo e obedecendo à rainha.

Embora muitos dos conselheiros católicos da rainha Mary I quisessem que Elizabeth fosse retirada do país e se casasse com algum rei católico estrangeiro, a fim de tirá-la do caminho, Filipe parece ter sido contra essa estratégia. Cabe a pergunta, por que ele seria? Renard escreveu em seguida a Carlos V, pai de Filipe, explicando que Filipe desejava continuar com a presença de Elizabeth na corte. Feria escreveu:

> Mas me parece que o rei considera que seria melhor mantê-la aqui até depois do parto da rainha.

Não resta dúvida de que Elizabeth passara a ser uma figura-chave para um marido estrangeiro que não poderia herdar a coroa da esposa, caso a vida dela ficasse comprometida no parto, ou caso o filho deles não vingasse. O conde Feria, enviado especial de Filipe a Elizabeth, escreveu a Filipe em maio de 1558:

> Não acho que a rainha desejará impedir Elizabeth de suceder ao trono, caso Deus não conceda saída a Suas Majestades.

Feria poderia muito bem estar extrapolando em sua própria ideia do comprometimento de Mary para com sua irmã. Ainda assim, durante a primavera de 1558, Filipe parece ter iniciado uma conversa secreta com Elizabeth, por meio de seu enviado, Feria. Em junho, Feria escreveu a Filipe:

> Fui visitar lady Elizabeth, como instruído a fazer por Sua Majestade. Ela ficou imensamente satisfeita, e eu também, por motivos que contarei a Sua Majestade quando chegar aí.

Filipe escreveu de volta:

> Fiquei satisfeito em saber que tenha ido visitar lady Elizabeth. Quando vier, me contará o que aconteceu entre vocês.

Parece provável que o desejo do rei Filipe (caso Mary morresse sem filhos) era manter sua irmã Elizabeth na linha direta de sucessão, para que outro rei Habsburgo (ou ele mesmo) pudesse se casar com ela, mantendo, assim, a aliança espano-inglesa estabelecida por ele ao se casar com a rainha Mary Tudor. Depois que Mary realmente morreu sem filhos em novembro de 1558, Feria escreveu a Filipe que ele deveria deixar claro ao papa que qualquer interferência católica feita por Roma à sucessão inglesa seria um convite a um desastre na Inglaterra.

> Tenho grande temor de que [...] se [o papa] colocar na cabeça relembrar assuntos referentes ao divórcio do rei Henrique, poderá haver um problema na sucessão desta rainha [...] Acho que seria bom o senhor escrever a Roma e sondar o papa a respeito.

Mais tarde, Filipe afirmou a Elizabeth ter se empenhado muito em proteger seu lugar na sucessão inglesa. Através desses comunicados, fica claro que ele dizia a verdade. Realmente, tinha se esforçado bastante a favor dela. Logicamente, isso foi feito para favorecer sua própria agenda geopolítica. Quando o conde Feria voltou a escrever a Filipe em dezembro de 1558, depois da coroação de Elizabeth, descreveu suas tentativas de seduzir a rainha Elizabeth para Filipe:

> Percebo que ela é muito vaidosa [...] Imagino que possa chegar a ela através deste sentimento. Devemos começar fazendo-a falar sobre Sua Majestade [...] [e não] considerando-a inferior à irmã, que nunca se casaria com um súdito. Devemos [...] então, mostrar a ela como lhe ficaria mal se casar [com um inglês comum], uma vez que existem tantos monarcas excelentes que ela poderia desposar.

A vaidade a que Feria se refere deve ter sido o desejo que percebia em Elizabeth de não se casar com um simples súdito, mas sim com um nobre. Décadas depois, seu interesse tardio no filho mais novo de Catarina de Médici, François, duque d'Alençon, demonstra não uma vulnerabilidade presunçosa pré-menopausa, mas sim um desejo estratégico de desposar um nobre, caso decidisse um dia se casar com alguém. Nesse aspecto, Feria provavelmente estava certo sobre sua não propensão a se casar abaixo da nobreza.

Contudo, a dedução bem divertida do emissário espanhol, de que Elizabeth poderia ser manipulada simplesmente fomentando-lhe sentimentos de ciúmes do amor do rei espanhol por sua irmã agora morta, parece de uma ingenuidade quase cômica, como se ele estivesse lidando com uma garota ignorante, e não com a mulher de 25 anos, de instrução requintada, independente, que acabaria se tornando, seguramente, a governante mais bem-sucedida da Inglaterra em toda história.[23] Subestimando extremamente o compromisso de Elizabeth com uma agenda geopolítica inteligente, ele parece ter estado bem alheio até ao fato de que ela poderia ter uma agenda própria. Os espanhóis sabiam que ela era protestante, mas também pareciam deduzir que, uma vez casada com um católico, ela mesma se tornaria uma. Para Feria, Elizabeth não passava de uma mulher que sempre seria incapaz de governar por si mesma, sem a ajuda de um homem. (Até a temível rainha Isabel de Castela, avó de Filipe, sempre tinha governado em conjunto com o marido, rei Fernão de Aragão, embora durante toda a vida dela ele não tivesse qualquer autoridade sobre seu reino de Castela.)

Entre os reis, Filipe talvez estivesse excepcionalmente confortável com a ideia de rainhas reinantes; claramente as considerava capazes de governar, como exemplificado pelas regentes Habsburgos, indicadas por ele mesmo. No entanto, o contínuo fracasso em antecipar o gênio político de Elizabeth iria, a longo prazo, mudar o destino do império de ambos.

CAPÍTULO DOIS

～

A pérola de Mary Tudor

Filipe deixou de voltar à Inglaterra para o funeral de sua esposa, Mary, não por falta de sentimento, ou por uma falha incomum de etiqueta, mas porque naquele exato momento lidava com duas outras mortes na família. Também estava começando a arcar com o peso que teve que assumir quando lhe coube governar metade do império de seu pai, o sacro imperador romano Carlos V, morto em setembro de 1558. Sua tia, Maria da Hungria, regente dos Países Baixos, morreu em outubro; Mary morreu em novembro. Pouco antes de morrer, o pai de Filipe abdicou do trono como imperador, dividindo o império, concedendo a Filipe as terras espanholas, e a seu irmão Ferdinand, arquiduque da Áustria, as terras germânicas. A governança do Império Espanhol (incluindo Nápoles e Sicília, os Países Baixos e o Novo Mundo) foi assim diretamente para Filipe, bem como o prosseguimento da guerra vigente de seu pai com a França, para a qual Filipe havia recrutado forças inglesas, empenhando-se em seguida para concluí-la com um acordo de paz. Supunha-se, também, que Filipe assumiria a guerra de seu pai contra o Império Otomano, bem como providenciaria a remoção dos protestantes das terras católicas, forçando a emigração ou conversão, o que poderíamos chamar de "limpeza étnica". Todas essas eram tarefas imensas.

Filipe confessou que 1558 foi o pior ano da sua vida, não apenas porque a morte do seu pai deixara-o sozinho, enfrentando as enormes responsabilidades que haviam se tornado excessivas até para o imperador

Carlos V, como também porque com a morte de sua esposa, Mary Tudor, que morreu sem filhos, perdia a Inglaterra para os Habsburgos, para quem ela tinha sido um grande prêmio estratégico. Assim, somada a seu fardo, estava a necessidade de conquistar Elizabeth para ser sua esposa.

Mais tarde, Elizabeth explicou que tinha ficado muito "satisfeita de se livrar da proposta do rei da Espanha", dizendo ao embaixador francês que havia rejeitado o pedido de casamento de Filipe por ele ser seu cunhado; não por ele ter levado sua irmã a perder Calais na recente guerra com a França; não porque a arrogância dos espanhóis havia voltado o povo contra Mary; e certamente não porque ela nunca pretendia se casar.

Martin Hume, editor do inglês *Calendar of State Papers*, sugeriu que essa explicação sobre opções conjugais era, na verdade, falsa, e que Elizabeth tinha, de fato, recusado o matrimônio por causa das complicações da política corrente ou "por motivos bem mais importantes". Contudo, não estou tão certa de que o editor tenha razão em pôr em dúvida Elizabeth. Desconfio que a rainha estivesse sendo absolutamente verdadeira com o embaixador. A questão de um potencial incesto entre irmãos seria, para ela, como filha de Henrique VIII e Ana Bolena, algo realmente muito sério.[24] A total legitimidade de Elizabeth e, portanto, sua chance de um dia se tornar rainha, dependera do direito criado por seu pai, em benefício próprio, para se casar com sua mãe, baseado em que seu primeiro casamento era inválido por ele ter cometido incesto ao se casar com Catarina de Aragão, esposa do seu irmão Arthur. Caso Elizabeth se casasse com o rei Filipe, estaria cometendo exatamente o mesmo tipo de incesto pelo qual (ou pelo menos foi o que Henrique VIII afirmou em numerosas universidades na Europa) Deus punira seu pai, negando-lhe um herdeiro vivo do sexo masculino. A fim de remediar esse pecado, punido com tanto perigo (segundo sua visão) à sua dinastia, Henrique havia afastado Catarina e se casado com a mãe de Elizabeth. De maneira semelhante, tendo sido primeiramente casado com Mary Tudor, irmã mais velha de Elizabeth, Filipe realmente precisaria de uma dispensa do papa para se casar com Elizabeth. Ele já havia recebido uma para seu casamento com Mary, porque, sendo primos em segundo grau, estavam dentro dos graus de afinidade proibidos (não tão próximos quanto Henrique e Catarina, cunhados, mas próximos o suficiente).[25]

Embora o crime de incesto falsamente alegado, pelo qual Ana foi condenada à morte, fosse supostamente com seu irmão, George Bolena, pelas regras vigentes permaneceu o fato de ter sido o caso anterior de Henrique com Maria Bolena que tornou *seu casamento com Ana* incestuoso. Henrique tinha reconhecido o fato francamente, ao pedir ao papa uma segunda dispensa para incesto, por planejar se casar com Ana. Elizabeth poderia muito bem estar a par da outra ligação de seu pai, porque manteve uma amizade próxima com sua tia materna, Maria Bolena, privilegiando seus filhos – primos em primeiro grau de Elizabeth – durante toda a vida deles. A filha de Maria Bolena, Catherine Carey, poderia até ser meia-irmã de Elizabeth, produto do caso anterior de Henrique VIII com Maria Bolena.

Sabe-se que o principal conselheiro de Elizabeth I (então secretário de Estado e senhor tesoureiro), William Cecil, contou ao conde Feria, embaixador espanhol (como emissário amplamente preferido por Filipe em detrimento de Renard) que Elizabeth "teria se casado" com Sua Majestade o rei Filipe, se não fosse por este "impedimento de afinidade". A situação era especialmente problemática, Cecil confessou, por envolver questões sobre "poderes de dispensa" do papa que, segundo ele, seria infrutífero discutir agora que a oferta tinha sido frustrada. Apenas um quarto de século antes, a Inglaterra havia se transformado de católica em protestante, bem especificamente por causa do desafio de Henrique VIII aos "poderes de dispensa" do papa. À época, Henrique argumentara que o papa nunca tivera o poder ou a autoridade para conceder uma dispensa ao casamento com uma cunhada, ato diretamente contrário às leis de Deus. Na opinião de Henrique, o papa o teria, assim, condenado a um reinado sem um herdeiro legítimo vivo do sexo masculino. A leve referência de Cecil aos "poderes de dispensa" do papa encobre os acontecimentos tortuosos da "grande questão" do rei. Ela ignora a brusquidão da "reforma" de cima para baixo com que o rei Henrique arrancou o povo inglês de sua comunidade precedente no seio da Igreja Católica. Só assim ele conseguiu se casar com Ana, sem o consentimento do papa para uma dissolução do seu primeiro casamento com a profundamente católica Catarina de Aragão.

Considerando que o reinado de Mary Tudor pretendia desfazer a transformação para protestantismo ao lutar para trazer seu povo de volta à Igreja Católica (através da força cruel de queimá-los vivos, quando necessário), o suave resumo do conde Feria sobre a explicação feita por Cecil da rejeição de Elizabeth a seu cunhado, o rei católico da Espanha, parece minimizar comicamente os problemas catastróficos causados por aquelas "questões religiosas", tais como os "poderes de dispensa" do papa.

Nos primeiros três anos de seu curto reinado de cinco anos, Mary queimou heréticos vivos, muitos deles pessoas comuns, mas alguns deles bispos e arcebispos anglicanos, tais como os famosos "mártires de Oxford": Nicholas Ridley, Hugh Latimer e o arcebispo de Canterbury, Thomas Cranmer, indicado por seu pai. Apenas doze anos depois, do outro lado do Canal, em 1562, o reino vizinho da França estaria mergulhado na primeira das guerras religiosas entre católicos e protestantes franceses huguenotes, conflitos sangrentos que se arrastariam por três décadas. Assim, do ponto de vista do secretário Cecil, teria sido realmente "infrutífero discutir" com o embaixador espanhol Feria o poder do papa na questão, não apenas porque a proposta de casamento de Filipe não tinha sido aceita, mas porque, sob o comando de Elizabeth, a Inglaterra inevitavelmente voltaria a ser uma nação protestante. Era muito improvável que o reino voltasse a abraçar o catolicismo, a não ser que fosse invadido e conquistado definitivamente por uma potência europeia católica, disposta a forçar o país a retomar uma fé que seu rei havia rejeitado na geração anterior. A Armada de Filipe propunha-se a tal invasão exatamente para devolver a Inglaterra à Igreja Católica. Ele temia a possibilidade de a Inglaterra voltar ao protestantismo, e seu medo era um dos motivos fundamentais de ter proposto casamento a Elizabeth.

Estaria o protestante William Cecil sendo irônico com o embaixador espanhol sobre este "impedimento de afinidade"? Feria não era nem um pouco ignorante sobre a história inglesa, e tinha se preocupado muito com a posição de Elizabeth como uma herética ilegítima aos olhos do papa. Tendo em vista o resultado da "grande questão" do rei Henrique, teria sido totalmente impossível para Elizabeth aceitar um casamento com seu cunhado sem prejudicar todos os argumentos sobre sua própria legitimidade. E esse fato deve ter sido o ponto subjacente dos comentários do embaixador Feria: sua dedução de que a legitimidade de Elizabeth – sobre a qual tanto ele quanto Filipe já se preocupavam – pudesse ser facilmente resolvida com "discussões frutíferas" entre os homens envolvidos em negociações na questão casamento, caso elas fossem seguir em frente. Estaria Cecil simplesmente adulando Feria, ao culpar o "impedimento de afinidade", como se esse "impedimento" não fosse a causa fundamental da transformação inglesa em uma nação protestante, uma nação que professava uma religião não católica à qual Cecil era ainda mais devotado do que era à sua própria rainha?

O próprio rei Filipe já tinha confiado duas vezes no poder do papa em dispensar das regras contra incesto, uma vez em seu primeiro casamento com sua prima, uma princesa de Portugal, e novamente em seu segundo casamento, com Mary Tudor. E, é claro, ele teria deduzido que o papa tinha plenos poderes para lhe conceder tal dispensa. Por que a profunda fé católica de Filipe não o fez decidir que o divórcio ou anulação de Henrique de sua tia-avó, Catarina de Aragão, tinha sido totalmente falso? Ele acabou decidindo exatamente isso, mas, à época, trabalhou ativamente para se casar com Elizabeth, ainda que, em sua Igreja Católica, ela fosse considerada uma bastarda que jamais poderia ser uma verdadeira sucessora ao trono inglês. Parece que, para Filipe, o laço de sangue de Elizabeth com o pai (confirmado no Ato de Sucessão de Henrique) era mais atraente do que sua ilegitimidade técnica e seu protestantismo. O fato de ela ser a herdeira direta (embora protestante) significava que sua prima, a profundamente católica Mary, Rainha dos Escoceses, então rainha da França, bem como da Escócia, era a segunda na linha de sucessão ao trono inglês, e sendo assim, não poderia herdar a não ser que Elizabeth não conseguisse se casar e produzir um herdeiro. Caso isso acontecesse, a Inglaterra seria engolida pela França, algo que Filipe não poderia permitir.

Aparentemente, aos olhos de Filipe, Elizabeth Tudor era uma candidata viável ao casamento, na verdade preferível, porque agiria como um baluarte contra a tomada da Inglaterra pela França. Caso esta tomada acontecesse, a França teria condições para ameaçar, pelos dois lados do Canal, o centro financeiro do Império Espanhol nos Países Baixos.

Filipe pode ter encarado um casamento com Elizabeth com um apetite bem maior do que quando se casou com Mary; aos 25 anos, Elizabeth era seis anos mais nova do que ele, enquanto Mary tinha sido 11 anos mais velha. A irmã mais nova era nitidamente muito saudável e bem mais provável do que Mary de produzir um herdeiro ao trono.

Sabemos que Feria tinha andado conversando sobre *algo* importante com a princesa Elizabeth, antes mesmo de Mary morrer. É claro que pode ter sido sobre o cortejo promovido pelo rei da Suécia para que seu filho se casasse com Elizabeth. Filipe respeitava abertamente e não temia o reinado das mulheres, hábito da família Habsburgo. Embora tivesse desapontado imensamente Mary, foi basicamente um bom marido. Mais tarde, papariou sua terceira esposa, Elisabeth de Valois, muito jovem, filha de Catarina de Médici; desenvolveu uma profunda afeição por sua sobrinha Habsburgo, Anna da Áustria, sua quarta e última mulher; e fez esforços sem fim para encontrar um trono para sua filha muito amada, Clara Isabella Eugenia, chegando a combater os franceses em relação à Lei Sálica. No final, tendo seu marido como rei, ela seria feita rainha nos Países Baixos Espanhóis. Fica igualmente claro que Elizabeth não tinha interesse nele; ou sentia uma rejeição por ele como pretendente, ou imaginava que, rico e poderoso como era, acabaria contornando todas as restrições que o Conselho da Coroa Inglesa havia colocado quando se casou com Mary, vindo a dominar a corte e a ela.

O embaixador Feria percebia nitidamente que Elizabeth não seria governada por ninguém, senão por si mesma. Assim, não se surpreendeu quando ela afirmou, com veemência: "Só terei uma senhora aqui e nenhum senhor!". Ao longo do seu reinado, Gloriana recorreu a uma retórica eloquente para transformar a tradicional fraqueza de uma mulher solteira e sem filhos em um poder singular que não reconhecia qualquer obrigação em continuar a dinastia. Obviamente, o embaixador Feria viu o perigo que o divórcio de Henrique VIII trazia para a legitimidade de Elizabeth; preocupava-se que o papa pudesse, oficialmente, declará-la bastarda e lhe negar um lugar na sucessão ao trono da irmã. O papa, de fato, excomungou Elizabeth, onze anos depois, como bastarda e herética, pronunciando, assim, oficialmente, um anátema contra ela, concedendo sua sagada permissão a quem quer que pudesse – agora sem pecado – assassiná-la. Assim, Filipe pode muito bem ter feito o que Feria aconselhava-o a fazer: escrever ao papa alertando-o contra tal gesto radical, como o de excomungar Elizabeth. Mas, considerando o desejo de Elizabeth por autonomia e clara resistência a suas propostas, não é de se surpreender que o rei da Espanha, depois de passar quase dois anos tentando convencê-la a se casar com ele (fazendo isso até, segundo se suspeita, durante os últimos meses da doença terminal de Mary), subitamente desistisse de pedir a sua mão.

Em vez disso, Filipe casou-se com uma princesa francesa, Elisabeth de Valois, selando a paz criada pelo Tratado de Cateau-Cambrésis (3 de abril de 1559). Dessa maneira, Filipe pôde reprimir a investida francesa contra seus interesses nos conturbados Países Baixos, exatamente como andara desesperado para bloquear os franceses, fazendo a protestante Elizabeth assegurar o trono inglês, em vez da católica Mary, Rainha dos Escoceses e da França. Estava então ansiosamente disposto a ignorar o protestantismo de Elizabeth, para que a ilha britânica que ele já tinha governado por meio de sua esposa Mary, não caísse sob o poder da Coroa francesa, por mais católica que aquela Coroa pudesse ser. Em vez disso, seu casamento com a jovem adolescente católica selaria uma trégua com a França. Ele pode ter previsto que Elizabeth jamais se casaria, e assim nenhum dos filhos Valois, que poderiam ser pretendentes, chegaria ao trono inglês. Sua aposta era que a Inglaterra não se tornaria francesa.

Aos 25 anos, Elizabeth aparentemente havia deixado correr as propostas de Filipe, talvez até antes da morte da irmã, fazendo Feria pensar que estava satisfeita em ouvir qualquer conversa que eles estivessem tendo sobre um possível casamento. Suspeita-se que sua receptividade não era por estar interessada em superar o casamento da irmã com um grande rei, casando-se ela mesma com ele (como deduziam Feria e Filipe). É verdade que Filipe *era*, naquela época, o monarca europeu mais poderoso, governando um império que se estendia por metade do globo. Mas tudo que Elizabeth parecia querer era qualquer ajuda que pudesse obter de Filipe para mantê-la segura como a única herdeira legítima do trono inglês, durante os arriscados últimos meses de vida de Mary. O próprio Filipe achava que já tinha lhe prestado um grande serviço, não apenas com o papa, mas com o Conselho de Mary, quando Mary claramente não queria Elizabeth como sua sucessora.

Enquanto Mary jazia doente com a influenza que logo a mataria no começo do outono de 1558, Filipe estava intensamente envolvido em complicados tratados para concluir a guerra recente contra a França, em que a Inglaterra havia entrado a seu pedido. O tratado final resultou na perda de Calais por parte da Inglaterra, último posto avançado que lhe restava no continente. Embora Filipe se esforçasse muito para que a França devolvesse à Inglaterra esta cidade portuária extremamente valiosa, seus esforços revelaram-se inúteis. Os britânicos ficaram muito amargurados com a perda que haviam suportado em seu nome. Filipe compreendeu muito bem a raiva deles, tendo admitido, honestamente, em novembro, mês da morte de Mary, que

> Concluir a paz sem a devolução de Calais faria todo o reino da Inglaterra erguer-se indignado contra mim, embora eles perdessem o lugar por sua própria culpa [...] Mas como a Inglaterra entrou na guerra por minha causa, sou obrigado a dedicar grande atenção a este assunto.

Após a morte de Mary, e enquanto o pedido de casamento de Filipe a sua irmã Elizabeth cintilava brevemente, ele tomou o cuidado de devolver as joias que Mary lhe havia dado durante os anos como seu marido. Uma lista desses itens está anotada de seu próprio punho. Mesmo jovem (ele só tinha 31 anos quando Mary morreu), Filipe era meticuloso com os detalhes. A lista começa com um comentário seu a Feria:

> Tenho um *anel* que me foi enviado pela rainha [...] Acho que você o viu. Faça-me saber se ele deveria ser devolvido, para que eu possa enviá-lo a você.

A lista de joias continua extensa, incluindo a regalia que lhe foi dada por sua filiação na Ordem da Jarreteira.

1. Uma valiosa jarreteira com dois grandes diamantes lapidados, uma grande pérola, cinco diamantes planos dispostos no formato de uma rosa, doze rubis planos ao redor da jarreteira [...] O conde de Arundel afixou isto na minha perna, a bordo do navio em Southampton.
2. Uma corrente com 58 elos, cada um deles trazendo diamantes ou rubis [...] juntamente com um São Jorge de armadura feita com diamantes, e o dragão formado por uma pérola.
3. Outro manto francês em tecido de ouro, com as rosas da Inglaterra e romãs bordadas nas mangas [...] que me foi dado pela rainha para ser usado no dia do nosso casamento [...] mas não acho que o tenha usado porque me pareceu enfeitado.

Quando um casamento real termina, um noivo devolve os presentes dados pela esposa à casa real dela. Esta não é uma lei internacional, mas o *decorum* adequado requerido pelo pertencimento a uma classe específica de pessoas que governam o mundo, aceitando uma responsabilidade compartilhada por fazê-lo coletivamente, e que são, além disto, elas mesmas uma família, relacionadas não importa de que modo distante, mas com frequência numa relação próxima de sangue.[26]

Numa demonstração de que compartilhava o entendimento de um presentear nobre adequado, e sua devolução, Mary I devolveu a Filipe, em seu testamento, uma joia especialmente importante. Antes do casamento deles, Filipe havia dado à futura esposa um diamante tabular. O topo do diamante era quadrado como uma "mesa", sendo muito vanguardista no século XVI. Com o passar dos séculos, deduziu-se que os retratos feitos por Hans Eworth e Antonis Mor à época do seu casamento mostram Mary usando o presente de Filipe, o diamante que ela lhe devolveu em seu testamento.

A joia tem uma grande moldura em ouro trabalhado ao redor de um grande diamante tabular, e uma pérola em formato de pera de tamanho incomum pendendo embaixo. Essa é a famosa "pérola de Mary Tudor", a qual, durante muito tempo, julgou-se ter ido parar, via gerações de proprietários das joias da Coroa espanhola, na coleção de Elizabeth Taylor, presente de seu marido Richard Burton em seu casamento (um grande, mas significativo, equívoco).

Mary I; Hans Eworth, 1554.
Mary I © *The Society of Antiquaries of London.*

Por mais fascinante que seja tal lenda poética, a joia notável de Mary Tudor não aparece, de fato, nos vários retratos das sucessivas rainhas espanholas, embora todas usem uma peça de joalheria quase que exatamente igual ao broche de Mary. No entanto, aquela joia da Coroa claramente *não* é o diamante que Mary devolveu a Filipe. Em vez disso, estudiosos provaram, criteriosamente, que a destacada peça de joalheria usada por Mary em seus retratos de casamento veio-lhe da grande coleção de joias de seu pai, assim como consta no inventário de Henrique VIII de 1547. Ela a exibe em seu retrato pintado por Hans Eworth, em seu vestido de casamento em 1554.[27]

O broche mostra, claramente, duas figuras humanas, vestidas, dispostas na filigrana da moldura de ouro, "segurando" o diamante tabular. O inventário de 1547 de Henrique VIII especifica um diamante tabular circundado por uma armadura de ouro com figuras, ou "antiguidades", que representam soldados romanos em armaduras. O retrato de Mary, pintado por Antonis Mor, também mostra o mesmo detalhe no pendente.

Mary I; Antonis Mor, 1554. O retrato recentemente limpo revela duas figuras na moldura em filigrana que circunda o diamante tabular, correspondendo à joia do retrato de Eworth. © *Museo Del Prado Via Wikimedia Commons.*

As joias assinalaram a herança de Mary vinda de seus pais, já que a cruz Tau, junto a sua garganta, havia pertencido a Catarina de Aragão antes que ela fosse forçada a devolvê-la às joias da Coroa, quando Henrique VIII anulou o casamento entre eles. O diamante tabular com "antiguidades" e uma "grande" pérola pendente faz parte da coleção de joias de Katherine Parr, no inventário de 1547.[28]

Por causa do seu tamanho, a pérola tinha sido uma atração importante na corte de Mary. Uma medalha de ouro, que Filipe mandara cunhar durante o reinado da rainha, destaca a pérola, o pendente tendo uma presença muito significativa na gravação em alto-relevo da peça.[29]

Ainda que a joia *não* tivesse sido o presente de Filipe – ou de seu pai, o imperador Carlos V –, ela claramente representava um importante símbolo da linhagem real, e até imperial, de Mary, que derivava não apenas do seu pai, mas também da mãe, tia-avó do noivo. (O fato de ela estar se casando com o filho do sacro imperador romano poderia tê-la induzido a escolher essa joia específica, com sua referência romana.)

No entanto, pode ter havido ainda outro motivo para Mary escolher a joia a ser usada em seus retratos. Um retrato descoberto recentemente, supostamente de lady Jane Grey, que representa duas joias distintas semelhantes à "pérola de Mary Tudor", sugere que o pendente pode ter sido dado, primeiramente, à adolescente "Rainha por Nove Dias" pela rainha viúva Katherine Parr, conhecida por seus presentes criteriosos a mulheres mais jovens. Ela havia dado seu livro pessoal de orações a Jane Grey, quando ela estava morrendo logo depois de dar à luz um bebê que teve com Thomas Seymour, seu terceiro marido (em seguida a seu casamento com o rei). Jane Grey tinha sido muito próxima de Parr, servindo como enlutada-chefe em seu funeral. Se, de fato, uma das duas joias for um legado da coleção de Parr, usada por Jane como parte de suas reivindicações à nobreza, então Mary pode muito bem tê-la tirado de Jane como parte da sinalização das joias oficiais da Coroa.[30]

Lady Jane Grey; 1590-1600; artista desconhecido. © *National Portrait Gallery, London Via Wikimedia Commons.*

Decorreu muita confusão da lenda que afirma que a pérola de Mary Tudor era aquela que havia entrado notadamente para as joias da Coroa espanhola, depois de ter sido achada na década de 1560 por um escravo no Panamá (que, assim, segundo se conta, conquistou sua liberdade). No entanto, essa pérola só foi descoberta, no mínimo, seis anos depois do casamento de Filipe com Mary, em 1554, e Filipe só a comprou bem depois da morte de Mary. Subsequentemente chamada de "La Peregrina", ela teve uma história famosa e bem documentada, só deixando a posse dos Habsburgos espanhóis quando a Espanha foi conquistada por Napoleão Bonaparte.[31] A pérola panamenha realmente aparece no retrato de Margaret da Áustria, esposa de Filipe III; Filipe II a havia incluído nas joias da Coroa espanhola. Na pintura, a rainha claramente aponta para a pérola, indicando sua importância.

Num sentido bem real, quando a dinastia Habsburgo perdeu "La Peregrina" para Napoleão, eles não apenas perderam este famoso

Margaret da Áustria; Juan Pantoja de la Cruz, 1605. A mão da rainha chama atenção para a famosa pérola.
© *Christie's Via Wikimedia Commons.*

A PÉROLA DE MARY TUDOR   67

"bem inalienável" de capital fechado, como também perderam todo seu poder. Foi esse fato político que tornou necessário renunciar à posse da pérola pela família em prol dos Bonapartes. A própria pérola continha um valor especial por causa de sua história de proprietários reais e imperiais. (Como tal, ela se tornou um valioso presente de casamento trocado entre atores de cinema, por mais equivocados que estivessem sobre sua história, sempre acreditando que a pérola tivesse sido de Mary Tudor.)[32]

Existe um retrato da então recém-coroada rainha Elizabeth, do primeiro ano de seu reinado, em que ela aparece usando um diamante tabular e um broche com uma pérola pendente quase idêntico ao que Mary usava com o pendente de pérola em seus retratos de casamento. Pareceria perfeitamente adequado que Elizabeth herdasse de Mary e depois usasse uma joia originária de seu pai. No entanto, olhando com atenção o broche de Elizabeth, é possível ver que a moldura de ouro

Retrato "Clopton" de Elizabeth I; artista desconhecido, Escola Inglesa, 1558-1560.
© *The Clopton Portrait of Elizabeth I of England Via Wikimedia Commons.*

68 ⋅◈⋅ OS TUDORS

não está, de fato, adornada com dois soldados romanos totalmente armados, mas por duas figuras *nuas*, um homem à esquerda e uma mulher à direita. Aparentemente, Elizabeth decidiu não usar algo que sua irmã com tanta ostentação tornara parte de seus acessórios reais, associando-o muito especificamente ao tempo de seu casamento com o rei católico da Espanha.

Em seu retrato "peneira" de Elizabeth, Quentin Metsys acrescenta um detalhe que parece um tanto discordante desse gênero de imagística. Todos os retratos "peneira" de Elizabeth referem-se à história da virgem vestal Tuccia, famosa por conseguir carregar uma porção completa de água em sua peneira, desde o Rio Tibre até o templo de Diana, sem perder uma única gota, provando assim, milagrosamente, sua virgindade. Muitos artistas pintaram retratos "peneira" de Elizabeth.

Na versão de Quentin Metsys do retrato "peneira", em que o pendente de Elizabeth passou a ser um broche, as duas figuras que seguram o diamante são ainda com maior clareza um nu masculino e um feminino (embora com lugares trocados); a mulher está nua, numa pose lânguida, sua pele branca em forte contraste com a cor mais rósea do seu companheiro, igualmente nu. De quem foi esta escolha? Do pintor? De Elizabeth?

Claramente, esta cópia muito aproximada de uma joia usada com tanto destaque por sua irmã, a rainha Mary, nos retratos que celebram seu casamento com um Habsburgo, permaneceu um item querido e precioso entre as joias de Elizabeth. É como se a joia, por si mesma erotizada, proclamasse a escolha de autonomia que Elizabeth sempre fez. Por outro lado, a rainha Mary havia escolhido uma joia da coleção de seu pai, que falava das fantasias imperiais do *seu* pai; seu próprio casamento era também uma aliança conjugal com um parente da mãe, da família mais poderosa da Europa, filho de um imperador. Em contraste, durante seu reinado, Elizabeth Gloriana usou uma retórica eloquente para transformar o que era a fraqueza tradicional de uma mulher solteira e sem filhos em um poder singular que nada devia à dinastia. "Meus filhos são meu povo." "Homens travam guerras. Mulheres vencem-nas." "Se eu fosse expulsa do meu reino de combinação, conseguiria viver em qualquer lugar da Cristandade."

Retrato "peneira" da rainha Elizabeth I; Federico Zuccaro, 1583.
© XAL183354 – Bridgeman Images/ Easypix Brasil.

Ao longo de sua vida, Elizabeth, com gentileza, mas firme, rejeitou propostas de outros nobres; ao rei da Suécia, por exemplo, ela disse: "Não concebemos, em nosso coração, aceitar um marido, mas recomendamos seriamente esta vida singular, e espero que Vossa Alteza Sereníssima não passe mais tempo esperando por nós". O lema pessoal de sua irmã Mary havia sido *Veritas Temporis Filia*, "Verdade, a Filha do Tempo". Não é uma surpresa que o lema seja uma alegoria a um relacionamento de uma filha com um passado mais antigo, parental (pré-Reforma). O lema de Elizabeth era bem mais direto e solitário: *Semper eadem*, "Sempre a mesma". E ela era assim. Se quando jovem Elizabeth tivesse escolhido desposar Filipe, poderia, com o tempo, ter recebido a pérola panamenha. Mas, ao que parece, o fato de ter recusado aquela aliança não significou que tivesse que ficar sem sua própria joia com a grande pérola pendente. Em vez disto, ela só precisou que fizessem sua própria versão. O fato de essa versão ser muito mais erótica do que o pendente de sua irmã casada sugere muito sobre a percepção de Elizabeth quanto ao poder sexual de sua virgindade;

ao usar pela primeira vez a joia quando chegou ao trono aos 25 anos, ela era sexualmente madura. Embora eternamente inatingível, podia permanecer o centro sedutor de sua corte, bem além do apogeu do seu período reprodutivo.

Não se trata de um acaso de cunho ficcional que essas joias tenham um significado tão relevante. Famílias são definidas por seus padrões de herança, e seus status são potencializados à medida que elas amealham mais e mais riquezas para passar a seus herdeiros por múltiplas gerações. Os Habsburgos acumularam continentes inteiros no Novo Mundo para passar adiante.

O reaparecimento de mais um diamante tabular e de uma pérola em formato de pera em um retrato tardio de Elizabeth, dos mais celebrados, parece quase acenar, com ironia, a este poder Habsburgo. Trata-se do retrato da Armada, pintado para comemorar o triunfo da Inglaterra sobre a tentativa de ataque naval de Filipe da Espanha à Inglaterra, em 1588. Foram feitas diversas cópias, com ligeiras diferenças uma da outra, em vários detalhes.

O retrato que se encontra no Museu Marítimo, em Greenwich, Inglaterra (cópia do suposto original em Woburn Abbey), mostra uma pérola adornando a parte inferior do corpete de Elizabeth, que em parte se assemelha à versão de Elizabeth da "pérola de Mary Tudor". Todas as cópias deste famoso retrato, que com certeza não foi pintado ao vivo, mostram uma pérola em formato de pera pendendo de um laço amarrado a um broche de ouro com um diamante tabular. Os múltiplos laços e nós no vestuário de Elizabeth, assim como em muitas de suas roupas, transmitem mensagens importantes. Eles reafirmam o significado do lugar diferenciado do grande laço que segura uma pérola em formato de pera. Ele aparece sobre a região genital de Elizabeth, insistindo em sua pureza sexual – como a de uma pérola – enquanto Rainha Virgem, o laço rosa representando, juntamente com todos os outros laços, seu "hímen de virgem" jamais tocado por homem. Assim como a Armada Espanhola não conseguiu penetrar nas defesas marciais da Inglaterra, Elizabeth permanece por si mesma uma entidade insular intocada. A pérola e o laço também estão pintados no mesmo lugar que a grande braguilha enfeitada com um grande laço, que aparece no famoso retrato de seu pai, Henrique VIII, feito por Holbein.[33]

Retrato da Armada; artista desconhecido (antes atribuído a George Gower), 1588. Consta que a versão do retrato que se encontra no Museu Marítimo pertenceu a sir Francis Drake, um dos triunfantes comandantes navais na vitória. © *Royal Museums Greenwich Via Wikimedia Commons.*

Essa pérola gigante "de grande valor" representa a virgindade de Elizabeth, tão poderosa quanto, se não mais do que, a virilidade de seu pai como um conquistador do globo. Pousado sob sua mão direita, o globo mostra o hemisfério ocidental, com a América do Norte abrigada, protegida, sob sua palma (a colônia de Raleigh, atualmente Carolina do Norte, tinha sido fundada em 1584, apenas quatro anos antes da Armada).

O retrato da Armada da Rainha Virgem é uma declaração de que ela não precisa ser seu pai para usar a joia imperial dele, nem precisa se casar com Filipe para ter uma pérola própria, ou para possuir sua própria parcela do Novo Mundo.

Bens inalienáveis – em essência, relíquias de família – são aqueles que uma família nunca é forçada a vender, emprestar, ou entregar

O "Ditchley Henrique VIII", segundo Hans Holbein, 1600-1610. © *The Weiss Gallery, London Via Wikimedia Commons.*

a alguém que não seja membro dessa família. São tesouros que dão àquela família seu lugar na hierarquia social, seu status de classe. Na sociedade pré-capitalista estudada pela antropóloga Annette Weiner nas Ilhas Trobriand, no Pacífico Sul, os itens valiosos eram tapetes de pano tecidos por mulheres. Como podemos constatar, a associação de mulheres com a tecelagem através de muitas culturas ao longo da história é relevante aos tipos de poder que mulheres de alta posição conseguem acumular e manter: a própria palavra inglesa *"heirloom"*, que significa relíquia de família, refere-se ao mecanismo pelo qual cada pano é tecido; o que é feito em um *loom* (tear) é passado para *heirs* (herdeiros). Mas, como vimos, bens inalienáveis podem ser feitos de materiais que não sejam um tecido.

Eis aqui um exercício de reflexão: compare os *tours* abarrotados que pacientemente serpenteiam pela Torre de Londres para ver as joias da Coroa que estão trancadas em um cofre, e só são retiradas para serem usadas por membros da família real em ocasiões especiais. Agora, imagine uma propaganda na televisão pelo banco de investimento Goldman Sachs. Neste último, notas de dólar flutuam para dentro de um cofre cheio de poeira, enquanto surge uma pergunta na tela:

"Seu banco está apenas guardando seu dinheiro?". Sentimos o quanto o tesouro da realeza é diferente da fortuna trabalhada que a Goldman Sachs propõe construir para seus investidores. As joias da Coroa permanecem trancadas, só passando como bens de um membro da família real para a geração seguinte. O dinheiro – corretamente chamado de "moeda corrente" – precisa circular (fluir como numa corrente de um rio) para se tornar mais valioso. A Goldman Sachs fará seu dinheiro trabalhar no mundo, em vez de simplesmente deixá-lo ocioso em um cofre, como um bocado inerte de metal e pedras, por mais preciosos que sejam. Embora se possa dizer que as joias ficam, sim, mais valiosas com o tempo, seu aumento de valor não se equipara ao que os investimentos de capital conseguiriam. São dois sistemas muito diferentes de riqueza: um com aumento de capital, o outro, com aumento do status social hierárquico, ou capital "cultural", de gerações sucessivas de uma família, levando-a ao pico do poder social.

No século XX, "La Peregrina", a pérola vinda dos mares do Panamá, foi, finalmente, transformada em um bem *alienável*, embora, de certo modo, ela ainda circule entre (uma espécie de) realeza. Depois de sair das joias da Coroa espanhola, durante o reinado de Bonaparte, ela foi vendida na Inglaterra e passou para a posse da família Hamilton, uma notável família nobre, com um parentesco próximo aos Spencers. (Lady Diana Spencer era prima dos Hamiltons, assim, os Hamiltons são primos

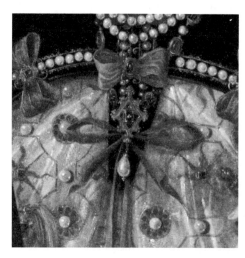

Detalhe do retrato da Armada.
© *Royal Museums Greenwich Via Wikimedia Commons.*

distantes dos atuais membros mais novos da real família britânica.) Os Hamiltons venderam a pérola em 1969. Quando ela foi comprada por Richard Burton para sua nova esposa Elizabeth Taylor, eles concluíram, equivocadamente, ser a pérola que Mary Tudor ganhou de Filipe II em seu casamento. Os Burtons tinham tanta certeza de possuir a "pérola de Mary Tudor", que compraram o famoso retrato feito por Eworth, em que Mary I, sentada, usa o pendente com a pérola em gota. Chocado ao saber que o governo inglês não possuía um retrato de Mary I, o casal providenciou para que a valiosa pintura a óleo constasse da coleção da National Portrait Gallery. A pérola panamenha das joias da Coroa espanhola foi, subsequentemente, vendida por 36 milhões de dólares em 2011, quando foi remontada por Cartier em meio a uma grande quantidade de diamantes, e vendida como parte da coleção de joias de Elizabeth Taylor.

Ao contrário de "La Peregrina", as joias da Coroa britânica Tudor e Stuart (e anteriores) não sobreviveram aos tempos modernos: as joias da Coroa que se encontram atualmente na "Jewel House" da Torre Branca só remontam até 1660, quando a realeza foi restaurada no poder depois do período da Commonwealth, em que Oliver Cromwell acabou vendendo, ou derretendo, todas as joias da Coroa. Esta era uma prática iniciada por Charles I da Inglaterra ao defender seu trono (e sua vida). Restaram apenas uma colher e três espadas da era pré-Guerra Civil. Com a abolição da monarquia em 1649 (apenas 46 anos após a morte de Elizabeth, em 1603), toda coleção real foi transformada em dinheiro vivo, inclusive as joias de Elizabeth. A pérola de Mary Tudor pode ter deixado a coleção antes disto, já que não aparece em nenhum inventário após o de Henrique VIII, mas se não foi antes, então, com certeza, ela se foi no interregno.

Embora a monarquia fosse restaurada para os Stuarts em 1660, com a ascensão de James II, eles tiveram que recomeçar novamente, tendo seus poderes reais amplamente reduzidos pelo Parlamento. Todos os tesouros originários dos Stuarts pré-Guerra Civil que chegaram em segurança aos tempos modernos já haviam viajado para o continente, e, sendo assim, ficaram a salvo da destruição dos tesouros durante o interregno.

Reforço a importância da hereditariedade incorporada em tais joias, porque sua transmissão de uma geração para a seguinte evidencia a herança de sangue (diríamos DNA) através dos tempos. No momento atual, Kate Middleton, esposa do príncipe William, usa o mesmo anel usado por lady (anteriormente princesa) Diana, dado por ela a seu primeiro filho, William, para que o desse a sua futura noiva. Meghan Markle usa um anel com diamantes deixado para o príncipe Harry por sua mãe, acrescentado de um diamante de Botswana, África.

Por outro lado, a tiara dos Spencers, usada por Diana em seu casamento com o príncipe Charles, foi devolvida por ocasião da sua morte a sua família de nascimento, e está de volta sob custódia de seu irmão, o conde Spencer, em Althorp, sede da família desde 1508. (De maneira semelhante, seu corpo foi enterrado ali, nas terras do castelo.)

Como filha de um conde, lady Diana já era membro da aristocracia britânica antes de se casar com o príncipe Charles. Em contraste, Kate Middleton tornou-se duquesa de Cambridge apenas com o casamento com o príncipe William, duque de Cambridge. Da mesma forma, Meghan Markle, embora uma estrela da mídia americana (como Grace Kelly), só pôde compartilhar o título herdado por seu marido, Harry. Como só cabe a uma democracia constitucional, tais títulos estão *especificamente* proscritos pela Constituição dos Estados Unidos da América.

Se a monarquia tem algo a oferecer enquanto estrutura política, é a certeza de que todos sabem quem será o próximo governante, e quem virá depois dele, e o seguinte, de modo que o poder será transferido (pelo menos em teoria) sem a necessidade de conflito ou guerra (ou eleições caras e possivelmente contestadas). Tal herança geracional promete a transferência pacífica de poder. "O rei está morto. Vida longa ao rei". Daí o frenesi dos parlamentares de Elizabeth I em forçá-la a se casar e produzir um herdeiro que seria, notadamente, o primeiro na sucessão ao trono. A rainha Mary havia morrido de coração partido por não ter sido capaz de gerar um herdeiro, e assim realizar este objetivo central da monarquia.

Na França, quando Catarina de Médici finalmente chegou ao poder como regente, em 1560, já tinha produzido sete filhos vivos: três meninas, duas das quais desposaram reis, e quatro meninos, sendo que três deles se tornaram reis, e o último quase se casou com a rainha Elizabeth da Inglaterra.

A princesa Diana usando a tiara Spencer. © SOA23361 – Bridgeman Images/Easypix Brasil.

Mary, Rainha dos Escoceses, teve apenas um filho, mas ele sobreviveu e se tornou James VI, rei da Escócia, e depois James I, rei da Inglaterra. (A atual família real descende dele, por meio de sua filha Elizabeth.)[34]

Presume-se que as rainhas devam parir reis. Isso foi, logicamente, o que a rainha Elizabeth I recusou-se peremptoriamente a fazer, pelo menos porque fazer isto exigira um marido, e ela afirmou com clareza que não queria dividir o poder com um homem, a quem todos considerariam superior a ela em autoridade. (Até Jane Grey, aos 16 anos, havia recusado que seu marido, Guildford Dudley, se equiparasse a ela enquanto rainha.)

Por mais que o mito da pérola de Mary Tudor não seja um fato histórico, e sim uma narrativa lendária, seu poder de mito fala à nossa percepção sobre o quão profundamente parecemos saber que a atuação feminina é herdada de gerações de ancestrais. Por mais diferentes que Mary Tudor e Elizabeth Taylor sejam – e elas são muito, muito diferentes – parece justo que a estrela de cinema americana de origem inglesa se tornasse possuidora de joias pertencentes à primeira rainha Tudor a governar com independência.

CAPÍTULO TRÊS

Três rainhas, um poeta e o conselheiro republicano

A "rivalidade" de Elizabeth com outra rainha Mary – a Rainha dos Escoceses – tivera início antes do nascimento de Mary Stuart. Embora elas com frequência se chamassem de "irmãs", Mary, Rainha dos Escoceses, e Elizabeth, rainha da Inglaterra, eram apenas primas em segundo grau. Assim como no caso de Mary e Elizabeth Tudor, o conflito entre as duas mulheres não era pessoal, embora a história popular contada por séculos diga que as duas tinham ciúmes da beleza, da importância e da popularidade uma da outra.[35] Em vez disso, o "conflito" entre as duas fundamentava-se, basicamente, nas diferenças religiosas decorrentes da abrupta revolução protestante iniciada por Henrique VIII na Inglaterra, sendo, antes de tudo, um conflito entre a católica Escócia e a protestante Inglaterra. Isso teve início quando Henrique VIII começou a pressionar seu sobrinho, James V da Escócia, a tornar seu reino protestante, como ele mesmo havia feito recentemente com a Inglaterra, apregoando o ganho inesperado de dinheiro que poderia vir com o confisco de todas as propriedades da Igreja.

Ainda que a própria mãe de James V, Margaret Tudor, fosse a irmã mais velha de Henrique VIII, ele rejeitou as propostas do tio. Como bom filho, absteve-se de atacar a Inglaterra até a morte de sua mãe inglesa. Com Margaret Tudor morta, não podendo mais implorar pela paz entre seu filho e seu irmão, o sobrinho escocês e o tio inglês estavam livres para ir à guerra. O final fatídico daquele conflito foi a

Batalha de Solway Moss (1542). As forças inglesas tiveram uma vitória decisiva. Ainda que o rei James V não tenha sido morto em batalha, ele sucumbiu a uma febre alta quando soube da derrota dos escoceses. Quando morreu, sua filha, Mary Stuart, tinha apenas 6 anos. Imediatamente, ela foi coroada rainha.

Quando a bebê Mary havia chegado aos 6 meses de idade, seu tio-avô Henrique VIII tentou forçar a mãe de Mary, Marie De Guise, a aceitar um compromisso entre a rainha bebê e o filho bebê de Henrique, Edward, único filho homem legítimo do rei. Henrique VIII nunca deixara de tentar juntar os reinos da Escócia e da Inglaterra. Com um futuro rei inglês comprometido com um bebê escocês, que já era uma rainha, a poderosa Inglaterra poderia, com facilidade, engolir a Escócia e transformá-la num satélite protestante.

Contudo, a mãe de Mary não era apenas francesa, era também ferrenhamente católica, leal a seu marido, o rei James V, em sua luta para manter a Escócia católica. Sua família De Guise era profundamente católica e se esforçou muito para deter o crescimento da facção protestante huguenote na França. Anteriormente, o próprio Henrique VIII havia pedido em casamento Marie De Guise, enérgica e de grande competência, depois que sua terceira esposa, Jane Seymour, morreu após o parto. Mas a francesa astutamente respondeu que, embora fosse uma

Marie De Guise;
Corneille de la Haye, 1550.
© *Scottish National Portrait Gallery
Via Wikimedia Commons.*

mulher grande, tinha um "pescoço pequeno", brincando – talvez com certo mau gosto – com a recente decapitação de Ana Bolena, a mando de Henrique VIII. Marie, então, casou-se com o rei escocês, que, assim como ela, era católico.

Jurando manter a Escócia um reino católico independente, como era então (e tinha sido, intermitentemente, durante séculos), totalmente livre do domínio inglês, Marie De Guise recorreu à ajuda da França, que enviou um exército para ajudar na defesa do país. Em retaliação, Henrique VIII enviou soldados, não apenas para atacar os escoceses, mas também para sequestrar a bebê rainha Mary como noiva para seu filho, em uma série de ataques militares que vieram a ser chamados "the Rough Wooing" [a Corte Violenta] (1544-1548). Na verdade, as invasões eram mais como uma guerra total, uma vez que os ingleses arrasaram quase que inteiramente a capital Edimburgo (salvo o castelo), queimando, saqueando, detonando cidades e aldeias, chegando a incendiar uma mansão com a dona da casa, os empregados e as crianças ainda dentro. Como resultado dessa violência, em 1548, Marie De Guise, como qualquer mãe cuidadosa, mandou sua filha pequena, a Rainha dos Escoceses, para a segurança de sua família De Guise, na França.

Protegida no luxo da corte Valois, a menina Mary ficou sob os cuidados de seus tios De Guise, rigorosamente católicos, que ajudaram a acertar um contrato de casamento entre ela e o futuro rei da França. À época do compromisso, o delfim francês, filho mais velho de Catarina de Médici com Henri II, rei da França, tinha apenas 3 anos de idade, e Mary, 5. O acordo de casamento foi um golpe para a família De Guise.

Quanto aos motivos dos governantes Valois, o noivado das duas crianças ajudou a fortalecer a "velha aliança" franco-escocesa, vínculo tradicional iniciado no século XIII, para proporcionar uma proteção mútua contra as contínuas ameaças inglesas às duas nações. Mas os Valois também argumentaram que, assim, eles poderiam organizar uma conquista francesa da Inglaterra, pressionando as reivindicações da católica Mary ao trono da herege Elizabeth, através de sua avó, Margaret Tudor. Em Paris, o rei francês logo começou a aquartelar os exércitos de Mary com as armas da Inglaterra, como se ela já fosse a rainha católica da Inglaterra, obtendo assim a raiva eterna de William Cecil, secretário e tesoureiro radicalmente protestante de Elizabeth.

À esquerda: François de Valois; François Clouet, 1549. *À direita*: Mary Stuart, Rainha dos Escoceses, quando criança; François Clouet, 1549. Repectivamente: © *Gallica Digital Library Via Wikimedia Commons* e © *Yale University Art Gallery.*

Sendo uma criança carinhosa, Mary passou a amar seu pequeno noivo François. Nos doze anos seguintes, os dois cresceram juntos nas cortes francesas de François I e Henri II. Quando Mary, aos 17 anos, e François, aos 15, finalmente se casaram, Catarina de Médici, rainha consorte de Henri II, deu à jovem noiva um conjunto de pérolas (visto em ambos os retratos feitos por Clouet), que recebera como presente de casamento de seu próprio tio, o papa Clemente VII.

No verão de 1559, foi providenciado um torneio de lanças para comemorar o casamento que consolidava o Tratado de Cateau-Cambrésis. Henri sofreu uma terrível morte acidental, quando uma lasca da lança quebrada de seu oponente voou para dentro do seu visor, penetrando em seu olho e seu cérebro. O ferimento virou um abscesso, e o rei sofreu uma morte excruciantemente dolorosa dez dias depois. François e Mary tornaram-se rei e rainha da França, ele aos 15 anos, e ela aos 17. Isso não quer dizer que eles tivessem algum poder político real. O verdadeiro poder era exercido pelos tios maternos de Mary, François, duque De Guise, e Charles, cardeal de Lorraine. A família De Guise,

À esquerda: Catarina de Médici; François Clouet, 1555. *À direita*: Marie, Rainha da França, aos 17 anos; François Clouet, 1558-1560. As pérolas devem ser as que foram dadas a Mary por Catarina de Médici, em seu casamento, que Mary teve permissão para levar com ela para a Escócia. Respectivamente: © *Victoria and Albert Museum Via Wikimedia* e © *Commons Royal Collection Via Wikimedia Commons*.

ardentemente católica e com grande poderio militar, andara usando sua sobrinha Mary Stuart para promover suas ambições religiosas e políticas desde seu comprometimento com o delfim. Enquanto rainha, ela poderia ajudar a estimular seu objetivo de desativar a protestante Casa de Bourbon, que vinha logo em seguida aos Valois na sucessão ao trono francês e que pegariam a coroa, caso pudessem. Os De Guise eram contra os Bourbons não apenas por sua precedência como Primeiros Príncipes de Sangue (os próximos com direito ao trono), mas também porque a família real Bourbon era, então, leal à nova religião radical protestante, da qual haviam se tornado defensores fiéis e, com frequência, violentos.

A ideologia igualmente extrema da família De Guise fomentava seus ataques aos protestantes franceses huguenotes, garantindo, assim, a impossibilidade de qualquer paz na França. François, o duque De Guise, era um famoso herói de guerra no longo conflito com a Espanha. Havia conquistado Calais dos ingleses, e com o tempo se tornara o celebrado líder da facção católica na França. No entanto, tornou-se infame entre os protestantes ao incitar um ataque sanguinolento a uma assembleia de pacíficos devotos huguenotes, inaugurando um período de combates violentos entre protestantes e católicos. O ataque ficou conhecido como o "Massacre em Vassy".

Em 1562, enquanto cavalgava pela aldeia de Vassy, De Guise ouviu sons de cantoria vindos de um estábulo dentro dos limites da cidade. Escutou novamente a cantoria quando assistia a uma missa católica romana em uma igreja na cidade. Percebeu que estavam cantando salmos em francês, não em latim, e que estava entreouvindo um culto religioso protestante: a nova religião recusava-se a usar a língua da corrupta Igreja Romana. O estábulo onde os protestantes estavam congregados ficava nas terras pertencentes a sua jovem sobrinha Mary, Rainha dos Escoceses, que deixara a França, tendo começado a governar diretamente como rainha na Escócia. Os cultos protestantes, embora permitidos e legais nos territórios protestantes franceses, tinham sido proibidos nas terras católicas. Enraivecido, o duque reuniu um grupo e investiu contra a assembleia enquanto eles estavam no meio de seu pacífico serviço religioso. Os huguenotes defenderam-se com violência contra o ataque dos soldados, e a luta que se seguiu deixou 74 protestantes mortos e mais cem feridos. Os mortos incluíam muitas mulheres e crianças, não poupadas entre os fiéis pelas tropas católicas.

Não muito tempo depois, os huguenotes tiveram sua vingança, quando o duque De Guise foi assassinado por um jovem a mando de Gaspard II de Coligny de Chatillon, almirante da França, um dos principais líderes militares da facção protestante francesa. Confrontada com tal escalada de violência, Catarina de Médici, agora regendo a França como rainha-mãe, tentou manter um equilíbrio entre as forças huguenotes e francesas, para impedi-las de despedaçar a França. Ordenou aos De Guises que *não* retaliassem o assassinato do membro de sua família, e eles obedeceram, pelo menos temporariamente.

Em seguida a esse catastrófico e bem divulgado derramamento de sangue em Vassy, amplamente divulgado pela nova tecnologia de folhetos impressos, Elizabeth I da Inglaterra começou a enviar apoio financeiro aos huguenotes, seus correligionários protestantes, por simpatizar com sua inocência perante a violência católica contra eles. Tinha início uma "guerra religiosa". Depois de dois anos de derramamento de sangue, em 1564, foi finalmente assinado um tratado entre Elizabeth I e Catarina de Médici, acabando com esta primeira "guerra religiosa". Haveria mais.

Infelizmente, muitos estudantes desse período levaram muito a sério a observação espontânea feita por um embaixador papal em uma carta de que Mary, Rainha dos Escoceses, havia certa vez desdenhado publicamente de sua sogra: "Catarina de Médici não passa de uma filha de comerciante".[36] Segundo Adolphe Chéruel, escrevendo em meados do século XIX, essa observação aparentemente casual foi a origem do "ódio" eterno de Catarina em relação a Mary. Quase todo historiador e biógrafo repete essa história como prova da raiva de vida inteira de Catarina por sua nora. Nesta versão da história de Catarina, a rainha italiana nunca conseguiu perdoar sua nora escocesa adolescente por fazer tal comentário depreciativo. Também muito se comentou o fato de Catarina ter exigido que Mary devolvesse as joias da Coroa apenas um dia após a morte de François II, o que realmente parece de uma rapidez cruel. Catarina também acabou com a ideia de casar Mary com seu segundo filho, o então cunhado da jovem viúva, que veio a se tornar Charles IX. Além disso, ela trabalhou fortemente para impedir qualquer negociação entre Filipe II e os tios De Guise de Mary em prol de um casamento entre a viúva adolescente e o filho de Filipe, Don Carlos, que acabou se tornando um maníaco homicida e morreu jovem. Talvez tenha sido melhor que os planos não prosperassem. Catarina claramente não queria que Mary e seus tios fizessem um casamento internacional elevado. Mas seria isto apenas ressentimento contra alguém que poderia muito bem ter agido como uma criança malcriada, por ter sido tratada como rainha desde os seis anos de idade, sempre recebendo precedência sobre todas as outras crianças da corte? Será que Catarina, ela mesma mãe de três filhas adolescentes, não teria conseguido entender a grosseria de sua nora adolescente? Poderia ter havido outros motivos, além do ressentimento pessoal e da inveja feminina, que motivassem a relutância de Catarina na permanência de Mary na França?

Em suas *Memoires*, James Melville, o embaixador escocês para a França e a Inglaterra, deixou claro que o "ódio" que Catarina supostamente demonstrou a Mary após a morte de François II era, a seu ver, parte de sua tentativa de desenraizar a monarquia da França do poder dos tios De Guise de Mary, que eram católicos fanáticos.

> A morte do rei provocou uma grande mudança [...] sendo ele exclusivamente aconselhado pelo duque De Guise e por seu irmão cardeal, e a rainha, nossa senhora, filha da irmã deles. De modo que a rainha-mãe ficou muito satisfeita em se livrar do governo da Casa De Guise; e por esse motivo, acalentou uma grande má vontade em relação a nossa rainha.[37]

Se fosse para Catarina assumir o controle político da França, protegendo, assim, a dinastia Valois, precisaria neutralizar os irmãos De Guise, bem como a facção Bourbon huguenote. No entanto, sua "má vontade" não chegou a ponto de pedir a Mary a devolução de presentes pessoais. Embora fosse pedido a Mary que devolvesse as joias da Coroa da França, Catarina não lhe pediu de volta as "pérolas Médici", que havia lhe dado pelo seu casamento. Mary pôde levá-las consigo para a Escócia.[38]

* * *

Quando, como uma nova viúva (e muito possivelmente ainda virgem), Mary retornou à Escócia aos 18 anos, a vida ali se revelou tão tumultuosa quanto tinha sido em seus tenros anos, e muito diferente das civilidades praticadas na corte francesa. Sua mãe, Marie De Guise, morrera de pleurisia logo após ter sido deposta de sua função como regente pelos barões escoceses, em 1560, de modo que Mary estava por conta própria. Os Lordes Escoceses da Congregação, que haviam transformado a Igreja na Escócia de católica romana em uma "Kirk" protestante, tinham vivido por quase um ano sem um soberano. Com a ajuda financeira do secretário de Elizabeth, o extremamente protestante Cecil, além do apoio moral do influente pregador radical John Knox, os "Lairds" [proprietários de terras] da Escócia sentiram que poderiam simplesmente se autogovernar. E parecem ter deduzido que poderiam continuar agindo exatamente assim, sem a interferência de outra governante mulher.

Catarina de Médici;
ateliê de François Clouet, 1565.
© *Musée Carnavalet Via Wikimedia Commons.*

Perante tais desafios, Mary imediatamente instituiu um programa de tolerância em relação à novíssima Protestant Kirk of Scotland [Igreja Protestante da Escócia], reservando para si mesma apenas o direito de frequentar sua missa católica na corte. Fica claro que ela aprendeu algo com sua sogra sobre tolerância religiosa, e não prosseguiu com os programas religiosos rigidamente intolerantes de seus tios católicos De Guise. Ela também recorreu a Elizabeth na Inglaterra, para tentar estabelecer uma paz entre o país e a Escócia. Mesmo assim, John Knox criticou-a ferozmente, exortando-a a desistir da cerimônia brutal, idólatra, corrupta da missa católica, que para ele era uma abominação que lhe negava inteiramente o direito de governar a Escócia.

Em nada diferindo dos problemas de Catarina com Mary, a dificuldade de Elizabeth não resultava do fato de ela não gostar de sua personalidade "sedutora", "impetuosa" e "passional". Seus famosos conflitos não eram pessoais, e sim fundamentalmente geopolíticos. A qualquer momento, o papa poderia, com muita facilidade, excomungar Elizabeth e enviar um exército contra ela como herege, e em seu lugar instalar no trono a católica Mary Stuart, devolvendo, assim, a Inglaterra ao catolicismo. Como vimos, após a morte de Mary Tudor,

Filipe II da Espanha esforçou-se para impedir qualquer ameaça de desafio à legitimidade de Elizabeth pelo papa.

A evidência histórica para o ciúme feminino de Elizabeth em relação a Mary começa com o testemunho do embaixador escocês Melville, em suas *Memoires*. Descrevendo as minuciosas perguntas de Elizabeth sobre a altura, a cor do cabelo e outros aspectos da aparência de Mary, seus estudos, sua equitação, sua dança e sua habilidade para tocar o virginal (o antecessor do piano), Melville ficou claramente chocado com a competitividade de Elizabeth em relação a Mary. O embaixador viu-se "pressionado" a imaginar uma maneira de responder a tais perguntas que agradasse a Elizabeth, sem difamar sua própria rainha. Com certeza, a essa altura Elizabeth havia curiosamente sugerido seu amado Robert Dudley – que logo se tornaria conde de Leicester – como o noivo de sua preferência para Mary. Na verdade, essa sugestão era o propósito da visita de Melville a Elizabeth, então, talvez ele possa ser desculpado por ver as perguntas como ciúmes em relação aos atrativos sexuais de Mary, no caso de um possível casamento com Leicester. A cena de Melville teve um impacto duradouro.

Por exemplo, o historiador do século XVIII, David Hume, após descrever a suposta rivalidade, expôs sua opinião de que "ali onde entravam tantas pequenas paixões e ciúmes específicos [...] [Elizabeth] não ousava confessar ao mundo as razões para sua conduta, dificilmente para seus ministros, e dificilmente até para ela mesma".[39] No entanto, Hume prossegue e sugere que parte da motivação para as hesitações de Elizabeth em aprovar um noivo para Mary era sua relutância em levar a cabo sua própria parcela da barganha real em que, caso Mary se casasse ao gosto de Elizabeth, em retribuição ela oficialmente nomearia Mary sua sucessora. A geopolítica do problema era ainda mais preocupante do que qualquer antipatia pessoal. (É de se pensar se Elizabeth não estava, em parte, provocando o embaixador Melville, testando sua habilidade diplomática só para se divertir.)

No entanto, em 1565 havia maneiras alternativas para se olhar para o relacionamento, maneiras diferentes da narrativa oferecida pela perspectiva convencional do "ciúme" pessoal entre elas. Por exemplo, a visão de Catarina de Médici, sogra de Mary durante sua infância e adolescência, oferece-nos uma perspectiva muito diferente. Catarina era uma governante mulher que compreendia que poderia haver uma semelhança entre maternidade real e governança virgem.

Catarina obviamente deduziu que Elizabeth acabaria se casando. As mulheres da realeza convencionalmente se casavam, assegurando a continuação da dinastia com seus poderes reprodutivos. Na verdade, elas eram um dos mais valiosos bens do país (exatamente como o "tráfico através de mulheres" deixa claro), sendo que a maioria dos tratados foi assinada com um contrato de casamento entre as duas partes. Embora esperasse que Elizabeth se casasse, a rainha-mãe também contava com a possibilidade de que uma feminilidade celibatária pudesse ser um estado virtuoso e empoderado. Conseguia visualizar Elizabeth e Mary em tronos separados, uma dupla de rainhas governantes em concordância, compartilhando a isolada ilha da Grã-Bretanha, com Mary pacientemente continuando a tolerar a escolha do seu povo de uma religião diferente da sua.

Em 1565, Catarina tinha muitos motivos para cortejar Elizabeth, com quem ela começou negociando um casamento com seu segundo

Pierre de Ronsard,
Élégies, Mascarades et Bergerie.

filho, Charles de Valois, ou Charles IX, que havia se tornado rei com a morte de seu irmão mais velho, François II, em 1560. Agora que a jovem viúva de François, Mary, estava a salvo na Escócia, deixando de ajudar no fortalecimento do poder da família De Guise na França, Catarina podia cogitar sobre uma ligação útil também com Mary. Apesar da diferença de fé entre as três rainhas (duas católicas e uma protestante), de nacionalidade (uma escocesa, uma inglesa, uma franco-italiana) e de idade (uma com 22 anos, outra com 32 e a terceira com 46), Catarina acreditava que Mary, Rainha dos Escoceses, Elizabeth I e ela própria poderiam juntar forças de modo eficiente para governar e conseguir a paz em meio ao tumulto de guerras masculinas.

Por sugestão de Catarina (ou por ordem dela), Pierre de Ronsard, um dos poetas mais notáveis da França, e possivelmente também o mais popular, produziu um livro, em 1565, que dedicou a Elizabeth I da Inglaterra. Seu texto faz uma defesa eloquente do regime monárquico feminino. Ronsard insiste vigorosamente não apenas que as rainhas são muito capazes de governar, mas também que, com frequência, elas se revelam soberanas muito melhores que os reis. Ronsard explica, dirigindo-se a Elizabeth, que Catarina, a rainha-mãe, encomendou-lhe a feitura desse volume de poemas, que agora ele dedicava e enviava à rainha inglesa. Portanto, é lícito deduzir que o volume presenteado também representa as opiniões régias de Catarina sobre como governar, uma vez que o texto está repleto de elaborados elogios a Catarina: Catarina, a governante sábia; a tolerante; a criadora de grandes festividades; Catarina, que havia acabado com o conflito entre protestantes e católicos, trazendo paz à França.

Assim sendo, é com certo choque que vemos que o poema central nesse livro é uma obra de conteúdo dramático, dedicada não a Elizabeth, nem a Catarina, mas a Mary, Rainha dos Escoceses, *La Reine Éscossoise*. Tal inclusão em um livro criado para a rainha da Inglaterra sugere que Catarina ignorava qualquer ciúme pessoal entre as duas. Com certeza, ela queria abarcar as duas rainhas mais novas, dando a Elizabeth um livro que argumentava abertamente a favor do governo por mulheres, enquanto grupo cooperativo.

Fazer Ronsard incluir uma dedicatória a Mary, encabeçando uma peça poética centrada nos filhos de Catarina, num livro dedicado a

Elizabeth, em uma época em que Catarina tentava negociar um possível casamento entre Elizabeth e um de seus filhos, era uma maneira sutil de dizer a Elizabeth que Mary ainda estava ligada à família de Catarina. Mary, Rainha dos Escoceses, ainda era sua nora (assim como Elizabeth também poderia se tornar), e ainda era uma cunhada estimada, que tinha sido parceira de brincadeiras de todas as crianças Valois que aparecem na mascarada que Ronsard dedicou a ela. Catarina estava, assim, incitando discretamente as duas rainhas a cooperar entre si em paz, assim como ela mesma e Elizabeth faziam então, assinando juntas o Tratado de Troyes.

Anos antes, o astrólogo-vidente pessoal de Catarina, o famoso e, com frequência, assustadoramente preciso profeta poético, Nostradamus, cuja obra nunca estivera fora de catálogo desde o século XVI, previra que o filho de Mary, Rainha dos Escoceses, herdaria o trono da Inglaterra. Naquela época, a pequena Mary era a noiva do delfim e futuro rei François II. Catarina de Médici e seu marido, o rei Henri II, naturalmente deduziram que a previsão do astrólogo significava que seu próprio neto governaria a Escócia e a Inglaterra. Embora Nostradamus, de fato, estivesse certo – o filho de Mary herdou *realmente* o trono da Inglaterra –, foi, na verdade, James VI da Escócia, filho que Mary gerou não para seu antigo companheiro de infância, François II, mas para seu segundo marido, completamente diferente e muito problemático, o lorde inglês Henry Darnley.

Em 1565, as duas mulheres não casadas, Mary, Rainha dos Escoceses, e Elizabeth, rainha da Inglaterra, já estavam governando na mesma ilha havia alguns anos: Mary por quatro anos, e Elizabeth, sete. Se as rainhas fossem rivais tão implacáveis, por que Ronsard (e através dele sua mecenas Catarina) se dirigiria a Elizabeth e Mary em conjunto, como "dois sóis" que iluminavam a ilha da Grã-Bretanha com suas régias autoridades e beleza gêmeas? Era verdade que, como Elizabeth não permitia a Mary um passaporte para viajar pela Inglaterra até a Escócia (embora tivesse, por muitas vezes, permitido à mãe de Mary, Marie De Guise, fazer o mesmo), Mary precisava navegar até seu reino pelas águas turbulentas do Canal e do Mar do Norte. Como comenta o influente historiador James Anthony Froude, no oitavo dos seus doze volumes de história da Inglaterra Tudor (1858), era verdade o dilema de Elizabeth que "Apenas uma rival possuía pretensões [ao trono inglês] que clamaria por investigação", e essa era Mary, Rainha dos Escoceses.[40] Mary recusara-se a assinar o Tratado de Edimburgo (1560), no qual se requeria que ela renunciasse a seu lugar na linha de sucessão ao trono inglês. Daí a recusa de Elizabeth em emitir-lhe um passaporte pela Inglaterra. No entanto, Froude prossegue condenando Mary como um "gato selvagem", possuindo uma "proficiência cínica", capaz de "artifícios duradouros e elaborados", sempre insistindo em ter o "poder de se gratificar", ignorando o que era a insistência simples e decidida de Mary sobre os direitos que havia herdado da avó, Margaret Tudor.

O elogio equivalente de Ronsard à beleza física das duas rainhas parece estranhamente inábil perante a percepção histórica do profundo ciúme de Elizabeth em relação à rainha escocesa. Mas se as duas viam-se forçadas pelas circunstâncias a se posicionarem como pretendentes ao mesmo trono britânico, ambas também eram rainhas governantes, e Catarina implicitamente lhes pede (por meio da ênfase de Ronsard em sua autoridade régia compartilhada) que simpatizem com as dificuldades mútuas em um mundo ameaçadoramente patriarcal, que afirmava que nenhuma mulher deveria governar.

A coleção de poemas de 1565 do poeta francês é um pequeno volume em "octavo" (o papel do impressor dobrado oito vezes), pequeno o bastante para ser levado com facilidade no bolso de uma dama, fazendo jus ao livro de poesia lírica que de fato era. Intitulado *Élégies, Mascarades et Bergerie*, o livrinho contém poemas dirigidos a cada uma das três rainhas: a rainha da Escócia, a rainha da Inglaterra e a rainha-mãe da França. No entanto, por menor que seja fisicamente, a edição em octavo é um trabalho fundamental da maestria renascentista, que no mínimo diz muito sobre a percepção de Catarina quanto ao que ela compartilhava com suas irmãs mais novas na regência. Nesse período, Ronsard tinha um grande destaque na França. Pode-se dizer que os poetas líricos eram as estrelas do rock do século XVI, ensinando a linguagem do amor para gerações por toda Europa. (Essa linguagem também podia falar com eloquência, se bem que sutilmente, sobre política.) Até agora, nenhum historiador pensou em considerar o que a poesia de Ronsard pode nos contar sobre as relações entre as três governantes mais famosas da Europa renascentista.

O poema de Ronsard dedicado a Mary é uma mascarada, uma pequena peça dramática na corte, escrita por ele um ano antes para quatro dos filhos pequenos de Catarina de Médici, então com idades variando de 9 a 13 anos. Não é certo que as crianças tenham, de fato, encenado a "Bergerie" em um festival de quarenta dias realizado pela corte real francesa em Fontainebleau. Se realmente o evento aconteceu, sua atuação teria sido encenada em uma apresentação para o irmão mais velho, o rei Charles IX, então com 13 anos, para quem sua mãe Catarina atuava como regente. No entanto, para ela, as leitoras inglesa e escocesa de todo o livro na ilha britânica devem ter sido muito mais importantes do que qualquer plateia francesa para aquela determinada peça dramática[41] contida no volume.

O livro com dedicatória foi presenteado no ato de conclusão de um tratado entre Elizabeth e Catarina, em 1564, o Tratado de Troyes, que encerrou a primeira "guerra religiosa" entre os católicos franceses e protestantes, sendo que estes haviam recebido significativo apoio financeiro por parte de Elizabeth. Em homenagem a esse tratado, a dedicatória de Ronsard a Elizabeth insiste no poder pacífico brandido por *ambas* as rainhas, no que ele chama de uma "prudente ginecocracia" ("prudente governo feminino"). Ele parece desafiar especificamente aqueles que pensam que os homens são melhores governantes simplesmente por serem machos: embora os homens na "melhor e maior parte da cristandade" afirmassem, então, que as mulheres eram incapazes de governar, essa opinião misógina era de uma ignorância completa. Ronsard argumenta que a Europa "é hoje governada por rainhas, cujos [feitos] envergonharam reis". Ele diz francamente que seria melhor que "uma rainha de ânimo gentil e aguçado reinasse" do que ser governado por um "rei preguiçoso, imprestável, que não tem em si nada da magnanimidade de um monarca, além do mero nome". Ronsard prossegue criticando com veemência as pretensões de muitos séculos de traição misógina.

Com certeza, Elizabeth teria apreciado os generosos elogios feitos por Ronsard a ela e a Catarina, por terem conseguido o que nenhum rei na história conseguira fazer: uma paz duradoura entre a França e a Inglaterra. A cúpula do Field of the Cloth of Gold [Campo do tecido de ouro] entre Henrique VIII e François I, com a pretensão de pôr um fim definitivo à guerra, certamente não o havia conseguido. O Tratado de Troyes, sim.

> Porque, realmente, aquilo que reis da França e da Inglaterra [...] não souberam como fazer, duas rainhas [...] não apenas assumiram, como aperfeiçoaram: revelando neste ato tão magnânimo como o sexo feminino, a quem anteriormente era negada a governança, é, por sua generosa natureza, completamente digno de comando.

Ronsard comemora o reinado feminino e afirma ser ele *o* símbolo do século XVI.

> Nosso século [está] muito bem organizado, em que mulheres, algumas parindo filhos, outras por virtude, chegaram ao ápice do poder supremo.

Aqui, Ronsard iguala a virgindade (virtude) de Elizabeth à maternidade de Catarina (parindo crianças da realeza), de modo que, também para Ronsard, o poder da regência de Catarina como rainha-mãe se iguala ao governo autônomo de Elizabeth. Igualá-las é fazer o poder de Catarina parecer tão legítimo quanto a autoridade dinástica direta de Elizabeth (uma soberania que Catarina, enquanto mulher, sem falar no fato de ser estrangeira e plebeia, jamais poderia ter exercido por conta própria na França). Ronsard é cuidadoso ao cumprimentar a rainha regente francesa tanto como mãe de reis quanto como dirigente do reino. Ele destaca o feito fundamental de Catarina como uma vitória contra as forças da intolerância: "As palavras papista e huguenote morreram!".

Por outro lado, o valor da virgindade de Elizabeth, como meio de subscrever seu poder pessoal na última metade de seu reinado, não nos cega para os diferentes pressupostos de Ronsard sobre a força legitimadora do parentesco, da maternidade e da sucessão carnal para o reinado feminino. Ainda que Elizabeth não quisesse sucessor, ela havia sucedido ao trono com base na consanguinidade, por seu parentesco de sangue. O sangue era exatamente o que a "democracia" protestante de Knox rejeitava como a base para governar.

Tanto o conteúdo da "Bergerie" (uma peça sobre crianças), quanto sua dedicatória a Mary, Rainha dos Escoceses (possível pretendente ao trono inglês), podem parecer presentes estranhos para se enviar à Rainha Virgem, mas, quando o livro foi escrito, todos deduziram que um dia Elizabeth se casaria e teria uma criança para sucedê-la. Essa é, na verdade, uma suposição central no próprio volume "Bergerie": a expectativa de Ronsard é a celebração dos futuros casamentos de Mary e de Elizabeth com quem quer que fossem:

Mas quando [uma rainha] encontra alguém de igual beleza,
Fértil, ela procria uma linhagem por dever de realeza,
Um renascimento dela própria. [linhas 854-857]

Ronsard ignora completamente os reis, não os mencionando, apenas sugerindo que eles estão envolvidos no renascimento pessoal de uma rainha, gerando uma dinastia. Quando Elizabeth recebeu o volume do poeta em agosto de 1565, Mary Stuart havia se casado com lorde Henry Darnley apenas um mês antes. E Elizabeth havia acabado de recusar a oferta de Catarina de se casar com seu filho Charles IX, o rei da França de 15 anos de idade. Elizabeth dissera que Charles era, ao mesmo tempo, *"trop petit et trop grand"*, pequeno demais (tinha a metade da sua idade) e grande demais (enquanto rei estrangeiro de um reino muito maior).

Então, obviamente, quando Ronsard colocou a mascarada da "Bergerie" em seu volume de 1565, fez isso como apoio ao plano de Catarina de um casamento duplo para Mary e Elizabeth. Muitas coisas tinham mudado desde que Ronsard escrevera os versos centrais da "Bergerie" em 1564, mas o *presente* do livro no ano seguinte permaneceu uma oferenda das presunções de Catarina não apenas de casamentos prósperos para Mary e Elizabeth, como também sua crença de que, como mulheres, elas eram plenamente capazes de governar seus países tão bem quanto, se não melhor que, simples homens.

Talvez ainda mais essencial, a mascarada apresentando os nobres filhos Valois de Catarina fosse um exemplo para as duas rainhas britânicas dos motivos pelos quais elas *deveriam* se casar, ou seja, elas deveriam produzir um grupo de crianças semelhante às que Catarina dera à luz.

A descendência real reunida na mascarada de Ronsard exibe, em sua variedade e encanto, o fato fundamental sobre o qual repousa qualquer dinastia familiar: o direito de nascença é a maneira com que os reis governam. Esse ponto central do volume que Catarina enviou a Elizabeth está cheio de crianças, insistindo, assim, sobre a mesma centralidade crucial de um fato político que os parlamentares de Elizabeth tentavam insistentemente enfatizar para ela: que não bastava governar, ela também precisava reproduzir.

O enredo da peça de Ronsard é simples: os pastores do reino trazem presentes para um jovem rei "Carlin". Os dois irmãos de Charles IX – o futuro Henri III e o mais novo duque d'Alençon (a quem Elizabeth mais tarde apelidou de seu "Sapo" e com quem pensou seriamente em se casar) – são pastores; eles dão ao rei um veado macho e uma cabra, respectivamente; dois outros jovens cortesãos, o duque De Guise, "Guisin", e o jovem herdeiro do rei de Navarra, "Navarin" (o futuro Henri IV), dão ao rei um cajado de pastor e um vaso ricamente

Catarina de Médici e seus filhos. Ateliê de François Clouet, 1561. *Da esquerda para a direita:* Hercule-François, a própria Catarina, Charles, Margot e Henri. © *The Art Newspaper Via Wikimedia.*

decorado, esculpido em uma única raiz de árvore. O vaso de Navarin traz esculpida a imagem de um rude sátiro que está em vias de violentar uma donzela. O próprio Navarra descendia de um homem conhecido por sua brutalidade, e os franceses consideravam que seu reino, situado nos Pirineus, estava nos limites da França civilizada. De fato, ele viria a ser um famoso mulherengo. Aparentemente, a vida toda ele também teve uma predileção por alho, e assim seu mau cheiro era um pouco mais forte do que o do cortesão comum.

Guisin, da família Guise, que havia lutado contra os huguenotes na primeira guerra religiosa que acabara de terminar, oferece um cajado de pastor, muito semelhante ao próprio báculo papal. Embora esse cajado seja decorado com figuras pagãs, a referência papal não passaria despercebida para a plateia. A moral da peça é a mesma lição do direito divino que Ronsard apresenta diretamente ao jovem Charles no poema "*Qui résiste au roi, résiste à Dieu*", "Quem se opõe ao rei, se opõe a Deus".

O livro contém dois outros poemas importantes. Um está escrito para sir Robert Dudley, situado num lugar de grande destaque, com uma dedicatória que vem imediatamente após a dedicatória a Elizabeth. Esta ênfase marcante sugere que, embora Catarina possa ter desistido de casar Elizabeth com seu filho Charles IX, ela pode muito bem ter suspeitado (assim como muitos) que Elizabeth planejava se casar com seu preferido de longa data, Dudley, antigo companheiro de infância. (Filho mais novo do duque de Northumberland e irmão de Guildford Dudley, o marido executado de lady Jane Grey, Robert também tinha ficado preso na Torre à época da ascensão de Mary, mas mais tarde foi libertado.)

Em um dos episódios realmente bizarros do relacionamento entre Mary Stuart e Elizabeth, a própria Elizabeth sugeriu, logo após a volta de Mary para a Escócia, que ela deveria se casar com seu amado Dudley. Na verdade, Elizabeth tornou Dudley o conde de Leicester, para que ele pudesse cortejar Mary, e enviou o homem, que supostamente era o amor da sua vida, até a Escócia como um pretendente oficial. Porém, Mary escolheu lorde Henry Darnley, homem que (ao contrário de Dudley) tinha sangue real próprio e era um potencial herdeiro aos tronos inglês e escocês. A escolha de Mary por Darnley enraiveceu Elizabeth, porque a união com outro herdeiro próximo dobrava a pretensão de Mary ao trono inglês, mas também deixava Dudley livre para ela, o que, para começo de conversa, pode ser uma das razões de Elizabeth ter arriscado deixar Darnley acompanhar Dudley à Escócia.

Embora a "Bergerie" claramente sugira reis como os cônjuges adequados para Mary e Elizabeth, Ronsard generosamente cumprimenta o pretendente de menor escalão "Robert Dudlé", apresentando um elogio bem exagerado ao nobre: o conhecido apoio de Dudley à poesia faz seu nome subir aos céus, especificamente numa vitória sobre reis. Talvez, apenas um poeta pensaria que o apoio à poesia pudesse tornar um mero conde superior a um rei. É verdade que, ao longo da vida, Dudley apadrinhou muitos artistas e recebeu mais dedicatórias em livros do que qualquer outro membro da corte de Elizabeth, a não ser a própria; o sobrinho do conde e um dia herdeiro, sir Philip Sidney, foi um dos principais poetas da época.[42]

De maneira mais prosaica, naquele momento Dudley andara procurando apoio entre católicos espanhóis para seu planejado casamento com Elizabeth, prometendo enviar representantes ingleses a um Conselho da Igreja, caso a Espanha desse apoio a seu casamento com a rainha. Provavelmente, Catarina (e, portanto, Ronsard) sabia sobre as negociações secretas de Dudley com a Espanha. Quer eles se casassem ou não, parecia que Dudley estava destinado a conservar o poder como evidente preferido de Elizabeth.

Sendo assim, uma dedicatória a Dudley, em plena exposição do poeta francês da força dinástica representada pela progenitura Valois de Catarina, não estava totalmente fora de contexto. Não sendo ele mesmo um rei, Dudley poderia ser pai de reis.

O elogio de Ronsard a Dudley sugere que a corte francesa não se incomodava com o enorme (e, na Inglaterra, incapacitante) escândalo sofrido por Elizabeth e Dudley apenas cinco anos antes. Em 1560, a esposa de Dudley, Amy Robsart, de 28 anos, morrera em circunstâncias suspeitas de uma queda de um lance (muito curto) de escada, em sua casa em Cumnor, num dia em que todos os criados haviam sido liberados para uma feira na aldeia. Seu marido tornou-se o principal suspeito em rumores de um possível homicídio.

Robert Dudley, primeiro conde de Leicester; Steven van der Meulen, 1560-1565. © *The Wallace Collection* Via Wikimedia commons.

Após um inquérito minucioso que decretou que a morte havia sido de uma queda acidental, Dudley foi inocentado de assassinato, mas a suspeita perdurou. Os rumores impossibilitaram para sempre um casamento entre Dudley e Elizabeth, porque tal casamento pareceria provar que Dudley tinha todos os motivos do mundo para acabar com a esposa, sugerindo que ele havia se livrado dela especialmente para poder se casar com a rainha. Rapidamente os rumores aumentaram e fizeram parte dos ataques "fundamentalmente católicos" contra Dudley, que havia se tornado um protetor dos puritanos ingleses. Eles foram a base para uma má reputação que perdurou por três séculos de narrativa histórica, segundo a qual Dudley não apenas assassinou sua primeira esposa, Amy Robsart, como também, supostamente, assassinou sua amante, lady Shelton; depois se casou com Lettice Knollys, cujo marido ele matara; além disso, arruinou seus vizinhos com falso litígio, e nas palavras do caluniador épico Edmund Bohun (1693), "entregou-se inteiramente ao exercício do luxo mais perverso e universal [...] e trouxe para a Inglaterra, de países estrangeiros, muitos prazeres novos e desconhecidos [...] Beberia pérolas e âmbar dissolvidos para excitar sua luxúria".[43]

Em 1870, recorrendo a documentos históricos que não fossem o escandaloso *Leicester's Commonwealth*, George Adlard defendeu que Amy provavelmente cometeu suicídio. Quando um famoso cirurgião escocês assumiu o caso em 1946, argumentou que Amy Robsart podia, na verdade, estar sofrendo de câncer no seio, com a possibilidade de ter progredido para os ossos, de modo que, quando ela escorregou e caiu, mesmo por um curto lance de escada, a queda foi suficiente para quebrar os ossos afetados em seu pescoço. (Entre outros, Froude enfatizou o informe da doença de Amy no seio em 1863.) Uma vez que não há nenhum registro de nenhuma consulta médica de Amy para câncer no seio, parece improvável que ela estivesse sofrendo da doença, uma vez que era conhecida na época, e existiam tentativas de tratamento. (A prova de DNA poderia ajudar, mas seria difícil encontrá-la, uma vez que o cemitério onde ela foi enterrada tem sido substancialmente danificado ao longo dos séculos.)

Recentemente, em 2008, Alison Weir indicou William Cecil como um suspeito do assassinato. Ele seria a pessoa a ganhar com um escândalo que comprometesse Dudley, seu rival político. A prova contra Cecil reside, essencialmente, em um relato de Álvaro de la Quadra, o embaixador espanhol, que escreveu à duquesa de Parma, regente Habsburgo nos Países Baixos, em 11 de setembro de 1560, ressaltando algumas coisas muito perturbadoras que Cecil lhe havia dito.[44]

Aparentemente, Quadra, um grande fofoqueiro nem sempre confiável, disse que Cecil havia lhe pedido para falar com a rainha Elizabeth, então com vinte e poucos anos, quanto a sua intimidade bastante pública (e escandalosa) com Robert Dudley. Cecil disse que a rainha "submetia todos os assuntos" a Robert e "pretendia se casar com ele". Cecil então pediu ao embaixador que "ressaltasse à rainha o efeito de sua conduta imprópria e a convencesse a não abandonar inteiramente suas atividades, e sim olhasse para seu reino". Ao que parece, Cecil terminou esta conversa dizendo: "lorde Robert estaria melhor no paraíso do que aqui".

O embaixador espanhol terminou seu relato dizendo abruptamente que, segundo Cecil, Robert Dudley pensava em matar sua esposa, que publicamente constava como estando doente, embora estivesse muito bem, e que tomaria bastante cuidado para que não a envenenassem. Ele disse que "com certeza Deus nunca permitiria que fosse feita tal maldade".

Quadra também relatou que a própria Elizabeth disse-lhe diretamente que a esposa de Dudley estava morrendo, e com toda certeza morreria logo. Isso deve ter acontecido depois que a notícia da morte de Amy já era conhecida em segredo na corte, ou mesmo, de maneira bem mais problemática, antes do próprio acontecimento. (Froude argumentou que a carta de Quadra faz parecer que as declarações de Elizabeth sobre Amy ocorreram antes que a notícia tivesse chegado à corte, mas comprovou-se que isto foi sua tradução equivocada do espanhol.) Quadra não deixa claro o dia em que Elizabeth falou com ele, dizendo apenas que ela lhe pediu que mantivesse a notícia em segredo. Ele resumiu: "Com certeza, este negócio é muito vergonhoso e escandaloso, e, além disso, não tenho certeza de que ela vá se casar com o homem de imediato, ou nem mesmo se chegará a se casar, uma vez que não acho que tenha sua mente suficientemente determinada".

Essas insinuações sobre *timing*, especialmente a de que a rainha sabia da morte de antemão (portanto implicando-a em quaisquer maquinações assassinas que tivesse havido) são a parte mais problemática do relato do embaixador espanhol. No mesmo parágrafo, ele narra as conversas com Cecil e depois com a rainha, somente acrescentando, num parágrafo posterior, que Elizabeth tinha anunciado oficialmente a morte de Amy Robsart. A sequência de afirmações parece implicar uma sequência semelhante de tempo: (1) O aviso de Cecil sobre a intenção de Dudley de matar Amy; (2) O conhecimento de Elizabeth da morte iminente; (3) A morte de Amy. Mas será Cecil quem está inventando uma história sobre o plano assassino de Leicester? Ou é Quadra quem parece sugerir o conhecimento antecipado de Cecil e, assim sendo, sua potencial culpa? No mínimo (se formos confiar no relato de Quadra), Cecil parece estar plantando sementes de suspeita sobre a culpa de Dudley na mente do embaixador espanhol.[45]

Por um lado, nunca saberemos se Cecil assumiu o imenso risco de mandar eliminar Amy Robsart, sobretudo porque isso teria deixado

Dudley livre para se casar com Elizabeth, resultado que ele temia imensamente. Por outro lado, a natureza escandalosa da morte de Amy Robsart daria – e realmente deu – uma imensa pausa à politicamente cautelosa Elizabeth. Os rumores na corte sobre as circunstâncias suspeitas da morte da esposa de Dudley logo se espalharam pela Europa nas asas sibilantes da má fama. Se Elizabeth tivesse desposado Dudley, com certeza ela mesma teria ficado comprometida. Até que ponto Cecil conhecia sua rainha?

Ao que parece, conhecia muito bem, porque imediatamente ele voltou a cair nas boas graças dela, e Robert Dudley foi afastado da corte até que, finalmente, os rumores morreram.

Em 1565, quando foi publicado o volume "Bergerie", os boatos sobre Dudley ter assassinado a esposa parecem ter arrefecido quase completamente. O elogio de Ronsard a Dudley sugere que sua mecenas, Catarina de Médici, deduziu que Dudley era inocente da morte da esposa, ou simplesmente não lhe importava se ele a tivesse matado. Elizabeth claramente achava que Dudley era inocente, ou jamais poderia tê-lo sugerido como um par adequado a Mary, Rainha dos Escoceses.

O sacrifício de Elizabeth em qualquer que fosse a possibilidade de casar aquele homem tão amado também deve ter contribuído para seu horror, alguns anos depois, com a aparente decisão de Mary de se casar com o conde de Bothwell que – todos deduziam – tinha acabado de matar seu marido anterior, Darnley. Assim como Elizabeth temera que um casamento com Dudley fosse arruinar sua reputação, o casamento, mesmo que forçado, de Mary com Bothwell – seu raptor e um dos assassinos de Darnley – destruía a reputação dela inteiramente. Levava-a não só à perda da sua reputação, como da sua coroa, da sua liberdade e, por fim, da sua vida.

***

De importância muito maior do que o poema a Dudley, o poema de Ronsard a William Cecil é absolutamente crucial para um novo entendimento das preocupações de Catarina de Médici quanto ao risco à monarquia naquele período. Também é central para minha tese de que Catarina se esforçasse para se comunicar com Elizabeth (e também com Mary Stuart) sobre o desafio por parte dos patriarcas da Reforma Protestante radical ao governo monárquico coletivo delas, enquanto mulheres. Embora o poema não seja nem um pouco sutil, ele realmente depende de que se leve a sério um trocadilho que Ronsard faz com o nome de Cecil, que soa como "Sicília". Logicamente, todas as rainhas eram bem versadas na linguagem humanista do mito clássico que Ronsard desenvolve com tanta elegância e entenderiam facilmente seu alerta político sobre as ameaças republicanas que as cercavam. Isso tem sido totalmente negligenciado no estudo das relações entre as rainhas, e merece uma análise minuciosa.

O conhecimento íntimo de Catarina sobre a corte de Elizabeth pode nos surpreender ainda mais do que a existência de um poema elogiando Mary Stuart em um livro para Elizabeth. A curiosa peça de poesia que Ronsard dedicou a Cecil destaca as ameaças que as rainhas enfrentaram das sociedades que preferiam o comando de homens, e que tinham, além disto, sido "eleitas" por outros homens. O poema confirma que Catarina (e Ronsard) percebia a ameaça que Cecil, secretário de Estado de Elizabeth, representava para o estabelecimento do reinado de Mary, baseado no direito divino dos reis. A própria Elizabeth acreditava firmemente no direito divino dos reis: eles estavam além de qualquer reprovação terrena e mantinham total autoridade sobre seus súditos como governantes indicados por Deus. As pessoas sobre as quais eles governavam não tinham qualquer direito contra sua autoridade. O poema de Ronsard insinua o quanto Cecil duvidava que a soberania absoluta por direito divino fosse, por si só, suficiente como base para um bom governo.

Catarina e Ronsard claramente sabiam que Cecil financiava secretamente os Lordes da Congregação na Escócia e de seu alinhamento com John Knox contra Marie De Guise. Ainda mais fundamental, eles parecem ter suspeitado que os dois líderes protestantes viam com frieza os ideais divinos da própria monarquia. O Tratado de Edimburgo (que Mary recusou-se a assinar) acabou com a soberania dela, em favor de um arranjo oligárquico entre homens.

O poema de Ronsard habilmente insinua que Cecil, assim como Knox, era fundamentalmente avesso a reis (ou rainhas). Havia muito

William Cecil;
artista desconhecido,
Escola Inglesa, 1572.
© *National Portrait Gallery,
London Via Wikimedia
Commons.*

tempo que Cecil apoiava Knox e era inimigo jurado da católica Mary, Rainha dos Escoceses, desde sua coroação como rainha da França, quando seu sogro, Henri II, reivindicou para ela o direito ao trono de Elizabeth. O biógrafo mais recente de Mary, John Guy, chama Cecil de uma "aranha que tece sua teia em Londres", com o regicídio de Mary Stuart "já em vista" em 1560.[46]

No início de 1559 (apenas um ano após o *First Blast of the Trumpet against the Monstrous Regiment of Women*), enquanto Mary ainda era rainha da França, Cecil havia elaborado um plano para a Escócia: o reino não era para ser administrado por um governante ou regente no caso de um monarca ausente (tal como era, então, o caso de Mary), mas por um Conselho de nobres indicados "para governar todo o reino". E se caso "ela fosse contrária a isso", então muito simplesmente, escreveu Cecil, ela deveria ser deposta. "Então é evidente", que Deus Todo Poderoso "fica satisfeito em transferir dela o governo daquele reino para o bem-estar do reino".

Em essência, Cecil defendia um governo de aristocratas homens, tal como também teria sido preferido por João Calvino, que havia argumentado no *Institutes of the Christian Religion* (publicado pela primeira vez em 1536) que a monarquia não era o mais hospitaleiro dos regimes políticos para a prática da verdadeira religião reformada, mas que, preferencialmente, uma mescla de aristocracia e democracia o seria. Tal oligarquia não seria por nascimento, mas uma meritocracia, um governo de espíritos superiores (masculinos). (Os fundadores dos Estados Unidos da América postularam exatamente tal grupo de homens; no entanto, eles eram escolhidos por companheiros superiores, cujas qualificações dependiam da quantidade de propriedades que possuíam, incluindo, em alguns casos, outros seres humanos – e não na seleção feita por Deus.) Calvino pregava a resistência a maus governantes, mas ao contrário de Knox – que defendia uma imediata violência armada em defesa de uma religião purificada contra a idolatria blasfema dos católicos – Calvino apelava para uma resistência passiva, não violenta e não militar.[47]

Iniciando com um trocadilho elaborado e bizarro com o nome de Cecil, o poema de Ronsard propõe, caprichosamente, que seu nome deriva da ilha de Sicília. (A pronúncia de "Cecil" na Inglaterra renascentista era "sissel", muito semelhante a *Sicily*). Para qualquer um com educação humanista e, sendo assim, versado em mitologia greco-romana, a Sicília era a ilha onde o titã Tifão, tendo se rebelado contra os deuses supremos, foi vencido e preso para sempre por Júpiter debaixo do Monte Etna. A contínua erupção do vulcão alertava sobre as tentativas do gigante de se libertar, novamente se esforçando para derrubar o divino poder soberano.

A brincadeira humanista de Ronsard com o nome de Cecil tem um ponto profundamente sério: a rebelião contra a autoridade soberana nunca termina realmente.[48] Como se o mito sugerido pelo nome "Sicília" pudesse não ser suficiente para indicar o alerta do poeta sobre as tendências rebeldes de Cecil, semelhantes às de Knox, contra a soberania real, Ronsard ressalta o ponto criando de próprio punho uma lenda original, em que Júpiter, preocupado com um possível ressurgimento dos Titãs, inventa um novo recurso político: a monarquia. Júpiter lança sobre o mundo sua semente, de modo a engravidar a

Terra: "Ela concebe uma raça de reis, / Que, se espelhando na justiça de Deus, / são criados para aniquilar os crimes dos Titãs". O resto do poema a Cecil é dedicado a uma visão de como os reis eliminarão os gigantes, caso eles um dia voltem a se levantar contra Júpiter, ou contra os próprios reis. No poema, "Sicília" é o proeminente campo de batalha entre as forças terrenas rebeldes, procurando se autogovernar, e o poder celestial da soberania divina, organizada hierarquicamente.

Decorreriam séculos até que as mudanças revisionárias da historiografia Tudor do século XXI finalmente descobrissem uma prova deste fato fundamental de que Catarina e Ronsard tinham tentado prevenir Elizabeth de que a verdadeira política de seu secretário Cecil não estava, mesmo neste início do reinado de Elizabeth, de pleno acordo com o direito divino dos reis. Ele precisava ser lembrado de como o poder veio a ser instituído por Deus. Educada com esmero como era, Elizabeth, sem dúvida, entendeu o recado, mas confiou que, tendo Cecil afirmado lealdade pessoal a ela – por ser uma rainha de imenso êxito e adequadamente protestante –, poderia contornar sua convicção pessoal de que a política precisava ficar em segundo lugar, abaixo da religião. Pelo menos, no que dizia respeito à Escócia, para ele era melhor não ter rainha a ter uma rainha católica; melhor ainda, na verdade, seria ter um grupo de homens protestantes. Eles claramente concordavam em discordar sobre suas diferentes ideias a respeito do direito divino de Mary, Rainha dos Escoceses, governar, por mais problemática que pudesse ser sua pretensão ao trono de Elizabeth. Acontece que Elizabeth confiava demais em Cecil.

O poema de Ronsard, dedicado a Cecil, sobre o poder dos reis de proibir rebelião contra governantes por autoridade divina, também prenuncia a urgência de Catarina em lembrar Elizabeth para se manter firme na lealdade real mútua no caso de Mary, Rainha dos Escoceses. Três anos depois do volume de Ronsard ter sido enviado a Elizabeth, em 1568, após perder a batalha final com os Confederate Lords, Mary fugiu precipitadamente para a segurança no reino de Elizabeth. Dez dias após essa fuga desesperada, Catarina escreveu a Elizabeth sobre sua preocupação com a segurança da rainha escocesa, a quem continuava chamando de sua "nora" (*belle-fille*). A uma carta formal, ela acrescentou um bilhete escrito de próprio punho:

> A senhora pode entender – não que eu duvide da sua boa vontade, nunca sendo outra a minha opinião [sobre a senhora] – e também se lembra da frequência com que nós nos comunicamos em relação à rainha minha nora, uma vez que é um motivo que diz respeito a reis, e principalmente rainhas. Estou tranquila de que esteja em seu poder realizar em ações o que a senhora lhe demonstrou em palavras, de modo que a senhora me leva a dizer que ela ficaria feliz por estar em seu reino.[49]

Além de assinalar para Elizabeth que a segurança de Mary diz respeito à questão fundamental do reinado feminino – sendo, sobretudo, um problema para rainhas – o corpo principal da carta formal insiste com mais clareza em que não se trata tanto de uma questão de Elizabeth abrigar Mary, mas da rainha da Inglaterra ajudar Mary em sua luta contra seus súditos desleais: "é necessário que os reis se ajudem entre si, castigando e punindo súditos que se ergam contra eles". O poema de Ronsard a Cecil havia dito o mesmo.

Apesar disso, ainda que, aparentemente, Elizabeth tivesse prometido a Catarina e seu filho, o rei, enviar tropas para ajudar Mary a recuperar seu trono, na verdade ela nunca o fez. Em vez disto, por dezoito anos manteve a rainha Mary prisioneira na Inglaterra. Durante todo esse tempo, Cecil atormentou-a sobre a necessidade urgente de executar sua prisioneira, outra rainha ungida.

Elizabeth não precisava ler o livro de Ronsard para saber que as legitimidades das duas rainhas na ilha britânica estavam inextricavelmente interligadas. Mas enviou um diamante ao poeta como retribuição a ele lhe haver presenteado com o volume de poemas. Sem dúvida, ela leu o hábil alerta humanista de Ronsard sobre Cecil, e entendeu que o poeta, juntamente com Catarina de Médici, apoiava sinceramente a legitimidade do governo feminino.

PARTE DOIS

OS STUARTS

CAPÍTULO QUATRO

Rainhas "irmãs", Mary Stuart e Elizabeth Tudor

A pia batismal de ouro maciço

Quando soube, em 1566, do nascimento de um bebê homem, – que acabaria crescendo para se tornar seu sucessor após sua morte, em 1603 – Elizabeth, a Rainha Virgem, supostamente teria caído de joelhos e exclamado: "Neste dia, a Rainha dos Escoceses está mais leve com um belo filho, e eu não passo de um cepo estéril!". Pelo menos essa é a história tradicional contada sobre a reação de Elizabeth na noite em que a notícia do nascimento do príncipe James da Escócia foi cochichada em seu ouvido por seu secretário William Cecil.[50]

A famosa citação aparece novamente nas *Memoires* do embaixador escocês James Melville; ele foi uma testemunha ocular, mas viu apenas a reação de Elizabeth, e é presumível que não tenha escutado o que Cecil lhe segredou. Que tal, então, se perguntarmos: o que Cecil disse à rainha? Se ele a criticou por sua longa recusa em se casar, observando: "Mary, Rainha dos Escoceses, realizou seu dever de rainha e a senhora não!", pode-se bem imaginar as razões por Elizabeth ter respondido da maneira que Melville relata.

Sabemos, então, que Cecil temia Mary mais do que antes, porque seu poder tinha apenas aumentado ao ela dar à luz um herdeiro, especialmente um menino com linhagem de sangue real vinda do pai e da mãe. Quando Mary Stuart se casara com um súdito inglês de Elizabeth, católico, e também primo das duas rainhas, tendo assim sua própria pretensão ao trono inglês, fez isso sem a permissão oficial de Elizabeth, embora tivesse prometido à rainha inglesa – como seu parente mais próximo – que a obteria.

Elizabeth rapidamente deixou claro que não aprovava de maneira alguma a escolha de Mary porque o noivo, assim como Mary, ficava num patamar perto demais do trono inglês. A linhagem de Henry Darnley era muito perigosa. Margaret, a irmã mais velha de Henrique VIII, se casara com o rei James IV da Escócia, com quem gerara o pai de Mary Stuart, rei James V. Depois, em 1514, após a morte de James IV, ela se casou pela segunda vez, com Archibald Douglas. A filha dessa união (muito infeliz) foi lady Margaret Douglas, ninguém menos do que a mãe de Henry Darnley. Assim, na genealogia intimamente emaranhada da realeza do século XVI, a irmã de Henrique VIII, Margaret, era avó *tanto* de Mary Stuart *quanto* de Henry Darnley (exatamente como Isabel de Castela era avó de Mary Tudor e bisavó do marido dela, Filipe II).

De início, a propaganda protestante contra o casamento de Mary não mencionava sua ameaça a Elizabeth, focando no comportamento indecoroso de Mary durante o namoro. Os cortesãos escoceses anticatólicos confirmaram o desejo físico passional de Mary por Darnley. O próprio conde de Moray, protestante, meio-irmão ilegítimo de Mary, rompeu com ela por ter escolhido Darnley, ostensivamente por seu catolicismo, mas em parte, provavelmente, por temer a perda de seu lugar como conselheiro da irmã. O catolicismo de Mary e, desse modo, seus defeitos de caráter "idólatras" sustentavam sua reputação de paixão desenfreada. De acordo com a difamação contemporânea, Froude resumiu seu caráter:

> Desde o dia em que ela pisou na Escócia, só teve olhos para o trono de Elizabeth e ficou determinada a restaurar o catolicismo; mas seus esquemas públicos não passavam de espelhos em que ela podia ver o reflexo de sua própria grandeza [...] as paixões, combinadas com sua política, tornaram-na incapaz de [...] comedimento.[51]

Antes de seu malfadado casamento com Darnley, Mary tinha sido elogiada por sua pureza virginal e elegância decorosa enquanto rainha;

à época, seu comportamento virtuoso oferecia um notório contraste com o censurável flerte público de Elizabeth com Robert Dudley. No entanto, mais tare, Mary passou a ser a imagem proeminente de uma governante insensata, passional, guiada pela luxúria.[52] Infelizmente, o casamento com Darnley revelou-se um desastre catastrófico, não por falhas da própria Mary, mas como resultado do narcisismo de seu marido, por sua loucura e o desejo vingativo de se apoderar do trono escocês. Ela o tinha escolhido quase às cegas, não se dando conta de seu caráter fraco e de seu alcoolismo. Contudo, sua fragilidade intelectual e moral teria pouco efeito na linhagem de seus filhos. Ainda se poderia esperar que a Europa católica achasse a rainha católica dos escoceses e seu marido católico atraentes como sucessores de (ou alternativas a) Elizabeth. Mary ainda teria uma dinastia (católica) a caminho, e Elizabeth poderia terminar como a última dos Tudors, como de fato aconteceu.

No momento do batismo do bebê que se tornaria James VI da Escócia, e subsequentemente James I da Inglaterra, as duas rainhas "irmãs", Elizabeth e Mary, estavam mais unidas do que jamais haviam estado, ou estariam dali para frente. Tendo se recobrado de seu ciúme (ou, na verdade, não tendo sentido um ciúme tão desesperado da rainha escocesa, como imaginou o embaixador Melville), Elizabeth enviou a Mary um presente significativo: uma pia batismal de ouro puro para ser usada na cerimônia de batismo do bebê. Essa pia foi, em seguida, derretida, apenas seis meses após as comemorações, quando Mary, Rainha dos Escoceses, precisou do seu ouro para arcar com tropas para reprimir mais uma rebelião de seus nobres.

Facilmente convertida em dinheiro, a pia era, obviamente, um bem não inalienável. No entanto, embora alguns considerassem sua destruição um ato de ingratidão grosseira da parte de Mary, a própria Elizabeth pode muito bem ter pretendido dar o presente para que sua rainha irmã tivesse especificamente um dinheiro de emergência, entendendo o quanto a Coroa escocesa era mais pobre do que a inglesa. Tudo o que sabemos agora é que a pia era feita de ouro maciço, e diziam pesar *333 troy ounces*[53] (aproximadamente 10,5 kg). Não sabemos qual era a sua altura, nem o grau de elaboração do projeto "dessa pia de ouro dada como presente", como foi chamada por William Camden, o primeiro a escrever a história do reinado de Elizabeth.[54] Todavia, conhecemos a rota exata de sua remessa de Londres para o Castelo de Stirling – que fica a cerca de 51 milhas modernas (82 km) a noroeste de Edimburgo – chegando a tempo para o batismo do príncipe James em 15 de dezembro de 1566.

Também sabemos que os ourives que fizeram a pia batismal usaram cerca de dez quilos de puro ouro. O poeta elizabetano John Donne lembra-nos que o ouro podia ser "batido numa espessura etérea", ou seja, na espessura de uma simples molécula. (Tal fio de ouro poderia atravessar o Canal da Mancha de Dover a Calais duas vezes, e ainda sobraria material.) Considerando esse grande potencial de filigrana em ouro, a pia batismal poderia, de fato, ter sido trabalhada. O embaixador veneziano, presente à cerimônia, escreveu:

> Era uma pia de ouro maciço, com proporções suficientes para imergir o príncipe bebê, e de manufatura extraordinária, com muitas pedras preciosas, projetada de tal modo que o efeito geral mesclava elegância com valor.[55]

Apesar de não ser incrustada com pedras, uma pia dinamarquesa do século XVII pode ajudar em alguma compreensão de como seria o presente de Elizabeth, especialmente o jarro, feito de ouro maciço. (A base da pia apresenta o batismo de Cristo em relevo em prata.)

Todos que mencionam a pia enviada por Elizabeth notam seu valor extravagante, mas seu presente poderia estar dizendo algo mais particular sobre a relação entre as duas rainhas? Era um presente totalmente apropriado para um batismo, é claro, mas, levando-se em conta a propensão de toda pessoa culta do século XVI em seu deliciar com lemas, insígnias, charadas, divisas e linguagem secreta codificada para todo aquele que conseguisse decifrá-las, não é uma pergunta insignificante a ser feita.[56]

Embora o trabalho aparentemente elaborado e incrustado de joias pudesse contar uma história proveitosa – história, agora, perdida para nós –, a própria existência da pia ainda pode falar. Que mensagem específica Mary – e sua corte – entenderiam, transmitida pela pia de Elizabeth?

A pia de ouro viajou de Londres para a Escócia por terra, pela Old North Road, que seguia uma estrada romana em grande parte do caminho, mas não em todo (os romanos nunca conquistaram a Escócia, portanto nenhuma estrada romana chegou até Edimburgo). Provavelmente, o presente viajou por carreta, sem dúvida, considerando seu valor, acompanhado de guardas armados. Um breve comentário em um relato a William Cecil feito pelo conde de Bedford, o nobre a cargo da escolta, relatou que "Alguns [ladrões] que souberam da pia e do meu transporte aguardaram em um ou dois lugares, e não a conseguindo, não se deram ao trabalho de coisas mais comuns, de menor valor".

A pia não tinha ido além de Doncaster em 25 de novembro de 1566, ainda cerca de 221 milhas (355 km) ao sul de Edimburgo, pouco mais de três semanas antes da imensa celebração do programado batismo, em Stirling, a ser feito em 15 de dezembro de 1566. (Logicamente, a estrada era a mesma em que o rei James VI da Escócia viajaria para se tornar James I da Inglaterra, 37 anos depois, em abril de 1603. Ele tornaria aquela viagem um avanço real para o sul, uma viagem sem pressa de 32 dias – um cavaleiro veloz poderia fazê-la em quatro –, onde pôde se encontrar com os senhores ingleses que galoparam para o norte para dar-lhe as boas-vindas à Inglaterra, e ao agora vazio trono de Elizabeth.)

A própria Elizabeth por muito tempo lembrou-se do presente de batismo como um momento importante em seu compromisso com a criança e, consequentemente, com sua mãe. Quando escreveu a James muitos anos depois, ela fez uma observação de cunho bem maternal, relembrando seu antigo interesse por ele:

> Como sempre tivemos, mesmo desde o seu nascimento, um cuidado especial em relação a você, sim, tão grande como se você fosse nosso próprio filho, por sua segurança em todos seus momentos turbulentos, não tendo poupado nossa riqueza, nem o sangue dos nossos súditos [...] e como um sinal disto, considerando que Deus nos dotou de uma coroa que nos rende maior lucro anual do que entendemos que a sua rende para você [...] enviamos recentemente a você uma parcela adequada a seu uso particular.[57]

A pia batismal de ouro maciço foi o primeiro pagamento de Elizabeth nesse auxílio longevo a alguém que ela considerava, de modo simbólico, como seu próprio filho. Uma biografia recente sugere que Elizabeth não estava se excedendo ao assumir tal maternidade compartilhada, porque, de fato, Mary havia lhe pedido que se tornasse uma *commère* na maternagem do bebê, como se ela fosse um membro da própria família da criança.[58] Em vez de Elizabeth ficar como uma simples madrinha ausente neste batismo, a Rainha dos Escoceses quis que ela fosse uma segunda mãe. Mais tarde, Elizabeth contou a James que desde o começo se considerara como uma mãe, tanto que James, com frequência, dizia ter duas mães.

Inicialmente, Mary pediu a Elizabeth que assumisse essa responsabilidade surpreendente quando o bebê James tinha apenas três meses; ela tinha acabado de sofrer uma séria doença e quase um esgotamento total, e temia que pudesse estar morrendo. Sabendo, àquela altura, que Henry Darnley, pai do menino, bêbado e louco pelo poder (provavelmente sifilítico), se revelaria um guardião desastroso para a criança, caso ficasse como único genitor, Mary decidiu que o dever de "cuidados especiais e proteção de seu filho" deveria ser entregue a Elizabeth. Assim procedendo, Mary poderia proteger a vida do filho, defendendo também seu direito dinástico não apenas na Escócia, como também na Inglaterra. Apelar para os sentimentos potencialmente maternais de família e para a conexão dinástica de Elizabeth foi um feito notável. Por meio deste "golpe de mestre" pedindo de mulher para mulher uma comaternagem, Elizabeth e Mary finalmente começaram a negociar, "de rainha para rainha", a resolução dos problemas sobre o lugar de Mary (e, portanto, de seu filho) na sucessão inglesa. Anos depois, Elizabeth repetiu as exatas palavras do pedido da mãe de James por seus "cuidados especiais" na carta enviada a ele.

Foi nesta fase mais íntima de relacionamento entre as "irmãs" rainhas – como elas se chamavam – que aconteceu o batismo. Aparentemente, Elizabeth pediu ao duque de Bedford, seu embaixador na cerimônia, que minimizasse o tamanho da pia como sendo pequena demais para um bebê de seis meses, mas dissesse que ela seria ótima para os futuros filhos de Mary. Tal desejo sugere que Elizabeth estivesse sendo hipócrita ou que tivesse superado o que aprendemos a perceber como sua primeira reação infeliz à notícia de que Mary dera à luz um menino, quando ela, aparentemente, caiu de joelhos e reclamou de sua própria esterilidade. Suas ações posteriores sugerem que, no mínimo, ela tivesse deixado de lado seu ciúme inicial da maternidade de Mary, e que qualquer reação histérica inicial (se realmente houve) não representava seus próprios sentimentos maternais crescentes em relação a alguém que veio a considerar como seu próprio filho.

Quando a pia chegou ao Castelo de Stirling, deve ter entrado em uma corte que se preparava para elaboradas comemorações. Mary Stuart havia planejado três dias de festividades, incluindo mascaradas, danças, banquetes e a simulação ao ar livre de um cerco a um castelo de faz de conta. Todas essas celebrações terminariam com uma exibição noturna de elaborados fogos de artifício. A Escócia nunca tinha visto uma apresentação de fogos de artifício, embora elas fossem frequentes na França, quando Mary era adolescente. As festividades tinham sido planejadas durante um longo tempo. Em setembro, um cortesão escrevera a William Cecil que a rainha escocesa "estava em Holyrood House [...] e lá escolhia suas joias e mandava os lordes se prepararem para o batismo, indicando que cada um deles deveria ter certo número de cores, dando a Murray um terno verde, a Argyll um vermelho, e a Bothwell um azul". A listagem de suas cores não faz justiça aos ternos dos lordes, que teriam sido carregados de acabamentos em ouro e pedras preciosas, porque, naquela época, os homens nobres vestiam-se com o mesmo capricho das mulheres, e pelos mesmos motivos políticos e sociais, para exibir status e poder. Um terno masculino frequentemente custaria muito mais do que o preço pago por Shakespeare pela "segunda melhor" casa em Stratford.[59]

A caminho do Castelo de Stirling, o cortesão relatou a Cecil:

> Os preparativos para o batismo estão sendo feitos em Sterling. Ela [Mary] pegou emprestado da cidade de Edimburgo doze mil libras escocesas, e pretende pegar algum dinheiro emprestado do restante das cidades vizinhas para realizar o batismo.

Por que Mary precisaria pegar emprestado tanto dinheiro para esse evento? O tamanho dos gastos precisava se equiparar à importância do nascimento de um herdeiro masculino ao trono escocês. Na verdade, ele tinha que ser enorme porque, naquele momento, o nascimento do príncipe significaria que ele também poderia ser o herdeiro do trono inglês. Desde o "Rough Wooing" duas décadas antes, quando Henrique VIII enviara guerreiros ingleses para a Escócia para sequestrar a infanta Mary e fazê-la esposa de seu filho Edward VI; desde que os escoceses, sob Marie De Guise, haviam levado Mary às pressas para a França, aos 5 anos de idade, para aguardar o casamento com o herdeiro do trono francês; por décadas, muitos consideravam a união dos dois reinos da Escócia e Inglaterra (conseguido com um casamento real) um desenlace muito mais desejável do que qualquer casamento com a França. Embora a união entre os dois reinos não acontecesse senão em 1701, um século e meio mais tarde, o casamento ocorrido em 1503 entre a irmã de Henrique VIII, Margaret Tudor, e James IV da Escócia tinha como objetivo a mesma ideia.

Logicamente, com a morte de Elizabeth, foi essa própria linhagem que prevaleceria para unir, pelo menos por meio do corpo físico de James, os países. Foi então que, em 1603, James VI da Escócia tornou-se James I da Inglaterra e refez em direção ao sul os passos que sua pia batismal fizera em direção ao norte. Portanto, o dinheiro emprestado provou ser um inteligente investimento a longo prazo em uma dinastia Stuart, embora a própria Mary não estivesse viva para presenciá-lo. Em um prazo mais curto, também foi um ao ato válido da sua parte preparar uma exibição suntuosa de reino, espetáculo e fartura, se a extravagância do batismo (como espetáculos semelhantes de sua antiga sogra Catarina de Médici) fez os intratáveis nobres de Mary entrarem em acordo quanto ao seu reinado.

Com o nascimento do menino, Mary havia preenchido uma das principais obrigações da monarquia, e o batismo do seu filho proclamava em alto e bom som o seu feito. Em contraste, a providência de uma sucessão clara era exatamente o que Elizabeth ainda *não* havia feito. Assim, embora seja profundamente especulativo teorizar, talvez esse herdeiro menino – um filho alternativo de Elizabeth – possa ter aparecido à Rainha Virgem para oferecer uma óbvia solução potencial para *seu* problema de sucessão.

Ainda que os nobres protestantes pedissem que o batismo fosse realizado sob os ritos da "Kirk" ("Igreja") presbiteriana reformada havia pouco, Mary decretou que o batismo seria católico, seguindo a religião em que ela havia sido criada tanto na Escócia quanto na França. Tinha prometido ao papa que faria isso. Esta deve ser uma das razões de ter escolhido o Castelo de Stirling para a cerimônia, era a única capela real ainda consagrada como católica romana; todas as outras tinham sido despidas de suas decorações e atavios elaborados (e, para os reformistas, idólatras e corruptos).

No batismo, o protestante duque de Bedford, juntamente com escoceses proprietários de terras, ficaram ostensivamente *fora* da capela, provavelmente em pé no pátio central, ou já dentro do grande saguão do banquete, que formava a ala norte do pátio do Castelo de Stirling. Desta maneira, eles estavam se excluindo da cerimônia, não tanto como forma de protesto, mas num sinal de tolerância, acedendo ao direito real de Mary de ter a cerimônia católica para seu filho. Assim, Mary teve um batismo católico para o filho, bem como lhe era permitido ter missas católicas na corte. Embora ela estivesse tentando convencer uma quantidade de seus aristocratas a voltar para sua fé, ela nunca usou força, e a tolerância religiosa "separadas, mas neste momento iguais" era o tom do dia do batismo. O embaixador de Catarina de Médici na Escócia, Philibert du Croc, explicou que o batismo era para ser um momento em que os nobres fariam seu *devoir* ou "dever" no que dizia respeito à religião, e que estavam "reconciliados" com Mary. Ele não viu uma "única divisão" na corte.

Mary não apenas tinha pedido a Elizabeth que agisse como mãe, tinha pedido que ela desse a James um dos seus nomes de batismo. Bedford claramente sentiu o pesado encargo de fazer esta escolha, quando escreveu em 3 de dezembro: "Confio que o prazer de Sua Majestade a rainha para nomear a criança chegue até mim, uma vez que estou à espera de ser chamado para ir até 'aquela rainha'". Ao pedir a Elizabeth que desse um nome à criança, Mary estava conferindo uma honra especial a sua rainha "irmã", honra que pode ter tido a intenção de selar o vínculo entre Elizabeth e a criança (e, sendo assim, também com a mãe).

O elemento central do banquete depois do batismo foi um cortejo em que os pratos, repletos de comida, em vez de serem trazidos individualmente por lacaios, eram colocados numa mesa redonda mecânica que rodava pelo saguão, operada por um número de mascarados primorosamente disfarçados, enquanto músicos desfilavam atrás dela. A mesa redonda pretendia lembrar a aceitação do rei Arthur, em pé de igualdade, de todos os seus cavaleiros, ao fazer a mesa em que todos eles se sentavam um círculo, de modo que ninguém ficasse à cabeceira e ninguém ficasse ao pé. Sir Lancelot, sir Gawain, sir Percival, sir Kay e os outros oito cavaleiros tinham igual importância na visão do seu rei (uma réplica do século XIV da mesa lendária, embelezada por Henrique VIII, pende na Catedral de Winchester, visível atualmente). Da mesma maneira, no Castelo de Stirling a precedência era compartilhada igualmente entre os diferentes grupos nacionais e religiosos: franceses, escoceses e ingleses. A mesa redonda insinuava a ininterrupta herança real escocesa (iniciada em 1371) de Mary (e de seu filho) no mito Tudor, que afirmava que a família contava com o rei Arthur de Camelot, um galês, como um dos fundadores da família galês Tudor. Na verdade, o primeiro rei Tudor, Henrique VII, com algum sangue real próprio quase tangencial, assumiu o trono por conquista, em 1485. A fim de fortalecer suas credenciais régias, Henrique VII denominou seu filho mais velho "Arthur", acrescentando o poder da lenda de Camelot ao mito Tudor de uma ancestralidade régia de gerações. Pura extensão geracional feita para uma legitimidade dinástica. Se sua família andara governando por um século ou coisa assim, você deve merecer o direito de continuar.

Em Stirling, os atores internacionais e alguns dos cortesãos escoceses e franceses de Mary vestiram-se como semideuses pagãos, sendo que cada um desses grupos recitou algumas frases em latim endereçadas a Mary, que estava sentada em um palanque, segurando seu bebê. As fileiras fantasiadas de sátiros, náiades, e oréades dirigiam-se uma a uma ao príncipe-infante, enquanto que as nereidas e os faunos voltavam seus discursos à mãe, a rainha.

Em relatos históricos tradicionais, a importância da mascarada tem sido ofuscada por um drama inesperado, criado quando um dos cortesãos franceses de Mary agitou de modo obsceno seu rabo de sátiro na direção dos convidados ingleses. Seguiu-se rapidamente uma briga de socos que interrompeu o banquete até que a rainha Mary e o duque de Bedford conseguiram acalmar os dois grupos beligerantes.

Os historiadores tendem a parar de contar a história da comemoração do batismo neste ponto, porque o confronto ressalta a latente violência baronal sempre viva na corte escocesa.

O batismo foi apenas um breve intervalo entre *crescendos* de um conflito catastrófico. Apenas nove meses antes do batismo do príncipe, o secretário pessoal de Mary, David Rizzio, tinha sido arrastado da sua presença, ainda agarrado à barra das suas saias, para um saguão, e esfaqueado até a morte com cinquenta golpes de punhal. E apenas dois meses depois das festividades do batismo, o pai do bebê, Darnley, seria morto em um cataclismo espetacular, quando a casa em que estava dormindo explodiu com múltiplos barris de pólvora escondidos no porão. Não é de se surpreender que os historiadores parem de contar qualquer detalhe sobre a mascarada batismal, quando precisam se confrontar com o impacto histórico dos terríveis assassinatos de Rizzio em 1566 e de Darnley em 1567.

Embora seja necessário rever, no próximo capítulo, alguns detalhes dos dois assassinatos interligados – uma vez que o próprio Darnley tinha sido a causa da chacina de Rizzio –, a repercussão das intenções comuns a Mary e Elizabeth com a cerimônia do batismo teve um impacto político não menos abrangente do que a própria violência. A poesia pacífica é menos excitante do que um derramamento de sangue, mas tem a mesma importância no entendimento do que todos os atores estavam tentando conseguir. O que Mary esperava alcançar incluindo uma apresentação mascarada em latim de seu poeta da corte (talvez) ainda leal George Buchanan, *Pompae deorum rusticorum*, *Desfile dos deuses rústicos*?[60] A mascarada de Buchanan fala dos presentes que os deuses estavam dando para a rainha e seu bebê:

> Valorosa, sábia rainha, mais feliz por dar forma ao mais afortunado: o fruto do casamento; mas mais felizes estão aqueles emissários estrangeiros [...] deuses rústicos que reverenciam o fato com presentes herdados dos sátiros dos bosques e das fontes das náiades.

Apresentando todos os embaixadores estrangeiros que compareceram à cerimônia como uma assembleia de deuses rústicos, a poesia em latim de Buchanan imagina a Escócia como um refúgio humanista por si só. Historiadores revelaram que a comemoração do batismo deveu muito aos festivais montados apenas um ano antes em Bayonne, França, pela antiga sogra de Mary, Catarina de Médici. Aquela ocasião festejava a filha de Catarina, Elisabeth Valois, rainha da Espanha, e o duque de Alba, que fazia as vezes de seu marido, Filipe II. As festividades ocorreram em um período de dias em meados do *tour* régio de Catarina, em 1564-1566. Um livro publicado logo depois do *tour* permitiu que um público maior apreciasse suas "magnificências", embora seja provável que Mary tenha sabido ainda mais diretamente sobre seus vários entretenimentos através de testemunhas oculares.

As encenações elaboradas de Catarina oferecem um parâmetro com o qual julgar as intenções específicas de Mary, se não seu sucesso, tanto em suas semelhanças com as *extravaganzas* de sua sogra anterior, quanto, de maneira mais pertinente, em suas diferenças. Em primeiro lugar, as festividades de Catarina aconteceram na língua francesa, enquanto que a poesia em latim de Buchanan significativamente exigiu, para as festividades escocesas, uma audiência humanista mais internacional. As apresentações em latim também contornavam o problema de qual língua vernácula usar: francês, inglês ou escocês? George Buchanan era, assim como Milton um século antes, um poeta famoso por suas realizações em poesia latina (os dois poetas são comparáveis apenas em latim; Milton é um autor maior no cânone literário inglês). Dirigida a uma cultura humanista mais ampla de apresentações classicistas, que poderiam, então, ser compartilhadas entre os eruditos nos reinos da França, Inglaterra e Escócia, a mascarada de Buchanan insiste sutilmente não apenas na entrega de presentes, mas também no fato de que tais presentes foram herdados.

Ao usar o latim, o *Desfile dos deuses rústicos* insiste em que todos os reinos europeus devam agir, e o fazem, dentro das mesmas regras de civilidade, especialmente as regras de herança. O menino James será rei em virtude de sua mãe ser rainha. Pelas mesmas regras, os emissários "estrangeiros" legarão presente que eles mesmos herdaram. O ponto sutil de Mary deve ser não apenas o que seu filho herda dela, mas o que ela herda da sua linhagem, ou seja, seu lugar (e o dele) na sucessão do trono inglês. Sua herança destaca sua autoridade apresentada espetacularmente aos nobres e emissários que compareceram à cerimônia.

O oferecimento de presentes é, logicamente, um ritual muito apropriado a um batismo; o verdadeiro conteúdo das oferendas não é especificado na mascarada, embora as náiades expliquem que seus presentes ao rei não parecerão pequenos se, em vez de usar presentes que valorizem o coração, o coração conceder valor aos presentes. Artifícios retóricos elegantes como este – contrabalançando presentes e corações – são o material de elogio humanista. (A figura retórica específica é chamada de *chiasmus* [quiasmo], da palavra grega para cruz, e foi muito favorecida por Virgílio, o poeta de Roma mais reverenciado.) A relação entre "oferta de presentes" e parentesco era, naturalmente, uma tradição inglesa muito antiga. A palavra "*lord*" deriva da palavra anglo-saxã "*hlafford*", o que dá o pão. O lorde era aquele que consolidava os bens materiais da cultura e os distribuía de volta para seu povo. A reciprocidade das trocas é fundamental para a maior parte das relações sociais, sendo assim, a oferta de presentes é um ritual sinalizador na demonstração de lealdade dos súditos escoceses a sua rainha e ao príncipe infante, bem como, é claro, o reconhecimento das potências estrangeiras da importância da Escócia entre os reinos da Europa.

Quando Henrique VIII partia em suas viagens reais pelo seu reino, às vezes exibindo todo seu séquito, às vezes em grupos de caça menores, os presentes que lhe eram dados geralmente vinham sob a forma de alimentos, implementos para caça, ou falcões, como era adequado para seus passatempos masculinos. Na primeira fase do seu reinado, Elizabeth, por sua vez, recebeu placas e moedas de ouro e prata. A convertibilidade da pia em similares presentes em dinheiro, assim como suas posteriores ofertas de dinheiro a James, pode se dever ao fato de Elizabeth saber que a Escócia era um país pobre. A pia de ouro poderia ser facilmente derretida, como o foi em seguida, sem perder por completo o significado do presente ao ser originalmente dado.

Acompanhando a mascarada, o evento central das festividades do batismo para o bebê James de Mary foi uma surpresa aos convidados: uma simulação de batalha ocorrida ao ar livre. Nela, grupos de nobres com diversas fantasias atacavam um castelo encantado: bandos de mouros, escoceses do norte, centauros, cavaleiros alemães e demônios foram todos repelidos com sucesso.

Especificamente inspirado na "magnificência" encenada em Bayonne – fronteira entre a França e a Espanha, lugar onde Catarina tinha esperado encontrar o rei e a rainha da Espanha no ano anterior –, este "triunfo", assim chamado até mesmo por John Knox, foi planejado para fazer o que as comemorações de Catarina de Médici também sempre ambicionaram conseguir: obter uma reconciliação entre facções antagônicas na corte e na Europa. A tapeçaria Valois do "Tournament" de Bayonne mostra os bretões e os irlandeses numa batalha de brincadeira. A cena da tapeçaria Valois nos dará alguma ideia do que Mary estava reproduzindo nesse dramático cerco de um castelo. Seguindo o exemplo de Catarina, Mary usava festivais ao ar livre para transformar um combate militar em arte, para fazer teatro de uma batalha, resplandecente com fantasias e armamento exóticos.

Detalhes, tapeçaria Valois, "Elefante"; ateliê desconhecido, aprox. 1575. Guerreiros celtas usam uma concepção continental de manta; notamse também alguns kilts em desordem. Outros combatentes usam turbantes.
© *Via Wikimedia Commons.*

Catarina havia suprimido todas as apresentações de torneios na França após a morte de seu marido Henri II em decorrência do ferimento sofrido durante um torneio, e no lugar desses combates perigosos, apresentara concertos musicais brilhantes, balés clássicos (cujos padrões geométricos elaborados eram, com frequência, coreografados por ela pessoalmente), e várias proezas de habilidade equestre, tal como derrubar o estafermo, um pequeno círculo de metal pendendo de uma armadura giratória. Assim, ela criou uma tradução direta do teste de habilidades de torneio em uma proeza muito menos provável de causar a morte de qualquer participante. As bolas de fogo jogadas na confusão da falsa disputa corpo a corpo, nas encenações de ataques a castelo tanto de Catarina quanto de Mary, teriam se somado à excitação e potencial perigo dos eventos do festival, sem realmente ameaçar a vida humana (ou até mesmo sérios ferimentos nos cavalos).

Portanto, assim como os espetáculos franceses de Catarina em Bayonne, a festividade para celebrar o batismo de James em Stirling, na Escócia, foi um evento em que Mary pôde consolidar sua autoridade monárquica perante uma cultura da honra cada vez mais violenta, praticada até a morte por seus barões escoceses. Da mesma maneira com que Catarina tentou moderar as hostilidades entre seus nobres católicos romanos e huguenotes, fazendo-os participarem juntos de passatempos civis, tais como banquetes, mascaradas, bailes, peças, concertos e outras festividades, sua nora Mary Stuart, agora governante dos escoceses, fez o mesmo para os nobres católicos romanos e protestantes.[61]

O final da cerimônia de Stirling foi uma exibição fulgurante de fogos de artifício, a primeira a ser realizada na Escócia. Os preparativos para o espetáculo tinham sido elaborados e demorados. Um registro de pagamentos menciona o trabalho de quatro homens incumbidos de trazer de Dunbar, por carroça, os barris de pólvora e um pequeno barril de enxofre; eles apontam que o senhor de Quhitlaw seria reembolsado pelo uso de seus cavalos. Um artilheiro especial do Castelo de Dunbar foi trazido para criar os fogos de artifício. Pediram-lhe que escrevesse a Mary explicando como o projeto pirotécnico havia sido executado, especificamente segundo seu próprio esboço: *"Inform hir highness of the foresaid fyrework conforms to hir grace's precept there upoun"* [Informe Sua Alteza sobre o citado fogo de artifício de acordo

Detalhe, tapeçaria Valois, "Tournament". © *Via Wikimedia Commons.*

com o mandado de Sua Graça a respeito.] O penhasco sobre o qual se encontra o Castelo de Stirling ergue-se bem mais abrupto da planície do que o Castelo de Edimburgo, portanto, o espetáculo seria visível a quilômetros de distância, em todas as direções. Era um local perfeito para uma exibição noturna.

Também era bastante significativo que Stirling tivesse sido o lugar de duas das batalhas mais importantes da história da independência escocesa: as vitórias de William Wallace na Ponte de Stirling (1297) e de Robert Bruce, em Bannockburn (1314), quando cada herói derrotou, de forma decisiva, forças inglesas muito maiores. Assim, a pólvora não apenas teria proporcionado um belo espetáculo noturno, mas também uma demonstração do poder marcial da Escócia, que historicamente havia triunfado por duas vezes sobre seu vizinho do sul, muito mais forte, e o havia feito tão próximo ao lugar exato agora ocupado pela presente fortaleza real.

O presente da pia batismal nos diz muito sobre um aspecto da relação entre Elizabeth e Mary, monarcas desses dois antigos reinos inimigos, relação que seria mal compreendida por nós por falta de atenção a detalhes e preconceitos equivocados sobre sua rivalidade. Por que Elizabeth escolheu dar como presente a própria pia batismal, peça central da cerimônia? Penso que a resposta é que a pia de Elizabeth insiste, com bastante ênfase, na mesma harmonia e tolerância destacada por toda parte na cerimônia de Mary e nos banquetes que a circundaram. Como o embaixador veneziano em visita testemunhou que a pia era amplamente decorada com pedras preciosas, podemos imaginar ser bem possível que ela ilustrasse uma história, provavelmente uma história relativa a um batismo bíblico. Jamais saberemos. Mas isso não significa que a pia não pudesse falar por si mesma.

A escolha da pia por Elizabeth, o implemento na igreja que centraliza a atenção da congregação ao compartilhar os juramentos de compromisso cristão, também insiste, sutilmente, em que o batismo era o único sacramento ainda comungado sem controvérsia entre as duas Igrejas cristãs divididas. Ainda que os protestantes escolhessem ficar do lado de fora, a pia teria apontado diretamente ao cerne da fundamental harmonia cristã. Ao longo das primeiras décadas do século XVI, o protestantismo havia abandonado, como desnecessários e não autorizados biblicamente, cinco outros sacramentos católicos (confissão privada, penitência, casamento, extrema-unção e investidura sacerdotal), mas mantivera o batismo, um de apenas dois remanescentes.

O único outro sacramento ainda compartilhado pelas duas Igrejas era a comunhão, mas essa cerimônia tinha se tornado o estopim preocupante dos conflitos catastróficos sobre a natureza da hóstia, ou seja, a pastilha da comunhão servida ao crente durante a cerimônia do culto. Guerras foram travadas e mártires queimados vivos em busca do significado de receber a hóstia para comer. Seria isto a ingestão de uma transubstanciação do *verdadeiro* corpo sacrificado de Cristo, ou antes a realização de um *memorial* protestante do sacrifício de Cristo? Segundo a Igreja católica, apenas o sacerdote celibatário estava dotado do poder de transubstanciar a carne de Cristo "sob" a aparência da pastilha da comunhão. Os protestantes devem ter zombado desse poder, chamando-o de "hocus-pocus" ou de brincadeira infantil de mágica e tapeação. (A expressão "hocus-pocus", ainda usada atualmente como símbolo de magia, deve ter derivado de uma corrupção das palavras latinas *Hoc est enim corpus meum* [Este é mesmo o meu corpo], dita pelo padre durante a missa, quando o pão e o vinho da comunhão transformam-se no corpo e sangue de Cristo.)

Mas ao contrário das controvérsias que envolveram a comunhão, o rito do batismo permaneceu o mesmo durante a transição do catolicismo para o protestantismo. Assim, a pia de Elizabeth foi o presente ideal incontestável de uma rainha protestante para uma rainha católica. O presente de Elizabeth acentua enfaticamente o que as duas rainhas compartilhavam: uma cristandade essencialmente similar, tolerante, e uma preocupação feminina pelas crianças nascidas numa dinastia. A pia, por si só, insiste na centralidade do rito comum, criando vínculos familiares para além da divisão católico-protestante, acolhendo e dando um nome para um novo membro da irmandade cristã. Fazemos uma injustiça à história de Elizabeth e Mary ao não notarmos as sinceras tentativas que elas fizeram para consolidar um forte laço familiar, fraternal, que incluiria uma nova geração por meio do batismo do filho de Mary, James, o príncipe que viria a ser o herdeiro das duas.

Mary deu ao bebê o primeiro nome, "Charles", escolhido não em homenagem a um antepassado escocês, mas a seu cunhado, Charles IX, o rei católico da França, para quem Catarina de Médici tinha assumido o governo da França como regente. Ao pedir a Elizabeth que desse um nome a seu filho, e Elizabeth chamá-lo "James", por causa dos cinco reis escoceses anteriores a ele, as duas mulheres ressaltavam, ao mesmo tempo, as ligações reais francesas da mãe e a ascendência britânica do menino. Sendo assim, elas estavam sinalizando que o príncipe bebê poderia se tornar herdeiro do trono de Elizabeth, mas também que as rainhas "irmãs" poderiam estar alinhadas entre si ao buscar cortesia, e não conflito, criando, portanto, uma única família para governar a ilha. Prestar atenção à pia dada de presente por Elizabeth ajuda-nos a entender uma história completamente diferente deste momento crucial na criação de uma "Grã-Bretanha" maior. Podemos partir da hipótese de que Mary e Elizabeth estivessem se preparando para proclamar uma nova nação na ilha, mas tal objetivo era ilusório, dados os conflitos globais da época e os medos e aspirações preconceituosos daqueles que serviam às duas monarcas.

Com o tempo, a preferência popular renomeou o rei "James Charles", e assim, na história ele é normalmente intitulado "James VI da Escócia, I da Inglaterra". Sua pretensão ao trono inglês passa pela linhagem de mãe e pai, Mary Stuart e Henry Darnley, ambos descendentes da irmã mais velha de Henrique VIII, Margaret Tudor, por seu casamento com dois maridos, um da realeza e o outro não. Seus pais tinham, portanto, um parentesco de sangue com a "irmã" de Mary, rainha Elizabeth.

O nascimento de James preencheu todas as exigências da sucessão monárquica na Escócia, e por fim também na Inglaterra. Por que, então, ele não protegeu o trono da rainha Mary, como ela claramente esperava acontecer?

CAPÍTULO CINCO

Regicídio, republicanismo e a morte de Darnley

Faltava uma pessoa fundamental nas festividades do Castelo de Stirling: o pai do bebê, Henry Darnley. Ele havia se recusado a comparecer. Estava zangado porque Mary não lhe concederia a coroa matrimonial, que lhe permitiria permanecer rei da Escócia, caso Mary morresse, e teria lhe dado um poder ainda maior do que Filipe da Espanha conseguira de Mary I, da Inglaterra. Mais intimamente, Darnley estava frustrado porque depois que Mary havia engravidado dele, não mais o aceitava na cama. Com sua bebedeira, comportamento insensato e ambição ultrajante, Mary viu-se forçada a concluir que o belo noivo havia se revelado uma escolha catastrófica como marido.

Contudo, no início Darnley parecera um cônjuge muito adequado à jovem viúva Mary, especialmente por ter sido indicado por Michel de Castelnau, o embaixador francês enviado à corte de Mary por Charles IX e pela rainha-mãe, Catarina. Castelnau havia descrito o rapaz com entusiasmo:

> Não é possível ver um príncipe mais belo, que se entrega a práticas honestas e que gostaria muito de começar sua empreitada viajando para a França para conhecer o rei.[62]

De modo ingênuo, como a própria Mary, Castelnau garantiu às majestades francesas que Darnley era digno de receber a Ordem de São Miguel do rei francês. Sua linhagem era impecável. Neto da irmã de

Henrique VIII, Margaret, pertencia à realeza, era bonito e mais alto do que Mary (que assim como a mãe era uma mulher "grande", embora talvez não passasse de 1,80 m, como relataram alguns). Darnley crescera na Inglaterra, filho do quarto conde de Lennox, que era dono de terras na Inglaterra e na Escócia. Como neto de Margaret Tudor, de seu casamento com Archibald Douglas, era primo em segundo grau de Mary e, como ela, estava em linha direta para o trono da Inglaterra, bem como, menos diretamente, na linha de sucessão ao trono da Escócia.

Fiel a seu sangue real, o jovem consorte de Mary juntou-se a ela com sinceridade e entusiasmo nos apelos para que o rei francês Charles IX e a rainha-mãe Catarina enviassem tropas para ajudá-los numa guerra que, pela percepção de Mary, seria conduzida pelos senhores republicanos escoceses contra suas majestades reais. O embaixador francês Castelnau, levianamente, afastou os temores do jovem casal. O biógrafo John Guy, normalmente muito solidário com Mary, curiosamente acompanha a desconsideração (supõe-se) masculina de Castelnau quanto às preocupações da rainha em relação ao desafio à monarquia

Henry Stuart, lorde Darnley, 1545-1567, consorte de Mary, Rainha dos Escoceses; artista desconhecido, 1564. © *20171230_zaa_p134_051 – Zuma Press/Easypix Brasil.*

na Escócia, chamando-as de uma "visão narcisista" de sua situação, e não, como eu argumentaria, de uma análise política astuta que apoia não apenas suas preocupações legítimas, mas também premonitórias.

Mary colocou suas ansiedades sobre a rebelião que enfrentava num contexto histórico amplo, que Castelnau, evidentemente, considerou ingênuo. Ela sustentava que seus súditos recusavam seu governo não por causa da religião deles, mas pelo desejo de mais poder para eles mesmos. Eles "deixaram toda obediência a ela mais por um desejo maléfico e hediondo, do qual eles estavam sempre e manifestamente cheios, do que, neste caso, por qualquer entrave relativo a religião [em que ela, Mary], não tinha qualquer desejo de buscá-los e impedi-los de forma alguma". Mary insistia que, embora fizesse muito tempo que a Escócia era uma monarquia, seus súditos nunca haviam deixado de querer fazer dela uma república, e ela usou esta palavra específica: "república".[63]

Tal desejo da parte do povo da Rainha dos Escoceses era "uma coisa que comove todos os monarcas do mundo: ver um súdito rebelar-se contra seu príncipe soberano". Ela preferiria morrer a testemunhar tal acontecimento na Escócia. Gostaria de sustentar que, ao fazer essa argumentação ao embaixador francês, Mary revelou uma compreensão política muito fundamentada das forças mobilizadas contra ela. A ameaça não meramente religiosa, mas também republicana com que ela se deparava, iria, em duas curtas gerações, varrer seu neto Charles I do trono inglês. Mary sentia claramente que não era apenas ela que corria risco, mas a própria monarquia, na Inglaterra, na França e também na Escócia. E ela tinha razão.

De sua parte, Castelnau relatou a Charles IX e sua mãe que tinha passado quatro horas tentando acalmar os dois jovens nobres, ambos parecendo se preocupar em excesso com a intenção dos rebeldes de matá-los. Aconselhou-os a buscar a paz, e não a guerra, e sugeriu que os governantes da França (inclusive, aparentemente, Catarina, La Reine Mère) não achavam que as coisas estivessem tão extremas como os jovens monarcas supunham. Castelnau observou que Darnely tinha apenas 19 anos na época desta longa conversa, e sua atitude poderia ser relevada em função da sua inexperiência. Castelnau não mencionou especificamente o fato de Mary ser mulher, nem sua juventude ao desconsiderar suas preocupações sobre as tendências antimonarquistas na Escócia, mas mencionou que durante sua conversa ela havia vertido algumas lágrimas. Poderiam ter sido lágrimas de raiva perante a atitude condescendente de Castelnau? Bem depois de setembro de 1565, quando Castelnau pensava ter descartado com facilidade as preocupações dos jovens membros da realeza, Mary permanecia intransigente em sua crença de que o republicanismo ameaçava seu trono.[64]

Suas apreensões revelaram-se uma previsão de Cassandra. Apenas um ano e meio mais tarde, em fevereiro de 1567, Darnley foi assassinado, e quatro meses depois disto, Mary foi forçada a abdicar do trono. As duas jovens majestades reais não estavam inteiramente erradas, então, em sua sensação de risco iminente. Mary era suficientemente bem-educada para ter compreendido o alerta de Ronsard para Elizabeth no volume de poesia de 1565 que recebera, e poderia muito bem ter se lembrado dele. Muito se tem escrito sobre as desastrosas escolhas feitas por Mary e Darnley e, de fato, cada um deles, individualmente, colaborou bastante para ocasionar as catástrofes que se abateram sobre eles. Embora seja justo dizer que eles têm uma culpa considerável por suas vidas trágicas, também estavam certos em temer uma rebelião dos nobres, para quem era fácil assassinar a realeza ou depô-la.

A percepção histórica de Mary sobre as tendências antimonarquistas do seu reino revelou-se extremamente bem fundamentada. Ela entendeu que seus conflitos com seus nobres não diziam respeito a religião, mas a poder. Embora as próprias premissas machistas de Darnley sobre a inferioridade de sua esposa em relação a ele como marido deixassem-no vulnerável às facções poderosas voltadas contra os dois, ele pode nunca ter entendido a facilidade com que os senhores escoceses poderiam planejar matá-lo, um rei consorte, ainda que não usasse a coroa matrimonial. As expectativas de Mary de obediência por parte dos lordes, sem dúvida, teriam sido ainda maiores, tendo ela sido rainha da Escócia desde bebê, além de ter crescido como a única criança coroada na corte durante os reinados estáveis de François I e Henri II, onde ela tinha precedência sobre as outras crianças da realeza.

Durante muito tempo, as regras e os direitos da monarquia na Europa tinham sido simplesmente presumidos: o governo de um único indivíduo era o melhor. O diplomata Castelnau parece caçoar da referência de Mary à Roma imperial, usando-a para se contrapor a seu argumento de que ela só poderia proteger seu trono enfrentando a violência com violência. Ele lhe garantiu que a paz, segundo a compreensão do Império Romano, era sempre mais eficiente do que a guerra. Deixando de lado as guerras civis violentas na transformação de Roma de república para um império dominado por ditador, Mary poderia, concretamente, ter ressaltado os resquícios de duas muralhas imperiais ainda existentes no norte da Inglaterra, que marcavam os limites da civilização romana, ruínas ali deixadas primeiro pelo imperador Adriano, e, a seguir, pelo imperador Antoninus Pius, ambos fracassados na conquista da Escócia. Em contraposição, a França havia sido colonizada pelos romanos, tendo a Gália sido um importante componente do seu império por milênios. Mas dois diferentes governantes romanos não conseguiram trazer a Pax Romana para a Escócia. Como Roma nunca prevaleceu ali, em vez disso foram construídas as muralhas. A Muralha de Adriano marcava o limite do domínio romano, que tinha incluído em sua longa governança a Inglaterra e o País de Gales atuais, de 403 a.C. a 43 d.C.

Os fortes romanos no lado sul dessas muralhas têm encanamento interno. Ao norte dos muros não havia. Os romanos haviam desenvolvido a tecnologia hídrica herdada dos etruscos em 200 a.C., juntamente com seus aquedutos e um impressionante sistema de esgoto e drenos cobertos de pedras. Tais amenidades civilizadas acompanharam a expansão do poderio romano por toda parte. Depois do colapso de seu império, deixou de haver qualquer sistema de encanamento interno em qualquer lugar da Europa até o século XIX. Esses são os limites evanescentes de alguns aspectos de uma verdadeira civilização. A Muralha de Adriano ainda exibe os resquícios de um balneário romano, com água aquecida por hipocausto (um sistema de aquecimento subterrâneo) e tudo mais. Mas a Escócia, nunca conquistada, nunca teve tais instalações.

Talvez não seja uma surpresa que os líderes militares escoceses facilmente desafiassem o governo de uma adolescente da França, país civilizado por Roma séculos antes. Em 1560, antes de Mary chegar de Fontainebleau para assumir o governo de um reino que ela deixara aos 5 anos, havia sido formulado um tratado entre a Escócia, a França e a Inglaterra, em que se dispunha que um grupo de barões escoceses governaria por Mary em sua ausência, situação que, sem dúvida, esperava-se que durasse toda a vida do rei François, então com 15 anos, ou seja, por mais 40 anos, talvez. (Ele morreu um ano após ser coroado.) Como ficou registrado no English State Papers [Documentos do Estado Inglês], os barões haviam insistido que

> declaram que eles, nem nenhum deles, pretendem, por este pacto se eximir da obediência devida a sua soberana senhora, a rainha, nem ao rei francês, seu marido e chefe durante o casamento, mas na manutenção de suas antigas leis e permissões.[65]

Embora eles possam ter sentido, honestamente, que poderiam oferecer este tipo de obediência a Mary, quando ela voltou, viúva, aos 18 anos, descobriu que os lordes escoceses estavam muito mais interessados em preservar "suas antigas leis e permissões" do que em demonstrar obediência fiel a ela, como sua soberana. O caso ficou mais preocupante pelo fato de eles terem mudado recentemente de religião, abandonando aquela que Mary ainda professava com devoção. Eles também estavam influenciados pelo líder mais notável de sua nova religião presbiteriana, John Knox, que tinha acabado de alardear sua crença de que mulheres jamais deveriam governar.

A mistura tóxica de política e religião em todas as sublevações daqueles tempos é capturada bem adequadamente com o título "Lords of the Congregation" [Senhores da Congregação], escolhido pelos barões escoceses. A "congregação", no fim das contas, era um grupo de homens que haviam primeiramente se juntado para tirar a Igreja Escocesa de sua forma e dogma católicos romanos. Esses lordes passaram então a concordar com a formulação de uma política estrangeira escocesa, negociando o Tratado de Edimburgo em 1560, um acordo político entre o governo de três países independentes. Embora o "Lords of the Congregation" de início significasse um organismo religioso, rapidamente ele passou a especificar uma facção política. Mais tarde, os lordes se renomearam "Confederate Lords", indicando uma reunião ainda mais informal de políticos de pensamento semelhante.

As famílias católicas Stuart, Valois e De Guise tinham, desde cedo, compreendido como tanto os protestantes huguenotes franceses quanto os barões escoceses estavam usando a religião como um subterfúgio para esconder seus desejos politicamente subversivos de desafiar a autoridade régia. Portanto, naquele momento, a religião, como frequentemente acontece, tinha muito mais a ver com tribalismo e poder do que com a dedicação de uma atenção piedosa ao divino.

Em 1559, Mary e François, como rainha e rei da França, tinham escrito oficialmente para a mãe de Mary, Marie De Guise, regente da Escócia, sua percepção de que a rebelião "religiosa" na Escócia e na França era mais motivada politicamente do que espiritualmente, e que tinha por fim a supressão da autoridade monárquica.

> Sob o nome e o disfarce de religião, eles pressionam para atrair para o seu grupo muitos dos nossos súditos do citado reino, pretendendo, como se descobriu por suas ações, oprimir pouco a pouco nossa autoridade, a fim de atribuí-la a si mesmos e se apropriar dela.[66]

Poderíamos suspeitar que a carta deles fosse mais uma propaganda católica (iniciada pelos De Guises) do que uma análise política perspicaz, mas os jovens aristocratas franceses católicos não estavam errados ao deduzir que a busca da Congregação não era apenas por liberdade religiosa, mas por uma mudança na estrutura política do governo da Escócia. Levando-se em conta os sermões contemporâneos de John Knox na Escócia, sob governo régio, parece que os jovens Mary e Darnley também tinham uma percepção surpreendentemente realista de como funcionavam as coisas. Nessa época, Knox argumentava abertamente que a mera herança de um título de um antepassado biológico não autoriza uma pessoa a governar uma nação. Seu argumento abalou o princípio fundamental da sucessão dinástica real por sangue. Segundo Knox, àquela altura um conhecido e rancoroso crítico de governantes mulheres, que toda semana trovejava de seu púlpito em Edimburgo suas teorias de reforma radical, um candidato adequado para governante precisava ser escolhido por um povo protestante inspirado por Deus, e não alguém nascido filho de um rei. (A visão de Knox era uma posição fundamental antimonarquista que, em dois séculos, iria evoluir para a Revolução Americana contra a tirania do rei George III.)

Quando Mary voltou da França para a Escócia, John Knox já dominava em Edimburgo, na Catedral St. Giles, uma intimidante estrutura gótica de arenito marrom a meio caminho da "Royal Mile", entre o Castelo de Edimburgo e a Holyrood House, que, por sua vez, era um elegante palácio real situado em um grande parque e moradia frequente de Mary. A jovem rainha teria passado pela catedral regularmente. Depois de ter sido notoriamente repreendida por Knox na corte, ela não compareceu a seus sermões protestantes na catedral, mas se ateve a seu culto católico particular. Mas seu marido, que havia flertado com o protestantismo, foi a St. Giles depois do seu casamento e sentiu-se profundamente ofendido com o que escutou ali. Do púlpito, Knox lançava uma doutrina diametralmente oposta ao direito divino dos reis.

> Os reis, então, não têm um poder absoluto para fazer em seu governo o que lhes agrada, mas seu poder é limitado pela palavra de Deus; de modo que se eles atacam onde Deus não ordenou atacar, não passam de assassinos; e se poupam onde Deus ordenou atacar, eles e seus tronos são criminosos e culpados da maldade que grassa na face da terra por falta de punição.[67]

O resultado de Knox ter proferido este sermão foi ele ser impedido por decreto de pregar sempre que a realeza estivesse na cidade – embora Darnley e Mary tenham deixado Edimburgo tão pouco tempo depois, que ele não ficou muito tolhido em seus argumentos sobre os limites divinos do governo real. Além disto, Knox tinha anotado esse determinado sermão, o único pelo qual se deu ao trabalho de fazer isso. Normalmente, seus sermões eram de improviso e não possuíam cópia, mas ele publicou of sermão em "Isaías, 26", de modo que o maior número possível de homens conseguiu lê-lo para ver por si mesmo que ele não havia dito nada problemático, podendo, assim, argumentar que Sua Alteza havia se ofendido "por muito pouco".

Mas para aqueles cuja posição na sociedade baseava-se em herança biológica, e não numa eleição inspirada por Deus, o sermão de Knox seria, de fato, perturbador. Nele, era repetida uma questão que ele colocara anteriormente numa carta à rainha Elizabeth I, por quem era de se supor que pudesse sentir um verdadeiro respeito, mesmo que fosse apenas por seu "martírio" protestante sob sua irmã católica, a "Sanguinária" Mary Tudor. Mas quando Elizabeth reagiu com energia contra seu *First Blast of the Trumpet against the Monstrous Regiment of Women*, Knox escreveu-lhe um "pedido de desculpas" que, em vez disso, reafirmava abertamente seu desafio à monarquia: "Não é apenas nascimento, nem afinidade de sangue, que faz um rei reinar legitimamente sobre um povo".

Sob o ponto de vista de Knox, qualquer governante deveria ser nomeado, indicado ou eleito pelo povo de Deus, e caso o povo decidisse que o governante se tornara um tirano, poderia ser deposto e executado. O povo de Deus tinha esse direito. Elizabeth discordava totalmente e se assegurou para que no seu povo ninguém aprendesse doutrinas tão radicais. Uma das homílias originais da Igreja Anglicana de Elizabeth era um sermão pré-definido, "Sobre a Obediência". Seu governo exigiu que todos os pregadores transmitissem essa homília do púlpito no mínimo uma vez por ano. Contrastando com a proposição radical de Knox de um governo populista e do direito do povo de organizar uma resistência violenta, a homília "Sobre a Obediência" insistia em que até governantes tirânicos e cruéis deviam ser obedecidos. A segunda parte da homília enfatiza que São Pedro ensinou que todas as pessoas devem obedecer a seus senhores, não apenas se os governantes forem "bons e gentis", mas mesmo que sejam "cruéis e agressivos". A vocação do povo é ser "paciente" e resignado. Citando a autoridade acima de todas, a homília conclui: "Cristo ensinou-nos claramente que até governantes cruéis recebem seu poder e autoridade de Deus".[68]

Assim, a Igreja Elizabetana coloca os monarcas além de qualquer censura legítima. Knox e a Igreja Reformada Escocesa, por outro lado, afirmavam que os monarcas serviam o povo, não o contrário, e o povo poderia "deselegê-lo" segundo a sua vontade. Esse é, de fato, o fundamento da teoria democrática moderna, e foi entendido, com muito acerto, como um inimigo fatal da autoridade real absoluta. Como vimos, mais ainda do que John Knox, George Buchanan, o poeta autor da mascarada latina para o batismo do príncipe James, no Castelo de Stirling, era um republicano sincero, centrando sua teoria política diretamente no direito natural de um povo "deseleger", e até mesmo a favor do direito do povo de executar um governante que não obedecesse à lei que colocava a autoridade popular acima da do governante.[69] Quando Buchanan e Mary leram juntos o historiador latino Tito Lívio, sem dúvida discutiram as preocupações do autor romano sobre a transformação da República Romana em um império autocrático, feita por César Augusto, como uma incidência da tensão fundamental na fundação de Roma. A cena tétrica de Tito Lívio do estupro de Lucrécia pelo filho do rei Tarquínio teria sido uma lição inesquecível na conquista da monarquia decadente pela moralidade republicana. Assim, um homem anteriormente tranquilo arrancou a faca ainda gotejante de sangue do ferimento feito por Lucrécia ao cometer suicídio por vergonha de sua violação, e erguendo-a anunciou: "Por este sangue, o mais puro antes do ultraje perpetrado pelo filho do rei, juro [...] que expulsarei Lucius Tarquinius Superbus [então rei] [...] e não suportarei que eles, ou ninguém mais, reine em Roma".[70] Assim, a república teria nascido miticamente da destruição de consanguinidade.

De Jure Regni apud Scotos, escrito por Buchanan imediatamente após a fuga de Mary para a Inglaterra (embora só fosse publicado em 1579), indica claramente as ideias defendidas por ele, talvez até enquanto escrevia homenagens ao batismo do bebê real James. Indo além de Knox, Buchanan não apoiou seus argumentos na defesa dos direitos do povo na autoridade divina, mas na própria lei natural, do tipo que ele e seu aluno teriam encontrado na literatura e lei romanas.[71] Sendo assim, as queixas de Mary a Castelnau eram muito mais respaldadas intelectual e historicamente do que foi percebido pelo desdenhoso embaixador francês. Ela afirmava abertamente que Buchanan não passava de "um ateu". (Buchanan, em seguida, fez o possível para imbuir seu aluno real, o príncipe e depois rei James VI, de suas teorias políticas, e ainda que frequentemente surrasse seu estudante, acabou fracassando miseravelmente em radicalizá-lo, uma vez que o rei James VI ateve-se com firmeza ao Direito Divino como base para seu governo na Escócia e Inglaterra.)

Embora Darnley compartilhasse sem reservas a visão política de Mary sobre a autoridade monárquica na Escócia, acabou se revelando um companheiro de uma inveja mortífera da supremacia exclusiva da rainha, planejando um compartilhamento igual (se não maior) de sua autoridade. Seu gesto mais infame de desafio ocorreu em março de 1566, quando Mary estava com quase seis meses de gravidez. Darnley instigou e depois participou do assassinato do secretário italiano de Mary, David Rizzio.

Furioso por Mary não lhe conceder a coroa matrimonial, dando-lhe igual direito de governar, Darnley decidiu ser Rizzio, o secretário preferido de Mary, quem aconselhara a rainha contra ele; para completar, também decidiu que ele estava dormindo com Mary (ainda que, aparentemente, o próprio Darnley tivesse sido um dos parceiros sexuais de Rizzio, e ainda que fosse improvável que Mary – então no começo de seu último trimestre e provavelmente com uma gravidez bem visível – estivesse sexualmente envolvida com qualquer pessoa). Em seu esquema contra Rizzio, Darnley teve a ajuda de vários lordes desleais, que negociaram, em troca de uma possível ajuda para que ele obtivesse a coroa, que como rei ele perdoaria todos os seus colegas lordes, então no exílio por uma rebelião anterior. Enquanto isto, na Inglaterra, William Cecil, principal conselheiro de Elizabeth, tinha total conhecimento da trama para matar o secretário italiano, mas nada fez para alertar Elizabeth (ou Mary) sobre o perigo que então rondava a rainha "irmã" de Elizabeth.[72]

Em Holyrood House, no início da noite de 9 de março de 1566, usando sua escada particular dos fundos, iluminada apenas por velas, Darnley conduziu em silêncio alguns lordes rebeldes até os aposentos mais privativos de Mary, onde ela jantava com suas damas e Rizzio.[73] Alguns instantes depois, um grande grupo de homens armados forçou a passagem para os cômodos externos de Mary, cujas portas tinham sido destrancadas mais cedo, por alguém do grupo de Darnley. Os homens pegaram Rizzio com violência e começaram a arrastá-lo até o pátio de entrada, onde uma multidão de mais oitenta homens esperava. Mary tentou proteger Rizzio contra o ataque, enquanto ele se agarrava a suas saias com tal tenacidade que os assassinos tiveram que começar a apunhalá-lo antes de conseguir afrouxar sua mão. Depois do furor de esfaqueá-lo no pátio, onde a própria adaga de Darnley foi explicitamente deixada no corpo, houve mais de cinquenta ferimentos de adaga na carne do italiano. Até hoje, o ponto onde o corpo de Rizzio foi supostamente arrastado está marcado no chão do aposento na Holyrood House.

Mary conseguiu escapar do palácio, levando consigo até mesmo alguém tão fraco de caráter quanto Darnley, apesar de sua perfídia, depois de convencê-lo de que ele era um joguete dos lordes e seria ameaçado por eles. Em sua fuga, foram ajudados pelo conde de Bothwell, que lhes trouxe os cavalos. A rainha imediatamente escreveu para Elizabeth, em 15 de março de 1566, contando do ataque, dizendo que um dos vários assassinos havia apontado uma pistola para sua barriga, ameaçando seu filho por nascer, para impedi-la de lutar para proteger Rizzio: "Os rebeldes tomaram nossa casa, assassinaram nosso servidor mais especial". Ela explica que ela e Darnley tiveram que escapar da Holyrood House à meia-noite, cavalgando noite adentro até um lugar também de grande perigo, "temendo por nossas vidas, e num estado miserável em que os monarcas jamais se viram". Ela se desculpa porque teria escrito a carta de próprio punho, mas não conseguiu fazê-lo, tendo ficado exausta por cavalgar quarenta milhas no escuro, com frequentes paradas por sentir enjoo causado por estar nos últimos meses da gravidez.[74]

O ponto mais pertinente da dramática carta de Mary a Elizabeth foi, é claro, a suposição de que tais atos hediondos contra um governante soberano poderiam compelir outros soberanos a vir em auxílio de seu colega. Mary perguntou sem rodeios se Elizabeth apoiaria uma rainha simpatizante em vez de custear os rebeldes do reino (como Elizabeth, de fato, estava fazendo).

> Cujo tratamento nenhum monarca cristão permitirá, nem a senhora, segundo acreditamos – desejando que, sinceramente, faça-nos entender se pensa em ajudá-los contra nós [...] Rezando para que a senhora, portanto, lembre-se que sua excelência e todos os monarcas deveriam privilegiar e defender as ações justas de outros monarcas, bem como as suas próprias.

Mas o problema em relação ao sentido de honra de Elizabeth era ela não poder ter certeza de que os próprios atos de Mary fossem "justos". A rainha escocesa ignorara as tentativas de Elizabeth de impedir seu casamento precipitado com Darnley, um súdito inglês, e ela também começara a atacar e atormentar os nobres que não aceitavam seu marido católico como seu rei. Sob a perspectiva de Elizabeth, Mary tumultuou a Escócia ou, colocando em outros termos, atacou seletivamente os lordes que haviam recusado obediência, destruindo suas propriedades como castigo. Foi nesse ponto que a ideia de uma rainha inconsequente e precipitada começou a circular vigorosamente entre os protestantes, tanto na Inglaterra quanto na Escócia. Em seguida, depois que Mary percebeu que Darnley havia sido uma escolha desastrosa como um companheiro que ajudasse a governar a Escócia, ela se voltara para Rizzio, um estrangeiro e seu secretário (e, segundo alguns, um espião papal), para ser seu conselheiro da mais alta importância. Suas escolhas ofenderam profundamente os nobres escoceses, que haviam governado o país anteriormente e deduzido, como escoceses natos (razoavelmente leais, segundo eles), ter o direito de ser seus conselheiros.

Ninguém havia prevenido Mary dos planos para matar Rizzio. Ela ficou atônita que Darnley tivesse acabado sendo um cabeça; embora ela o tivesse declarado inocente do crime, prendeu e exilou todos os outros. No entanto, após o nascimento do seu filho, foi tragicamente convencida a perdoar todos os lordes rebeldes assassinos de Rizzio e permitir que eles voltassem do exílio para a Escócia. Ninguém lhe avisou que esta decisão muito compassiva serviria para enfraquecer por completo seu governo real. Ao trazer de volta os líderes rebeldes, os asseclas de Darnley no esfaqueamento de Rizzio, ela inadvertidamente estabeleceu as condições para o espetacular assassinato do próprio Darnley.

O esquema para assassinar o rei consorte da Escócia foi tão elaborado e tão claramente voltado para criar um acontecimento dos mais memoráveis, que também poderia ter tido, como intenção final, a erosão de toda confiança no governo de Mary, tanto quanto o assassinato do seu marido, o rei. Darnley foi morto por ter traído seus companheiros na conspiração do assassinato de Rizzio, ao testificar contra eles no tribunal, afirmando, falsamente, sua absoluta ignorância sobre o assunto "sob sua honra, fidelidade e a palavra de um rei".

James Hepburn, conde de Bothwell, não foi um dos rebeldes que se recusou a reconhecer o católico Darnley como rei (na verdade, ele ajudou a salvar o grupo de Mary, inclusive Darnley, em sua fuga de Holyrood no dia seguinte ao assassinato de Rizzio). Ele também não participara do assassinato de Rizzio; tinha sido sempre um apoiador fiel e consistente da monarquia Stuart: primeiro da mãe de Mary, reinando como regente, quando ele roubou o ouro enviado por Cecil para apoiar o Lords of the Congregation, em 1560; depois, sempre foi leal à própria Mary, enquanto rainha. Contudo, ele realmente se juntou aos conspiradores para executar um plano elaborado de explodir o rei, vendo o afastamento de Darnely como uma chance para ocupar seu lugar como rei.

Na preparação para o assassinato de Darnley, tinham sido colocados no mínimo doze barris de pólvora debaixo dos cômodos do velho alojamento do superintendente, onde Darnley passaria a noite enquanto se recuperava de catapora (ou, possivelmente, sífilis). Mais absurdo ainda é que as enormes explosões, que balançaram toda Edimburgo às duas da madrugada e demoliram a antiga construção de pedra, revelaram não ser a causa final da morte de Darnley. Ele e seus criados foram encontrados asfixiados até a morte, deitados do lado de fora, na grama, em seus camisolões, bem afastados do perímetro da casa. Por que uma maneira tão espetacular e tosca de assassinar um rei? Por que tamanho exagero a ponto de parecer quase uma paródia?

James Hepburn, quarto conde de Bothwell, aprox. 1535-1578. Terceiro marido de Mary, Rainha dos Escoceses; artista desconhecido, 1566. Esta miniatura faz parte um par que Bothwell mandou pintar para celebrar seu casamento com lady Jean Gordon, de quem ele depois se divorciou para se casar com Mary. © *alb3907474 – Album/Easypix Brasil.*

Mesmo que Darnely nunca tivesse recebido a coroa matrimonial, sendo marido de Mary, ele ainda era rei da Escócia. Assim, seu assassinato foi, na verdade, um regicídio. Quando isso aconteceu, alguns dos embaixadores que haviam viajado para a Escócia para o batizado do bebê James, ainda estavam de visita em Edimburgo. Tendo ocorrido tão em seguida ao grande encontro de dignitários europeus, o assassinato logo se tornou um escândalo internacional.

A primeira reação de Elizabeth à catástrofe não foi se preocupar com a morte de Darnley, mas com a autoridade de sua rainha "irmã" e sua reputação.

> Meus ouvidos têm andado tão ensurdecidos, minha compreensão tão pesarosa, e meu coração tão assustado por escutar a notícia terrível do assassinato abominável do seu louco marido e meu primo abatido, que mal tenho cabeça para escrever a respeito [...] Não posso esconder que sinto mais tristeza pela senhora do que por ele.[75]

Como se ela mesma tivesse ouvido a explosão de pólvora que abalou toda a cidade, Elizabeth reage intensamente à impressionante notícia da morte regicida de Darnley. Mas na última observação, ela conserva a simpatia por Mary. No entanto, quando chegou à corte inglesa a notícia de que Mary tinha fugido, ou sido sequestrada, e, seja qual for o caso, se casado com Bothwell, o principal suspeito de ter sido o agente por detrás do assassinato de seu marido, a simpatia de Elizabeth rapidamente mudou de uma tristeza empática para uma frieza enfática. Sendo assim, ela se afastou de Mary, escrevendo em 30 de junho: "Não podemos tomar o velho caminho em que estávamos acostumadas a percorrer, escrevendo à senhora de nosso próprio punho". Elizabeth atribuiu a mudança ao "relatório geral sobre a senhora [...] e a evidência de seus próprios atos desde a morte de seu marido". Apesar disso, ela tentou insistir em seu antigo afeto por Mary, continuando a afirmar que pessoalmente não sentia "qualquer falta de amizade".

A confissão de "pesar" feita pela própria Elizabeth em relação a Mary Stuart sugere não apenas a abrangência do ataque à reputação desta última, mas as suspeitas da rainha inglesa de que a própria Mary fosse cúmplice na "abominável" trama para assassinar o "louco" Darnley, parente das duas.

> Madame, para ser franca com a senhora, nosso pesar não tinha sido pequeno que neste seu casamento [...] [a senhora teve] pressa em desposar tal súdito que [...] fama pública acusara da morte de seu finado marido.

Seu casamento às pressas, Elizabeth escreveu a Mary em 23 de junho, tornara tudo suspeito, "inclusive a senhora mesma em algum aspecto, embora acreditemos que, nesse caso, falsamente".

O colapso total da reputação de Mary foi causado pela velocidade de seu casamento com o conde de Bothwell, menos de quatro meses depois da morte de Darnley. Embora, acima de tudo, Mary já tivesse sido punida por sucumbir à luxúria ao se casar com lorde Darnley (um disfarce para objeções políticas a seu catolicismo e a temida perda do poder protestante), seu casamento precipitado com Bothwell fez dela, aos olhos dos baladeiros protestantes e propagandistas, algo equivalente a uma prostituta, bem como uma das conspiradoras no assassinato.

Muito já foi escrito sobre a desastrosa decisão de Mary de se casar com Bothwell. Os dois tiveram uma história longa e complicada. Mesmo antes de ela chegar de volta a Edimburgo, Bothwell não lhe era desconhecido. Tinha sido o mais leal partidário escocês de sua mãe, a rainha regente Marie De Guise. Anteriormente, em Paris, como rainha adolescente da França, ela havia facilitado para que ele fosse feito *Gentleman of the King's Bedchamber* [cavalheiro da câmara do rei], com um belo estipêndio por sua lealdade. Mary certamente dera à noiva de Bothwell suntuosas roupas para sua cerimônia de casamento com o conde, em 24 de fevereiro de 1566.

Agora, da Escócia chegava a notícia de que Mary havia sido raptada por Bothwell, quando ia do Palácio de Linlithgow para Edimburgo. Acompanhado por oitocentos soldados, ele a havia, supostamente, levado à força para seu Castelo de Dunbar onde, segundo alguns, a violentara. Mais tarde, ela admitiu: "Não podemos ignorar que ele nos usou de modo diferente ao que teríamos desejado, ou mesmo merecido em suas mãos".⁷⁶ A questão pendente continua pendente: Mary era uma adúltera assassina que tramou com Bothwell para explodir seu indesculpável marido? Ou era uma esposa e rainha inocente, traumatizada pelo assassinato impressionantemente violento de seu marido e rei consorte, num ataque em que ela, claramente, pensava ser também o alvo? Apenas horas antes da explosão, Mary havia deixado o alojamento onde Darnley deveria dormir. Dois meses depois, Bothwell, um homem em quem ela aprendera a confiar, a teria atacado fisicamente e forçado-a a se casar com ele? Ou ela decidiu trocar seu segundo marido, um bêbado desleal, por um terceiro, que poderia ter a força física e psicológica para reprimir seus nobres rebeldes? Teria ela (mais uma vez) sucumbido à luxúria? Ou ao desespero?

Durante 450 anos, a questão do estupro de Mary por Bothwell tem sido controversa. A evidência mais imediata de um verdadeiro ataque sexual contra a rainha vem mais uma vez das *Memoires*, de James Melville. Ele estava no Castelo de Dunbar na primeira noite do sequestro de Mary por Bothwell. Em suas memórias, ele não diz que sabia, ou mesmo que tivesse escutado sobre algum ataque naquele momento. No entanto, diz que ouviu Bothwell se vangloriar de que iria se casar com a rainha, "Wha wald or wha wald not!" (quer [aprovassem] ou não), e acrescentou: "yea, wheter she wald her selfe or not" (é, quer ela mesma queira ou não). Melville menciona, então, ter escutado sobre o verdadeiro estupro de Mary por Bothwell alguns dias depois, quando todos os lordes foram chamados em conjunto para assinar um documento atestando sua aprovação do casamento de Bothwell com a rainha. Um dos motivos dados aos lordes de que eles *deveriam* assinar o documento foi que o casamento era, em essência, um *fait accompli* [fato consumado]. Souberam que Mary não tinha escolha a não ser se casar com Bothwell, porque ele já havia violentado a relutante rainha. Melville relata a lógica do argumento: "E então só restava à rainha se casar com ele, vendo que ele a havia violentado e se deitado com ela contra a sua vontade".⁷⁷

Mais tarde, Melville também relata nas *Memoires*, que Mary teve sua aparência muito mudada após o casamento com Bothwell, parecia doente e dizia que queria morrer, mesmo que isso significasse se matar. Se for para aceitar a ideia de que Mary compactuou com Bothwell para raptá-la, e que os dois planejaram o anúncio público que ele fez de que iria violentá-la, contribuindo para a sua afirmação de que ela, sem dúvida, iria desposá-lo por ele já tê-la violentado, então se pode igualmente acreditar que ela também tramou com ele o assassinato de Darnley. Se ela apenas fingia estar desesperada após seu casamento com Bothwell, enganando Melville para que ele pensasse que tinha sido brutalizada, então é nítido que Mary era uma mentirosa pérfida e ardilosa, e uma atriz de primeira.

Contudo, a sequência relatada por Melville oferece evidência de que Mary havia de fato sofrido um trauma do tipo que teria sido seu estupro e trazia os efeitos psicológicos disto. As mulheres pensavam, então (como ainda pensam), que eram culpadas de incitar seu próprio estupro, na verdade desejando-o; tradicionalmente, a vergonha do ataque recai sobre elas, como suas vítimas. Assim, uma vez que o ataque sexual acontecera, Mary não teve outra escolha a não ser encobrir sua vergonha casando-se com seu agressor – como deduziu claramente quem quer que tenha divulgado o estupro, conhecendo os costumes da machista Escócia. Ou, como Lucrécia, se matando. As alternativas estavam em jogo porque – e esta é uma consideração em que muitos homens poderiam não ter pensado – talvez ela também se preocupasse com uma possível gravidez (como aconteceu logo depois, na verdade, de gêmeos).

O sequestro e o casamento chocante contribuíram para a tétrica história que John Knox andara contando sobre Mary, desde que ela assistira à missa pela primeira vez em Edimburgo, e especialmente depois de ter se casado com o católico Darnley. Por sua fé na missa católica, Mary e Darnley poderiam ser – e foram – condenados por tudo, desde mentira, fornicação e adultério até idolatria e devassidão, e por serem devotados discípulos do ofício do diabo. A objeção de Knox ao amor de Mary pela dança e suas festas luxuosas, sem falar em sua fé, provocava suas mais veementes maldições. A seu ver, ela era culpada do pior pecado possível, uma abominação bestial, simplesmente por se ater à religião em que fora criada.

Em sua carta de explicação para Elizabeth sobre os acontecimentos que se seguiram à morte de Darnley, Mary destacou que ela não havia feito "nada àquele respeito que não fosse por Conselho da nobreza", ou seja, não havia se casado com Bothwell até ele ser inocentado do assassinato de Darnley pelos nobres escoceses (muitos dos quais eram os próprios culpados pelo assassinato). Bothwell foi inocentado não apenas por um julgamento, mas também por um ato do Parlamento escocês. Mary disse que haviam lhe mostrado uma garantia em que uma pluralidade da nobreza havia assinado seus nomes, confirmando estarem todos a favor do seu casamento com Bothwell. Os meios pelos quais os lordes foram convencidos a assinar aquele documento, pelo menos segundo o relato de Melville como testemunha ocular, demonstra a rapidez e o empenho com que todos eles pareceram assumir que um estupro seria tão degradante para Mary que ela iria, por pura vergonha, consentir em se casar com seu agressor.

Bothwell havia enganado Mary ao dizer que todos os lordes estavam a favor do seu casamento com ele. Só mais tarde ela soube da fraude de Bothwell. Durante anos, ele a tinha servido fielmente. Ficou óbvio que ela o tinha avaliado mal, a partir das suas bem-sucedidas proezas do passado, ao proteger sua mãe e a si mesma. Não apenas ele havia se saído bem durante o ataque de Chaseabout, em 1565, quando ela perseguiu os lordes rebeldes, como também tinha ajudado a socorrê-la e a Darnley em Holyrood. E, por fim, como ela escreveu para as cortes francesa e inglesa, ela percebeu que "sendo este reino dividido em facções como é, não pode ser mantido em ordem a não ser que nossa autoridade seja auxiliada e definida pelo reforço de um homem, que precisa fazer de tudo para a execução da justiça e a supressão da insolência dos que se rebelariam". Ela não conseguiria impor esta ordem sozinha, estando "já cansada e quase destruída com os frequentes levantes e rebeliões contra nós".

Imagine só uma comparável sequência de extermínio e ataque sexual confrontando Elizabeth. Imagine se um grande bando de homens de Robert Dudley tivesse arrancado a mão de William Cecil que se agarrava ao vestido de Elizabeth, implorando-lhe ajuda, se oitenta seguidores de Dudley tivessem invadido seus aposentos particulares e esfaqueado Cecil até a morte, infligindo-lhe mais de cinquenta golpes de adaga. Imagine que Dudley tivesse, com sua própria faca, enfiado a última estocada no corpo de Cecil. Imagine que Dudley tivesse raptado e depois violentado Elizabeth, forçando-a, depois, a se casar com ele.

Tais possibilidades ultrajantes parecem tão profunda e absolutamente implausíveis que até levantá-las com certa comicidade demonstra a vasta diferença entre o estado de ordem civilizada nos dois reinos com o qual Mary e Elizabeth precisavam lidar.

Em 1560, o Parlamento Escocês havia tornado a Escócia protestante, exercendo um poder autônomo, depois de depor Marie De Guise. O Parlamento Inglês reuniu-se num *total* de mil dias (quase três anos) durante o reinado de Elizabeth, que durou 45 anos. A Inglaterra era uma monarquia tranquila; a Escócia não, nem queria ser, aparentemente. Como a rainha inglesa informou com altivez a seu próprio Parlamento, quando eles tentavam, desesperadamente, fazê-la nomear um sucessor: "O pé não deveria dirigir a cabeça". Enquanto isso, os "pés" rebeldes escoceses passavam sobre sua "cabeça", Mary, sem qualquer consideração, esmagando assim na lama os princípios fundamentais da sagrada monarquia. Era uma ameaça considerável a ser enfrentada por qualquer soberano.

Quando Elizabeth soube que as forças de Mary (e de Bothwell) tinham sido vencidas pelos Confederate Lords na Batalha de Carberry Hill, encerrada por Mary para impedir mais derramamento inútil de sangue, e que ela havia sido capturada e aprisionada no Castelo de Lochleven pelo grupo de lordes escoceses, sua simpatia mudou mais uma vez. O relato no *Calendar of State Papers* de instruções para Nicholas Throckmorton, escrito por um secretário de Elizabeth, explica que o posicionamento anterior da rainha havia mudado novamente:

> Mas agora, descobrindo por confusões internas que [a rainha da Escócia] está privada da liberdade por sua nobreza e seus súditos, a rainha mudou sua intenção de silêncio e tolerância para se ocupar dos problemas de sua "irmã", por comiseração por ela e determinação em ajudar e aliviá-la por todos os meios possíveis: "e ela não sofrer, sendo por ordem de Deus a rainha e soberana, estar sujeita a eles que por natureza e lei estão sujeitos a ela".

A essa altura, a própria Elizabeth, então, escreveu diretamente a Mary, oferecendo:

Para seu conforto em sua tal presente adversidade, como soubemos que a senhora está, estamos determinados a fazer tudo que esteja em nosso poder pela sua honra e segurança, e mandar a toda velocidade um de nossos fiéis servidores, não apenas para conhecer seu estado, mas a partir daí lidar com sua nobreza e seu povo, quando eles deverão perceber que não lhe falta nossa amizade e poder.

Mary passou a ficar presa em seu castelo em 17 de junho de 1567, menos de uma semana antes de ter notícia de Elizabeth, que estava nitidamente atenta aos assuntos escoceses. O Castelo de Lochleven ficava em uma ilha em um lago, a meia milha (menos de um quilômetro) da margem do lago em seu ponto mais estreito. Parece que ele foi escolhido para exibir perante a visão diária de Mary o coletivo poder masculino dos lordes, da maneira como estava alinhado contra ela. Poderia ter sido um acidente que, na época, residisse no castelo lady Margaret Erskine, mãe do conde de Moray, meio-irmão bastardo

James Stewart, primeiro conde de Moray; Hans Eworth, 1561. Castelo Darnaway, Escócia.
© *Photograph: Roy Strong Via Wikimedia Commons.*

de Mary? Lady Margaret havia sido amante do pai de Mary, James V. Ela sempre afirmava ter se casado com o rei em segredo e, assim, seu filho, e não Mary, seria o legítimo herdeiro de James V, portanto, o verdadeiro rei da Escócia.

Até essa conjuntura, Elizabeth confiara em Moray, irmão ilegítimo de Mary, como um confiável baluarte protestante na Escócia contra a francesa católica. Agora, ela finalmente passava a desconfiar das maquinações dele contra sua meia-irmã, a rainha. Quando Mary casou-se com um católico, fazendo dele seu rei consorte, Moray dera início a uma rebelião contra o governo da rainha, cujo propósito era, supostamente, liberdade de religião. Mary tinha sufocado a rebelião e exilado Moray. Sob pretexto de não passar de um militante protestante, ele andava recebendo, em segredo, apoio financeiro inglês para seu suposto plano contra a França. Na segunda rebelião (aquela depois da qual os Confederate Lords prenderam Mary), os barões, chamando a si mesmos "os Estados da Escócia", insistiram que estavam apenas salvando e protegendo Mary da maligna captura de Bothwell.

Da sua parte, Elizabeth reclamou a Moray que ele parecia de uma lentidão inexplicável para obedecer a suas ordens explícitas de libertar a irmã. De fato, ele agora "parecia estar se ocupando apenas de si mesmo". A rainha inglesa foi ficando cada vez mais enfurecida com a prisão da rainha escocesa pelos rebeldes, ato que ela via como um ataque contra a lei divina que protegia a monarquia. Numa retórica moralmente indignada, ela insistiu que seu embaixador repreendesse os ingratos protestantes, a quem ela apoiara durante tanto tempo. Instruiu o embaixador Throckmorton em termos objetivos de que se os lordes continuassem privando a rainha, "sua senhora soberana de sua posição real", ele deveria ameaçá-los de que Elizabeth juntaria um grupo de reis cristãos de pensamento semelhante para vingar-se deles por sua quebra de obediência, "como um exemplo para toda posteridade".

> Sem dúvida que Deus nos ajudará e os confundirá em seus artifícios, porque eles não têm autorização de Deus ou da lei humana para agirem como superiores, juízes, ou vingadores sobre seu monarca, sejam quais forem as transgressões que reúnam contra ela.

Ameaçando convocar um exército multinacional contra eles, Elizabeth estava consternada com a ostensiva recusa dos lordes em honrar a santidade da realeza. "Que autoridade eles têm na Escritura, como súditos, para depor seu rei?" Exasperada, ela perguntou ainda: "Que lei eles descobriram escritas em qualquer monarquia cristã de que súditos possam prender seus reis, mantê-los cativos e julgá-los?". Não existia, ela os incitou, tal autoridade em nenhum lugar na lei civil. Sendo assim, acusou os homens, a quem andara favorecendo com apoio financeiro desde a chegada de Mary à Escócia, de cometer "atos de rebelião [...] ilegais". Ela não havia percebido que os sermões de Knox teriam tido um efeito numa reunião protestante de nobres nativos? Só então Elizabeth descobria o que Mary sabia havia muito tempo: que ambas as rainhas combatiam uma rebelião absoluta contra a autoridade monárquica soberana.

Embora muitos dos lordes tivessem aceitado dinheiro de Elizabeth – que pensava estar ajudando-os em seu papel como protestantes antifranceses, lutando pela liberdade de culto – a aristocracia nativa dos clãs escoceses, tais como James Douglas, Lorde Morton e James Stewart, o conde de Moray, sentiam-se tão pouco intimidados ou influenciados por uma rainha estrangeira quanto tinham sido controlados por sua própria rainha. Não escutaram a repreensão da rainha Elizabeth, devidamente transmitida pelo emissário Throckmorton. Na verdade, continuaram a ignorar totalmente a presença de um designado estadista inglês na Escócia.

Ironicamente, esse grupo hostil incluía os homens que Elizabeth aconselhara Mary a perdoar pelo assassinato de Rizzio. Na mesma carta a Throckmorton instruindo-o a censurar os lordes, Elizabeth lembrava que era ela quem havia insistido em perdoá-los, nomeando especificamente James Douglas, quarto conde de Morton, não apenas um dos principais participantes do esfaqueamento de Rizzio, como agora implicado irrefutavelmente na morte de Darnley – sem dúvida muito mais central do que Bothwell jamais fora. Agora, Elizabeth entendia que o conde de Morton era um líder – se não *o* líder – dos lordes rebeldes. "Pode dizer a Morton que ele teve acolhida quando poderíamos tê-lo entregado à morte [...] e ele foi perdoado por nossa insistência."

William Cecil, apoiador de longa data dos homens a quem Elizabeth acusara de "atos de rebelião", tinha, de fato, instado sua rainha a pedir perdão pela cumplicidade deles na conspiração contra Rizzio. Cecil compreendia – como talvez nem Elizabeth, nem Mary compreendessem – que as regras de um feudo de sangue escocês exigiriam que os assassinos de Rizzio se vingassem pela traição covarde de Darnely a eles, depois que ele passou a ser uma testemunha de acusação contra seus companheiros assassinos no julgamento deles. Enquanto estavam no exílio, eles não representavam uma ameaça a Darnley; ao voltarem à Escócia, tornou-se apenas uma questão de tempo para que exigissem vingança.

Um estudo recente ajuda a explicar que a "política [de Mary] em relação aos assassinos foi magnânima", mas que criada em uma cultura completamente diferente, "ela jamais tinha entendido, realmente, as limitações da cultura de honra na Escócia, onde uma postura de lealdade à Coroa era uma opção atraente a lordes que desejassem progredir em suas próprias ambições"; qualquer respeito ao monarca estava, em última análise, fundamentado em acentuado "interesse próprio".[78] Os Confederate Lords podiam agora ignorar a rainha da Inglaterra, possivelmente porque não precisavam mais do seu dinheiro, mas talvez também porque ela – assim como Mary – era apenas uma governante mulher. Eles depuseram sua rainha e tornaram seu filho infante rei.

Elizabeth parece ter entendido a cultura tribal masculina do país ao norte tanto quanto Mary, criada na França. Após escapar em um barco a remo do Castelo de Lochleven, em maio de 1567, e de seu exército ter sido derrotado em Carberry Hill em junho, Mary fugiu da Escócia para a Inglaterra. Rapidamente, os lordes protestantes assumiram o governo da maior parte da Escócia, embora perdurassem constantes combates com os apoiadores da católica Mary. De início, o conde de Moray governou como regente para o jovem filho de Mary, James. Contudo, Moray foi assassinado em 1570, após apenas três anos no cargo. Lorde Morton governou, então, como regente durante seis anos; em seguida, ele também foi removido. Mas só seria executado pelo assassinato de Darnley em 1581, quatorze anos depois do crime, quando o filho de Darnley, o rei James VI, então com 15 anos, tinha finalmente crescido o suficiente para levar à justiça os assassinos de seu pai. No entanto, durante todo esse tempo, todos sabiam sem sombra de dúvida que Morton era um importante executante do crime.

Durante esse período de dificuldades para Mary, a principal preocupação de Elizabeth, além do óbvio desprezo dos lordes escoceses pela monarquia em geral (exatamente como Mary a havia alertado), era a ameaça ao filho e herdeiro de Mary, príncipe James. Muito recentemente, Elizabeth havia aceitado a responsabilidade de agir como uma segunda mãe para ele – tal qual Mary havia lhe pedido nas negociações em torno do batismo –, e ela se preocupava que a criança estivesse vulnerável às ambições dos lordes para governar. Mary pusera seu bebê sob a proteção do conde de Mar, a quem fizera responsável pelo Castelo de Stirling. Além disto, ela havia estipulado especificamente que ele protegesse o príncipe das intromissões de grandes bandos de homens.

> Não suporte, nem permita que nobres do nosso reino, ou de qualquer outro, sob qualquer que seja a condição, entrem ou permaneçam dentro do nosso citado castelo, ou na presença do nosso citado e queridíssimo filho, acompanhados por mais pessoas além de duas ou três no máximo.[79]

Esse cuidado não era apenas para proteger o príncipe de rapto por exércitos baronais, mas também para forçar os lordes demasiadamente arrogantes a descartar seus séquitos amplamente armados, e se aproximar do jovem herdeiro real como humildes solicitantes particulares. Sua presunção, ou esperança, era de que a prática no mínimo lhes ensinaria um simulacro de obediência à autoridade soberana.[80]

Mas quando Mary pediu, pessoalmente, para ter seu filho com ela, sendo sua mãe, o conde de Mar recusou, percebendo que se Mary e Bothwell se tornassem guardiões do herdeiro do trono, os lordes se revoltariam, talvez já sabendo que o príncipe era a chave para a volta deles ao poder. Como, depois disso, Mary muito rapidamente caiu sob o controle de Bothwell, a prudência de Mar foi bem justificada. (O príncipe permaneceu em Stirling com a família de Mar, que contava com um grupo de crianças para serem seus parceiros. Ali, juntamente com elas, foi criado como protestante, e recebeu uma excelente educação inicial.)

Enquanto isto, Elizabeth também tentava obter a guarda da criança, e também fracassou. Ela instruiu seu embaixador para oferecer um refúgio seguro para a criança na Inglaterra, uma vez que a Escócia parecia estar sujeita a "diversos distúrbios de tempos em tempos", sendo assim, como estava claramente "manifesto" que o filho de Mary não poderia "estar fora de perigo", Elizabeth propôs que "o filho dela poderia desfrutar segurança e tranquilidade dentro deste nosso reino". Solenemente, ela jurou proporcionar

> uma segurança tão boa ali para o filho dela, quanto possa ser concebida para alguém que poderia ser nosso filho, nascido do nosso próprio corpo.

Mais uma vez, a atitude padrão de Elizabeth de pensar em James como um bebê era imaginar a si mesma como sua segunda mãe, a mãe que Mary lhe pedira para ser. Elizabeth parece, assim, oferecer a possibilidade real de James acabar ocupando seu lugar na sucessão inglesa, caso Mary consentisse em deixá-lo ser trazido para a Inglaterra. Mary concordaria em ter seu filho enviado para fora do reino, como tinha acontecido com ela mesma, aos 5 anos? Caso consentisse, Elizabeth disse a seus embaixadores que prometessem a Mary que "ela ficaria feliz em lhe mostrar o verdadeiro resultado de uma amizade natural. E junto ela deve ser lembrada pelos senhores todo o bem que pode suceder a seu filho ser tão nutrido e ambientado com o nosso reino".[81]

* * *

Durante quase um ano depois de ser forçada a abdicar em favor do filho, Mary definhou prisioneira no Castelo de Lochleven, esperando que a viessem salvar. Durante quase um longo ano, não houve resgate. Ela então lidou com os acontecimentos com suas próprias mãos capazes e vigorosas: ela escapou. Ajudada pelo jovem filho do dono do castelo, que, espertamente, havia soltado todos os barcos, com exceção de um, Mary conseguiu se esgueirar para fora do seu castelo-prisão insular em 2 de maio de 1567, durante a embriaguez posterior às agitadas

O filho de Mary, rei James VI da Escócia; Arnold Bronckhorst, 1574. © *National Galleries of Scotland Via Wikimedia Commons.*

festividades do *May Day*. Ela foi de barco a remo até a terra, onde um grupo de apoiadores católicos esperava com cavalos. Voltando à ação, ela novamente juntou um exército, como a rainha legítima, a quem o país como um todo devia lealdade, exatamente como tinha feito antes, na Batalha de Carberry Hill. Antes daquela batalha, havia sido relatado que "Ela pensa recrutar quinhentos soldados de infantaria e duzentos cavaleiros. Tem cinco mil coroas cunhadas da pia batismal que Bedford trouxe para o batismo". As moedas que haviam sido cunhadas do presente de batismo de Elizabeth valiam três libras cada.

Com um exército bem menor, a rainha da Escócia perdeu a Batalha de Langside e ficou, finalmente, desprovida tanto de homens quanto de dinheiro. Àquela altura, ela se jogou totalmente à mercê de sua rainha "irmã" na Inglaterra, confiante de que cuidaria dela como parecia querer cuidar de seu filho; aquela "irmã" cujo presente da pia de ouro havia sustentado suas guerras.

Ao fugir para a Inglaterra, Mary tinha apena 26 anos. Ela jamais voltou a ver o filho.

CAPÍTULO SEIS

Mary, Rainha dos Escoceses

Mais dezoito anos na prisão

Aliada dos franceses, a Escócia se atrelara às grandes guerras entre duas importantes potências europeias: França e Espanha. Essas guerras tiveram início quando o rei francês, Charles VIII invadiu a Itália em 1494, esperando conquistar as ricas terras espanholas ali situadas. Os dois reinos continuaram a guerrear pelo controle da Itália por no mínimo meio século. A cada vez que os franceses invadiam, eram rechaçados pela Espanha e suas forças aliadas. Então, em 1525, o imperador espanhol Carlos V não apenas conquistou, mas capturou e aprisionou o rei francês François I, na Batalha de Pavia. Depois, Carlos derrotou um exército de 28 mil pelotões franceses, seu exército imperial saqueou Roma e prendeu o papa Médici. A prisão do papa pelo exército de Carlos foi um motivo fundamental para sua recusa em anular o casamento de Henrique VIII com Catarina de Aragão (tia de Carlos), que, por sua vez, levou Henrique a derrubar toda a Igreja Católica na Inglaterra, para poder se casar legalmente com Ana Bolena. Ironicamente, então, a vitória de Carlos na Itália significou que todo o reino da Inglaterra foi forçado a se tornar protestante, o que expandiu a própria religião que Carlos V estivera lutando com tanto empenho para suprimir no Sacro Império Romano, ou seja, suas amplas terras germânicas e centro-europeias, incluindo partes da Itália.

A vitória do imperador também levou à desestabilização da Itália em geral, e mais particularmente de Florença, onde os membros da

República Florentina aproveitaram a oportunidade para se erguer em rebelião contra a dirigente família Médici. Quando criança, numa Florença dilacerada pelos rebeldes, Catarina de Médici recebeu um tratamento traumático nas mãos de republicanos florentinos ultrajados quando, durante os caóticos anos da invasão de Carlos V em sua cidade-estado, o populacho expulsou toda a família Médici da cidade. Deixaram Catarina, então com 8 anos de idade, para trás, sofrendo prisão domiciliar. Embora por um tempo a menina estivesse abrigada sem danos em um elegante convento, ela foi em seguida exibida pelas ruas de Florença, zombada e ameaçada de ser colocada em um bordel para soldados, ou enforcada nua nos muros da cidade.

Um trauma violento tão cedo deve ter deixado Catarina muito mais solidária em relação ao drama da prisão de Mary, Rainha dos Escoceses. Em 26 de maio de 1568, apenas dez dias após a partida repentina de Mary para a Inglaterra, Catarina de Médici enviou uma carta intensa e emotiva a Elizabeth, instando-a a acolher o caso de Mary. Escreveu de próprio punho um parágrafo acrescentado no final da última página, uma nota pessoal que atestava sua profunda seriedade. Continuando a se referir a Mary, viúva do seu filho François II, como sua nora (*belle-fille*), Catarina desculpou-se com Elizabeth por sua caligrafia ainda estar hesitante por conta de uma recente doença.[82] Explica que escreve de próprio punho por querer entrar em contato com Elizabeth o mais rápido possível, pessoa a pessoa, daí a importância de colocar sua pena no papel com seus próprios dedos doloridos. Fica óbvio que Catarina sente uma verdadeira urgência em conseguir que Elizabeth continue a ajudar Mary Stuart, sentindo que esta ajuda possa estar em risco.

O próprio corpo da carta formal pede que Elizabeth ajude Mary a recuperar o trono: "Peço que a senhora lhe devolva sua liberdade e também a autoridade que Deus lhe deu, que por direito e equidade pertencem a ela e a nenhum outro". Catarina e seu filho lembram a Elizabeth que se atenha a sua própria opinião de que "os monarcas devem ajudar uns aos outros castigando e punindo [...] súditos que se rebelam contra seus soberanos".[83] Embora o *Calendar of State Papers* sugira que Catarina tivesse enviado uma carta dura a Mary depois do assassinato de Darnley, ela não aparece em seu conjunto de cartas. No entanto, uma carta nos arquivos mostra que a primeira reação de Catarina à notícia da morte de Darnley foi de muita empatia em relação a Mary. Catarina escreveu ao condestável da França em 27 de fevereiro de 1567 (pouco mais de duas semanas após o assassinato) para confidenciar que estava feliz por Mary ter se livrado do marido, a quem chamou de um *"jeune fu"* (jovem tolo). Acrescentou que caso Darnley tivesse sido mais inteligente, ainda estaria vivo. Provavelmente, Catarina conheceu Darnley quando ele foi à França para a posse na Ordem de São Miguel, e claramente La Reine Mère havia tido uma má opinião dele. Assim, sob certos aspectos, era uma *"grent heur"* (momento esplêndido ou feliz) que sua nora estivesse livre das "condições" que o próprio embaixador Philibert du Croc narrou a Catarina ter visto pessoalmente [Mary] sofrer, por causa do comportamento alcoolizado de Darnley.[84]

Em 8 de março, Catarina escreveu a du Croc que, ao receber sua carta, ele deveria voltar até Mary e confortar a Rainha dos Escoceses, bem como ajudá-la com os seus afazeres, enquanto ela estivesse em tal dor e dificuldade. Era a rainha Mary que havia sido derrotada, não apenas Darnley, membro da realeza. Portanto, Catarina entendia o maior risco de Mary em ser sua própria autoridade monárquica, especificamente, como ela disse depois, porque nesse caso a autoridade desafiada estava sendo exercida por uma governante mulher. O perigo era *"principalment aus princeses"*, "sobretudo para as rainhas".

Embora muitos possam deduzir que Catarina "odiava" Mary Stuart por causa de alguns comentários frívolos e depreciativos, penso ser muito mais provável que – nem que seja por Mary ter se casado com o filho mais velho de Catarina, e como seu marido, enquanto herdeiro e depois no trono francês, ele ter sido feliz com ela – Catarina sentisse uma animosidade menor em relação a ela do que se supõe. Como viúva de François II, Mary havia permanecido rainha viúva da França mesmo depois da sua volta à Escócia, e Catarina parece ter achado necessário assumir alguma responsabilidade em relação a sua antiga nora. Então, será que ela realmente "odiava" Mary como a história vulgarmente concluiu?

Assim como Mary, Catarina perdeu o pai quando bebê, tinha menos de dois meses quando ele morreu; o pai de Mary, James, morreu apenas seis dias após seu nascimento. Assim como Mary, em sua própria juventude Catarina sofrera nas mãos de homens de mentalidade republicana. Desde o retorno de Mary à Escócia, ela havia combatido incursões de soldados britânicos, rebeliões armadas de vários lordes nativos, conspirações violentas, assassinatos por motivos particulares, religiosos e políticos. Aos quase seis meses de gravidez, testemunhara a morte a facadas do secretário Rizzio (essencialmente seu chefe de gabinete), enquanto ele se agarrava aterrorizado à barra do seu vestido. Mary percebia que por pouco escapara da morte na explosão de pólvora destinada a seu marido.

Ao saber, assim como Elizabeth, que Mary era prisioneira de seus súditos rebeldes republicanos, Catarina sentiu uma verdadeira empatia. Tinha sido aprisionada de maneira semelhante pelos republicanos florentinos que se opunham ao governo autocrático de sua família. Seu compromisso de vida inteira em preservar e reforçar a dinastia Valois pode ter origens profundas em seus próprios sofrimentos como filha de uma família governante expulsa. Quando Florença foi finalmente reconquistada por aliados das forças Médici, a sina de Catarina melhorou enormemente, principalmente depois que seu tio, o papa Clemente VII, combinou seu casamento com Henri de Valois, o segundo filho de François I. No entanto, no início, e durante muitos anos seguintes, seu casamento com o príncipe Henri não foi mais feliz do que seriam os últimos dias do casamento de Mary com lorde Darnley.

O marido de Catarina, Henri, também tinha sofrido muito na infância. Juntamente com seu irmão mais velho, François, o delfim, ele foi instrumento de troca no resgate de seu pai, prisioneiro na Espanha pelo imperador Carlos V. Como reféns, os dois meninos passaram quatro anos e meio presos, até a assinatura do Ladies' Peace, em 1529, quando Louise de Savoy, mãe de François I, negociando com Margaret da Áustria, tia de Carlos V, conseguiu uma versão final do tratado que libertaria os meninos. Aos 12 e 11 anos, os irmãos voltaram à França traumatizados. Assim, Henri e Catarina de Médici eram danos colaterais do estado de guerra dos Valois-Habsburgos e compartilhavam uma história infeliz como peões em um jogo de alto risco das guerras imperiais.

Essa extensão de combates pan-europeus só terminou, na verdade, décadas mais tarde, quando a paz de Cateau-Cambrésis, em 1559, pôs um fim ao prosseguimento de Henri II na guerra da França contra Filipe II da Espanha. Os dois jovens reis tinham herdado suas guerras de seus pais, Henri II da França de François I, e Filipe II de Carlos V. O segundo filho, Henri, acabara odiando intensamente os espanhóis por causa do tempo em que passou ali, prisioneiro, quando criança.

Quando François I viu seus dois filhos após serem soltos do cativeiro de Carlos, na Espanha, notou que Henri estava com uma depressão profunda. Percebendo a fragilidade de seu segundo filho, o rei francês pediu a uma compreensiva dama da corte, a bela Diane de Poitiers de 25 anos, que cuidasse dele. Ela assim o fez, e depois de um longo relacionamento platônico, durante o qual o menino foi crescendo e se apaixonando por ela, quando ele chegou à puberdade, os dois começaram a ter um envolvimento sexual. Ao se casar aos 14 anos, sua noiva italiana, Catarina, também de 14 anos, não teve chance de afastar a amante madura do marido e ganhar uma parcela do seu amor. Era rejeitada por ele, uma estranha em uma corte estrangeira, e estava muito infeliz.

O casal real permaneceu sem filhos durante os primeiros dez anos de seu casamento. Embora seu marido continuasse ignorando-a, Catarina encontrou um lugar acolhedor no séquito do rei François I e sua irmã erudita, Marguerite d'Angoulême (mais tarde, Marguerite de Navarra).[85] Assim como Ana Bolena deve ter desenvolvido suas simpatias espirituais pela religião reformada enquanto estava na companhia da irmã do rei, Marguerite, em Fontainebleau, Catarina também deve ter aprendido sua tolerância para com a religião divergente dos reformistas nas conversas com os poetas, eruditos e cortesãos de Marguerite. No salão da corte, a perspicácia e inteligência naturais de Catarina, bem como sua educação excelente e comportamento requintado, permitiram que ela, por fim, brilhasse.[86]

Então, por volta de 1543, quando parecia provável que Catarina fosse descartada por sua infertilidade, a amante de Henri, Diane (preocupada, talvez, de que uma nova esposa não fosse tão dócil em relação a seu papel de amante de Henri como Catarina parecia ser) ordenou que seu amante comparecesse à cama da esposa com mais frequência. Ele obedeceu. Dizem que depois de examinar o aparelho reprodutivo do casal, um médico prescreveu que eles deveriam tentar novas técnicas ao fazer amor. Eles seguiram suas instruções. Não resta nenhum resquício de qual teria sido, de fato, o conselho específico do médico, mas rapidamente Catarina ficou grávida.[87] No fim, ela engravidou muitas vezes e daria à luz dez crianças, sete das quais chegaram à maturidade. (Em contraste, as rainhas Tudor não tiveram filho algum, e Mary Stuart teve apenas um.)

Quando os tios De Guise de Mary, Rainha dos Escoceses, então uma esposa adolescente do filho adolescente de Catarina, François II, assumiram o governo após Henri II ser morto no famoso acidente do torneio, Catarina, por tanto tempo suplantada por Diane de Poitiers, viu-se subitamente capaz de retirar totalmente do poder a amante, agora envelhecida. E fez exatamente isto. Mas permaneceu imobilizada politicamente pelos De Guises, até após a morte prematura de seu filho, François II, aos 16 anos. Naquele momento, em 1560, ela assumiu as rédeas do governo diretamente, como regente de seu segundo filho, Charles IX. E então, assim como Diane antes dela, a jovem Mary, Rainha dos Escoceses, foi posta de lado por La Reine Mère. Mary preferiu voltar para a Escócia.

Oito anos depois, em 1568, Catarina parecia sinceramente mais preocupada com a aprisionada Mary, sobrinha dos De Guises, do que os próprios De Guises. Aparentemente, a família retirou seu apoio quando Mary pareceu estar implicada no assassinato de seu marido, Darnley. (Embora, em grande parte, a história decidisse que ela era inocente desta acusação, o aparato publicitário inglês e escocês rapidamente espalhou a notícia de sua culpa.)

**

Na Inglaterra, Elizabeth podia muito bem ter tido mais motivos para ajudar Mary do que a afronta filosófica aos princípios monárquicos, sobre a qual havia pedido a seu conselheiro Throckmorton que advertisse os rebeldes. Mas a rainha irmã inglesa acabou fazendo muito pouco para ajudar. Mary escreveu a Elizabeth, logo após sua fuga para a Inglaterra, dizendo que a própria Elizabeth era em parte responsável pela catástrofe que se abatera sobre ela. Em 28 de maio de 1568, Mary lembrou a Elizabeth:

> A senhora se lembrará que, a seu pedido, chamei de volta aqueles "ingratos" banidos pelos "crimes" contra mim, em meu detrimento, ao que parece agora. Se então, por sua culpa, fiz o que só serviu para me arruinar, não posso eu justamente recorrer a ela, que sem má intenção causou o dano, para que repare seu erro?

Mary entendia claramente a fatalidade daquela terrível decisão de perdoar James Douglas, o quarto conde de Morton, e os outros lordes rebeldes na precipitação do assassinato de Darnley (pelo qual Mary também culpava seu meio-irmão Moray, embora, pelo menos deste feito maligno, ele fosse de fato inocente). O historiador John Guy argumenta que plantar a ideia desse perdão em Mary foi, na verdade, parte da trama de Cecil contra ela, feita, com certeza, com a pior das intenções.[88] Embora o indício seja muito sutil, a ideia de perdoar e chamar de volta os assassinos de Rizzio foi algo que poderia muito bem ter sido planejado por Cecil, porque Bedford parece insinuar o mesmo em seu relato a Cecil, em 30 de dezembro de 1566:

> A rainha concedeu a Morton, Ruthven e Lindsay o "relaxamento e perdão" [relaxacion and dresse], em que Murray se referiu a eles de maneira muito amigável para a rainha, assim como eu, *a seu conselho*.[89]

Em 9 de janeiro de 1567, Bedford voltou a comentar com Cecil que Morton estava agradecido a ele: "O fato de Morton ter obtido seu '*dresse*' deve muito a você [Cecil]".

Guy argumenta que Cecil sabia muito bem que caso esses conspiradores tivessem permissão de Mary para voltar à Escócia (especialmente Morton), aproveitariam a oportunidade para se vingar de Darnley, que os havia traído ao testemunhar contra eles pelo assassinato de Rizzio. Embora tivesse sido um dos principais conspiradores naquele assassinato (e os lordes tinham documentos que comprovavam isso), Darnley testemunhou que ele mesmo não estava absolutamente envolvido, mas sabia que todos os outros eram culpados. Convincentemente, Guy alega que o próprio Morton era o conspirador que recrutou a ajuda de Bothwell no planejamento do assassinato de Darnley, e que ele também era a pessoa que mais tarde disponibilizou as "Casket Letters", demonstrando que Mary havia escrito poemas e frases de amor para Bothwell, o que supostamente era uma prova de seu conluio com ele no assassinato de Darnley.

Aparentemente, nunca houve um vestígio de evidência genuína, que não estivesse comprometida, de que Mary soubesse alguma coisa de antemão sobre os planos para o assassinato de Darnley. Não havendo prova de sua cumplicidade, os Confederate Lords foram forçados a prendê-la por algum tipo de prostituição com Bothwell para convencer o povo de sua culpa, por associação sexual, como coassassina de seu marido. Embora Elizabeth insistisse para que essas cartas comprometedoras fossem mantidas longe do público, Cecil vazou-as em seus contínuos esforços para difamar a reputação de Mary com a plebe de ambos os reinos. Agora ficou provado que as "Casket Letters", que tiveram um grande peso contra Mary tanto na Escócia quanto na "reunião" ocorrida na Inglaterra para debater a extensão de seu possível conluio no assassinato de Darnley, eram elaboradas falsificações.

Tendo rapidamente se oferecido para agir como árbitro entre os lordes e sua consagrada rainha, Elizabeth fez uma reunião (não um julgamento) para investigar os atos de Mary. Ela claramente esperava que não fosse apresentada prova convincente do conluio de Mary com Bothwell para o assassinato de Darnley. Quando evidências forjadas, Casket Letters e tudo mais, começaram a se avolumar contra Mary, Elizabeth encerrou abruptamente esse procedimento. O resultado foi que a rainha escocesa não foi nem condenada, nem provada inocente, um pouco como o tratamento da rainha Mary Tudor a sua irmã Elizabeth tanto tempo atrás, durante a rebelião Wyatt: Elizabeth não condenou Mary, mas também não a inocentou.

Em vez disso, Elizabeth reconheceu oficialmente o meio-irmão bastardo de Mary como regente da Escócia, ao mesmo tempo que continuava se recusando a reconhecer o filho de Mary, James, como o rei coroado, enquanto sua mãe, a rainha, ainda vivesse. Mas também não deu um passo para restaurar Mary no trono. Ao contrário, cedeu à insistência de Cecil para que Mary permanecesse na Inglaterra, num confinamento ainda mais rígido.

Tudo isso enquanto, como uma rainha ungida deposta injustamente por seus súditos rebeldes, Mary andara supondo e esperando a ajuda de Elizabeth para colocá-la de volta no trono escocês. Elizabeth havia mencionado a Mary que forçosamente faria isto. Aparentemente, ela também havia prometido a mesma coisa a Catarina de Médici. Na França, Catarina e seu filho Charles IX continuaram enviando cartas a Elizabeth, pedindo-lhe que pusesse em ação um exército para ajudar Mary a recuperar sua coroa. Ainda em junho de 1570, Catarina instava Elizabeth a "começar a pacificação do reino da Escócia, e a liberdade da rainha nossa nora".[90] Charles IX também havia escrito a seu embaixador inglês que

> ele deveria insistir para que Elizabeth pegasse em armas, marchasse para a Escócia com um grande contingente, e a ajudasse a punir seus rebeldes.

Algum tempo depois de Mary fugir pela primeira vez para a Inglaterra, o rei francês e a rainha-mãe apoiaram com entusiasmo um plano para que ela se casasse com o duque de Norfolk, um lorde protestante, mas de família católica, proprietário de vastas terras no norte da Inglaterra, um dos duques mais ilustres no reino de Elizabeth. (Robert Dudley, conde de Leicester, também foi a favor do plano, possivelmente levado erroneamente a pensar que Elizabeth também seria favorável, baseando-se, sem dúvida, na ideia anterior dela de conter Mary dando-lhe um marido inglês: ele mesmo.) Quando, em vez disso, Norfolk foi preso e enviado para a Torre por sua confidencialidade traiçoeira nas negociações com Mary (uma traição ao direito do soberano de ratificar casamentos entre a nobreza), seus vizinhos e apoiadores próximos, católicos, os condes de Westmorland e Northumberland, irromperam numa revolta aberta contra Elizabeth. No curto prazo de seis semanas, a "Northern Rebellion", como foi chamada, foi sumariamente sufocada por forças sulistas leais à Coroa inglesa. Elizabeth exigiu uma vingança terrível anunciando (especificando o número) setecentas execuções de pessoas comuns, ainda que não tivesse havido uma revolta da população em geral em apoio aos condes rebeldes do norte. (Sua irmã Mary "Sanguinária" queimara na fogueira um total de 284 protestantes, inclusive dois bebês; outros quatrocentos morreram de inanição. Assim, as irmãs estão um tanto empatadas quanto ao número de mortes diretamente atribuídas a suas decisões, embora Mary queimasse protestantes por motivos religiosos, enquanto Elizabeth enforcava católicos por motivos de segurança de Estado. Meio século depois, as execuções de Mary ainda a definiam historicamente como "Mary Sanguinária". Elizabeth permaneceu "Gloriana".)

Embora Elizabeth acabasse executando seu primo em segundo grau, o duque de Norfolk, por sua cumplicidade no esquema de 1571, tramado pelo embaixador espanhol – a chamada "Conspiração de Ridolfi" –, aparentemente ela nunca culpou Mary Stuart por tais complôs, compreendendo que, como prisioneira, Mary poderia incumbir-se, com razão, de recuperar sua liberdade por meios extremos, mas não era culpada de traição já que nunca permitiu, por escrito, a morte de Elizabeth.

O ano de 1570 revelou-se um momento crucial para os conflitos entre protestantes e católicos na Europa, porque foi então que o papa excomungou Elizabeth como herege, exatamente como doze anos antes Filipe e Feria haviam se preocupado erroneamente que o papa o faria, quando Filipe esperara se casar com ela. Agora, o Santo Padre perdoava os pecados de qualquer que fosse o cristão que conseguisse assassinar a rainha da Inglaterra. Em certo sentido, esse decreto transferiu o conflito entre Mary e Elizabeth de uma série de tensões entre duas primas governando reinos em uma única ilha para um assunto global. Ainda assim, a "Enterprise of England", formulada por Filipe II da Espanha para invadir a Inglaterra, ainda estava em seus estágios iniciais e só se tornaria uma ameaça esmagadora com a Armada, vinte anos depois.

* * *

Nos primeiros quinze anos em que Mary esteve presa, de 1569 a 1584, em várias propriedades do conde de Shrewsbury (seu relutante carcereiro), Elizabeth fez questão de que sua prima escocesa fosse prisioneira no estilo adequado a uma rainha ungida, com um séquito de trinta a sessenta servidores, e um ambiente que contasse com o mobiliário mais elaborado e luxuoso. A parte mais dolorosa do sequestro de Mary foram os limites estritos colocados em sua possibilidade de praticar exercícios ao ar livre, onde ela estaria mais acessível a ser resgatada por forças católicas a cavalo. Por ser uma mulher capaz de cavalgar vinte milhas no escuro enquanto grávida, a constituição robusta de Mary se ressentiria por quase duas décadas do sedentarismo forçado; ela não apenas ganhou peso, suas pernas ficaram especialmente inchadas e doloridas, e ao ser executada, aos 45 anos, ela mal conseguia andar.

Durante esses primeiros anos, a esposa de seu carcereiro, a condessa de Shrewsbury, ou "Bess of Hardwick", foi de início uma companhia agradável, que compartilhava com Mary uma paixão pelo trabalho têxtil. Amiga próxima da rainha Elizabeth pelo seu antigo posto como dama de companhia, Bess era uma mulher admirável por seus próprios méritos, tendo reunido uma fortuna muito volumosa de seus três primeiros casamentos, fortuna que, por seu próprio empreendedorismo talentoso, havia aumentado ainda mais. Envolvida em bens imobiliários, mineração, transações financeiras e gestão agrícola em geral, ela acabou se tornando uma das mulheres mais ricas da Inglaterra, só ficando atrás da rainha Elizabeth.[91]

Bess of Hardwick; artista desconhecido, 1580.
© *National Trust Via Wikimedia Commons.*

Bess tinha pretensões reais próprias, postas em ação ao conseguir casar sua filha do segundo casamento, Elizabeth Cavendish, com o irmão mais moço de Henry Darnley, o conde de Lennox. A filha nascida desta união, Arbella Stuart, era a única prima em primeiro grau do rei James VI da Escócia. O casamento Lennox-Stuart causou certa tensão entre Mary e Bess of Hardwick quando Bess, descendente da alta burguesia, forçou seu caminho para uma linhagem real compartilhada com a rainha escocesa.

Durante anos a rainha da Escócia e sua guardiã Bess of Hardwick bordaram e costuraram juntas horas a fio, planejando tapeçarias elaboradas e encomendando tecidos finos e linhas de ouro da França, cortesia dos contatos de Mary naquele país.[92] Esse *hobby* tradicional feminino soa como uma fuga de toda a melancolia das perdas de Mary, mas como a esta altura o leitor deve estar pronto para suspeitar, a criação em conjunto de elaboradas peças grandes e pequenas em tecido era uma atividade significativa, completamente diferente de um simples lazer. Elas não apenas estavam criando valiosos itens em tecido, previstos para se tornarem bens inalienáveis a serem herdadas ao longo de linhagens dinásticas, como Mary, Rainha dos Escoceses, também estava criando objetos inalienáveis de resistência política.

O passatempo delas em trabalho têxtil não era trivial; é difícil para as pessoas do século XXI perceberem o quanto era essencialmente valioso, no século XVI, um produto feito em tecido, uma vez que todos os nossos tecidos e peças de vestuário são feitos à máquina, em outros países, predominantemente de produtos derivados de petróleo. Como uma muda de roupas poderia ser um produto mais valioso do que toda uma casa, digamos, a casa de Shakespeare, comprada em Stratford quando ele se retirou de Londres?[93] Mas na Renascença, até um tecido produzido em massa (e havia muitas fábricas onde os operários produziam tecidos) era feito à mão, de produtos naturais. A lã era a base da prosperidade econômica da Inglaterra. No século XVI, o tecido feito de lã constituía dois terços de toda a exportação do país. O tecido de lã inglês era a marca global de destaque, em meio a um mercado que se tornava cada vez mais capitalista em toda a Europa.[94]

Por um lado, os materiais e o trabalho altamente capacitado requeridos na confecção de uma capa de cavalheiro incluiriam não apenas a lã local, mas desenhos trabalhados em sedas importadas, além de adornos criados com joias e metais preciosos. Por outro lado, uma casa inteira, feita com madeira local, taipa e palha como telhado, poderia ser erguida com muita rapidez.

Mary Stuart sempre tinha sido uma bordadeira entusiasmada, e por muito tempo estava acostumada a trabalhar com materiais muito valiosos. Mesmo enquanto estava profundamente dedicada a governar, também trabalhava com sua agulha numa decoração para sua própria cama de baldaquim, a ser legada a seu filho, James, na sua morte, exatamente como ela havia herdado os panejamentos de cama trabalhados por sua mãe, a regente Marie De Guise. Mary assinou os bordados feitos enquanto prisioneira, a maioria dos quais está agora pendurada em Oxburgh Hall, em Norfolk (que foi, um tanto ironicamente, a casa do homem incumbido por Mary Tudor, em 1554, de prender sua irmã, a princesa Elizabeth).

Um bordado notável que se encontra em Oxburgh é um desenho do novo lema de Mary, emprestado por ela de sua mãe: "*In my end is my beginning*" [Em meu fim está meu começo]. Mostrando uma imagem de uma fênix erguendo-se de uma pira funerária, a *impresa* (como eram chamados lema e imagem em inglês) representa a esperança de Mary por uma imortalidade que perduraria pela linhagem Stuart, mantida por ela ao dar à luz James VI da Escócia. (Elizabeth II, da atual Casa real de Windsor é, de fato, descendente direta da neta de Mary, Elizabeth Stuart, a "Rainha do Inverno".)

Outro emblema notável é a *impresa* que Mary enviou ao duque de Norfolk, em que consta o desenho de uma mão descendo do céu, podando um ramo de videira que não carrega uvas. O lema é *Virescit Vulnere Virtus* – "a força brota ferindo". O significado teria sido bem ameaçador a Elizabeth, cuja infertilidade poderia ter sido sugerida pelo galho onde só cresce uma única folha, que está em vias de ser podado. Como a mão que vem do céu imita inúmeras representações medievais de Deus entrando em uma cena para ajudar a humanidade (salvo por seu punho de renda embabadado de um cortesão da Renascença), a imagem sugere que tal "poda" só seria feita por intermédio divino, protegendo, assim, o artista da suspeita de uma intenção maligna. No entanto, essa peça de bordado foi usada como prova contra o duque de Norfolk em seu julgamento.

No final, esses bordados foram costurados em um grande tecido de veludo verde, para constituir uma obra de arte por si só. Agora chamado de *Marian Hanging*, combina com dois outros grandes grupos de emblemas feitos por Bess e suas próprias bordadeiras, os painéis *Cavendish*, e *Shrewsbury*, denominados pelas duas "casas" com as quais Bess havia se casado, e cujas dinastias ela havia ajudado a assegurar.

No tempo em que passaram juntas, durante a prisão da Rainha dos Escoceses, Bess e Mary bordaram cem desses painéis de emblemas. Tal coleção tão grande sugere que Bess via os grandes panos pendurados como obras de arte comparáveis a muitas tapeçarias que decoravam suas casas. Ela possuía mais de quarenta tapeçarias. Os painéis eram, contudo, obras de arte originais exclusivamente da rainha Mary e Bess of Hardwick, criados e desenhados, embora nem sempre costurados, por elas.

Por que havia tantos panos pendurados nas casas do norte? Historiadores de arte sugeriram que a tapeçaria – a forma mais cara de arte na Renascença, ocupando o maior número de horas de trabalho manual – fosse a resposta da Europa para a forma de arte mediterrânea do afresco, que misturava tinta no gesso molhado, aplicado diretamente em paredes de pedra. Uma porção de cor em um afresco poderia levar apenas alguns minutos para ser pintada, mas preencher a mesma quantidade de espaço com tapeçaria poderia levar horas, se não dias, para tecer, uma vez que cada metro quadrado exigiria muitas passagens das mãos dos tecelões. No entanto, a pedra fria da construção das mansões senhoriais do norte da Inglaterra não seria adequada para trabalho em gesso, como eram as paredes das estruturas num clima mais temperado, como o da Itália. Além disto, de grande importância, as tapeçarias seriam uma ajuda em si mesmas para resguardar as casas inglesas da perda do calor. Assim, os trabalhos de arte eram tão funcionais quanto belos.

Em um conjunto de tapeçarias que acabou sendo chamado de *Noble Women of the Ancient World* [Mulheres nobres do Velho Mundo], Mary e Bess usaram uma técnica têxtil diferente para criar grandes peças que incluíam retratos. Elas determinaram pedaços de tecido aplicados a fundos de seda para criar grandes figuras em pé de mulheres proeminentes da história e da mitologia. Emolduradas por arcos arquitetônicos, cada uma das figuras de Penélope, Zenóbia, Artemísia, Lucrécia e Cleópatra é flanqueada por duas outras figuras femininas dispostas em seus próprios arcos menores. Essas figuras suplementares representam virtudes alegóricas associadas a cada mulher histórica específica.[95] Assim, Penélope está entre a Paciência e a Perseverança, Lucrécia, entre a Castidade e a Liberalidade, Cleópatra, entre a Força Moral e a Justiça.

Bess e Mary escolheram representar não apenas governantes poderosas, mas também mulheres famosas por sua lealdade a seus maridos (talvez os "casamentos" oficiais incestuosos de Cleópatra com seus dois irmãos faraós fossem esquecidos perante sua fidelidade primeiro a Júlio César e depois a Marco Antônio).

Artemísia, ladeada por Constância e Piedade, é famosa não apenas por ter construído a seu marido Mausolo um grande monumento, o mausoléu; ela também bebeu suas cinzas, fazendo do próprio corpo uma tumba viva. (Além de *De Mulieribus Claris* [Sobre mulheres famosas], de Boccaccio, as histórias dessas famosas personagens foram contadas

Mary Stuart; François Clouet, 1560. © *Royal collection trust Via Wikimedia Commons.*

no começo do século XV por Cristina de Pisano, em *The Book of the City of Ladies*, impresso na Inglaterra em 1521.)

As formas arquitetônicas emoldurando as figuras são feitas de trajes eclesiásticos comprados pelo terceiro marido de Bess, quando se tornaram disponíveis com a dissolução dos monastérios. Esses adamascados e sedas, já tão suntuosos em seus ornamentos, eram tão valiosos que foram vastamente reciclados em novas produções têxteis. É um tanto irônico que Mary usasse os resquícios da destruição da Igreja Católica, pela qual ela pensava que morreria – embora não fosse uma mártir. Eles se tornaram bens inalienáveis. Através dos ofícios de Bess of Hardwick (e agora também por meio do *National Trust*), o trabalho de Mary permanece em exibição para o aprendizado de qualquer um que esteja interessado na história das mulheres.

Em 2010, a estudiosa Susan Frye fez uma descoberta impactante. Ela notou que a virtude da Castidade, centralizada em Lucrécia na tapeçaria de Mary e Bess, apresentava uma nítida semelhança com o famoso retrato de Mary, Rainha dos Escoceses, de François Clouet, quando Mary usava uma roupagem de luto branca (*"en deuil blanc"*).[96]

Clouet havia feito seu famoso retrato quando Mary estava de luto pela morte do seu jovem marido, François II. A mãe e o sogro de Mary também haviam morrido no prazo deste mesmo ano e meio, portanto seu luto era particularmente profundo. O retrato de Clouet ficou famoso, tendo sido copiado muitas vezes e constando em poemas tanto de Ronsard quanto da própria Mary.

No painel, a Castidade segura um raminho de murta, símbolo da inocência, e está acompanhada por um unicórnio, animal heráldico que também representa pureza sexual.

A figura de Penélope, na tapeçaria "Constância", parece-se muito com Bess of Hardwick, portanto não seria de todo esquisito que Mary Stuart aparecesse em um painel planejado pelas duas artistas têxteis, e no mínimo parcialmente executado por elas em conjunto. Então, por que o retrato da Castidade passou tanto tempo sem ser reconhecido como uma imagem de Mary, Rainha dos Escoceses? Frye sugere que a identificação de Mary como a figura da Castidade poderia ter sido relativamente fácil para quem a visse nos cômodos de Chatsworth, a mansão que Bess havia ajudado a construir para os Shrewsburys, e onde Mary e Bess teriam desenhado e preparado as tapeçarias. Os painéis foram então levados para Hardwick Hall quando Bess terminou sua "casa prodígio", no final de 1590, bem depois da morte de Mary. No contexto dos outros retratos e pertences circundantes de Mary – inclusive o próprio retrato de Clouet, com a cama de baldaquim, os livros, os papéis e os emblemas heráldicos em almofadas – não teria sido necessário nenhum nome para indicar a verdadeira identidade da figura da Castidade.

Mas o fato de a figura ter sido "chamada" Castidade parece ter surgido contra a maciça máquina de propaganda que perdurou por duas décadas (e agora prossegue por quatro séculos) que continuava a trabalhar contra Mary, primeiro por parte dos Confederate Lords, que sentiam que fariam melhor do que ela se governassem a Escócia, e depois por aqueles ingleses que achavam que atacar Mary e sujar seu nome (especialmente com acusações de infidelidade e licenciosidade desenfreada) fosse uma maneira de proteger sua própria rainha Elizabeth contra uma invasão ou um assassinato por parte dos católicos.

O próprio unicórnio na tapeçaria deveria ter sido o sinal da presença real de Mary. Embora ele seja um símbolo tradicional de pureza (como nas onipresentes tapeçarias medievais de "unicórnio", tais como as sete que agora se acham penduradas nos Cloisters, na cidade de Nova York), é também o animal heráldico da realeza escocesa, e assim tem sido desde o século XII.[97] Uma moeda de ouro da década de 1480, cunhada para James III da Escócia, exibe o unicórnio, simbolizando não apenas a pureza do animal mitológico, mas também sua agressividade viril. O unicórnio preferiria morrer a ser capturado. Ele é sempre representado estourando suas correntes.

Em 1603, quando o filho de Mary, James VI da Escócia, subiu ao trono como James I da Inglaterra, o unicórnio foi acrescentado ao brasão real inglês, do lado oposto ao leão inglês, e até hoje permanece ali.

Os quatrocentos anos em que o retrato de Mary, Rainha dos Escoceses, deixou de ser identificado na figura da Castidade revela (mais uma vez) a capacidade histórica em não apenas descaracterizar, mas também esquecer totalmente mulheres importantes do passado. Pode ser que poucos visitantes tenham prestado muita atenção aos artefatos costurados no Hardwick Hall. Até recentemente, a modernidade não considerava o trabalho têxtil uma arte, talvez porque fosse, mesmo quando realizado por homens (e com mais certeza sendo criados por mulheres), um esforço cooperativo, frequentemente anônimo. Ele não se adequava ao padrão renascentista de Michelangelo carimbando sua *Pietá*, na Basílica de São Pedro com o autógrafo "*Michelangelo hoc fecit*". A agonia e êxtase de um único homem criando um objeto imortal tornou-se o epítome da arte do "velho mestre", e em muitos aspectos permanece assim até hoje. No entanto, na Europa do século XVI, as tapeçarias tecidas comunalmente eram infinitamente mais caras para se criar do que qualquer outra forma de arte (a não ser, talvez, a arquitetura monumental).

Como exemplo disso, a "casa prodígio" de Bess era famosíssima não por sua notável arte em tecido, mas pela surpreendente arquitetura de Robert Smythson, sobre a qual alguém gracejou na época (possivelmente William Cecil, o próprio lorde Burghley, morto em 1598): "Hardwick Hall. Mais vidros do que paredes" [*Hardwick Hall. More glass than wall*]. Contudo, priorizar as janelas fora apenas para ver a estrutura pelo lado de fora, onde uma grande quantidade de vidros foi lindamente disposta para formar uma fachada elegante. Segundo o estudioso renascentista Mark Girouard, Hardwick era o suprassumo de um momento extraordinário da arquitetura elizabetana, uma estrutura desenvolvida por Smythson em parceria com Bess, que deu uma contribuição substancial ao projeto. Como prova disso, e para que o mundo soubesse, ela colocou suas iniciais "ES", por "Elizabeth Shrewsbury", no alto de cada uma das seis torres.[98]

No entanto, em seu interior, havia tapeçarias pendendo em todas as paredes (tecidos eram até pendurados sobre alguns vidros, no inverno), e é bem possível que eles valessem o mesmo que a própria casa (sendo os materiais de origem local, e até o vidro fabricado *in loco*). Mas Bess nunca entregou nenhuma tapeçaria para ser feita por profissionais de fora. Ela comprava tapeçarias de outros colecionadores, que em geral as vendiam a baixo custo, e peças com desenhos recentes eram feitas em casa pelo grupo de suas próprias bordadeiras, costureiras e tecelões, além de sua prisioneira real, Mary, bem como pela própria Bess.[99]

A réplica aplicada do retrato "*deuil blanc*" de Mary insiste não apenas no status de Mary como rainha dupla – rainha viúva da França (posição compartilhada com Catarina de Médici) e anteriormente reinante Rainha dos Escoceses, mas também na possibilidade de que ela também poderia ter sido, assim como Catarina de Aragão, uma noiva virgem em seu segundo casamento. Assim como Arthur, primeiro marido de Catarina, François II se casara com Mary quando muito jovem; sua saúde era sempre frágil (além de ter, supõem os estudiosos, testículos retidos), e morreu apenas dezessete meses após ser coroado. Mary usou essas mesmas roupas de luto brancas ao se casar com seu segundo marido, Henry Darnley. As diversões da cerimônia incluíam a permissão às damas de companhia de, separadamente, desprender os trajes brancos da noiva, antes que ela se retirasse para mudar para roupas mais coloridas e comemorativas. Sendo assim, Mary criou sua própria mascarada de casamento, com sua transformação de uma viúva real enlutada para uma noiva real.

O motivo de Bess ter aceitado essa versão virginal do retrato de Mary, Rainha dos Escoceses, então casada por três vezes, é um enigma. A amizade entre as duas era sólida e sofreu uma verdadeira ruptura na década de 1580, quando Bess ficou bem paranoica em relação a um suspeito caso de amor (embora altamente improvável) entre seu marido, o conde de Shrewsbury, e sua atraente prisioneira, Mary Stuart. Bess e o conde já estavam afastados e em conflito. Embora sofrendo do que parece ter sido uma crescente demência, o conde especificamente reivindicou não apenas várias propriedades que Bess havia herdado de seu segundo marido, o conde de Cavendish, mas também os tecidos com os quais Bess e Mary haviam criado as tapeçarias. Ele insistiu ter sido ele quem conseguira o tecido eclesiástico, que na verdade chegou até Bess por meio de seu marido anterior, lorde St. Loe, e que ele (o conde de Shrewsbury) havia arcado com os tecelões, enquanto eles faziam os painéis. A própria rainha Elizabeth, lorde Leicester e lorde Bughley precisaram se reunir mais de uma vez para ajudar a resolver esta controvérsia. A cada vez, eles favoreceram Bess, mas Shrewsbury persistiu em seu rancor e se recusou a voltar a ver a esposa. A disputa ajuda a sugerir o quanto aquele tecido era valioso.

Parece ser um grande ato de generosidade de Bess permitir que um retrato de Mary como "Castidade" fosse criado e permanecesse em Hardwick. Tendo se tornado um dos bens inalienáveis de Hardwick Hall, ele parece proclamar a aceitação de Bess da inocência de Mary,

Hardwick Hall, Derbyshire: fachada oeste, vista da casa de guarda. © *Via Wikimedia Commons*.

Rainha dos Escoceses, mesmo depois de ela ter sido executada por traição, e por, supostamente, consentir no assassinato de Elizabeth. Mas em certo sentido a tapeçaria falava de detalhes da vida anterior de Mary, especificamente de sua comprometida pureza sexual. Afinal de contas, Lucrécia havia sido estuprada por Tarquínio, e muitos dos apoiadores de Mary acreditavam que sua verdadeira ruína havia resultado de seu rapto e provável estupro praticados por Bothwell. Talvez Bess of Hardwick estivesse reconhecendo que é possível uma mulher permanecer pura depois de um estupro, e que ela não precisaria cometer suicídio (como fizera Lucrécia) para apagar a mancha da agressão.[100]

Os apoiadores de Mary constantemente divulgavam propaganda para se contrapor às histórias que circulavam para manchar o nome dela; um desses documentos foi uma "confissão" falsa feita, supostamente, pelo conde de Bothwell, embora ele, de fato, tivesse morrido prisioneiro na Dinamarca em 1578, segundo a lenda, acorrentado à parede da prisão e louco. Na verdade, sendo um nobre, ele desfrutou de um ambiente relativamente elegante na prisão, proporcionado por seu carcereiro. Quando a mãe de Darnely, a condessa de Lennox, leu a "confissão" forjada, decidiu que Mary havia sido denunciada falsamente e que era inocente da acusação de assassinato. A condessa enviou a

Mary uma carta de reconciliação e uma elegante peça de bordado em renda, em que havia tecido mechas de seu próprio cabelo branco.

Margaret, a condessa viúva de Lennox, teria sido um membro da família com quem Bess of Hardwick precisava dialogar ao acertar o casamento de sua filha Elizabeth Cavendish com o filho mais novo da condessa. Para uma mãe, perdoar alguém que ela chegou a acreditar haver conspirado para o assassinato de seu filho mais velho (Darnley) é um forte atestado da inocência daquela pessoa, ainda que a mudança de sentimento tenha se baseado numa falsificação. A reviravolta da condessa pode ter tido influência na opinião de Bess sobre Mary.

O fato de o retrato mais famoso de Mary ser aquele em que ela está em trajes de luto é algo que ela compartilha com sua sogra Catarina de Médici, que, como veremos, também usou luto a vida inteira após a morte de seu marido, Henri II. Mary teria visto diariamente a sogra enlutada quando era rainha consorte da França, casada com François II, durante os meses de seu curto reinado. Após a morte do marido, ela partiu para a Escócia. Ao contrário de Catarina, Mary não prosseguiu usando luto sempre, mas deve ter compreendido o quanto um retrato nesses trajes possibilitava que as pessoas se lembrassem de sua real viuvez virginal. Mary usava branco, enquanto Catarina usava preto, mas como as duas eram rainhas viúvas da França, cada uma delas estava insistindo na posição privilegiada de ser uma viúva de rei através de suas representações físicas em importantes obras de arte.

Pelo resto da vida, mesmo quando não estava usando apenas trajes brancos, Mary se fazia retratar com barretes que lembravam o toucado francês de seu retrato *"deuil blanc"*. Nicholas Hilliard pintou um retrato em miniatura de Mary que copia a imagem de Clouet, quando ela era prisioneira na casa Sheffield, provavelmente em 1578. Ele é a base para muitos retratos "Sheffield", assim chamado por serem baseados na miniatura de Hilliard. O retrato de Clouet foi, assim, amplamente disseminado e se tornou a visão icônica de Mary, Rainha dos Escoceses.

Um exemplo do poder subsequente dessa imagem de Mary com barrete é um retrato seu do século XVII, em três quartos, atualmente em Holyrood House. A vinheta no canto inferior esquerdo da pintura capta o verdadeiro momento do "martírio" de Mary, onde ela aparece sendo executada usando um corpete de tecido vermelho, cor do martírio.

Mary, Rainha dos Escoceses; 1610-1640, Palácio de Holyrood House.
© *Royal Collection, London Via Wikimedia Commons.*

A decapitação de Mary não foi totalmente obra da rainha Elizabeth. Foi o resultado final triunfante da campanha de mais de dezoito anos levada a cabo por William Cecil, primeiro barão Burghley, principal conselheiro e secretário de Estado de Elizabeth. Ele e seu homem de confiança armaram uma cilada para que Mary deixasse uma prova de conspiração por escrito, o tipo de prova que não foi encontrada quando a rainha Mary Tudor pedira uma prova da traição de Elizabeth na época da rebelião de Wyatt.

Vimos que em 1565 Ronsard (sob proteção de Catarina de Médici) havia transmitido a Elizabeth, em primorosos dísticos humanistas, a ameaça que Cecil constituía à monarquia absoluta. Ela prestou atenção e se preocupou que ela e seu conselheiro tinham visões divergentes quanto à legitimidade dos tronos católicos da Europa? Com certeza eles tinham visões divergentes sobre um monarca. Fica claro que Elizabeth esperava conseguir viver em paz com sua rainha irmã. Mas Cecil, finalmente, convenceu-a a matar Mary, Rainha dos Escoceses.

CAPÍTULO SETE

Uma armadilha para duas rainhas

Embora, no livro de poesia de Ronsard, Catarina de Médici tivesse avisado Elizabeth, antecipadamente, sobre o esquema de ações protorrepublicanas de Cecil contra a monarquia, La Reine Mère nunca conseguiu convencer Elizabeth a apoiar Mary Stuart na extensão que esperava. Pelo contrário, Cecil dificultou cada vez mais a ajuda de Elizabeth a sua companheira monarca para que ela recuperasse seu trono na Escócia, alimentando seu medo de que Mary seria uma contínua ameaça ao próprio trono de Elizabeth na Inglaterra.[101]

Inicialmente, Cecil tentara encontrar uma prova material do conluio de Mary em complôs contra Elizabeth, logo depois de a Rainha dos Escoceses ter dado à luz o príncipe James em 1566. Cecil enviou a Mary Stuart um agente provocador: Christopher Rokesby. Fingindo ser um católico confiável, Rokesby pediu a Mary que lhe desse alguma lembrança para levar aos lordes católicos na Inglaterra. Percebendo imediatamente a manobra, Mary mandou prender o agente, ao mesmo tempo em que calhava de ele estar portando cartas de Cecil que incriminavam o conselheiro em tramoias contra ela. Mary, então, escreveu a Cecil, vangloriando-se sutilmente do fracasso do seu esquema, e insinuando que ela poderia contar a Elizabeth o que ele havia feito, sabendo que Elizabeth ficaria enfurecida com o procedimento abominável e ardiloso do seu conselheiro.[102] Por algum motivo, até onde se sabe, ela não escreveu a Elizabeth revelando as maquinações de Cecil.

A próxima jogada do conselheiro contra Mary não foi algo que ele realmente tenha feito, mas o que ele *não* fez. Ele claramente sabia de antemão sobre a reunião conspiratória para assassinar Rizzio, mas não contou a Mary a respeito, nem alertou Elizabeth para o caos iminente que aquilo causaria na corte de Mary. De maneira mais significativa, a tentativa crescente de Cecil de encurralar Mary deve tê-lo levado a planejar de modo que os assassinos exilados tivessem permissão para voltar à Escócia, onde poderiam, então, matar Darnley. Vimos como Cecil fez parte do esforço conjunto para que Mary perdoasse os assassinos de Rizzio, e como aqueles homens, então, prontamente planejaram a morte de Darnley.

O súbito casamento de Mary com o altamente suspeito Bothwell, apenas alguns meses após a morte de Darnley, deixaram-na catastroficamente vulnerável às afirmações do conde de Moray (seu irmão ilegítimo, agora agindo como regente do filho dela) e do conde de Morton (conselheiro particular de Moray) de que teriam "achado" algumas de suas cartas a Bothwell num estojo (*casket*) de prata, marcado com um "F", em referência ao primeiro marido de Mary, François II da França. Essas assim chamadas "Casket Letters" deveriam provar que a rainha havia começado um caso com Bothwell mesmo enquanto Darnley ainda estava vivo e, assim, deveria saber de *antemão* sobre o assassinato do marido. Dessa maneira, ela teria sido uma coadjuvante na morte de Darnley, se não um de seus conspiradores. Seria a "descoberta" das cartas por Morton parte de sua retribuição a Cecil por ter trapaceado para obter seu perdão pelo assassinato de Rizzio?

Quando Cecil examinou as Casket Letters antes da reunião convocada para investigar a culpa de Mary, ocorrida na Inglaterra em 1568, descobriu que em alguns casos as cartas pareciam mais propensas a contestar do que a provar o conluio de Mary com Bothwell. Cecil estava tão decidido a usar qualquer instrumento para apanhar a rainha escocesa, que chegou a ponto de mudar uma palavra na descrição de uma carta, fazendo assim ela parecer ter sido escrita por Mary a Bothwell *antes* de ele a ter raptado, e não escrita claramente *depois* daquela traumática reviravolta. Dessa maneira, Mary pareceria culpada de conspirar livremente com ele para o assassinato de Darnley, em vez de ser forçada com violência por Bothwell a se casar, ou simplesmente seguido seu comando em decorrência de algum tipo de confusão de estresse pós-traumático.[103]

Por um lado, foi Cecil quem, então, vazou pessoalmente as incriminadoras Casket Letters a um editor, contra ordens expressas de Elizabeth de que elas fossem mantidas longe do público. Ele também se encarregou de uma falsa tradução escocesa do texto condenatório em latim de George Buchanan, "Detection of the Doings of the Queen of Scots" [Detecção dos feitos da Rainha dos Escoceses]. Buchanan havia escrito seu tratado em defesa do direito republicano dos nobres escoceses de depor sua rainha, que revogara seu status através de seu casamento com o assassino de seu marido. As calúnias acrescentadas por Cecil fizeram com que Mary fosse vista ainda mais como uma tirana movida por paixão do que Buchanan argumentara originalmente, ainda que suas caracterizações tivessem sido bastante ruins.

Por outro lado, não parece que Cecil tenha contribuído para evocar o casamento de Norfolk. Nem ele fez parte da Conspiração de Ridolfi para libertar Mary por forças espanholas conduzidas pelo duque de Alba. Quando a última conspiração foi descoberta, ele descobriu que Mary havia sido muito cautelosa até para escrever alguma coisa explícita a Ridolfi, e assim ele tinha provas insuficientes para um julgamento. Embora houvesse muito para se suspeitar, nada podia ser provado. Mas o conselheiro supremo de Elizabeth estava longe de dar por terminado.

Cecil conseguiu sua próxima chance quando foi descoberta outra trama para colocar Mary no trono inglês em 1583, esta com o nome de Francis Throckmorton, um sobrinho católico do protestante Nicholas Throckmorton, o mesmo embaixador Throckmorton que tanto havia esperado para falar com a rainha escocesa quando ela estava presa em Lochleven, e que tinha morrido em 1571. A conspiração de Francis Throckmorton fracassou quando, sob tortura, ele confessou um esquema para destronar Elizabeth, esquema que incluía o duque De Guise, apoiado pelo papa Gregório XIII e Filipe II, e que havia sido habilmente planejado pelo embaixador espanhol Bernardino de Mendoza, então sumariamente expulso da Inglaterra. Esse complô poderoso não foi criação de Cecil, apesar de tê-lo deixado ainda mais determinado a planejar a morte da rainha escocesa de um jeito ou outro. A ameaça imposta por ela era claramente muito real.

No ano seguinte, 1584, Cecil propôs um instrumento legal que barraria totalmente Mary e seu filho, James, da sucessão. Chamado de "Bond of Association" [Pacto de Associação], ele capacitava membros do Parlamento a nomear o próximo governante, em caso da morte de Elizabeth, ao mesmo tempo em que lhes tornava legal e *necessário* também perseguir e executar quem quer que reivindicasse o trono, incluindo algum parente próximo da própria Elizabeth, ainda que não se pudesse provar que os reclamantes estivessem pessoalmente envolvidos na trama. Embora o pacto fosse divulgado como um meio de proteger Elizabeth contra um assassinato, a rainha entendeu muito bem que era um desafio a sua autoridade soberana de escolher seu sucessor. Como John Guy coloca: "era uma solução quase republicana para o problema da sucessão" e como tal "sob o ponto de vista de Elizabeth", o pacto era "uma subversão quase escandalosa dos princípios da monarquia e do direito hereditário".

> Cecil [...] quis criar um mecanismo constitucional radical que excluiria automaticamente Mary e permitiria que um governante protestante fosse escolhido pelo Parlamento quando Elizabeth morresse.[104]

Mesmo que Elizabeth graciosamente tenha aceitado o pacto quando foi assinado por três mil cidadãos leais (inclusive a própria Mary), ela disse a Cecil para desistir de seus planos. Propôs um projeto de lei completamente diferente, um "Act for the Queen's Safety" [Ato para a Segurança da Rainha]. Diferentemente do pacto, a lei de Elizabeth insistia que a qualquer perpetrador de uma conspiração contra a sua vida fosse concedido um processo que culminasse num tribunal. Ela assim protegia o conceito de *habeas corpus*, ou seja, o direito a um julgamento por um júri de pares, um dos direitos mais antigos dos povos de língua inglesa. E, por fim, o veredicto de tal processo só poderia ser proclamado por autoridade real. Assim, também, o parente mais próximo das partes culpadas *não* seria perseguido e morto, a não ser que pudesse ser provado que fossem conspiradores ativos. Por este meio, Elizabeth preservava o poder real de escolher um herdeiro para a Coroa; tal autoridade não era para ser entregue indiscriminadamente para o Parlamento fazer como bem lhe conviesse.

Logo depois, Elizabeth finalmente reconheceu James VI como rei da Escócia. Por esse decreto, qualquer plano que alguma vez ela pudesse ter apoiado para libertar Mary e fazê-la cogovernante com seu filho estava arquivado para sempre. Quando James, em seguida, assinou um tratado com a Inglaterra, como Guy sustenta, "tornou a execução de sua mãe [...] inevitável".

O último – e finalmente bem-sucedido – estratagema de Cecil para enredar Mary dependeu do talento de Francis Walsingham como "mestre da espionagem". Walsingham havia se tornado secretário de Estado de Elizabeth depois de Cecil e, devido a suas experiências pessoais em Paris durante o Dia do Massacre de São Bartolomeu, compartilhava o medo do secretário anterior de que Mary Stuart fosse uma inspiração para uma revolta católica na Inglaterra.

Walsingham havia, pacientemente, recrutado um refugiado católico que possuía vínculos com agentes de Mary em Paris e que poderiam atestar em favor dele. Esse agente duplo católico, Gilbert Gifford, tornou-se um dos mais confiáveis mensageiros de Mary. Seu uso de uma caixa hermética levando cartas cifradas, inserida pelo orifício de um barril de cerveja, onde flutuava por cima do líquido, era uma linha de comunicação planejada para a armadilha contra Mary. Pensando que as mensagens secretas estavam a salvo, Mary não sabia que elas eram interceptadas com a maior facilidade, simplesmente desviando o barril de cerveja. Assim, quando Anthony Babington, um jovem cavalheiro católico, escreveu a Mary sobre uma conspiração de "seis senhores" para assassinar a rainha inglesa e libertar a escocesa, Walsingham soube imediatamente da proposta. No entanto, ele não se adiantou para imediatamente prender a Rainha dos Escoceses; esperou que ela escrevesse uma resposta encorajando os homens, tornando-se, assim, culpada de cumplicidade na trama para o assassinato de Elizabeth.

Quando Babington ficou momentaneamente paralisado de medo quanto ao risco que estava correndo, Walsingham enviou seu espião Gifford para animá-lo. Embora Babington tivesse inventado a conspiração sozinho, e não fosse um agente provocador como Rokesby havia sido quase duas décadas antes, Walsingham fez Gifford acalentar a conspiração até Mary escrever de volta uma mensagem de incentivo aos conspiradores.

Com base nessas cartas escritas a Babington, Mary foi levada a responder por tramar a morte de Elizabeth e, depois de um julgamento elaborado perante quinhentos homens da elite da Inglaterra, foi condenada à morte. No entanto, a essa altura, Elizabeth não tinha intenção de executar Mary oficialmente.

Sabendo o quanto ela andava ameaçada pelos apoiadores de Mary, Elizabeth, por fim, aceitou que Mary deveria morrer, mas preferia bem mais que fosse por causas naturais, ou talvez que ela fosse assassinada por veneno ou algum outro meio clandestino, como havia sido prescrito pelo Pacto de Associação. Como Guy coloca: "Ela sabia que um regicídio autorizado por um estatuto feito pelo Parlamento alteraria o futuro da monarquia nas Ilhas Britânicas".

Elizabeth começou a insinuar a torto e a direito que gostaria que alguém pudesse dar um fim a Mary Stuart por conta própria, ou seja, ela incitava um compromisso para o qual o Pacto de Associação já tinha concedido permissão para todos que o assinaram. Afinal de contas, eram *três mil* os signatários.

Em certo sentido, ao insistir na prerrogativa soberana e ao substituir o Pacto de Associação, expedido por Cecil, pelo decreto formal legislativo Ato para a Segurança da Rainha, Elizabeth havia se encurralado. Ela mesma havia tornado muito menos provável a possibilidade de alguém assumir o assassinato de sua prisioneira. Henry IV, rei da Inglaterra, pode muito bem ter levado Richard II a ser assassinado em segredo, enquanto o rei deposto era prisioneiro no Castelo de Pontefract. O governo de Henry IV nunca foi acusado da morte. Richard tinha apenas 33 anos quando faleceu, mas *poderia* ter morrido de causas naturais. Em contraste com o que poderia ter sido um assassinato discreto muito bem-sucedido, o Ato de Elizabeth tornou totalmente legal e totalmente oficial a execução de qualquer um que tramasse a morte de um soberano, estabelecendo um claro precedente na lei inglesa; o Pacto não requeria a plena autoridade do Estado, apenas assassinos voluntários que haviam prometido entre si que ficariam livres de qualquer acusação enquanto se acomodavam para "eleger" o próximo soberano.

Elizabeth logo percebeu seu erro. Para evitar as consequências de um assassinato particular (tal como, possivelmente, o de Richard II),

Cecil teve que usar de uma última artimanha contra ela. Elizabeth requerera que a proclamação pública do veredicto oficial do tribunal considerando Mary culpada mencionasse o Pacto de Associação, *não* o Ato para a Segurança da Rainha, lembrando, assim, ao povo que qualquer um dos três mil signatários poderia, em sã consciência, realizar o feito maligno. Muito melhor se livrar de Mary por algum meio não oficial do que pela vontade oficial do Estado. Assim, Cecil mentiu para Elizabeth dizendo que não havia tempo para mudar a proclamação de culpa de Mary e mencionar o Pacto, ainda que a versão original tivesse, de início, mencionado o Pacto, e não o Ato.[105]

De sua parte, Elizabeth reclamou explicitamente ao Parlamento que eles a haviam colocado numa posição de uma dor excruciante:

> Os senhores me trouxeram a uma posição difícil, em que preciso dar uma instrução para a morte dela, o que para mim só pode ser um fardo dos mais penosos e exasperantes.[106]

Talvez, como a proclamação não havia mencionado o Pacto, ela mesma, pessoal e oficialmente lembrou aos membros do Parlamento que eles – e muitos outros súditos – haviam feito um juramento coletivo ao assinar o Pacto de Associação.

> Estou atenta ao seu juramento na Associação [...] firmado em sã consciência e conhecimento de culpa pela segurança da minha pessoa.

E logo em seguida a esse lembrete de que eles já haviam prometido realizar o feito, ela os advertiu de que não deveriam esperar que ela mesma fizesse algo para executar sua prima e rainha irmã.

> Mas considerando que o assunto é raro, significativo e de grandes consequências, penso que os senhores não buscam alguma resolução presente.

Ela estava claramente tentando lembrar a todos que não tinha intenção de ordenar a execução; no entanto, eles já tinham autoridade para eles próprios matarem Mary, na verdade, haviam assinado um juramento prometendo *fazer isso por si mesmos*. Elizabeth aparentemente não deixou essas insinuações ao Parlamento, mas pediu a Walsingham que sugerisse a sir Amias Paulet, o último carcereiro de Mary, que a matasse em silêncio e em segredo, poupando-lhe o peso de ordenar a execução de uma rainha irmã. O Pacto de Associação poderia ser a autoridade dele. Ainda que Paulet não fosse amigo de Mary e inúmeras vezes tivesse destruído o tecido oficial nacional que ela pendurava atrás de sua cadeira ou "trono" (negando assim seu status real), ele se recusou a levar sua consciência "a pique", assassinando-a "sem lei ou autorização legal".

Portanto, ainda era necessário mais uma artimanha de Cecil para levar Elizabeth a assinar a concreta sentença de morte de Mary. Walsingham e Cecil contaram à rainha que haviam encontrado evidência de outro complô para assassiná-la. Mas era mentira. Os dois usaram detalhes de uma trama descoberta e desarticulada tempos atrás, como se ela estivesse prestes a acontecer. Só então Elizabeth assinou a sentença. Mas não contou a ninguém; simplesmente deu o documento para o novo subsecretário do Conselho da Coroa, dizendo-lhe para mantê-lo seguro. Ela *não* ordenou especificamente que a sentença fosse enviada a Fotheringhay, o castelo em que Mary tinha sido presa e julgada.

Em vez disso, assim que foi descoberto que a sentença havia, de fato, sido assassinada, Cecil, Walsingham e o Conselho providenciaram para que ela fosse enviada imediatamente a Fotheringhay, sem o conhecimento de Elizabeth. Todos eles conspiraram para só lhe contar sobre a morte de Mary depois que a execução tivesse sido levada a termo.

Mary passou a véspera de sua execução escrevendo seu testamento e algumas cartas. Ela queria que seu direito ao trono da Inglaterra fosse para Filipe II, e escreveu a Henri III pedindo-lhe que pagasse seus serviçais com o dinheiro do seu dote ainda não enviado da França. Também pediu que ele pagasse por missas memoriais a serem cantadas por sua alma. "Serei executada como uma criminosa às oito da manhã", escreveu. No entanto, assim como o lema que ela emprestou de sua mãe afirmava "Em meu fim está meu começo", a morte dramaticamente trágica de Mary foi o começo de uma lenda de sacrifícios e sofrimentos que fascinaria as pessoas durante os próximos séculos. Claramente esperando morrer como uma mártir católica, ela rezou em silêncio em latim, enquanto, do público, um fervoroso protestante gritava para ela que não era tarde demais para se converter à fé protestante. Ela rejeitou a oferta.

Quando o carrasco começou a remover os trajes pretos que ela trazia por cima da roupa, ela educadamente lhe disse "não" e fez com que suas damas de companhia os tirassem, revelando um corpete e uma anágua vermelhos-carmesim. Confiando em fontes francesas e, portanto, católicas, Antonia Fraser descreve o efeito aparentemente chocante da dramática encenação do sacrifício da rainha condenada. "Despida de seu preto, ela ficou de anágua vermelha, e viu-se que na parte de cima usava um corpete de cetim vermelho, debruado de renda, o decote baixo nas costas; uma das mulheres lhe entregou um par de luvas vermelhas, e foi assim, toda de vermelho, a cor do sangue e a cor litúrgica do martírio na Igreja Católica" que a Rainha dos Escoceses seria executada.[107] As mulheres puseram, então, um lenço bordado de ouro sobre seus olhos. Ela perdoou o homem do machado com verdadeira misericórdia e abaixou a cabeça sobre o cepo sem se encolher, mas com a maior coragem e muita força mental. Quando o executor apenas feriu a cabeça de Mary com o primeiro giro da lâmina, ouviu-se ela invocar em voz alta "Jesus!". O segundo giro realmente cortou a cabeça, mas foi preciso um terceiro golpe para terminar de cortá-la completamente. Quando o desajeitado carrasco finalmente ergueu a cabeça, muitos viram os lábios continuando a se mover em oração. A cabeça, então, caiu repentinamente no chão, livrando-se da peruca vermelha que o carrasco segurava, e revelando o cabelo branco de Mary. Naquele momento, um dos cachorrinhos de Mary, que havia se escondido sob suas saias, resolveu disparar para fora, coberto com o sangue da dona. Enquanto as pessoas viam o cachorro correr por ali apavorado, puderam se identificar (ou não) com o horror que o animal sentia pela perda de sua amada dona.

Os ingleses tomaram o cuidado de queimar todos os pertences de Mary, tal era a sua preocupação de que qualquer objeto que ela possuísse se tornasse um talismã de seu espírito martirizado e relíquia santificada que pudesse inspirar católicos a venerar ou se revoltar. Normalmente, tais itens eram divididos entre os responsáveis pela execução, mas ali os ingleses não estavam dispostos a arriscar essas tradicionais concessões.

Quando Cecil contou a Elizabeth que Mary havia sido executada, ela ficou furiosa. Stephen Alford, o mais recente biógrafo de Cecil, sugere que o conselheiro não estivesse de modo algum preparado para a reação enraivecida da rainha. Será que ele pensava que, de certo modo, estivesse lhe fazendo um favor ao enviar a sentença de morte sem sua expressa permissão? Ele e o Conselho finalmente passaram por cima do desejo de sua soberana de adiar mais, pensando que ela ficaria aliviada, e não furiosa, por se apropriarem de sua autoridade? Eles claramente sabiam que ela daria uma contraordem, caso tivessem lhe contado que a sentença fora enviada – motivo, sem dúvida, de não terem lhe contado. O simples envio da sentença expressava inequivocamente aos responsáveis em Fotheringhay que Elizabeth havia, por fim, concordado que Mary deveria ser morta. No entanto, ela jamais ordenou que a sentença fosse enviada.[108]

De sua parte, Elizabeth culpou Cecil pessoalmente por essa falha de sua justiça e condenou-o à obscuridade política, expulsando-o da corte, exilando-o de sua presença real. Alford sugere que a punição foi um duro golpe no cerne da identidade de Cecil como "o grande servidor e conselheiro". Ainda que Elizabeth o tivesse anteriormente elevado ao título de "barão Burghley", quando ela o baniu de sua presença, ele perdeu todo o poder e, como Alford ressalta, com isso quase se perdeu inteiramente. Sentiu que sua palavra passou a valer tanto quanto a de um súdito comum. O biógrafo sintetiza:

> Assim, a execução de Mary, Rainha dos Escoceses, foi uma vitória agridoce para Burghley. Ele finalmente conseguira obter um dos objetivos da sua carreira, a segurança do reino através da morte de Mary Stuart, mas essa façanha veio com um alto custo pessoal.

Como testemunho da generalizada compreensão pública da relutância pessoal de Elizabeth em executar uma rainha irmã, existe uma cena elaborada na Parte II do épico de Edmund Spenser,

The Faerie Queene, que se refere à execução de Mary, Rainha dos Escoceses. Promovido por sir Walter Raleigh, na época um dos cortesãos preferidos de Elizabeth, Spenser tinha pessoalmente apresentado a Parte I do livro à rainha em 1590, recebendo em troca a promessa de uma pensão vitalícia de cinquenta libras anuais. Quando mais tarde, em 1596, nove anos após a execução de Mary, Spenser publicou a Parte II do livro, em seu prefácio o autor critica severamente "um estadista que, com uma antecipação corajosa" havia condenado seu poema anterior. A maioria dos leitores deduziu que esse estadista fosse William Cecil, lorde Burghley. No Livro V, o Livro da Justiça, Spenser revela a rainha Mercilla (ou "Misericórdia") escutando um julgamento que condena outra rainha por crimes capitais, oferecendo um notável testemunho contemporâneo da ambivalência da rainha em sua decisão de executar Mary, sugerindo que seus sentimentos pessoais haviam se tornado bem conhecidos. Spenser descreve a relutância da rainha Mercilla, ou rainha Misericórdia, em ordenar a execução da rainha católica romana, Duessa (representando Mary, Rainha dos Escoceses).

O que é particularmente significativo na representação de Spenser da tomada de decisão de Mercilla é o choque e a surpresa que a maioria dos leitores sente quando o poema os leva a pensar que Duessa não foi, realmente, decapitada. Tranquilizados com a ideia de que Mercilla impediu que a justiça fosse feita através de um trocadilho habilmente enganoso, muitos leitores ficam confusos com razão, e até um pouco zangados – ou, no mínimo, irritados – por caírem na artimanha.

> *But she whose Princely breast was touched nere,*
> *With piteous ruth of her so wretched plight,*
> *Though plaine she saw by all, that she did heare,*
> *That she of death was guiltie found by right,*
> *Yet would not* let *just vengeance on her light;*
> *But rather* let *in stead thereof to fall*
> *Few perling drops from her faire lampes of light;*
> *The which she covering with her purple pall*
> *Would have the passion hid, and up arose withall.*
> (V.ix.442)

[Mas aquela, cujo peito principesco não foi tocado,
Com compassiva piedade de sua tão miserável sina,
Embora percebesse com clareza por tudo que escutou,
Que por direito ela foi declarada culpada de morte,
No entanto, não permitiria que lhe incidisse a vingança;
Mas antes permitisse cair em vez disso
Algumas gotas do teto de suas belas lamparinas;
E assim cobrindo com sua mortalha roxa
Teria a paixão encoberta, e com elas se alçaria.]

Nessa estrofe, Spenser simula a ambivalência sentida claramente por Elizabeth ao ter que assinar a sentença de morte de Mary. Em uma frase, o poeta diz que Mercilla "não permitiria que lhe incidisse vingança", o que parece sugerir que Mercilla barra a justiça e em vez disso "deixa" ou se "permite" verter algumas lágrimas de piedade. Portanto, é quase uma reviravolta para o leitor quando, no próximo canto Mercilla está fazendo exéquias para o cadáver de Duessa. Aqueles que estudam o poema sempre querem saber "De onde veio o cadáver?". A resposta é: Mercilla executou Duessa. Eles refutam essa leitura com razão: "Mas a frase diz que ela '*não* permitiria' que a justiça fosse feita!". Spenser força o leitor a entender erradamente a palavra "let", que no século XVI poderia significar "permitir" ou "impedir", "barrar", "evitar". Assim, a frase significa que Mercilla "não evitaria que a justiça" fosse feita. (No jogo de tênis, um "let" é quando o saque leva a bola a bater na rede; esse uso remete ao significado arcaico de "let" como "impedimento".)

Por que Spenser cria tanta confusão? Porque ele quer proporcionar ao leitor a sensação do quanto Mercilla está em conflito para tomar essa decisão fatal. O leitor é enganado pelos usos da palavra "let", com dois sentidos diferentes, em dois versos adjacentes. Como Misericórdia se sente ao permitir que a maldita justiça siga seu curso? Ela reage querendo impedi-la. No final, no entanto, é permitido à justiça seguir o seu curso. Spenser chega muito perto de fazer o leitor sentir a mesma confusão e desconforto que Elizabeth deve ter sentido; sua sofrida relutância em tomar a decisão e sua chocada reação de que, de certo modo, o ato tenha sido executado sem seu conhecimento. Na verdade, a execução acontece em algum ponto nos espaços em branco das páginas entre dois cantos. É uma tentativa curiosa de retratar a relutância da rainha Elizabeth em cumprir esse ato brutal de justiça. Platão defende que os poetas são inspirados por uma loucura divina que lhes permite conhecer a verdade quando lhes seria impossível conhecê-la por qualquer outro meio normal humano. Isso deve ser verdade, mas sir Walter Raleigh, um poeta com muito mais ligações íntimas com a rainha, poderia ter dito algo sobre sua ambivalência a seu grande amigo Spenser.

À época, Elizabeth escreveu a James VI, afirmando que a execução de sua mãe fora um "acidente":

> Gostaria que você soubesse, embora não sinta, a extrema dor que oprime minha mente por aquele miserável acidente que, longe de ser o que eu pretendia, aconteceu.

De sua parte, pelo menos publicamente, James aceitou a afirmação de inocência dela: "Não ouso tratá-la tão injustamente a ponto de não considerar digna sua participação impoluta nesse caso".[109] Anteriormente, ele havia escrito para pleitear o caso da sua mãe a Elizabeth, lembrando-lhe que Mary era uma rainha, protegida por Deus tê-la escolhido para reinar. Ele sabia o quanto deveria ser impossível para Elizabeth considerar a execução judicial de outro monarca ungido. Ainda que James tivesse sido educado pelo republicano, "ateísta" e humanista George Buchanan, que rejeitava totalmente a ideia de direito divino dos reis, ele próprio era um defensor convicto da prerrogativa real divinamente outorgada.

> Que coisa, madame, pode me tocar mais profundamente no privilégio que é um rei e um filho do que minha vizinha mais próxima, tendo uma estreita amizade comigo, dever rigorosamente levar à morte uma rainha soberana livre, e minha mãe natural, semelhante a ela em posição e sexo que assim recorre a ela [...] e sensibilizando-a quase em proximidade de sangue?

Ninguém, James argumenta, nem mesmo outro soberano, tem qualquer direito legítimo de julgar outro rei, tendo Deus feito a todos divinos. Como tais, eles não podem estar sujeitos à "censura de ninguém na terra, cuja unção por Deus não pode ser profanada por homem". Reis, que são "supremos e imediatos lugares-tenentes de Deus no céu, não podem, portanto, ser julgados por seus pares na terra". James terminou a carta fazendo um alerta ameaçador a Elizabeth: "sua reputação geral e a aversão (quase) universal por você podem perigosamente pôr em risco ambos... sua pessoa e seu Estado".

Oficialmente, o rei James VI objetava com veemência a essa seção no épico de Spenser, em que sua mãe aparece como Duessa, a prostituta católica romana que acompanha o monstro de sete cabeças das revelações, Hidra. James baniu o livro da Escócia e pediu ao governo inglês que lhe garantisse que o poeta seria severamente punido. (No entanto, em vez de ser punido, Spenser foi promovido.)[110]

Na França, logo depois de chegar o primeiro relato do veredicto de culpada, Catarina de Médici expressou seu medo de que Elizabeth executasse Mary; anotando que, em 7 de fevereiro de 1587, Mary "*face mourir*" (enfrenta a morte). Enviou um embaixador para pedir a Elizabeth um adiamento de doze dias, que foi concedido.[111] Em 1º de março de 1587, Catarina pediu a seu embaixador para verificar se o que lhe haviam dito era verdade. Foi confirmado que a "*pauvre Marie*" havia sido executada em 18 de fevereiro. Em 14 de março, Catarina escreveu a Villeroy, secretário de Estado de seu filho, o rei:

> Asseguro-lhe que não existe rei católico que não deva se ressentir disto, e mesmo aqueles que são da religião da rainha da Inglaterra, ainda assim devem ter horror de tal desumanidade [...] Sempre será uma crueldade incomparável [...] e não deve ser nada além do começo de grande dificuldade para aqueles que reinarão.[112]

Catarina, por mais que tenha, supostamente, odiado Mary, sentiu uma profunda tristeza pela "morte cruel desta pobre rainha" e se preocupou de que a notícia desestabilizaria ainda mais seu já instável filho. Evidentemente, "Marie" tinha permanecido muito importante para os dois. Catarina também previu a "dificuldade" que aquele ato regicida oficial representaria para futuros reis.

Ao contrário de Catarina, Elizabeth, nunca tendo concordado em se encontrar com Mary em pessoa, conseguiu evitar amá-la como prima em segundo grau (e sua parente mais próxima) ou como a "irmã", que ela sempre dizia ser. Mas Elizabeth ainda se via, no mínimo, refletida nas funções de rainha de Mary, unidas por uma especial posição protegida que as duas compartilhavam. Ela ficara enraivecida com os rebeldes escoceses por sua recusa em reconhecer a divina natureza real de sua rainha Mary, ungida e apontada por Deus para governar, mas em vez disso promulgando violência contra a própria ideia da monarquia. Pelo mesmo motivo, Elizabeth ficou publicamente furiosa que o Estado inglês tivesse executado uma rainha ungida.

Culpou Cecil diretamente. Por que ele não havia cedido a seus pedidos para ocultar a proclamação da sentença de morte de Mary nos termos do Pacto de Associação, pelo qual qualquer um entre os três mil signatários poderia matar a rainha da Escócia com impunidade? Ele sabia que aquela escolha teria acalmado profundamente sua alma. Então, por que Cecil arrumara de um modo que Elizabeth teve que participar de uma execução judicial completa, que tornou o regicídio oficialmente legal na lei inglesa? Afinal de contas, o Pacto de Associação, que não exigia um julgamento e uma execução oficial, tinha sido ideia dele. Além disso, a rainha havia sugerido especificamente aos quatro ventos que alguém deveria aliviá-la do "fardo" de estar pessoal e legalmente envolvida na morte de outra soberana.

Como ninguém aceitou executar o Pacto de Associação, e como Mary teve um julgamento oficial e foi decapitada numa execução solene, à vista dos líderes civis do reino, tornou-se lei na Inglaterra que o Parlamento poderia depor legalmente e decapitar uma soberana ungida divinamente. E membros do Parlamento, de fato, encarregaram-se de fazer exatamente isto apenas 62 anos depois, quando votaram pela execução do neto de Mary Stuart, o rei Charles I, em 1649. A Inglaterra, então, ficou sem rei algum, e sim com um "Lorde Protetor" chamado Oliver Cromwell, um general classe média que governou até sua morte e foi malogradamente sucedido por seu filho Richard. E assim, seguindo a ideia de seu amigo John Knox, do direito legal de a nação "deseleger" um monarca ungido, depor e executá-lo ou executá-la, William Cecil tornou o regicídio não apenas possível, mas legal na Inglaterra.

Não foi apenas Elizabeth que entendeu o que Cecil havia feito. William Camden, o primeiro a escrever a história do reinado de

Elizabeth, citou um aviso colocado próximo à tumba de Mary Stuart, embora logo tenha sido retirado:

> Uma rainha dotada de virtudes régias e alma régia, tendo muitas vezes (mas em vão) reivindicado seu privilégio real, é extinta por uma crueldade tirânica e bárbara [...] e por uma única e mesma sentença perversa, tanto Mary, Rainha dos Escoceses, fadada a uma morte natural, quanto todos os reis sobreviventes, sendo considerados pessoas comuns, estão sujeitos a uma morte civil. Um novo e sem precedentes tipo de tumba existe aqui, onde os vivos estão confinados com os mortos: pois saiba que, com as sagradas cinzas de Santa Mary, aqui jaz violada e prostrada a majestade de todos os reis e príncipes.[113]

PARTE TRÊS

OS MÉDICIS

CAPÍTULO OITO

Catarina de Médici

Tolerância e terror

Apenas uma do quarteto de rainhas do século XVI deste livro não teve o privilégio de governar como uma monarca coroada em seu pleno direito. Mary Tudor, Elizabeth Tudor e Mary Stuart foram todas monarcas coroadas por direito hereditário, mas Catarina de Médici governou como mãe de três reis. Se bem que ela tivesse sangue nobre francês por parte de mãe, jamais poderia ser além de La Reine Mère. Ainda que houvesse transformado sua posição numa autoridade real e absoluta, dirigia o governo da França porque seus três filhos eram, de início, jovens demais, depois doentes ou incompetentes demais, e, finalmente, intimidados demais por ela para não interferir nas decisões deles.

Apesar da primeira década dolorosa e frustrante de seu casamento, em que seu marido, Henri II, e a amante dele surpreendentemente bem conservada, Diane de Poitiers, simplesmente a ignoravam, Catarina aprendeu a trabalhar duro e bem. Após a morte do marido, embora sempre dentro das limitações formais de sua autoridade materna cuidadosamente estabelecida, ela se tornou a governante efetiva de uma das maiores, mais prósperas e mais importantes nações da Europa.[114] Ao longo das décadas seguintes, assim como seu sogro, François I, Catarina elaborou mais projetos, promoveu mais desenvolvimento arquitetônico, encorajou mais inovações tecnológicas (não apenas o lendário uso da sela de amazona e do garfo) e deu mais contribuições às artes do que muitos reis anteriores. Imbuída de um sofisticado senso de cultura e valorizando a criatividade artística de seu legado da Renascença italiana, ela produziu e apoiou uma renovada cultura francesa, construindo novas edificações como as Tulherias, patrocinando novas formas de arte, como o balé, e tentando uma nova prática de tolerância religiosa, em que pessoas de diferentes religiões pudessem viver juntas no mesmo país, pacificamente.[115]

Contra as probabilidades médicas da época, Catarina foi bem-sucedida ao dar à luz muitas crianças, e contra as probabilidades das várias fragilidades de seus filhos, conseguiu fazer com aqueles que sobreviveram à infância uma poderosa linhagem potencial dinástica para as Casas de Valois, Bourbon e Lorraine. De seus quatro filhos homens, três tornaram-se reis, e através do casamento de suas três filhas, duas tornaram-se rainhas e uma, duquesa.

Em contraste, Mary e Elizabeth Tudor não tiveram filhos, Mary Stuart teve um bebê, James. Ela nunca mais o viu depois dos seus primeiros anos, e pouco tempo depois de sua morte, ele se referia a ela como "a defunta". Nos primeiros anos de Catarina como uma esposa real na França, ela foi zombada e ignorada, mas no final da sua vida era obedecida e, embora nem sempre amada, era sempre respeitada em grande parte de seu país adotado, onde inspirou admiração e medo – como se tivesse se tornado a mãe italiana e La Reine Mère de toda a França.

Sob alguns aspectos, La Reine Mère também era uma mãe para as três rainhas "de sangue" de nosso livro. Era sogra de Mary Stuart, a pessoa com quem Mary viveu dos 5 aos 18 anos. E permaneceu uma conselheira política periódica na divisão católico-protestante do conturbado reino da Escócia.

Anteriormente, havia sido uma defensora de Mary Tudor desde o seu nascimento, época em que enviou a Catarina de Aragão uma pia batismal para seu bebê (como décadas depois ela enviaria uma pia infelizmente nunca usada para a própria Mary Tudor).

Para a meia-irmã de Mary Tudor, Elizabeth, ela foi uma correspondente assídua, uma negociadora de tratados e uma incansável casamenteira numa campanha infinita para que Elizabeth se casasse com um de seus filhos. Talvez, com mais intensidade, aconselhava a rainha inglesa, protestante e sem família, no tratamento que dava a sua prima em segundo grau, Mary Stuart, especificamente o que fazer em relação à agora abdicada "rainha irmã", então vivendo sob prisão domiciliar, enquanto ingleses católicos (por todo o país) e católicos contrarreformistas (por toda a Europa) planejavam colocar a rainha escocesa de volta em seu próprio trono. E talvez ainda mais alarmante, sentá-la também no trono de Elizabeth.

A ameaça era real. Nas Ilhas Britânicas em 1571-1572, Mary Stuart e Elizabeth Tudor estavam ambas envolvidas nas repercussões da fracassada Conspiração internacional de Ridolfi, fomentada por um banqueiro florentino e que acabaria envolvendo a Espanha, o Vaticano, os Países Baixos e os católicos britânicos numa conspiração armada para restaurar Mary à monarquia escocesa e ganhar para ela o trono inglês, enquanto depunha ou, até mesmo, assassinava Elizabeth. Embora William Cecil não tivesse participação nesta trama em particular, ela era uma das ameaças católicas muito reais ao trono de Elizabeth.

A Conspiração de Ridolfi, como muitos outros fomentados por idólatras de Mary, acabou por ser descoberto, e Elizabeth sobreviveu a ele. Ela nunca mais apoiou nenhuma reivindicação de Mary ao trono da Escócia. O resultado terrível desse complô de Ridofi foi que Elizabeth viu-se forçada a executar muitos de seus próprios súditos, inclusive seu primo, o duque de Norfolk, bem como, talvez para maior tristeza, enforcar setecentos cidadãos católicos comuns no norte da Inglaterra.

Enquanto Elizabeth executava católicos na Inglaterra, por traição, na França, Catarina de Médici prosseguia ferrenhamente em sua política de tolerância em relação aos protestantes huguenotes. Para isso, estava às voltas com planos para casar sua filha católica Marguerite de Valois com o jovem herdeiro das forças protestantes, Henri de Navarra. Oito anos antes, na mascarada das crianças escrita por Ronsard para ser apresentada em Fontainebleau, no "Dia da Rainha" de 1564, Marguerite pode ter interpretado "Margot" (que deu de presente a seu irmão, o jovem rei Charles IX, um pássaro canoro). Agora, ela se casava com Henri de Navarra, que pode ter feito o papel de "Navarin".

Normalmente, os preparativos para um casamento real eram concebidos anos antes de acontecerem, e esse casamento com as Casas de Valois e Navarra não foi exceção. Catarina sempre se concentrou intensamente, desde cedo e por muito tempo, em negociações matrimoniais complexas, para assegurar a longevidade e o poder da dinastia Valois. Como vimos, François tinha 3 anos de idade quando ficou oficialmente comprometido com Mary Stuart, então com 5 anos.

Na época do casamento de Marguerite com Henri de Navarra, a menina de 19 anos ainda estava apaixonada por seu amor de adolescência, o extremamente católico Henri De Guise ("Guisin" na mascarada das crianças). Mas ela sabia que teria que se submeter às exigências de sua mãe, Catarina, e de seu irmão, o rei Charles, ambos tendo insistido para que ela se casasse com um Henri muito diferente, o mulherengo príncipe Bourbon, protestante huguenote. Não foi um casamento feliz, embora, por suas famosas *Memoirs*, Margot (como era frequentemente chamada) parecesse ao menos apreciar a pompa e o espetáculo do momento de seu casamento:

> Usei uma coroa na cabeça com o [...] manto de arminho, e eu reluzia em diamantes. Meu vestido azul tinha uma cauda de quatro metros de comprimento, sustentada por três princesas. Uma plataforma tinha sido erguida a certa altura do chão, levando do palácio do bispo à Igreja de Notre-Dame. Nela estava pendurado um tecido de ouro.[116]

Conta-se que Margot estava tão resistente a seu noivo Bourbon, que recendia a alho, que, no altar do casamento, seu irmão, o rei, precisou empurrar sua cabeça para baixo num gesto afirmativo para que a cerimônia se completasse. Contudo, tal detalhe não aparece em sua própria versão dos acontecimentos, e, portanto, é improvável que seja verdade. (Muitos anos arrepiantes depois, o casamento sem amor entre Marguerite e Henri de Navarra foi anulado por falta de filhos. A infidelidade dos dois foi lendária, cada um deles teve muitos amantes, mas aparentemente Marguerite era estéril e nunca teve filhos.)

Pierre de Bourdeille, abade de Brantôme, um cortesão fofoqueiro que escreveu histórias escandalosas sobre a corte Valois, narra um momento em que La Reine Mère, pouco antes do casamento com Navarra, vangloriava-se da filha Margot para algumas damas da corte. Dizia a elas que Margot não apenas era uma moça bonita, mas também bem-educada, preparada e uma interlocutora com boa capacidade diplomática, podendo conversar facilmente com embaixadores em múltiplas línguas, incluindo latim e grego.

Miniatura de Henri de Navarra e Marguerite de Valois; artista desconhecido, 1572. De um Livro de Horas pertencente a Catarina de Médici. © *Via Wikipedia Commons*.

Embora Catarina não tivesse permitido que Margot escolhesse o próprio marido, orgulhava-se das habilidades da filha. Segundo Brantôme, a rainha-mãe contou ao grupo:

> Se pela abolição da Lei Sálica, o reino devesse passar para a minha filha por direito próprio, assim como outros reinos foram para o lado materno, com certeza minha filha é tão capaz de reinar quanto a maioria dos homens e reis que conheci, ou ainda mais; e acho que seu reinado seria ótimo, igual ao do rei seu avô e ao do rei seu pai, porque ela tem uma mente brilhante e grandes virtudes para [governar].[117]

Brantôme prossegue por mais algumas páginas, criticando a Lei Sálica, enumerando as mulheres que governaram bem e por muito tempo em outros países, bem como os inúmeros ducados, condados e baronias na França governados por mulheres.

Longe da ninfomaníaca devassa e incestuosa, popularizada no século XIX pelo romance de Alexandre Dumas, *A rainha Margot* (1845), a filha de Catarina, "rainha Margot", acreditava nas questões da mente, era uma famosa mecenas das artes, o epicentro intelectual de onde quer que estivesse vivendo. Foi a primeira mulher da realeza a escrever suas memórias. Seus salões eram refúgio para destacados filósofos, músicos, dramaturgos, pintores e eruditos. Ela foi uma feminista bem antes da invenção do termo, com a célebre afirmação de que o mundo não é "feito para o homem e o homem para Deus, mas sim o mundo é feito para o homem, o homem é feito para a mulher, e a mulher é feita para Deus".

Ao sacrificar os desejos de sua brilhante filha para um casamento de Estado, Catarina estava focada em uma agenda política. Ela havia conseguido ter todos os mais importantes huguenotes e católicos reunidos em Paris para o casamento, mas tragicamente a cerimônia, planejada para reconciliar religiões opostas, em vez disso serviria de pano de fundo para um acontecimento infame que faria Catarina de Médici uma das vilãs favoritas da história. Impingiram-lhe o crédito de ser uma envenenadora italiana, criadora do *escadron volant* – um esquadrão esvoaçante de oitenta mulheres lindas, incentivadas a seduzir e espionar homens poderosos; e, mais revoltante, o de ser uma assassina em massa, que planejara o Massacre do Dia de São Bartolomeu décadas antes de ele acontecer. Essa visão de Catarina surge século após século. Na obra-prima muda de D. W. Griffith de 1916, ela personifica o título do filme, *Intolerância*, sorrindo diabolicamente por trás do seu leque, enquanto as ruas enchem-se de mortos. O herói inocente é alertado: "Médici, a velha ferina, está estripando a vida de todo o seu povo".

É estranho pensar que Catarina seja proclamada pela "intolerância" no filme de Griffith, porque, entre todos os governantes do século XVI, ela foi a mais tolerante com as diferenças religiosas. No entanto, no passado recente, houve algumas apresentações de *son et lumière* no imenso Castelo de Blois, onde se podia ouvir pelos alto-falantes a risada sádica de Catarina, conforme ela gargalhava e se esganiçava do alto de parapeitos medievais, dos quais, presumivelmente, seus subordinados penduravam suas vítimas. Em Blois, ainda é possível visitar sua coleção de venenos há tanto tempo popular, embora as autoridades agora admitam que talvez nem todos os armários contivessem doses letais para as misturas da rainha "italiana". Um visitante recente comentou:

"O cômodo em questão contém 237 armariozinhos, dissimulados na maravilhosa carpintaria. O cômodo foi, de fato, associado a Catarina de Médici, e sem dúvida ela foi suspeita de alguns crimes hediondos associados a veneno, mas os historiadores acreditam ser muito mais provável que os armários contivessem pequenos objetos de arte, ou documentos confidenciais, a uma coleção de venenos, o que é um pouquinho decepcionante".[118]

Se assassinato em massa é o que se exige de um verdadeiro vilão, então Catarina está fadada a desapontar.

Os fatos atualmente reconhecidos sobre o Dia de São Bartolomeu são que seu filho de 22 anos, Charles IX, estava tão encantado com seu amigo e conselheiro, o comandante huguenote da França Gaspard de Coligny, que concordou com os planos desse militar protestante de entrar em guerra contra a Espanha nos Países Baixos. Acontece que Catarina tinha perdido seu controle absoluto sobre seu filho imprevisível. Por fim, é incontestável é que, embora em última análise ela tivesse parte de responsabilidade por todas as consequências inesperadas do Dia de São Bartolomeu, o que ela tinha realmente planejado era infinitamente menor do que o assassinato em massa do qual foi acusada. Aparentemente, Catarina escolheu aquele determinado momento para instigar o assassinato de Coligny, líder militar das forças protestantes e agenciador de assassinos, porque o ataque poderia facilmente ser imputado à família De Guise e sua contínua vendeta de sangue contra Coligny.

Era fácil arquitetar a morte de Coligny. Tudo o que Catarina precisava fazer era revogar o interdito régio vigente contra vendeta familiar, que havia proibido os De Guise, em particular, de se vingarem de Coligny por ele ser o mandante do assassinato de François De Guise. Coligny havia mandado matar De Guise como vingança pelo Massacre de Vassy. Catarina realmente acreditava que, como líder militar dos protestantes, Coligny não apenas representava uma ameaça a seu poder sobre seu filho Charles IX, como também era um perigo igualmente grave para a sobrevivência da própria França, por continuar desafiando as ordens do Conselho real e reunindo grande número de soldados próximo à fronteira com os Países Baixos. Se fosse permitido a ele marchar com um exército francês para os Países Baixos para ajudar os protestantes neerlandeses, especialmente se acompanhado pelo jovem rei francês, a incursão provocaria uma guerra imediata com a Espanha (suserana dos Países Baixos), guerra que Catarina sabia que a França estava mal preparada para lutar.

Por essas razões políticas, pouco antes do casamento extremamente público, Catarina revogou o interdito régio contra vingança. Como consequência, havia uma forte possibilidade de que quando Coligny surgisse no casamento de Marguerite e Henri, em 18 de agosto de 1572, ele fosse morto por alguém, e que todos simplesmente concluíssem que os De Guise, e ninguém mais, haviam aproveitado a oportunidade para realizar sua vingança. Como era de se esperar, os De Guise mostraram-se felizes em contribuir da maneira que pudessem para a destruição de Coligny. E todos deduziram exatamente o que Catarina havia imaginado que fariam.

Tal desvio de atenção era uma capacidade notável de políticos, como preconizou Maquiavel, que dedicou *O príncipe* ao pai de Catarina, Lorenzo de Médici. Ela sempre entendeu os movimentos evasivos do xadrez da *realpolitik* e empregou-os com frequência. Nessa ocasião, ela pretendia esconder qualquer envolvimento pessoal seu por trás da dedução de todos de que os De Guise eram os assassinos de Coligny (o que, de fato, eram). E por mais que pareça estranho pensar em um assassinato planejado dessa maneira, a trama de Catarina para que Coligny fosse assassinado era uma extensão lógica de seu projeto para reconciliar católicos e protestantes através do harmonizador casamento de sua filha católica com um noivo protestante. Ela sabia que, se Coligny promovesse uma guerra súbita em favor dos protestantes nos Países Baixos, seria mais uma consequência das guerras religiosas, que já tinham devastado a França, e que esse novo conflito armado voltaria a provocar a mesma devastação.

Mas seu plano deu errado. Três dias após o casamento, em 21 de agosto de 1572, um franco-atirador atirou em Coligny de uma janela em uma casa de propriedade dos De Guises. No entanto, exatamente no momento em que o atirador disparou, o líder protestante se abaixou para amarrar seu sapato. A bala errou o alvo, atingindo apenas seu ombro, provocando um ferimento grave, mas não imediatamente mortal. Coligny sobreviveu, mas o tiro extraviado desencadeou uma desenfreada fuzilaria de mortes que terminou no Massacre do Dia de São Bartolomeu e na morte de vinte ou trinta mil protestantes pelo país, sendo três mil só em Paris. Foi o maior massacre da história da França até a Revolução Francesa do século XVIII.

Em suas *Memoires*, a filha de Catarina, Margot, ofereceu, em seguida, um relato de testemunha ocular da cena tensa, tarde da noite do segundo dia após a tentativa de assassinato dentro do Palácio real do Louvre. Narrou as providências tomadas às pressas para terminar a tarefa de matar Coligny e também assassinar os chefes huguenotes que, com certeza, se levantariam para vingar a morte de seu líder.[119] Charles IX ficou tão horrorizado ao saber que sua própria mãe era responsável pelo ataque inicial contra a estimada figura paternal que teria gritado histericamente: "Matem todos!", querendo dizer todos os nobres que haviam acompanhado o noivo protestante Navarra ao casamento (os homens mais prováveis de assumir uma vingança armada contra a família do rei pela morte de Coligny). Charles não quis dizer para seus soldados mirarem nos civis huguenotes na população parisiense, mas foi exatamente isso que aconteceu.

Margot prossegue contando sobre o momento em que salvou dois senhores protestantes da matança iniciada dentro dos aposentos reais do Louvre, bem como do lado de fora, nas ruas de Paris.

> Ao passarmos pela antecâmara, que tinha todas as portas escancaradas, um cavalheiro [...], perseguido por arqueiros, teve o corpo transpassado por uma lança e caiu morto aos meus pés. Como se eu tivesse sido morta pelo mesmo golpe, caí [...]
>
> Assim que me recuperei [...] entrei no quarto de minha irmã e fui imediatamente seguida pelo Primeiro Cavalheiro do Rei, meu marido [Henri de Navarra] e Armagnac [...] tendo ambos vindo me implorar pela salvação de suas vidas. Joguei-me de joelhos perante o rei e a rainha, minha mãe, e obtive a vida dos dois.[120]

Margot deixa claro que qualquer plano de expandir a matança, incluindo os nobres huguenotes que haviam acompanhado o noivo ao casamento real, tivera início não por um projeto de longo prazo, mas pela decisão do rei para isto, compartilhada entre os membros da festa da corte (liderados por Catarina) no pânico geral depois do fracassado ataque a Coligny. Logo ficou claro que, se o rei não acusasse rapidamente De Guise por esse crime, os huguenotes iriam partir para a vingança. No fim, a única verdadeira premeditação (além do plano infeliz da rainha-mãe de usar a reunião do casamento para assassinar um único inimigo, Coligny) foi quando os partidários do rei concordaram que ele deveria atacar antes que os huguenotes pudessem retalir pelo assassinato de seu comandante.

Qualquer que seja a verdade, espalharam-se rumores caóticos de que Catarina tinha deliberadamente tramado a ideia de assassinatos em massa em seu encontro com o chefe militar de Filipe II, o duque de Alba, sete anos antes, quando se encontrou com sua filha Elisabeth de Valois, rainha da Espanha, durante as festividades muito admiradas de Bayonne, em 1565.[121] Não é absolutamente verdade que Catarina e o duque de Alba tivessem planejado juntos uma execução em massa de protestantes, a acontecer alguns anos mais tarde. Em vez disso, o massacre foi resultado de um único ato de tentativa de assassinato que deu tragicamente errado. Seu próprio plano mais amplo de juntar huguenotes e católicos através do casamento de Margot e Henri de Navarra, contudo, repousou em ruínas catastróficas.

Um mês de mortandade maciça baseada em religião espalhou-se por outras cidades da França. Catarina foi inundada de felicitações vindas dos governantes católicos da Europa, incluindo o papa e Filipe II. Apenas mais tarde eles souberam, com grande decepção, que o massacre tinha sido puramente acidental e que sua origem fora política utilitária, e não zelo religioso.

Muito semelhante a Mary Stuart e também a Elizabeth, Catarina de Médici teve que se esforçar para defender o domínio dinástico dos Valois no poder da França. Historiadores antigos imaginaram que os motivos de Catarina fossem menos patrióticos do que a defesa de outras rainhas dos seus direitos de sangue de governar. Como Pierre Adolphe Chéruel (aluno de Jules Michelet) escreveu sobre Catarina em 1870: "Alimentada nas sutilezas da política italiana, indiferente ao bem e ao mal, sem princípios de religião, ela só tinha talento para a intriga [...] Deixou a monarquia sem apoio, e a França sem aliados".[122]

Massacre do Dia de São Bartolomeu; François Dubois, 1572. *Centro, à direita*: o corpo de Coligny pende de uma janela antes de ser jogado na rua; *parte superior esquerda*: Catarina de Médici, em traje negro de viúva, inspeciona a pilha de cadáveres em frente às portas do castelo. © *Musée cantonal des Beaux-Arts de Lausanne Via Wikimedia Commons*.

Um observador muito mais confiável – na verdade, testemunha ocular – teve, contudo, uma opinião completamente diferente, a de que La Reine Mère estava fundamentalmente protegendo não apenas seus filhos, mas também a segurança e a paz da França. Assim, quando Henri de Bourbon, genro de Catarina pelo seu casamento com Margot, tornou-se o primeiro dos Bourbons a governar depois dos Valois, como rei Henri IV, em 1589, ele disse de Catarina: "Pergunto a vocês o que uma mulher poderia fazer [...] com duas famílias [hostis] [...] agarrando a coroa [...]? Ela não estaria compelida a assumir papéis estranhos [...] proteger seus filhos, que reinaram sucessivamente sob a sábia conduta daquela mulher perspicaz? Fico surpreso que ela não tenha feito coisa pior".[123] Depois de ter passado pessoalmente pelo terror do Massacre do Dia de São Bartolomeu como príncipe huguenote no Louvre, a compreensiva avaliação de Henri sugere que a conduta de Catarina foi arguta, mas não diabolicamente má, e suas ações com certeza não foram os horrores inspirados por Satã, como fez crer a propaganda protestante subsequente.[124]

No entanto, as repercussões do massacre foram inúmeras e de longa duração; na França huguenote o nome de Catarina tornou-se sinônimo de tirania monstruosa. Mas é possível que Catarina tenha se preocupado mais, talvez muito mais, com a reação de sua rainha irmã Elizabeth I, com quem ela andara em ativa negociação para um casamento com outro de seus filhos franceses católicos. Estava ansiosa em saber como a rainha protestante reagiria. Apenas quatro meses depois do massacre, Catarina e Charles sondaram o terreno escrevendo a Elizabeth para convidá-la a ser madrinha da filha recém-nascida de Charles. Elizabeth não respondeu pessoalmente, mas instruiu seu embaixador, Francis Walsingham, a responder aos nobres franceses. Em dezembro de 1572, ela o mandou dizer:

> Sentimos muito saber sobre [...] o grande massacre ocorrido na França de nobres e cavalheiros sem condenação e sem julgamento [...] Eles não foram levados a responder legalmente, nem a julgamento, antes de serem executados.[125]

Mais uma vez, a preocupação de Elizabeth era por uma obediência metódica às leis estabelecidas do reino, especificamente *habeas corpus*, o direito a um julgamento.

> Mas quando a acusação foi acrescida – de que mulheres, crianças, donzelas, crianças de colo e bebês foram, na mesma ocasião, mortos e atirados no rio, e que a liberdade de execução foi dada à espécie mais vil e mais baixa do populacho, sem punição ou vingança por tais crueldades – isso aumentou nosso pesar e nossa dor.

Elizabeth observou o paradoxo hipócrita no pedido que eles lhe fizeram de que fosse madrinha do bebê de Charles: "Deve parecer muito estranho, tanto para nós quanto para todos os outros, que nosso bom irmão viesse pedir para eu ser madrinha de sua filha querida, sendo nós da religião que ele agora persegue e não consegue tolerar em seu reino".

Como Elizabeth presumiu então, ou descobriu, não havia motivação religiosa por trás do plano de Catarina de assassinar Coligny, mas sim um esforço específico de impedi-lo de persuadir seu filho, o rei, a se precipitar numa guerra desastrosa. A rainha inglesa deve ter bem entendido que, da parte de Catarina, era um jogo de poder puramente secular, por mais que o massacre público que se seguiu viesse a ter inspiração religiosa. Talvez por esse motivo, Elizabeth aceitou o convite para ser madrinha da filha de Charles. Ela sempre colocou a diplomacia acima da religião, prioridade que compartilhava com Catarina. Chegou até a sugerir que as negociações sobre seu próprio casamento com um descendente Valois poderiam permanecer abertas. E permaneceram, para grande horror subsequente de muitos membros da corte de Elizabeth.

Sete anos após o massacre, em 1579, Elizabeth parecia tão profundamente determinada a se casar com o mais novo dos filhos de Catarina, François (anteriormente Hercule), duque d'Alençon, cujo papel tinha sido "Angelot" na remota "Bergerie" (seu presente ao rei menino havia sido uma cabra). Agora, Alençon tinha 24 anos, enquanto Elizabeth tinha 46. Ele era católico, ela, protestante. Ela afirmara à corte francesa que os dois grandes impedimentos para seu casamento com qualquer um dos filhos Valois sempre tinham sido não de caráter pessoal, mas simplesmente as vastas e intransponíveis diferenças de idade e de religião.

Embora a diferença de 22 anos fosse quase comicamente enorme (Elizabeth anteriormente recusara o irmão de Alençon, Charles IX, quando a disparidade entre a idade deles era de apenas 13 anos), a rainha de meia-idade parecia se preocupar menos com tais adequações ao se aproximar da menopausa. Seja qual for o motivo, ela devia estar mais séria do que jamais estivera em relação a um pretendente Valois, apesar da idade dele, da religião, ou da desgraça nacional do massacre francês dos protestantes sete anos antes.

Seu afeto por seu "Sapo", como ela apelidara François, parecia muito genuíno e era assinalado pelo fato de ela lhe dar um apelido – como havia feito com todos os seus conselheiros preferidos (Cecil era "Espírito", Dudley era "Olhos" e assim por diante). Além disso, Alençon tinha sangue real e, na época, era o segundo na linha de sucessão ao trono da França. Muito tempo antes, o enviado espanhol Feria não estivera errado ao dizer que Elizabeth era orgulhosa e queria se casar na realeza.

François-Hercule, duque d'Alençon, aos 18 anos; artista desconhecido, 1572. © 2022 National Gallery of Art.

Mas a corte inglesa e o povo reagiram a essas negociações matrimoniais como se encarassem a maior das catástrofes. Um plano de resistência e crítica foi lançado contra a normalmente idolatrada rainha, envolvendo uma significativa carta pessoal e um famoso panfleto publicado.

O panfleto público, intitulado *The discoverie of the gaping gulf whereinto England is like be swallowed by an other French marriage* [A descoberta do fosso abissal em que a Inglaterra está fadada a ser engolida por mais um casamento francês] (1579), foi autorizado por certo John Stubbs, advogado e escritor puritano. Elizabeth baniu o panfleto e levou Stubbs, bem como seu impressor-editor, a julgamento por texto "subversivo". Stubbs e o editor foram condenados, e embora, de início, Elizabeth, furiosa como estava, quisesse que ambos fossem condenados à morte, foi convencida de que o simples fato de cortar a mão direita de cada um seria punição suficiente. Antes de seu desmembramento público, Stubbs gracejou espirituosamente: "Rezem por mim agora que minha calamidade está à mão". Apesar de sua punição injusta, Stubbs permaneceu um súdito leal da rainha Elizabeth, passando a ser, pelo seu nome, uma espécie de trocadilho em si mesmo (já que "*stub*" em inglês significa "toco").

Mais tarde, Elizabeth arrependeu-se de sua sentença exagerada contra Stubbs e seu editor. Em contrapartida, nunca se desculpou por seu tratamento a um cortesão leal, mas corajoso, que havia se arriscado a incorrer em sua ira escrevendo uma carta alertando-a contra um possível casamento com o filho de Catarina de Médici. O autor dessa carta foi sir Philip Sidney, naquela época herdeiro de seu tio Robert Dudley, o preferido de Elizabeth e aquele que esteve por mais tempo a seu serviço.

Philip Sidney estava se tornando um poeta famoso. Escreveu o primeiro ciclo de sonetos na Inglaterra, estabelecendo a moda de poesia pelas últimas décadas do século XVI. (Shakespeare tornou-se seu imitador mais famoso.) Com sua irmã, a condessa de Pembroke, ele também traduziu os salmos para versos em inglês, mudando a forma da lírica inglesa pelos próximos cem anos. Foi o paradigma do homem renascentista, soldado, cortesão, poeta, bonito, amável, culto, viajado, muito amado. Por algum motivo, Elizabeth aparentemente não compartilhava a admiração de seu povo por ele.

Sidney estava presente em Paris durante o Massacre do Dia de São Bartolomeu e havia presenciado em primeira mão o derramamento de sangue genocida que percorreu a cidade. Foi claramente esse trauma que coloriu sua reação à proposta do casamento francês. Arriscando a ira de Elizabeth, ele alertou para o perigo representado pelo horror público no país, caso Elizabeth prosseguisse em um casamento com um príncipe católico Valois, como Alençon, filho da "Jezebel da nossa época", Catarina de Médici.

> Quando eles virem a senhora tomar por marido um francês e um papista [...] as pessoas muito simples sabem muito bem disto, que ele é filho de uma Jezebel de nossa época, que o irmão fez oblação do casamento da própria irmã, o mais fácil para cometer massacres de nossos irmãos de fé [...] Isto, digo, mesmo à primeira vista, dá oportunidade a todos verdadeiramente religiosos de

abominar tal senhor, e consequentemente diminuir grande parte do amor esperançoso que há muito eles dedicam à senhora.[126]

Para punir Sidney pela audácia de repreendê-la, Elizabeth baniu-o de Londres (ele aproveitou seu exílio para escrever *The Arcadia*, livro do qual Shakespeare tiraria muitos dos seus argumentos). Embora Sidney fosse, em seguida, autorizado a voltar à corte, Elizabeth jamais o prestigiou. Mais tarde, ele sofreu um ferimento de mosquetão espanhol na Batalha de Sutphen, nos Países Baixos. O disparo estilhaçou sua coxa, e ele morreu de abscesso vinte dias depois. No campo de batalha, consta que ele disse a um carregador de água para dar o copo que lhe era destinado a um soldado comum, mortalmente ferido, que estava por perto. Suas famosas palavras: "Sua necessidade é ainda maior do que a minha".

Elizabeth foi forçada a permitir que sir Francis Walsingham (sogro de Sidney) lhe desse o maior funeral de Estado já conferido na Inglaterra a alguém não pertencente à realeza (até o funeral de lady Diana

Sir Philip Sidney; artista desconhecido, 1572.
© *National Portrait Gallery, London Via Wikimedia commons.*

Spencer em 1997), celebrado na Catedral de São Paulo. No fim, o alerta de Sidney à sua rainha revelou-se profético. O casamento proposto a seu amado "Sapo" foi evidentemente tão impopular entre os ingleses que ela acabou convencida de que não poderia prosseguir com aquilo sem sérias consequências. Rompeu com as negociações. E escreveu um poema "On Monsieur's Departure" [Na Partida de Monsieur], que soa genuinamente pessoal sobre sua perda autoimposta:

> Faço, *embora não* ouse dizer que um dia pretendesse,
> Pareço totalmente muda, mas por dentro tagarelo.
> Sou e não sou, congelo, mas estou em brasas,
> Uma vez que de mim me transformei em outro eu.
> [...]
> Deixe-me flutuar ou afundar, ficar no alto ou embaixo.
> Ou deixe-me viver com alguma alegria mais doce
> Ou morrer, e assim esquecer o que o amor um dia significou.

Não houve outro protesto público semelhante contra qualquer outro casamento possível proposto à Rainha Virgem, e nenhuma outra negociação chegou tão perto de ser concluída.[127] Elizabeth não escreveu outros poemas parecidos (de que tenhamos conhecimento) sobre seus sentimentos por outro pretendente, embora tivesse escrito um poema sobre esses candidatos coletivamente. No entanto, quando Alençon morreu cedo, aos 26 anos, Elizabeth escreveu uma carta a Catarina de Médici sobre a perda do seu Sapo:

> Para Madame, minha boa irmã e a rainha-mãe,
> Se minha infelicidade extrema não se igualou ao meu pesar por ele, e não me deixou inadequada para tocar com a pena o ferimento que meu coração sofre, não seria possível que eu me esquecesse a ponto de não chegar até a senhora na companhia que lhe faço em sua dor, a qual, estou certa, não pode ser maior do que a minha. Porque, considerando que a senhora é mãe dele, também é verdade que lhe restam vários outros filhos. Mas para mim, não encontro consolo que não seja na morte, a qual, espero, logo nos reunirá.[128]

Escrevendo a Catarina numa linguagem excepcionalmente rebuscada, Elizabeth pode ter sido um pouco vaga quanto à quantidade de filhos que, de fato restavam a La Reine Mère (apenas dois, Margot e rei Henri III). A Rainha Virgem prosseguiria dizendo que estenderia o amor que ainda tinha por François (Alençon) para se ligar a Catarina e ao rei "assegurando-lhe que a senhora encontrará em mim a filha e irmã mais fiel que os soberanos jamais tiveram". Ela deve ter sabido que Henri III sempre odiara seu irmão mais novo, e que Catarina não apoiava seu filho mais novo tão bem quanto deveria (Elizabeth sugeriu que se Alençon tivesse vivido mais tempo "a senhora teria enviado mais ajuda").

Muitos leitores consideram que a carta de Elizabeth demonstra que Catarina era muito mais importante para ela do que o próprio François (Alençon), e que, assim como com todos os outros pretendentes, ela nunca levou realmente a sério esse casamento. Mas os temores verdadeiros e expressos com veemência por sua corte de que ela prosseguiria com o casamento sugerem outra coisa. O fato de seus assessores e cortesãos estarem tão preocupados indica como os "fogos" que Elizabeth afirmava queimar dentro dela eram, pelo menos em parte, reais. Na carta, ela afirmou uma proximidade com La Reine Mère que soou como um verdadeiro parentesco, semelhante à linguagem que sempre compartilhou com o filho de Mary Stuart, rei James, com quem, de fato, ela tinha uma consanguinidade próxima. Assim como ela imaginava seu relacionamento com James VI como se ele fosse seu próprio filho, ela escreve que se dirige a Catarina "como se tivesse nascido sua filha". Ao longo da vida, Elizabeth havia tido muitas substitutas temporárias a Ana Bolena – a mãe que ela nunca conheceu –, entre elas, sua irmã mais velha, Mary, e as outras esposas de seu pai, particularmente Katherine Parr. Mas Catarina de Médici era uma mulher mais velha, cuja presença em sua vida perdurou, e talvez fosse a mais parecida com ela, não apenas na posição como regente, mas na natureza política. Seja como for, o cortejo do duque d'Alençon, assim como a ligação com Mary Stuart, foi mais um vínculo entre Catarina e Elizabeth que serviu a elas em sua compartilhada busca pela paz, porque elas continuaram a se imaginar ligadas por laços familiares.

Um apelo tão intenso em sua carta a La Reine Mère revela o quanto Elizabeth estava ciente de que a identidade fundamental de Catarina se baseava no sucesso de sua maternidade de uma progenitura real. Embora não tivesse filhos na primeira década infeliz de seu casamento com Henri II, ela em seguida deu à luz dez filhos; sete viveram até a idade adulta, três filhos homens tornaram-se reis. Suas três filhas que chegaram à idade adulta tornaram-se duquesa de Lorraine, rainha da França e rainha da Espanha. Ao pensar em se casar com Alençon, Elizabeth oferecia tornar-se um membro de uma grande família real, filha da própria Catarina, como se tivesse "nascido" dela.

Talvez Elizabeth soubesse que Catarina mimava o rei de então, Henri III, que sempre fora seu preferido, e assim ela, como futura noiva, sofria de uma solidão maior do que a da mãe enlutada do falecido futuro noivo. O filho mais amado de Catarina ainda vivia. No entanto, esse compartilhamento de dor, por mais desigual que fosse segundo a insistência de Elizabeth, formou mais um elo entre as duas rainhas.

CAPÍTULO NOVE

Oito tapeçarias Valois

Bens inalienáveis de Catarina de Médici

O "infeliz acidente" supostamente involuntário da execução da católica Mary, Rainha dos Escoceses, por Elizabeth, em 1587, deixou a Inglaterra catastroficamente vulnerável a um contra-ataque do também católico Filipe II da Espanha. De maneira semelhante, quando Catarina de Médici instigou o assassinato de Coligny, terminando na tentativa de assassinato acidentalmente fracassada e nos massacres subsequentes por toda a França, os Valois sofreram uma grande mancha em sua honra como governantes confiáveis do reino. A rainha Catarina foi responsabilizada, e o massacre assombrou a dinastia Valois pelas décadas seguintes.

A eliminação de setenta mil protestantes por tais massacres, no entanto, agradou tanto o papa que ele fez cunhar uma medalha para celebrá-los, combinando com aquela que ele tinha mandado cunhar no ano anterior, em 1571, pela vitória da Batalha de Lepanto sobre o Império Otomano. Claramente, na mente do papa, a morte de tantos protestantes franceses igualava-se à vitória histórica sobre os turcos muçulmanos; tanto os protestantes quanto os turcos eram igualmente "infiéis". Embora brevemente celebrada pela Europa católica, Catarina entendia o tamanho da ameaça que tal ausência de lei e ordem representava à reputação da monarquia dos Valois, e deve ter sido por esse motivo que ela pensou em invocar um imenso projeto para manter as aparências e tentar recuperar o nome da família. Parece ter sido apenas alguns anos depois do massacre que ela começou a conceber seu plano de criar as tapeçarias Valois.

Essas oito enormes obras de arte tecidas, com cerca de 3,80 m de altura por 6 m de largura, podem funcionar como uma Pedra de Roseta, em que podemos ler agora o que Catarina de Médici escolheu dizer sobre sua vida longa e produtiva, o que ela valorizava. Assim como conhecemos Elizabeth por seus discursos brilhantes, seus atos de coragem, suas cartas, seus poemas, sua criação de si mesma como uma Gloriana de um sucesso espetacular, uma governante corajosa e Rainha Virgem da Inglaterra, para Catarina de Médici são essas tapeçarias que representam seus projetos e produções – suas construções, parques, mascaradas, concertos, balés – que nos contam quem ela foi. Mal começamos a estudar essas obras de arte mudas (e negligenciadas), só agora conseguimos traduzi-las em uma evidência legível das realizações mais triunfantes de Catarina: seus filhos reais e as atuações deles nas espetaculares "magnificências" dela.

A disseminação dos múltiplos retratos de Mary Stuart, todos ecoando a visão de Clouet em que ela aparece num luto branco, era um sinal eficiente da pureza de sua viuvez dupla e contribuiu para uma imagem forte e duradoura da Rainha dos Escoceses como uma heroína linda, romântica, que morreu em sacrifício. Sua execução foi um drama que lhe permitiu triunfar sobre a tragédia de uma reputação arruinada e se tornar a fundadora santificada de uma linhagem real que perdura até hoje.

Mary Tudor, por sua vez, tornou-se, corajosamente, a rainha que sua mãe sempre soube que ela poderia ser. Embora impedida de realizar a promessa de uma dinastia católica Tudor-Habsburgo por causa de sua esterilidade e incapaz de reverter a maré de mudança que seu pai liberou tão abruptamente sobre o povo inglês, ela foi, ao se tornar e permanecer a primeira rainha independente a governar a Inglaterra, algo mais do que a sinopse rasa com a qual a história a nomeou, "Mary Sanguinária". Ela também ensinou sua irmã a ser uma rainha, não simplesmente por um exemplo negativo, e sim implementando uma retórica de realeza feminina que muitos assumiram ser original em Elizabeth, mas que foi o melhor presente de Mary para sua irmã: mãe de seu povo, oradora destemida em uma crise, uma mulher casada com o reino com seu anel de coroação.

Assim como Mary "Sanguinária", Catarina de Médici tem sido uma das vilãs favoritas da história. Ambas foram manchadas de sangue por seu ódio religioso ora real, ora imaginário contra os protestantes; ambas deveram grande parte da sua reputação pública escandalosa à urgente e polêmica necessidade, na propaganda protestante, de afastar a cultura de seus fundamentos tradicionais para uma nova compreensão da importância extraordinária da consciência individual, em contraponto à consciência coletiva. As tapeçarias Valois de Catarina expõem, com primorosa habilidade maneirista, a visão de La Reine Mère de uma França pacífica, sem a violenta divisão – como haviam tido a Inglaterra de Mary Tudor e a França de Catarina – entre católicos e protestantes.

Embora os estudos anteriores deduzissem que as tapeçarias foram dadas por William de Orange como um presente a Catarina de Médici, pesquisas mais recentes associaram a origem dessas tapeçarias diretamente a ela, como a mecenas que muito provavelmente as encomendou e forneceu seus desenhos. Deixando de ser a mera destinatária do presente de um homem, Catarina passa agora a ser reconhecida como a criadora dessas imensas obras de arte, bem como dos espetáculos que elas celebram. Atualmente sabemos que elas devem ter sido desenhadas para ser um presente para uma neta, e assim foram, desde sua concepção, previstas para serem bens inalienáveis da família Médici.

A criação de Catarina das tapeçarias Valois decorre dos mesmos motivos que anteriormente fizeram com que, na década de 1560, ela criasse suas "magnificências", aqueles extravagantes espetáculos públicos em que convenceu cortesãos católicos e protestantes a participar de façanhas de habilidade física, oferecendo meios pelos quais eles pudessem exibir suas destrezas marciais, mas através da arte, e não da guerra. Catarina organizou a violência que era o *métier* [trabalho] das classes militares, elevando-a a uma forma de arte. Ela então a celebrou e arquivou-a em ainda outra forma de arte: as tapeçarias tecidas uma década depois das magnificências eram lembretes de uma harmonia anterior, destruída pelo massacre. Tendo apoiado o Peace Edict [Edital de Paz] de 1576 de seu filho, que terminava com a quinta guerra religiosa, Catarina usou a série de tapeçarias para mostrar como era a França quando católicos e protestantes não estavam em guerra.[129]

Tapeçaria Valois "Tournament"; ateliê desconhecido, década de 1570. Catarina de Médici está ladeada por Henri de Navarra e Margot, à esquerda; à direita, Henri III da França está de perfil, enquanto sua esposa, Louise de Vaudément, encara o observador. © *Uffizi gallery Via Wikimedia Commons.*

A série de oito enormes painéis, em suntuosas lãs, sedas e linhas envoltas em prata e ouro, apresenta retratos de muitos indivíduos da corte Valois, em pé no primeiro plano dos desenhos, vestidos no estilo da década de 1570. Neles se incluem tanto católicos de destaque (membros da família De Guise) quanto, o mais importante, Henri de Navarra, líder dos huguenotes e, naquele momento, marido de Marguerite.

A própria Catarina de Médici aparece em sete das oito tapeçarias, sempre vestida de luto pesado, preto, o que a faz se destacar entre os outros trajes, em geral em tons pastel. Todas as tapeçarias, com exceção de uma, justapõem dois períodos diferentes de tempo. O primeiro plano de cada uma delas apresenta os membros atuais da família, como eles aparentavam por volta de 1576, quando, sem dúvida, as tapeçarias foram tecidas. Muitas dessas pessoas olham diretamente para o observador, e a maioria delas são nitidamente identificáveis. No plano intermediário de sete das tapeçarias, vemos as várias magnificências e realizações de torneios que aconteciam na década de 1560.

No alto: tapeçaria Valois "Journey"; ateliê desconhecido, 1576. Catarina é a figurinha que vai carregada em uma liteira, próxima ao centro da cena.

Embaixo: Detalhe de "Journey". Catarina em uma liteira com Henri III a cavalo. Ele olha diretamente para o observador. © *Uffizi gallery Via Wikimedia Commons.*

No entanto, é somente na tapeçaria "Tournament" que a rainha aparece como uma personagem dominante, e mesmo assim ela está próxima à margem esquerda do trabalho.[130] Em todos os outros painéis, Catarina é uma figura menor, revestida de preto, que ocupa o plano intermediário ou o plano de fundo, e às vezes é muito difícil achá-la, como no painel "Journey". Localizá-la parece uma espécie de jogo, quase como se ela tivesse desenhado seus vários lugares nas tapeçarias para que as crianças procurassem-na e a encontrassem. Seus netos talvez?

O desenho do "Tournament" *não* mostra dois homens correndo um para o outro, montados a cavalo, empunhando lanças posicionadas como num torneio. Em vez disso, parece mostrar uma peleja, uma simulação de batalha como se fosse um pega-pega, em que o maior perigo vem de uma bola de fogo jogada entre os cascos dos cavalos. Na maior parte, as disposições quase simétricas das forças opostas parecem mais uma obra de arte do que uma batalha sangrenta, tal como o tipo de *ballet de cour* que formava cenas em muitas das magnificências de Catarina, para as quais ela, com frequência, era a coreógrafa. Ao chegar ao poder, Catarina havia proibido os torneios, ainda de luto pelo marido, Henri, morto após um ferimento no olho recebido em combate.[131]

Os pares compatíveis de casais que emolduram a complexa composição no "Tournament" formam um quarteto, enfatizando as

Detalhe de "Tournament". As duas carretas nos cantos superiores e os dois cavalos brancos que entram em campo abaixo das carretas sugerem um tipo habilidoso de simetria artística muito livre. © *Uffizi gallery Via Wikimedia Commons.*

possibilidades fecundas para o futuro de duas dinastias diferentes, Valois e Bourbon (nenhuma das quais viria a se frutificar).

À esquerda, um dos anões da corte de Catarina representa um neto e herdeiro ainda por nascer. O desenhista desse painel copiou um desenho de Antoine Caron para um texto de Nicolas Houel, a história de Artemísia, viúva famosa por homenagear seu marido, Mausolo, com uma tumba imensa, o mausoléu. O desenho de Caron nunca foi tecido em uma série de tapeçarias para Catarina, mas um deles foi encomendado por Henri IV para sua rainha Marie de Médici. Henri pretendia que os painéis ficassem como um registro da educação de um soberano. Contudo, ironicamente, a série tornou-se bem mais apropriada para a viúva Marie quando Henri IV foi assassinado, de modo que ela também serviu como regente para seu filho, Luís XIII.[132]

O esboço desenhado por Caron para esse painel sobre a história de Artemísia não apenas apresenta a disposição de mãe e "filho", como no "Tournament", como também faz uma observação muito espirituosa na imaginária "vingança" que Catarina poderia ter feito contra Diane de Poitiers, antiga amante de seu marido por muitos anos.

A História da rainha Artemísia; Antoine Caron, 1563-1570. Fonte: *gallica.bnf.fr/ Bibliothèque nationale de France*.

À esquerda, Artemísia apresenta seu filho a alguns nobres idosos, enquanto, à direita, uma pequena estrutura abobadada de um templo comprime para baixo (reduzindo assim a parte de cima) uma fonte que inclui uma estátua bastante reconhecível de Diana, a caçadora, a deusa romana que frequentemente servia como representação de Diane de Poitiers. Esta é uma imagem de uma famosa escultura em mármore de Diana e Acteon (transformado em um veado), de início atribuída a Germain Pilon, que por muito tempo adornou Anet, um castelo dado por Henri II a Diane de Poitiers. Atualmente, a estátua está no Louvre.

Anet foi um belo exemplo da melhor arquitetura do século XVI e, por isso, foi escolhido, juntamente com Fontainebleau, como um dos dois castelos a ser homenageado na série das tapeçarias Valois.

O suposto mau tratamento de Catarina à antiga amante de longa data de seu marido é sempre presumido como prova de notória vingança de uma rainha italiana ciumenta, mas sempre me surpreendeu que os fatos não necessariamente respaldem essa visão. Catarina não confiscou simplesmente o extraordinário Castelo de Chenonceau, outro dos lugares preferidos de Diane para um retiro, no Vale do Loire.

Diana com veado; artista desconhecido, século XVI. Localizada no Museu do Louvre, Paris. © *Photograph: Miniwark Via Wikimedia Commons.*

Em vez disso, ela propôs uma permuta, dando a Diane o Castelo de Chaumont em troca de Chenonceau. Ficando a apenas 27 km ao sul de Chenonceau, Chaumont é um belo e imponente castelo. Ele conserva suas características torres redondas, maciças, medievais. Na época, era maior do que Chenonceau e poderia ser considerado mais valioso como bem imobiliário, embora, dependendo do gosto, também pudesse ser considerado menos elegante.

Em Chenonceau, Diane fizera construir uma ponte atravessando o Rio Cher. Catarina reforçou a extensão acrescentando dois andares à ponte, criando, assim, uma longa galeria que se estendia por toda a largura da água. Uma década antes, na Florença natal de Catarina, Giorgio Vasari havia construído um longo corredor incrivelmente semelhante, que abarcava o Rio Arno. Teria Catarina sabido a respeito ou visto desenhos dessa estrutura em Florença e copiado a ideia?

Em 1560, Vasari dera início à estrutura, conhecida como os Uffizi, para Cosimo I, grão-duque da Toscana, apenas o segundo Médici a governar Florença por direito hereditário logo depois da reconquista da República Florentina pelo exército Médici. O corredor que ele desenhou permitia que a família Médici passasse do Uffizi para o Palácio Pitti sem encontrar nenhum dos antigos cidadãos, possivelmente hostis, da

Detalhe B, tapeçaria Valois "Journey". Castelo de Anet. © *Uffizi gallery Via Wikimedia Commons.*

Castelo de Chenonceau abarcando o Rio Cher, Indre-et-Loire, França. © *Photograph: Wladyslaw Sojka Via Wikimedia Commons.*

república conquistada. Ele também se tornou um lugar para exibir algumas das muitas obras-primas de retratos que os Médici estavam, então, reunindo. O corredor ainda forma o andar superior da Ponte Vecchio. Até hoje, ele abriga uma coleção especial de autorretratos de artistas.

A única tapeçaria Valois que não separa o primeiro plano do plano de fundo em duas imagens temporais distintas é "The Polish Ambassadors". A tapeçaria exibe as festividades realizadas quando os embaixadores poloneses vieram buscar Henri, então duque d'Anjou, para levá-lo à Polônia e se tornar seu rei, uma vez que ele havia sido escolhido para este posto quando a antiga dinastia polonesa se extinguira.

Ponte Vecchio e o Corredor Vasariano sobre o Rio Arno, Florença. © *Via Wikimedia Commons.*

A eleição tinha sido arriscada porque, em seu país, os poloneses tinham liberdade de religião, e o Massacre do Dia de São Bartolomeu na França os fizera hesitar. Mas Charles IX, que estava ansioso para ver seu irmão Henri fora da França a qualquer custo, gastou uma imensa fortuna na eleição polonesa, chegando a ponto de prometer criar uma armada polonesa, além de oferecer outras benesses. Uma diplomacia vigorosa prometeu que a tolerância religiosa seria garantida.

Capturar a Coroa polonesa foi um golpe para os Valois, e pode ter ajudado a recuperar a fama de tolerância que a família desfrutava anteriormente. A tapeçaria "The Polish Ambassadors" capta lindamente as festividades sofisticadas com as quais os franceses receberam os embaixadores paramentados de maneira exótica e suntuosa, que vieram acompanhar seu rei de volta para seu reino. A tapeçaria também retrata uma das criações

Tapeçaria Valois "The Polish Ambassadors", 1576. O local da dança é as Tulherias, jardins criados por Catarina a oeste do Louvre. © *Uffizi gallery Via Wikimedia Commons.*

mais famosas de Catarina, os Jardins das Tulherias, em Paris. Além desse parque e de outras contribuições lendárias para a cultura que ela adotara, foi a rainha Catarina quem, de fato, apresentou a França ao balé. O painel mostra não apenas o parque, mas uma festa de vários dias que culminou num elegante balé dançado por damas de companhia e algumas das mulheres mais belas e ilustres do norte da Europa, que formaram elaboradas sequências geométricas de inspiração marcial, baseadas nos "jogos" do Livro V da *Eneida*, de Virgílio. Com tais referências, a tapeçaria celebra o império duradouro e ampliado dos Valois (sugerindo uma conexão linear com o Império Romano), agora acrescido com a Polônia.

O nobre francês que aparece em pé, com os embaixadores, à esquerda desse painel, não é Henri de Valois, o novo rei dos poloneses, e sim Henri De Guise (o galã da adolescente Margot), que aparentemente financiou o festival exibido no painel. Henri De Guise também foi o líder da facção católica que se opôs aos huguenotes. Catarina tomou o cuidado de incluir representantes das duas fés. Ao contrário das outras tapeçarias da série, nesta não existe distância temporal entre o primeiro plano e o plano de fundo das imagens. Todas as figuras que ocupam o espaço estão vivas ao mesmo tempo e dançam harmoniosamente juntas, com Catarina mais uma vez numa posição secundária, embora colocada no centro. Ambas as casas conflitantes, a católica De Guise e a huguenote Bourbon, encontram seus lugares na série Valois; seu propósito é retratar, em conjunto, uma França pacífica, não mais dilacerada por facções. (Uma razão a mais para representar as duas famílias pode muito bem ter sido o fato de que a neta para quem Catarina acabaria presenteando as tapeçarias fazia parte da família De Guise. Assim, as tapeçarias também celebram sua linhagem específica.)

Nenhum membro da família morto antes da década de 1570 aparece nas tapeçarias, sendo seu lugar ocupado por um membro vivo. Assim, embora Charles IX fosse o verdadeiro governante à época da partida do tour real de Anet, em 1564, seu lugar no cavalo branco, no centro da tapeçaria, está ocupado pelo então vivo rei Henri III. O tempo não está tão parado, uma vez que passado e presente estão tecidos juntos na previsão de um futuro feliz para a dinastia. A inclusão de membros das duas famílias, De Guise e Bourbon, insiste repetidamente no programa de Catarina de aproximação de forças opostas.

A verdade não era tão harmoniosa. Henri foi rei da Polônia apenas por um breve ano. Após a morte de seu irmão mais velho, Charles IX, ele voltou para a França para subir ao trono como Henri III. Sua partida da Polônia foi tão furtiva e gananciosa quanto a partida da França havia sido cerimoniosa, elegante e generosa. Ele saiu na calada da noite, fugindo com todas as joias polonesas que ele e seus homens conseguiram carregar.

"Journey" novamente apresenta um De Guise junto a outra figura que sugere um motivo para a inclusão da família católica no conjunto. O homem em pé em primeiro plano, à direita, tem sido identificado como Charles III, duque de Lorraine, o genro preferido de Catarina, que tinha sido casado com sua filha preferida, Claude, já falecida. Christina de Lorraine, filha do casal, era a neta preferida de Catarina. Atrás, à espreita, está Charles De Guise, duque de Mayenne.

Em outra tapeçaria, "Barriers", Charles III de Lorraine aparece acompanhado por seus dois filhos, com os quais conversa. François-Hercule, duque d'Anjou, anteriormente d'Alençon – o "Sapo" de Elizabeth – está à direita, com uma lança, olhando para longe.

A filha de Charles, Christina, não aparece em nenhuma das tapeçarias Valois. Embora seja fácil reconhecer vários dos retratos nas tapeçarias, não é possível discernir em nenhum painel os traços dessa mulher – ou melhor dizendo, menina, porque Christina só poderia ter 11 ou 12 anos em 1576. Catarina era apegada a sua neta predileta, com quem tinha seus próprios aposentos privativos no Hôtel de la Reine, em Paris. Como sua mãe, Claude, havia morrido precocemente aos 27 anos, Christina viveu com Catarina muito mais tempo do que era o normal para os netos da realeza. Ainda que a carruagem na parte superior direita da imagem traga uma importante mulher inidentificável, o mais provável é que não seja Christina, e sim Louise de Lorraine-Vaudémont, que segue atrás de seu marido, Henri III, no meio da tapeçaria, precedendo sua sogra, como era exigido. Henri III conhecera Louise na casa de seu cunhado, pai de Christina, a caminho da Polônia para ser coroado rei.[133]

O esboço de Caron para o evento representado em "Journey" mostra a figura de um menestrel conduzindo um urso na primeira fila de viajantes, sendo o restante composto por uma trupe aleatória

O Castelo de Anet; Antoine Caron, 1565-1574.

de artistas: tratadores de animais, amestradores de ursos, portadores de pássaros, condutores de cachorros. Em contraste com o esboço, a tapeçaria Valois terminada tem figuras desse grupo variado de artistas vindo *atrás* dos elementos montados, que formam um tipo de comitiva completamente diferente.

Por outro lado, na tapeçaria, um primeiro grupo de homens e mulheres vestidos com elegância cavalga cavalos marchadores, com Henri III no centro deles em um belo cavalo branco. Atrás dele, a rainha Catarina vem em sua liteira, uma carruagem transporta outra mulher elegante, e pajens e guardas andam à frente e ao lado de seus senhores.

Embora os retratos individuais fossem por si só uma importante e privilegiada forma de arte dos Médici florentinos, eles também encomendavam retratos de grupos de família. Um dos afrescos mais famosos em Florença é *A viagem dos Reis Magos*, de Benozzo Gozzoli, retrato de um grupo da família Médici fazendo uma viagem a cavalo que lentamente serpenteia por todo o quadro, uma vez que os cavaleiros movem-se em fileiras cerradas, afastando-se do que parece ser seu castelo de moradia. O afresco espalha-se por três paredes em uma capelinha do Palazzo Medici Riccardi, onde Catarina poderia tê-lo visto muitas vezes, quando criança.

Tapeçaria Valois "Barriers", 1576. Catarina está sentada ao fundo, sob um dossel alto, vendo seu filho, seu genro Charles e seu neto prepararem-se para a apresentação. © *Author unknown Via Wikimedia Commons.*

Estudiosos identificaram a figura de Gaspar, o mais novo dos Três Reis Magos, como uma representação de Lorenzo "Il Magnifico", nascido em 1449, sendo, portanto, ainda uma criança quando o afresco foi terminado. Seguindo bem próximo a Gaspar está o então chefe da

Charles III de Lorraine et Bar; François Clouet, século XVI. © *Photograph: Sotheby's Via Wikimedia Commons.*

família – pai de Lorenzo, Piero, em um cavalo branco – e o devoto fundador da família – Cosimo de Médici, em um humilde jumento.

Minha sugestão é de que a tapeçaria Valois "Journey" parece lembrar, habilmente, o retrato de grupo do afresco de Gozzoli. Nele, não há nada que deixe claro que membro da família está substituindo qual personagem histórico ou bíblico. Essa identificação seria fornecida por observadores contemporâneos. O mesmo acontece com a "Journey", bem como com todas as outras tapeçarias Valois; os observadores precisam fornecer a identificação a partir de seu próprio conhecimento e argúcia. Enquanto *A viagem dos Reis Magos* é um afresco, fixado nas paredes do Palazzo Médici, onde a identificação começaria, naturalmente, com a família; as tapeçarias Valois perderam o conhecimento histórico das figuras nelas celebradas ao serem levadas para o Palácio Pitti e depois para o Uffizi.

No entanto, a referência direta em "Journey" ao afresco de 100 anos (se, de fato, for uma referência) deve ter sido um esforço para manter seus significados acessíveis depois que as tapeçarias deixaram a França. As figuras ainda se refeririam a membros da família Médici, também membros da família real francesa, os Valois. A referência força, além disso, uma questão lógica: se Catarina sugeriu aos criadores da tapeçaria "Journey" que fizessem as mudanças específicas no desenho de Caron, para fazer com que ela lembrasse o afresco de Gozzoli (seja conscientemente ou por uma vaga lembrança), já faria parte dos seus planos mandar as tapeçarias para Florença? Agora nos é permitido supor que ela sempre tivera a intenção de dar as tapeçarias para sua neta Christina, mas há quanto tempo ela já sabia que Christina iria especificamente para Florença?[134] Catarina tratou da remoção delas para seu lugar de nascimento apenas quando já ia avançada em anos, dando-as para Christina, cujo casamento por procuração com Ferdinando de Médici, terceiro grão-duque da Toscana, foi celebrado na França, em 8 de dezembro de 1588. Essa cerimônia por procuração ocorreu há pouco menos de um mês antes da morte de Catarina de Médici, em 5 de janeiro de 1589. Com sua vontade sempre indômita, Catarina, à beira da morte, ainda conseguiu estar presente nessa ocasião importante. Mas ela mal aconteceu a tempo. Ela vinha insistindo explicitamente no casamento por dois anos, usando-o para resolver

A viagem dos Reis Magos, de Benozzo Gozzoli, 1459-1462, Pallazzo Medici Riccardi, Florença. © *Photograph: La Capella dei Magi Via Wikimedia Commons.*

alguns problemas de longo prazo com a considerável propriedade que ela ainda possuía na Toscana.

Por testamento, ela deixou sua propriedade na Itália para Christina, juntamente com o que declarava que deveria ser a metade dos seus bens pessoais do Hôtel de la Reine, sua principal residência em Paris. Pretendendo, originalmente, copiar alguns elementos do Uffizi, sua mansão continha o mais antigo quarto que se conhece revestido com espelhos venezianos. (O gosto de Catarina exerceu durante séculos uma história de influência na França, sendo que o *hall* de espelhos de Versalhes talvez descenda de seu primeiro quarto profusamente espelhado.) Ela também legou a Christina um dote de cinquenta mil *scudi* (em uma avaliação, um milhão de dólares no dinheiro atual). Logo depois da morte de sua avó, Christina precisou mandar um agente ao Hôtel de la Reine para buscar os objetos da sua herança, uma vez que a residência tinha sido ocupada por Charles De Guise.[135] O inventário feito para Christina listava 450 itens, sendo que alguns dos mais cobiçados eram peças de porcelana chinesa e vasos de cristal de rocha ricamente esculpidos, taças e estátuas engastadas com metais preciosos. Um inventário anterior listara cinco mil objetos preciosos, portanto, obviamente, alguns itens sumiram quando o Hôtel de la Reine caiu nas mãos de De Guise. Mas o que Christina conseguiu levar com ela para Florença estabeleceu claramente sua posição especial ali, como era a intenção. E, de fato, a riqueza dos bens móveis dados por Catarina a Christina foi um dos motivos pelo qual o casamento desta com o grão-duque não foi por água abaixo, ao ficar claro que a dinastia Valois estava próxima do colapso. (O grão-duque da Toscana era um grande colecionador de cristais de rocha; a coleção de Catarina era famosa, tendo começado com presentes de casamento de seu tio, o papa Clemente.)

Christina levou da França um conjunto de cortinas de cama régia de baldaquim, bordadas com pérolas, e mais de dois mil metros de tecidos luxuosos. E levou as tapeçarias Valois. Quando expostas nos aposentos da noiva, no Palácio Pitti, as obras de arte teriam demonstrado, como era o desejo de sua avó que o fizessem, sua riqueza, linhagem e os vínculos dinásticos reais.

Christina de Lorraine, grã-duquesa da Toscana; Scipione Pulzone, 1590.
© *Photograph: Uffizi Gallery, Florence Via Wikimedia Commons.*

"Naumachia", de Orazio Scaribelli, 1589. *Naumachia* na Corte do Pallazzo Pitti, de um álbum com pranchas documentando as festividades do casamento do arquiduque Ferdinando I de Médici e Christina de Lorraine. © *Harris Brisbane Dick Fund, 1931.*

Uma segunda cerimônia de casamento para Christina e o grã-duque foi realizada em Florença com grande pompa e circunstância, festas públicas, desfiles, mascaradas, teatro e uma surpreendente *naumachia*, digna da própria Catarina de Médici. Encenada no pátio dos fundos do Palácio Pitti, inundado de água para formar um "mar", o espetáculo foi uma batalha entre quarenta galeões. A plateia aristocrática assistiu aos fogos de artifício e ao combate dos balcões do *palazzo*.

Christina correspondeu a esse começo auspicioso ao mostrar sua inteligência contratando Galileu Galilei como professor de seu filho. O astrônomo escreveu-lhe uma carta famosa, sublinhando as diferenças entre as bases de conhecimento para a teologia e a ciência e como é melhor considerá-las separadamente. Galileu escreveu à grã-duquesa não apenas por ela ser sua protetora, mas porque o assunto viera à tona em um dos jantares oferecidos por ela e se tornara público que ela havia, em seguida, pedido mais informações. Sabendo que ela era tanto curiosa sobre ciência como também devota, ela era uma excelente escolha para representar a audiência leiga que poderia ser informada de maneira proveitosa sobre essa controvérsia básica, envolvendo a relação da Terra com o Sistema Solar.[136] Nela, Galileu tinha encontrado uma interlocutora ideal. Christina de Lorraine, grã-duquesa da Toscana, era, em resumo, uma herdeira digna de sua avó. Subsequentemente, ela governou Florença como corregente com sua nora e, como tal, patrocinou cientistas, filósofos e teólogos, fundou monastérios e apoiou as artes. Era o perfeito membro da família a herdar os bens inalienáveis mais preciosos de Catarina, as tapeçarias Valois.

PARTE QUATRO

OS HABSBURGOS

CAPÍTULO DEZ

Filipe II

A volta do noivo

Pouco antes de sua execução, Mary, Rainha dos Escoceses, tinha elaborado um testamento que legava a Filipe II da Espanha sua reivindicação ao trono inglês. Ela tinha rejeitado categoricamente seu filho, James VI da Escócia, como seu herdeiro, a menos que ele se convertesse ao catolicismo romano. O fiel protestante Henri IV da França, antes o líder protestante Henri de Navarra, se *converteria* ao catolicismo na década seguinte, sugerindo que, nesse período, tal mudança era totalmente possível. Consta que Henri IV disse "*Paris vaut bien une messe*" [Paris vale uma missa], mas essa desculpa para sua conversão pode ser apócrifa. Houve vários planos para ajudar James a se converter e conseguir um projeto pró-católico para a restauração de uma monarquia escocesa católica, e Elizabeth estava muito preocupada com isso. Mas James permaneceu firmemente protestante. Mary temia, com razão, que ele jamais se converteria.

A lealdade de James ao credo que ele aprendera quando criança, sob a brutal tutela de George Buchanan – e, portanto, sua rejeição à fé de sua mãe – abriu caminho para que o católico Filipe II reivindicasse os *dois* tronos, o escocês e o inglês. Para a Inglaterra, ele o fez traçando sua linhagem ascendente até os reis Plantagenetas (a linhagem que ele compartilhava com Catarina de Aragão, sua tia-avó). Dessa maneira, ele criou um argumento para a legitimidade de Mary Stuart nomeá-lo seu herdeiro. Ao mesmo tempo, Filipe também podia reclamar o direito ao trono francês, reivindicando-o para sua filha

Clara Isabella Eugenia, nascida de sua terceira esposa, Elisabeth de Valois, filha mais velha de Henri II da França e Catarina de Médici. Clara Isabella era, assim, metade Valois, da linhagem real francesa. Infelizmente, como Catarina de Médici lamentara com frequência, com a Lei Sálica passou a ser ilegal uma mulher governar a França. É interessante o quanto Filipe II conseguia ser extraordinariamente isento de misoginia, pelo menos no que dizia respeito às mulheres de sua própria família. Ele combateu a Lei Sálica ferrenhamente para que sua filha Clara Isabella pudesse suceder ao trono como rainha da França, mas, quando Henri IV converteu-se ao catolicismo, essa possibilidade tornou-se discutível, porque a França poderia, então, conseguir devidamente um soberano católico legítimo que era homem. Quando, com a derrota da Armada, Filipe também fracassou em conseguir abrir caminho para sua filha substituir Elizabeth na Inglaterra, ele teve que, por fim, tornar Clara Isabella uma cogovernante (juntamente com seu marido Habsburgo) dos Países Baixos espanhóis (essencialmente, a Bélgica Moderna). Tendo a rainha Isabel de Castela como bisavó; Maria da Hungria, Beatrice de Portugal, Catherine e Isabella da Áustria como tias; Margaret de Parma, Maria e Joana da Áustria como irmãs, não é de se surpreender que Filipe II da Espanha entendesse substancialmente que as mulheres tinham capacidade para governar, e governar bem.

Filipe II foi, por mérito próprio, um rei renascentista de magníficas conquistas. Foi também marido de Mary Tudor, genro de Catarina de Médici, pretendente de Elizabeth Tudor – e depois seu grande inimigo –, herdeiro declarado de Mary, Rainha dos Escoceses, e seu futuro vingador. No entanto, em nenhuma das muitas centenas de versões precedentes escritas sobre essa entrelaçada história de quatro rainhas e um rei dominador do mundo (pelo menos nas histórias contadas em inglês), Filipe II nem uma vez foi o herói da história. Ele não é retratado como um líder poderoso, embora tenha expandido a Espanha e o Império Habsburgo a uma amplitude global. Não foi visto como um guerreiro conquistador, embora financiasse, ajudasse a organizar e fosse vitorioso em muitas batalhas militares importantes, como a derrota dos turcos otomanos em Lepanto, a derrota dos franceses em Saint Quentin, e a anexação de vastas porções das Américas. Ele não é apresentado como um mecenas renascentista das artes, mesmo que fosse durante seu reinado que tivesse início a era de ouro da Espanha na literatura, no teatro, na pintura e na arquitetura. O mais comum é vê-lo, assim como sua esposa Mary Tudor, reduzido pelos historiadores de língua inglesa a um fanático católico, perseguidor de protestantes, e como um homem derrotado por Elizabeth quando tentou invadir a Inglaterra com uma poderosa Armada, composta de 130 navios e quase 28 mil soldados e marinheiros.

Mas sempre houve muito mais em Filipe do que fanatismo e fracasso. Ele acreditava que as mulheres poderiam governar países. E juntamente com sua terceira esposa, Elisabeth de Valois, filha de uma Médici, foi o patrono original da pintora Sofonisba Anguissola, que finalmente, após alguns séculos, consta agora entre os maiores mestres da Renascença. Na arte, assim como no governo, Filipe II não era misógino.

Filipe II da Espanha; Sofonisba Anguissola, 1565-1575.
© *Museo Nacional del Prado Via Wikimedia Commons.*

Ele até aceitou, cavalheirescamente, parte da responsabilidade pela infertilidade de Mary Tudor, dizendo a seu primo e cunhado Maximilian que "a gravidez da rainha acabou se revelando menos certa do que pensávamos. Sua Alteza e minha irmã lidam com isso melhor do que a rainha e eu".

Mas mesmo que ele cortejasse e se casasse com frequência, ele nunca é lembrado como um personagem de romance, como sir Philip Sidney (que, na verdade, recebeu esse nome em sua homenagem), ou um personagem de vitória épica, como seu oponente na Batalha da Armada, Francis Drake. Na juventude, ele tinha uma reputação de mulherengo, mas abriu mão desse comportamento depois de se casar, em 1559, com Elisabeth de Valois, então com 14 anos, de quem tratou pessoalmente quando teve varíola, algo bem incomum para um marido e um rei. Elisabeth foi mãe de sua filha preferida, Clara Isabella Eugenia, que, por sua vez, cuidaria dele até a sua morte. Quando Elisabeth morreu após um aborto, aos 23 anos, deixando-o com duas filhas pequenas, sua mãe, Catarina de Médici, sugeriu que Filipe se casasse com Marguerite de Valois ("Margot"), irmã mais nova de Elisabeth. Filipe recusou-se, dizendo não querer se casar com duas irmãs, embora uma década antes tivesse proposto a Elizabeth após a morte de Mary Tudor. (Margot acabou se casando com Henri de Navarra, apenas dias antes do Massacre de São Bartolomeu.)

Uma vez que o filho mais velho de Filipe, o louco e trágico dom Carlos, morrera aos 23 anos, Filipe precisava de outro herdeiro homem para o trono espanhol, mas agora só lhe restavam filhas. Rejeitando a ideia de se casar com Margot, ele pode ter se lembrado da afirmação de Elizabeth de ter rejeitado seu pedido de casamento por ele ter sido casado com sua irmã; ou da crença de Henrique VIII de que Deus o havia punido por seu incesto com a esposa de seu irmão, dando-lhe apenas filhas. Em 1570, aos 43 anos, o rei, casou-se, então, com Anna da Áustria, sua sobrinha de 21 anos, com quem foi realmente feliz e que lhe deu dois filhos, um dos quais sobreviveu para reinar como Filipe III.

Em 1587, Mary Stuart foi executada. Em 1588, o antigo marido de Mary Tudor, Filipe II, mandou sua Armada contra a irmã de sua esposa, Elizabeth, em represália àquela execução. Em 5 de janeiro de

1589, na França, Catarina de Médici, antiga sogra de Mary Stuart *e de* Filipe II, morreu em seu leito.

Segundo Honoré de Balzac, que escreveu uma biografia de Catarina, suas últimas palavras no leito de morte foram seu conselho para seu filho Henri III, depois de saber que ele usou um pelotão de soldados para executar vários membros da família De Guise. "Basta de rompimentos, meu filho, agora junte." Ela era suficientemente inteligente para saber que essas execuções recentes de seu filho poderiam levar ao próprio assassinato dele, e que sua morte seria o fim da dinastia Valois. Em agosto, só sete meses depois, Henri III foi assassinado.

Em 1588, o ano memorável que incidiu entre as mortes das duas rainhas "irmãs" de Elizabeth I – Mary, Rainha dos Escoceses, e Catarina de Médici –, a própria Rainha Virgem, última da linhagem Tudor, estava em seu trigésimo ano do que seria um longo e glorioso reinado de 45 anos. Mas sua história teria sido bem diferente se uma derrota muito antecipada dos britânicos pela Armada, em 1588, tivesse encerrado a Era Elizabetana (caso em que este livro poderia ter sido escrito em espanhol, se é que seria escrito).

Em maio de 1588, o regime de Elizabeth foi ameaçado por um colapso catastrófico, uma vez que inúmeros galeões da Armada espanhola aproximaram-se rapidamente da costa inglesa. A Espanha era uma nação muito mais poderosa do que a Inglaterra, muito mais rica, com uma marinha e um exército infinitamente superiores. Filipe era agora o governante de grande parte do Novo Mundo, bem como de grande parte da Europa. Ele não havia voltado para a Inglaterra nem uma vez desde antes da morte de Mary, três décadas antes, em 1558. A primeira vez em que chegou ao país foi como noivo. Agora, voltava não pessoalmente, mas através do formidável lançamento de uma grande esquadra de imensos navios espanhóis fortemente armados, carregando 2.500 canhões, oito mil marinheiros e vinte mil soldados, todos enviados para vingar a execução sacrílega de Mary Stuart. Dizem que verteu lágrimas ao saber de sua morte e encomendou uma imensa missa de réquiem a ser rezada por sua alma. Estava enviando a Armada para derrotar a Inglaterra, depor a rainha, apoderar-se da Coroa que por tanto tempo havia se recusado a concordar que pertencia a Mary Stuart (até ela legá-la para ele). Propôs dar o trono de Elizabeth a sua filha Clara Isabella.

Talvez seja surpreendente que eu tome este tempo para tratar de Filipe da Espanha no encerramento da história de quatro mulheres que governaram a Europa durante o século XVI. Faço isso não apenas porque Filipe realmente governou o *mundo*. Mary I e Elizabeth I governaram o extremo sul de uma pequena ilha; Mary, Rainha dos Escoceses governou o extremo norte da mesma ilha. Como governante da França, Catarina de Médici controlou uma das partes mais ricas da Europa, que logo se tornaria ainda mais poderosa no século XVII, sob Luís XIV, o Rei Sol, descendente de outro ramo da família Médici. Mas durante séculos o Império Espanhol continuaria a se estender da Itália para os Países Baixos e até as ilhas Filipinas, cujo nome, de fato, veio em homenagem a Filipe. Ele também deu nome a Cuba e sua capital, a cidade de Havana, tirando os nomes da língua dos taínos, a tribo nativa dali, que rapidamente foi extinta. O Império Espanhol não foi conquistado por forças de língua inglesa até 1898, quando Teddy Roosevelt, escalando a Colina de San Juan (atualmente Colina Kettle [Kettle Hill], um nome que ressoa menos imperial), conquistou Cuba para os Estados Unidos, enquanto o comodoro Perry vencia a marinha espanhola na Baía de Manila, nas Filipinas. Entre a morte de Filipe e a vitória de Teddy Roosevelt estenderam-se três séculos completos de governo espanhol sobre um império em que o sol jamais se punha.

Por esse longo período, ao que parece, a modernidade de língua inglesa simplesmente esqueceu que a Espanha era parte da Europa. De maneira muito constrangedora, o index do volume principal de ensaios *Rewriting the Renaissance: The Discourses of Sexual Difference in Early Modern Europe* não contém verbete para Espanha ou, na verdade, *nada* "espanhol". O menosprezo pela Espanha na maior parte dos estudos anglófonos da Renascença tem muitas causas e é, a meu ver, fundamentalmente tendencioso em relação a raça; porque, como um francês disse certa vez: "A África começa nos Pirineus". Essa depreciação é literal, e no século XX um jornalista lhe deu um nome: "A Lenda Negra". A lenda – ou desinformação propagandística – é que a destruição da população do Novo Mundo pela Espanha foi infinitamente pior do que a de qualquer nação europeia.[137] Não foi. Na verdade, a julgar pela quantidade de DNA nativo ainda presente nas diferentes regiões após muito colapso populacional causado pelos europeus, os povos das

Américas Central e do Sul têm muito mais genes indígenas do que os povos da América do Norte, onde, em contraste com a América do Sul, a herança racial nativa tem sido quase que totalmente apagada.

Nos Estados Unidos, a reputação negativa da Espanha também depende, de modo mais assombroso, do fato de que os povos parcialmente indígenas da América Latina – aquelas personificações vivas das populações que foram erradicadas com muito mais rigor no norte – falam espanhol.[138] Em contraste chocante com a América do Norte, houve tantos casamentos mistos entre europeus e (para usar o termo canadense adequado) "primeiros povos" nas Américas do Sul e Central, que, ao menos no México, as mesclas foram codificadas em frações elaboradas, frequentemente apresentadas em retratos notáveis de indivíduos.[139] No Novo Mundo, os ingleses continuaram com a prática de exclusão iniciada na Irlanda, onde as terras de irlandeses nativos rebeldes foram confiscadas e os habitantes "selvagens" mudaram-se para o país a oeste. O casamento com irlandeses nativos foi proibido em sua primeira colônia "além-mar", no Atlântico. (Atualmente, a população americana nativa nos Estados Unidos pouco passa de 2%.) No entanto, os espanhóis definitivamente não viam os povos indígenas como uma raça à parte, a ser isolada em reservas. O Vale do México acabou por recuperar os níveis de pré-contato da população no final do século XX. Agora, a Cidade do México voltou a ser, finalmente, a cidade mais populosa das Américas, exatamente como era quando Hernán Cortés a viu pela primeira vez. Atualmente, sua população compõe-se de 90% de ameríndios puros ou miscigenados.[140]

Filipe e o império além-mar que ele ajudou a expandir são parte importante da história da dominação global ocidental, mas, por causa da famosa derrota da Armada, a História em língua inglesa se permitiu ignorar subsequentes atividades imperiais espanholas. O mau tempo que foi, em última análise, responsável pela derrota, foi por si só incorporado na narrativa da preferência de Deus pela sobrevivência da nação protestante, narrativa que prosseguiu no século XIX, com a ideia supremacista branca da América do "Destino Manifesto"; ela incluía a contínua apropriação das terras indígenas e espanholas no oeste dos Estados Unidos. Assim como a exata natureza do exercício do poder político das europeias no século XVI tem sido esquecida ou simplesmente relembrada de forma equivocada, a importância da influência duradoura da Espanha na globalização europeia tem sido deixada de lado. Esse esquecimento, gostaria de sustentar, começou com a Era Elizabetana.

O grosso da perda de navios da Armada não ocorreu em batalha, mas quando as forças primordiais de uma grande tempestade forçaram sua retirada para o norte, ao redor da ponta da Escócia, e depois para os Mares do Norte e da Irlanda. Logicamente, táticas inglesas brilhantes de contingentes menores – enviando navios de fogo para o meio da frota espanhola, ancorada ao Largo de Calais, para destruir a extraordinária formação em meia-lua da Armada; dispondo de uma experiência superior em mares turbulentos na Batalha de Gravelines – impediram qualquer desembarque imediato de soldados espanhóis em solo inglês, mas a perda de tantos navios para a tempestade dificultou muito mais as tentativas da Espanha de reposicionamento do que seria de se esperar caso o cenário fosse outro. A marinha de Elizabeth não provocou o mau tempo, mas a nação deduziu, agradecida, que Deus lhes havia assegurado a vitória.

Ainda pode ter havido outro fator contribuindo para a derrota espanhola, tendo a ver com as providências muito diferentes das cadeias de comando. Nem Filipe nem Elizabeth de fato ficaram no leme, ou conduziram um batalhão, no entanto, foram seus estilos muito díspares de administração e suas condutas diversas no estado de guerra que podem ter ajudado a moldar o resultado final. Elizabeth tomou a decisão de renunciar a qualquer autoridade superior que pudesse querer manter na formulação de estratégia, entregando todas as tomadas de decisão a seus comandantes, sir Francis Drake e lorde Charles Howard. Por outro lado, Filipe insistiu em estar no comando absoluto de sua frota, controlando até os mínimos detalhes da Armada de Madri, a mais de novecentas milhas por terra de Calais.

O plano detalhado de Filipe era que a Armada navegasse da Espanha até Flandres e tornasse segura a rota pelo Canal para um segundo flanco de barcaças, carregando trinta mil soldados adicionais, sob o comando do duque de Parma. Chegando à costa inglesa juntos, os flancos unidos somente então juntariam forças para se lançar a uma invasão por terra de cinquenta mil homens. Os soldados da infantaria, especialmente os dos Países Baixos, eram os mais experientes e bem-sucedidos das tropas espanholas, triunfando em batalhas passadas nos Países Baixos [correspondendo a Bélgica, Holanda e Luxemburgo] e em campos de batalha urbanos. Durante anos, a marinha de Filipe andara num estado de guerra quase constante na Itália, nos Países Baixos e nas Américas. Durante o século XVI, ela contava com trezentos mil homens. Em 1571, sua marinha tinha derrotado por completo o Império Otomano em Lepanto, próximo ao litoral oeste da Grécia. As forças armadas espanholas tinham um poder extraordinário.

Apesar das batalhas infindáveis, Filipe insistia em que não travava guerras de agressão, apenas defendia o que já pertencia à Espanha. A conquista dos Impérios Asteca e Inca havia ocorrido durante o reinado de seu belicoso pai, Carlos, o imperador sacro romano. Filipe poderia alegar que estava apenas mantendo o que seu pai já havia conquistado. E, de fato, todo o Novo Mundo pertencia à Espanha. Pelo Tratado de Tordesilhas, o papa Alexandre VI havia dividido o hemisfério ocidental, dando à Espanha todo o mundo a oeste de um limite estabelecido em 46°30'O, em uma linha de polo a polo traçada a 1.185 milhas a oeste das Ilhas de Cabo Verde; Portugal recebeu tudo a leste. Assim, a não ser por aquela parte avançando a leste, que se tornou o Brasil português, o resto da América do Sul, toda a América Central e toda a América do Norte "pertencia" à Espanha.

Os soldados de Filipe com frequência lutavam guerras diferentes em diferentes frontes simultaneamente. Durante seu reinado de 42 anos, o Império Espanhol ficou em paz por meros seis meses. Esse constante estado de guerra era tão caro que a Espanha foi à falência no mínimo três vezes durante seu reinado, mesmo com os enormes e constantes afluxos de ouro e prata do Novo Mundo. Filipe II era um soberano de mais de cinquenta milhões de almas espalhadas pelo globo em três continentes. Compreensivelmente, estava cada vez mais sobrecarregado.[141]

Por outro lado, houve ocasiões em que Filipe delegou responsabilidades e teve, então, um sucesso impressionante. Por exemplo, seu campo de operações na América era tão distante de qualquer lugar na Europa que ele não conseguia supervisionar no mesmo grau em que tentava e fazia no continente. Durante o reinado de seu pai, grande parte da conquista do Novo Mundo tinha sido conduzida não pelo próprio imperador Carlos, mas por um grupo talentoso de empreendedores muito individualistas, conquistadores-exploradores profissionais, como Cortés, que ignorou todas as ordens do governador de Cuba e seguiu em frente por conta própria até o México, onde conquistou o Império Asteca (com ajuda maciça de tribos indígenas rebeladas contra seus suseranos astecas). Somente após a sua vitória é que Cortés foi recompensado por Carlos V pelo que haviam sido suas ações totalmente independentes.

Outro general que agia por conta própria, Francisco Pizarro, parente distante de Cortés, também ignorou as ordens de um governador quando persistiu em um plano de conquistar os incas, no Peru. Ao contrário de Cortés, ele voltou para a Espanha para receber uma permissão expressa de Carlos V de prosseguir com essa conquista. De volta à América do Sul, Pizarro, um iletrado, enganou o imperador inca, Atahualpa, entregando-lhe uma Bíblia que, alegava, poderia falar com ele. Quando Atahualpa escutou o livro silencioso e, não ouvindo nada, frustrado, atirou-o ao chão, os homens de Pizarro, perante aquele aguardado sinal, atacaram a reunião inca desarmada e capturaram o imperador. Talvez a própria incapacidade do iletrado Pizarro em ler o fez prever que o governante nativo reagiria com raiva ao livro mudo. Seja como for, foi um caso de estratégia ousada e bem-sucedida, sem a aprovação de qualquer autoridade distante.[142]

Quando Filipe sucedeu a seu pai no trono, a administração das agora vastas colônias americanas requeria, a seu ver, uma reestruturação além de sua capacidade pessoal. Então ele delegou a um grande comitê, a "Junta Magna", a responsabilidade de criar planos para reorganizar a região. Eles fizeram um trabalho excelente. Como o biógrafo de Filipe, Geoffrey Parker, afirma: "Esses empreendimentos cimentaram o controle de Madri sobre o continente americano, do Rio Grande, no norte do México, a Bío-Bío, no Chile, enquanto as iniciativas religiosas, políticas e econômicas, propostas pela Junta e endossadas pelo rei, garantiram que a América Latina permanecesse espanhola até o século XIX e católica até hoje. Isso constitui a maior realização de Filipe e seu legado mais duradouro".[143]

O que agora poderíamos chamar de natureza obsessivo-compulsiva de Filipe foi-lhe de muita utilidade quando, em vez de organizar cada mínimo detalhe de suas colônias estrangeiras, ele começou a projetar e construir várias casas de campo em seu país, a Espanha. Como Catarina de Médici, ele tinha um talento para arquitetura e os meios para construir. Um dos seus projetos de construção mais impressionantes é o seu Escorial, um monastério e moradia real para o rei e sua família. Assim como Fontainebleau para os Valois, Hampton Court para os Tudors, e Stirling para os Stuarts, o Escorial foi um dos lugares preferidos de Filipe para se retirar e relaxar das atividades da corte; o lugar onde ele podia resolver a maior parte de seus afazeres. Situado próximo a Madri, o Escorial é também um dos seus triunfos arquitetônicos. Conhecido pelo monumental rigor de sua arquitetura e sua primorosa uniformidade de acabamento, a construção deve grande parte de sua beleza à supervisão detalhada de Filipe.[144] Ele contratou como seu arquiteto real Juan Bautista de Toledo – que havia trabalhado com Michelangelo –, mas, como não confiava nele, intervinha com frequência em seu trabalho. Quando Toledo morreu, Filipe não o substituiu; em vez disso, usou um talentoso projetista a quem poderia supervisionar ainda mais de perto.

Parker observa que "o faraônico esplendor do Escorial impressionou a todos". Chegando a cobrir trinta acres de construções e jardins, incluindo um monastério, uma basílica, uma escola de formação de padres e um mausoléu para todos os antepassados de Filipe, ele também abrigava uma grande biblioteca com quatorze mil livros, além de acomodações reais separadas da basílica. O Escorial foi construído com especificações que chegavam à 16ª parte de um pé, o equivalente a menos de dois centímetros.[145]

Contudo, o obsessivo microcontrole que funcionava bem para Filipe como arquiteto e construtor, incapacitava-o totalmente como comandante militar de longa distância. Mesmo que devesse muitas de suas vitórias anteriores não apenas a sua opulência, mas também a sua própria presença no campo de batalha, e embora o brilho tático de seu meio-irmão ilegítimo, Juan, como comandante direto dos galeões no Mediterrâneo, tivesse assegurado o triunfo em Lepanto contra os otomanos, a empreitada de invadir a Inglaterra, formulada durante trinta anos, fracassou em parte por causa do plano de ataque ultraelaborado de Filipe. (Também houve, é claro, a enorme tempestade que tirou seus navios do curso, levados por ventos que grande parte da Europa considerou serem enviados por Deus.)

Filipe II, Monastério de San Lorenzo de El Escorial, século XVI, Madri. © Photographer: Vvlachenko Via Wikimedia Commons.

Em contraste, durante anos, a arqui-inimiga de Filipe, rainha Elizabeth, andara fazendo investimentos capitalistas em viagens (algumas para o Novo Mundo, algumas em águas europeias), tanto para atacar quanto para saquear navios espanhóis. Eram realizados ataques por vários capitães do mar altamente capacitados ("corsários" ou, na verdade, piratas). Ela se manteve negando totalmente suas façanhas lucrativas, afirmando honestamente não saber coisa alguma sobre seus paradeiros ou suas atividades enquanto estavam no mar. Normalmente, eles voltavam com enormes pilhagens, a maioria delas roubada de navios espanhóis e portos coloniais. A rainha deu a seus "Lobos do Mar" (mais notavelmente Francis Drake, John Hawkins e Walter Raleigh) liberdade para comandar e saquear, e em troca eles lhe davam uma parte do seu butim.[146]

O maior erro cometido pelo rei Filipe no planejamento da Armada, segundo muitos dos seus biógrafos, foi sua decisão de não permitir a seus navios navegar diretamente para a costa da Inglaterra (ou Irlanda Católica) nem desembarcar, de modo que os soldados pudessem então, imediatamente, dar início a uma série de invasões que instalariam futuras bases de operação. Os ingleses não estariam treinados nem prontos para repelir tal invasão imprevisível de forças terrestres ao longo de sua costa, muito menos invasões múltiplas em inúmeros pontos desconhecidos de desembarque. Mas, em vez disso, Filipe ordenou que todos os navios navegassem ao longo do Canal, perto, mas não desembarcando na costa inglesa até o encontro com forças de Parma nos Países Baixos. O plano era que os navios da Armada dessem cobertura para os vinte mil homens em barcaças, que seriam carregadas na Bélgica. Somente depois dessa manobra os navios da Armada e as barcaças de Parma, juntos, desembarcariam seus soldados, marchando todos para Londres.

O historiador David Howarth faz uma boa pergunta: por que a Armada navegou pelo lado inglês do Canal? Se tivessem seguido pela costa francesa, poderiam ter alcançado Dover (logo abaixo de Londres) antes mesmo que os ingleses chegassem a vê-los. "Mas navegar ao longo da costa inglesa, como fizeram, passando por cada um dos seus portos, deu aos ingleses toda vantagem possível. A resposta a essa pergunta, bem como a muita coisa mais, é que o rei havia dado a ordem."[147]

O problema fundamental da estratégia de Filipe era que seus dois comandantes, o duque de Parma nos Países Baixos e o duque de Medina Sidônia em um navio da Armada, não podiam se comunicar com facilidade entre si, estando em lados opostos do Canal. Assim, Parma nem mesmo soube que a Armada havia chegado ao Canal até os ingleses já terem incendiado navios vazios que, então, flutuaram para os galeões espanhóis, forçando seus tripulantes a cortar âncoras e se espalhar, desmanchando sua formação protetora em meia-lua, tornando-se uma presa bem mais fácil para os canhões ingleses. As ordens dadas por Filipe a cada comandante nunca abordaram o problema crucial de comunicação ou como, taticamente, o duque de Parma, general das forças em terra, e o duque de Medina Sidônia, almirante no comando da Armada, iriam juntar forças. Geoffrey Parker afirma enfaticamente que bem no momento das ordens finais por escrito, enviadas por Filipe, em que táticas seriam normalmente abordadas, o rei, em vez disso, deu comandos específicos e detalhados quanto a como todos os combatentes deveriam se manter nos padrões mais elevados de pureza espiritual numa empreitada tão divina. Sem blasfêmias, jogatinas, xingamento, brigas, bebedeiras, sodomia e assim por diante. Nada sobre especificidades táticas.

De sua parte, o duque de Parma, com ordens de Filipe de ser totalmente desonesto nas negociações com os ingleses e seguir com as propostas apenas para dar tempo para a chegada da Armada, tinha percebido que as negociações com os ingleses poderiam, realmente, dar certo, e que não seria necessário um ataque para conseguir o que ele soubera ser o propósito presumível para a incursão: bloquear a ajuda inglesa aos rebeldes neerlandeses e acabar com os ataques aos navios espanhóis no Caribe. Logicamente, esse acordo não resultaria na repressão do protestantismo na Inglaterra nem na volta do reino à Igreja Católica. Segundo Howarth, Parma, o sobrinho de Filipe, ficou um tanto desgostoso com os projetos do tio. Parma (que era italiano, um Farnésio) perdeu a fé em toda empreitada militar e, mesmo ao receber múltiplas mensagens da outra extremidade do Canal (as quais chegaram todas mais ou menos no mesmo momento, independentemente da hora em que foram despachadas, devido à distância reduzida que cada carta subsequente precisava percorrer), não respondeu a nenhuma delas.

O Vaticano havia sido o primeiro a ordenar que Filipe assumisse esta cruzada contra a Inglaterra, ordem a que Filipe de início resistiu, mas acabou acatando. Fundamentalmente, ele aceitou a ordem papal, pelo menos em parte, porque percebeu que Drake estava causando tal dano a sua frota do tesouro espanhol que poderia ser mais produtivo para os espanhóis levar a guerra à base operacional do pirata do que caçá-lo por todo o Caribe. Filipe também antecipou uma vitória fácil e maravilhosa sobre os hereges protestantes da Inglaterra. Orgulhava-se do fato de que "Deus já concedeu que, por minha intervenção e pela minha mão, aquele reino fosse previamente devolvido à Igreja Católica". Deus claramente voltaria a conceder tal dádiva. Deus tiraria a Inglaterra de Elizabeth e a acrescentaria (juntamente com a Escócia) ao Império Católico Espanhol.

Mas, por causa da grande tempestade que deu o golpe final na frota da Armada, dispersando-a irrevogavelmente, todo bom católico começou a cogitar por que Deus havia escolhido proporcionar um milagre para ajudar os ingleses, e não os espanhóis. O almirante Howard notou que o clima havia estado excepcionalmente agitado e tempestuoso na ocasião; se, mesmo para ele, acostumado com o Canal, os mares eram dignos de comentário, o quanto mais aterrorizantes teriam sido as condições meteorológicas para os marinheiros espanhóis, acostumados a navegar no Mediterrâneo e nos ventos alísios tropicais do Atlântico, que sopravam suavemente (a não ser por furacões ocasionais) de leste a oeste no mar para o Novo Mundo. Mesmo o núncio papal em Madri conjeturou se "esses impedimentos [...] poderiam ser um sinal de que 'Deus não aprova a iniciativa'".[148] Toda Espanha entrou num estado de luto abjeto, com a honra perdida, seu culto a Deus recusado. Filipe, devastado, pensou que seria melhor ele próprio estar morto. Viveu mais dez anos. Mandou outras armadas. Elas também fracassaram.

Ele morreu com sua filha, a infanta Clara Isabella Eugenia, a seu lado. Amou suas filhas assim como amou suas irmãs e, pelo menos, duas de suas esposas, uma das quais (Elisabeth de Valois) mimou sem qualquer pudor. Em seu leito de morte, pediu para beijar o crucifixo dos seus pais. E riu suavemente quando ficou óbvio que todos os conselheiros e padres que cercavam sua cama tinham deduzido que ele já estivesse morto. Poucos haviam visto esse veio humorístico além de sua família imediata, mas no final estava ali, juntamente com sua imensa fé em Deus.

As decisões militares de Elizabeth tenderam não a serem baseadas num desejo pela glória da conquista, mas por simples lucro. Ela ficou celebremente furiosa com seu amado Robert Dudley, conde de Leicester, por aceitar o cargo de governador das Províncias Unidas dos Países Baixos quando só lhe tinha permitido levar um exército até lá para ajudar a proteger os protestantes contra o poderio militar espanhol. Elizabeth não queria expandir o território da Inglaterra, e sim tornar seu país rico envolvendo-se em o que chamaríamos de empreendimentos "público-privados". E eles tenderam ao sucesso. Quando ordenou a sir Francis Drake que atacasse os preparativos para a Armada, que haviam começado na cidade portuária espanhola de Cádiz, estipulou-lhe que ela receberia cinquenta por cento de qualquer tesouro que ele capturasse por ela estar emprestando a sua expedição quatro navios para o ataque. Muitos outros navios na aventura contra a Armada foram financiados por outros grupos particulares de acionistas que esperavam conseguir retornos consideráveis de seus investimentos.

Tilbury ficava na foz do Rio Tâmisa, onde se temia que o exército de Parma, carregado em barcaças, ainda poderia organizar um ataque terrestre dirigido a Londres. Mas no momento em que se diz que Elizabeth fez seu famoso discurso para as tropas, para que defendessem seu país contra a Armada (discurso reproduzido em inúmeros livros, filmes e em outras telas), a história agora sabe que o perigo já havia passado. Os espanhóis estavam contornando a ponta norte da Escócia, golpeados e destruídos em uma grande tempestade no Mar do Norte, enquanto os enormes navios tentavam, desesperadamente, manobrar de volta para a Espanha.

Usando uma armadura decorativa, e sentada em um corpulento cavalo de guerra musculoso, a rainha falou às tropas. Chamou atenção para o curioso ajuste entre seu gênero e a ameaça militar do momento. "Tenho o corpo de uma mulher fraca e inábil, mas o coração e o estômago de um rei, e também de um Rei da Inglaterra."[149] O cavalo era conduzido por um pajem, e ela estava ladeada por seus dois mestres da cavalaria preferidos, Robert Dudley, conde de Leiscester, e o sobrinho de Dudley, Robert Devereux, conde de Essex. Foi Dudley quem planejou que o discurso de Elizabeth fosse o que a biógrafa Sarah Gristwood chama de "um icônico golpe publicitário". Embora a própria Elizabeth tenha escrito o discurso, foi Dudley quem providenciou para que ele começasse a circular imediatamente.[150]

Embora Elizabeth afirmasse ter ido a Tilbury "no calor e na poeira da batalha, para viver e morrer entre" seu povo e estender para seu Deus e reino sua honra e sangue "mesmo na poeira", ela também lhes ofereceu a orientação militar de Dudley, o comandante geral, "em [seu] lugar". Dessa maneira, Elizabeth delegou sua autoridade bem em frente a suas tropas, exatamente como tinha feito quando, depois de primeiramente contradizer muitas de suas próprias ordens, ela por fim se limitou a encarregar seu almirante, lorde Howard, "a usar seu próprio discernimento, sujeito apenas ao parecer do seu Conselho de guerra" (ou seja, os outros capitães do mar, Drake, Hawkins, Martin Frobisher e George Fenner). Seu gênero, sem dúvida, tornou mais fácil para ela fazer essa cessão do que teria sido para Filipe. Foi uma capacidade de confiar e delegar autoridade, que Filipe II, em geral, escolheu não pôr em prática.

Infelizmente, Elizabeth foi incapaz de sentir qualquer alegria em sua grande vitória sobre os espanhóis, porque apenas algumas semanas após seu glorioso triunfo conjunto em Tilbury, Robert Dudley, seu "Tordo" desde a infância, morreu repentinamente. Como a biógrafa Gristwood coloca: "Elizabeth viu-se condenada a uma conjunção extraordinária de júbilo público e agonia particular".[151] Seu público festejava com euforia a derrota da Espanha, mas ela estava angustiada pela perda de seu amigo devotado e querido. Recolheu-se da corte e se fechou em seu quarto durante dias e, quando voltou, segundo o embaixador veneziano, parecia "envelhecida e exausta". Até sua morte, ela conservou o último bilhete que lhe foi enviado por Dudley em uma caixa com a etiqueta: "Sua última carta". Por mais triste que isso seja, é bom saber que, por sua angústia, a Rainha Virgem provou que tinha amado, e sido amada, não apenas pelo povo da Inglaterra como sua rainha, mas como uma mulher por um homem que conhecera desde a infância – o amigo que tinha, como ela, uma vez temido uma sentença de morte de sua irmã Mary Tudor.

Não há dúvida de que a "Boa Rainha Bess" realmente amava seu povo. Em seu discurso fechando o Parlamento em 1593, cinco anos após a Armada, ela voltou a insistir em sua preocupação feminina com o povo que governava:

> Pode parecer que seja simplicidade minha que durante todo este tempo do meu reinado eu não tenha procurado avançar meus territórios e ampliar meus domínios [...] Reconheço minha condição feminina e minha fraqueza nesse aspecto [...] só que meu ânimo nunca foi de invadir meus vizinhos, nem de usurpar ninguém, apenas de me contentar em reinar sobre o meu próprio e governar como uma soberana justa.

Novamente, ela traçou um contraste contundente entre si mesma e o rei Filipe:

> No entanto, o rei da Espanha me acusa de ser o início desta briga e a causa de todas as guerras, que procurei prejudicá-lo em muitas ações. Mas ao dizer que eu o prejudiquei [...] ele produz a maior das guerras que possa haver.[152]

Aqui, Elizabeth parece estar argumentando de maneira semelhante à feita por Ronsard 39 anos antes, sobre o tratado de paz que a rainha da Inglaterra havia negociado com Catarina de Médici: que seu governo feminino tendia mais para a paz do que para a guerra. Ao declarar seu desejo inocente pela paz e seu desagrado com a guerra, Elizabeth convenientemente esqueceu as atividades de seus piratas, estratégia tão ilegal quanto – e bem mais vitoriosa do que – o assassinato de Coligny, planejado por Catarina de Médici. Sem dúvida, as queixas de Filipe sobre suas "muitas ações" referiam-se a essas depredações "particulares".

Assim como Catarina de Médici e Mary Stuart, e diferentemente de sua irmã Mary Tudor (com quem Filipe uma vez compartilhou o crédito de queimar hereges protestantes na Inglaterra), Elizabeth acreditava em tolerância religiosa. Ela só processou aqueles católicos que eram agentes do papa depois de o papa tê-la excomungado e autorizado publicamente uma missão violenta para derrubar seu governo herege e assassiná-la. Caso contrário, ela não "abriria janelas" nas almas dos homens. Num discurso tardio, ela chegou a ficar em paz com Filipe II, sugerindo que, se não o havia perdoado, não o condenava por seu catolicismo. Imaginava e esperava que "sua alma [estivesse] agora no paraíso".

EPÍLOGO

∽

Os presentes dados por elas

Q*uando as mulheres governavam o mundo* centrou sua história em um quarteto das rainhas renascentistas, cujas vidas sobrecarregadas entrelaçaram-se por vínculos complexos de sangue e casamento, por lealdades cambiantes e rupturas religiosas, por seus lugares privilegiados no mundo de poucas dezenas de monarcas europeus e pelos grandes mundos que esses monarcas vizinhos governavam, tanto Novos quanto Velhos. Delineamos suas doações de presentes como meios para compreender suas tentativas de solidificar vínculos familiares de paz entre elas mesmas e seus reinos.

Como vimos, Catarina de Médici presenteou Elizabeth I com o texto do volume de poesia de Ronsard, contendo mascaradas, louvores e palavras sutis de alerta. (Além disso, ela ofereceu a Elizabeth dois dos seus quatro filhos para desposar.) Catarina deu a Mary, Rainha dos Escoceses, um filho, François II, e uma coleção de pérolas de seu próprio casamento (presente de seu tio, o papa), que Mary teve permissão para levar consigo para a Escócia, quando assumiu o trono escocês. Depois de Mary fugir para a Inglaterra, as "pérolas Médici" foram postas à venda por seu meio-irmão, Moray. Catarina tentou recuperá-las pela compra, mas elas foram para Elizabeth, que, numa transação secreta, pagou doze mil ecus (360 mil dólares em dinheiro atual) por elas. Elizabeth disse que usaria as pérolas pelo resto da vida em homenagem a sua rainha irmã morta, Mary Stuart.

Elizabeth Stuart, "A Rainha do Inverno", rainha da Boêmia; artista desconhecido, 1613. As pérolas costuradas em sua roupa, na peruca e no colar de diversos filamentos podem incluir as pérolas "Médici".
© *National Portrait Gallery Via Wikimedia Commons.*

Consta que, agora, pelo menos quatro dessas pérolas passaram para a rainha Elizabeth II e, atualmente, adornam a coroa imperial. A maioria das pessoas que veem a coroa não saberia a proveniência das quatro pérolas: que elas primeiramente foram dadas a Catarina de Médici por seu tio, o papa, depois dadas a Mary, Rainha dos Escoceses, como presente de casamento, foram compradas por Elizabeth Tudor e depois passaram para a "Rainha de Inverno", Elizabeth Stuart, filha de James I, em seu casamento com o príncipe da Boêmia.

Elizabeth Stuart deu-as para sua filha quando ela se casou com o eleitor de Hanover; dessa maneira, elas escaparam da destruição durante o período do Commonwealth. Com os Hanovers, as pérolas voltaram para a Inglaterra e passaram para coleção de joias da Coroa através de Victória para Elizabeth II, membro de um ramo dos Hanovers renomeado Windsor. Mesmo sem conhecer os detalhes da história, as pessoas que veem a coroa ainda podem sentir o imenso peso de gerações de herança contido naquelas pérolas, sentindo que as joias expressam uma autoridade régia feminina transmitida por cinco séculos.

Catarina também deu à irmã mais velha de Elizabeth, Mary Tudor, uma pia batismal de prata dourada depois que ela anunciou sua gravidez. Infelizmente, Mary não teve chance de usá-la. A pia era ricamente cinzelada com as rosas Tudor e romãs (símbolo de Granada) em homenagem, como vimos, à mãe de Mary, Catarina de Aragão, e seu marido, Filipe II da Espanha. Muito depois da morte de Mary, a pia foi, finalmente, colocada em uso quando James I e Anne da Dinamarca tiveram seu último filho, Charles I, na Inglaterra. A pia foi, então, derretida para a defesa contra o exército do Parlamento na Guerra Civil inglesa. Charles I foi deposto e decapitado. É claro que Elizabeth tinha dado a Mary Stuart outra pia, em ouro maciço, também derretida para a defesa contra outro exército "parlamentar" na Escócia.

Ao longo dos anos, Mary Stuart deu uma série de presentes a Elizabeth Tudor, em especial, presentes de seu requintado bordado. Um item notável foi uma anágua de "cetim carmesim", com uma saia de baixo de tafetá vermelho, cujo material ela pediu ao embaixador francês que tentasse obter "em quinze dias", se possível, juntamente com meio quilo de linha dupla de prata. Ela mesma a bordou. A saia de cetim vermelho foi devidamente entregue a Elizabeth também pelo embaixador francês, que escreveu ao rei Charles IX que o presente de sua antiga cunhada foi de grande "agrado" à rainha inglesa, que "o apreciou muito" e que pareceu ao embaixador estar "muito suavizada" em relação a Mary.[153] Consta que um pedaço dessa preciosa saia de cetim vermelho bordada ainda existe numa coleção particular; é improvável que a peça em questão seja, de fato, o presente costurado por Mary, que usou linha de prata para o bordado, enquanto que o tecido é um padrão *mille fleur*, em que a prata não predomina. O tecido pode, realmente, ter sido salvo, ou simplesmente evocado, mas ele expressa o desejo de que tal coisa pudesse existir como um bem concreto inalienável, com o poder de ligar não apenas Mary a Elizabeth, mas também as duas rainhas a nós.[154]

A evidência permite não haver dúvida de que uma anágua vermelha bordada pelas próprias mãos de Mary Stuart foi de fato dada a Elizabeth. Essa roupa íntima assume um significado inquietante quando nos lembramos de outra anágua de cetim vermelha de Mary, esta segunda peça disponibilizada para sua famosa cena chocante na cerimônia da sua decapitação. Impedindo o carrasco de remover as peças pretas externas que ela havia usado para o cadafalso, Mary fez suas damas de companhia retirarem seu manto preto para revelar por debaixo uma anágua vermelho-escura.

Usando a cor litúrgica do martírio na Igreja Católica, a Rainha dos Escoceses inclinou seu pescoço no cepo.[155] Claramente transformando sua execução por traição em um martírio santificado pela sua fé, Mary transformou sua própria anágua vermelha e as luvas em um drama que impôs uma história muito diferente daquela que os ingleses prefeririam. Duas anáguas vermelhas: uma dada como presente, rogando por amizade e uma concessão de liberdade que nunca veio; a outra um sinal do poder de Mary em assumir o controle de sua própria narrativa até o último minuto.

Em suas últimas décadas, o guarda-roupa de Elizabeth era vasto, com dois mil vestidos, dois mil pares de luvas, centenas de perucas, e cerca de oitocentas peças de joalheria. A maior parte disso tinha sido ganha de presente. Nas listas de presentes dados a Elizabeth no Dia do Ano Novo (dia oficial de se dar presentes na Inglaterra), itens em tecidos (guardanapos, lenços, fronhas, luvas, anáguas e trajes pessoais) somavam aproximadamente noventa por cento dos presentes dados por mulheres à rainha; até mesmo os presentes em dinheiro (vindos dos homens) eram dados em bolsas feitas com tecidos preciosos, cujo material está cuidadosamente especificado: cetim, seda, veludo, linho, bordados, enfeitados com rendas, fechados com cordões de prata ou ouro. Muitos desses presentes eram, então, passados para mulheres da corte ou transferidos como presentes para visitantes estrangeiros. As roupas eram, com frequência, convertidas em novos modelos para voltar a serem usadas em público. Como observei, a Europa renascentista era uma "cultura do tecido", em que esse material da maior importância servia para muitos propósitos profundos. Ele era o bem capitalista mais valioso da época – sustentando a crescente economia comercial da Inglaterra – e também o repositório de identidades imensamente afetivas, criadas pela filiação de alguém em "casas" familiares importantes, com sua posição elitizada e prestígio, seus nomes anunciados com orgulho pela cor da libré de seus criados. Além disso, como Elizabeth bem sabia, "Nós, reis, estamos colocados em palcos à plena vista do mundo". E o vestuário tinha grande importância.[156]

***

Diz a história que quando Mary Tudor estava morrendo, lamentou que o povo fosse encontrar após sua morte a palavra "Calais" gravada no seu coração. Ela havia perdido o último posto avançado na França por causa de seu marido, Filipe, e sabia que a derrota lhe custara o amor de seu povo. Desde a infância tinha desfrutado desse amor até sua ascensão ao trono, mas perdeu-o quando desposou um espanhol católico e começou a queimar cidadãos por heresia.

Em um último discurso para o Parlamento, Elizabeth disse que seu maior presente de Deus era que o povo inglês nunca havia deixado de amá-la. Disse que o amor desse povo era o que estivera sempre escrito em *seu* coração. Eles eram seu esposo, seus filhos, seu tudo.

> Minha preocupação foi sempre proceder com justiça e integridade para conservar o amor do meu povo, o qual considero como um presente de Deus que não esteja mobilizado nas partes mais inferiores da minha mente, mas escrito no fundo do meu coração, porque, sem isso acima de tudo, outras graças seriam de pouco valor para mim, ainda que fossem infinitas.[157]

No entanto, ela conquistou a lealdade do povo britânico não ao lhes dar colônias, não com pão e circo, não com palácios e espetáculos públicos, mas por sua própria constância (*Semper eadem* – "Sempre a mesma"), coragem, inteligência e, francamente, pela bela comunicação, inteligência, simplicidade, honestidade e estilo elevado dos discursos da "Boa Rainha Bess".

A julgar pelo último discurso "de ouro" [Golden Speech] de Elizabeth I ao Parlamento, deveríamos, talvez, pensar em seu tratamento a seus compatriotas como *suas* tapeçarias Valois, seu Escorial, sua própria versão de arte perene inalienável, seu herdeiro tanto quanto o filho de Mary Stuart o seria.

> Da minha parte, nunca fui tão atraída pelo glorioso nome de um rei, ou a autoridade real de uma rainha, quanto encantada que Deus me tenha feito seu instrumento para manter sua verdade

e glória e para defender seu reino, como eu disse, do perigo, da desonra, da tirania e da opressão.

Ela se casou com seu povo; não foi um contrato político, mas um relacionamento saturado de um senso sacramental de amor divino.

E embora vocês tenham tido muitos reis mais poderosos e sábios sentados nesta cadeira, jamais tiveram nem terão alguém que seja mais atento e amoroso.

Elizabeth foi posta em descanso na tumba de seu avô, Henrique VII. Mais tarde, seu caixão foi colocado sobre o de sua irmã, Mary Tudor. Seu sucessor, James I da Inglaterra, erigiu um monumento com uma elegante efígie de Elizabeth morta, em todo seu esplendor régio, usando sua coroa e segurando o globo e o cetro. Ele também mandou fazer um monumento para a tumba da sua mãe, colocada na mesma capela de Elizabeth. A tumba de Mary, Rainha dos Escoceses, é mais alta do que a de Elizabeth, embora não seja possível ver a diferença uma vez que estão em alas diferentes da capela. A efígie da mãe de James não usa uma coroa, mas o manto de renda de seu traje de luto; talvez servindo como um avatar de uma coroa, a touca imortalizada por Clouet, depois usada em seu casamento com o pai de James, lorde Darnley, também lembrava o lenço de renda colocado em sua cabeça em sua execução.

James forneceu um epitáfio elaborado para a gloriosa Elizabeth em que suas múltiplas virtudes são descritas com eloquência. Abaixo há uma simples inscrição que restou da tumba de Mary e Elizabeth Tudor, enterradas juntas.

PARCERIAS NO TRONO E NO TÚMULO, AQUI DESCANSAMOS
NÓS, DUAS IRMÃS, ELIZABETH E MARY,
NA ESPERANÇA DA RESSURREIÇÃO.

O corpo de Mary Tudor continua ali, mas sem destaque, escondido da atenção dos visitantes pelo confronto mais famoso entre Elizabeth e a outra Mary, a Rainha da Escócia, as duas primas e rainhas "irmãs", cuja história de rivalidade foi tão contada e recontada.

Mas se, seguindo o velho epitáfio, dizemos que as rainhas "irmãs" enterradas na mesma capela compartilhavam a mesma esperança de ressurreição, finalmente recusando-se a ver a diferença que a religião provocou entre elas, a inscrição também pode se referir a Mary Stuart, tanto quanto a Mary Tudor. Mary Stuart e Elizabeth visavam à tolerância em uma época de intolerância, da mesma maneira que Catarina de Médici, sogra de uma e quase sogra de outra, batalhou a vida toda para sanar o desentendimento entre católicos e protestantes na França. Todas essas três rainhas trabalharam com toda diligência e astúcia possíveis para conter as guerras fratricidas de cristãos contra cristãos. O que elas tiveram que sustentar contra aquele violento abalo sísmico na sensibilidade humana foram as organizadas tradições da monarquia. Se elas acabaram não conseguindo, elas desaceleraram e moderaram a desordem e a violência. Não fracassaram mais do que o próprio Filipe, quando não conseguiu devolver a Inglaterra ao catolicismo e quando perdeu a parte protestante dos Países Baixos, que se tornou, com ele ainda em vida, uma república protestante.

Essas mulheres compartilharam o governo do mundo da Europa ocidental em um período que, sem dúvida, sempre chamaremos de Renascença. E se forças mais poderosas da Reforma pesaram contra elas, elas provaram que podiam governar tão bem quanto qualquer homem, exatamente como Ronsard, tão precoce e acertadamente, havia escrito no livro que Catarina encarregou-o de dedicar e enviar a Elizabeth I. E talvez, como ele também afirmou, no que diz respeito à paz, essas mulheres governaram um pouquinho melhor.

AGRADECIMENTOS

Para um livro que levou tantas décadas para ficar pronto, agradecer a mentores, estudiosos, amigos, pessoas queridas, editores e estudantes que influenciaram em sua forma final ocuparia muito espaço. Tentarei ser sucinta, mas antes preciso agradecer com uma gratidão eterna à Fundação John Simon Guggenheim por me conceder uma bolsa de estudos em 1983. Trinta e oito anos atrás, eles perceberam a promessa do meu título, em uma época em que eu precisava demais de apoio. Sou grata à instituição, mas também à memória de A. Bartlett Giamatti, então presidente da Universidade de Yale, que escreveu para mim; e também à memória de Charles A. Muscatine, Universidade da Califórnia, Berkeley, que era o presidente do comitê de seleção daquele ano e que, gosto de pensar, deve ter ficado comovido com minha descrição do Berkeley Free Speech Movement [Movimento pela Liberdade de Expressão de Berkeley] em meu testemunho pessoal e, assim, concedeu uma bolsa a alguém que pensava que o corpo docente de uma universidade e seus estudantes poderiam mudar o mundo.

Michael Malone, romancista, roteirista e também meu marido, tem sido um heroico espírito guardião, sacrificando muito de seu próprio tempo de escrita para respaldar o meu, troca muito ruim para a ficção americana, que precisa de todos os seus parágrafos e palavras para fazer uma afirmação de excelência no século XXI. Se existem algumas frases neste livro que provocam um prazer verdadeiro, garanto a você que elas são de autoria dele.

Minha agente extremamente paciente e crédula, Charlotte Sheedy, que repetia "Amo este livro!" em todos os anos em que ele ainda não havia sido escrito. Espero que, no final, ela esteja satisfeita com este, com toda a dificuldade para ser concluído.

Meu editor em Liveright, Robert Weil, bravamente tentou me fazer escrever um livro melhor, mais prazeroso, incentivando-me a focar em histórias dramáticas, pitorescas, em vez de passagens teóricas áridas. É um editor brilhante, rabiscando correções e incentivos nas margens e ao longo das páginas, talvez o único que ainda reste na categoria que trabalhe com uma caneta de verdade e papel, seguindo linha por linha, num trabalho minucioso e cuidadoso. Suas percepções foram valiosas e lancei mão de quase todas. Ele tentou fazer de mim uma historiadora, e embora eu tenha procurado me tornar uma, estava velha demais para mudar (já lecionava Inglês em Yale quando ele era ali um calouro em História). Também sou profundamente devedora a Haley Bracken, editora-assistente em Liveright, que precisou lidar com minhas tentativas descoordenadas de monitorar autorizações e imagens em alta-resolução quando, na verdade, eu tinha tratado de baixá-las da internet. Ela foi a própria benevolência perante minha inépcia e raiva da tecnologia, e posso testemunhar aqui que é uma verdadeira santa. Também desejo agradecer à editora do projeto, Rebecca Muro, e à gerente de produção, Beth Steidle, que dispuseram as imagens tão lindamente nas páginas deste livro que transmitiram seu argumento melhor do que minhas próprias palavras.

Devo profundos agradecimentos a duas amigas e colegas: Nancy J. Vickers, antiga presidente do Bryn Mawr College, e Margreta de Grazia, renomada professora emérita da Universidade da Pensilvânia. Nancy fez parte das primeiras conversas (que se prosseguiram por décadas) que deram origem, em 1983, à ideia de uma conferência sobre as mulheres da Renascença, e também à ideia, pelo menos do título, para este livro. Margreta tinha o exemplar do livro de Annette Weiner sobre "bens inalienáveis", que peguei emprestado e li pela primeira vez (acredito que nunca o devolvi). Suas reflexões dolorosamente precisas e sua escrita de uma elegância eficiente inspiraram-me a prestar mais atenção a todos os itens tão fundamentais a meu argumento. As amizades fundamentadas e inteligentes dessas duas mulheres foram-me mais valiosas do que posso dizer.

Também preciso agradecer a Deborah Jacobs, a brilhante bibliotecária chefe da Duke University, primeiro por providenciar meu acesso ao Early English Books Online assim que cheguei à Duke, e depois por providenciar um vasto arquivo digital de todos os livros e monografias antigos que eu já não conseguia acessar durante a pandemia de covid-19, quando revisava meu livro e checava as notas de rodapé. Embora ela não fizesse isso apenas para mim, mas sim para toda a comunidade Duke, sou pessoalmente grata. Teria sido absolutamente impossível eu fazer este trabalho sem aquele arquivo. Agradeço também, mais uma vez, a Martin Kaufman, responsável pelos manuscritos ocidentais na Biblioteca Duke Humfrey, na Bodleiana, Universidade de Oxford. Ele me permitiu ver nos mínimos detalhes o livro bordado da princesa Elizabeth e até tocá-lo de leve. Jamais esquecerei aquele momento, tão carnal, o fraco sol de inverno inglês infiltrando-se pelas janelas, iluminando o papel de seda farfalhante em que o livro estava embrulhado. O pequeno volume passou a ser cada vez mais significativo em minha formação acadêmica, especialmente como um objeto em si mesmo. Sempre serei grata à amável generosidade do senhor Kaufman.

Também preciso agradecer a muitos bibliotecários e curadores no amplo grupo de bibliotecas e museus europeus, britânicos e americanos, que me ajudaram a reunir o grande número de imagens que senti ser importante incluir neste volume. Juntar as imagens de alta-resolução e as autorizações foi uma tarefa mais complicada do que o normal durante a pandemia de covid-19, e enquanto alguns dos processos puderam ser feitos quase automaticamente, houve outros em que fiquei à mercê da bondade de muitos desconhecidos que fizeram o possível para me ajudar, considerando que sou uma avessa digital.

Também quero agradecer aos estudantes de graduação e pós-graduação que assistiram a meus vários seminários ao longo dos anos em Yale, Penn, Duke e Cornell, focados no poder político exercido pelas mulheres na Renascença: Bruce Boehrer, Wendy Wall, Juliet Fleming, Katherine Crawford, Karen Rabe, Rayna Kalas, Julie Crawford, Kim Hall, Kent Lehnhof, Whitney Trettien e muitos outros nas inúmeras almas que me ensinaram bem mais do que eu jamais ensinei a eles.

Dediquei este livro a minha filha, Maggie Malone, e a sua filha, Maisie Malone Shakman, a primeira por sua paciência com o longo tempo de escrita deste livro, e a segunda por me deixar de fora de mais uma brincadeira de esconde-esconde para que eu pudesse escrever estes agradecimentos.

NOTAS DE FIM

Introdução: Bens inalienáveis e poder feminino

[1] A obra completa de John Knox está disponível numa coleção de seis volumes, editada por David Laing, The Works of John Knox (Woodrow Society, 1846-1864). Uma edição mais simplificada, incluindo *The First Blast of the Trumpet Against the Monstrous Regiment of Women*, juntamente com outros escritos sobre tópicos semelhantes, é *John Knox: On Rebellion*, edição de Roger A. Mason (Cambridge University Press, 1994). Em "A Letter to the Regent" (1556), carta dirigida a Marie De Guise, mãe de Mary Stuart, Knox revela a natureza fundamental de seu ataque não simplesmente às mulheres, mas à ideia da própria hierarquia social, sendo assim, à monarquia, que se apoia nessa hierarquia. Sua menção ostensiva e talvez zombeteiramente subserviente a sua posição social inferior em relação à dela, como mulher governante, ressalta a diferença imperiosa do status social entre eles. É esse status demasiado hierárquico que sua teologia apagaria, colocando-o em uma posição igual (se não superior) à dela. A diferença na situação social dos dois só pode ser superada pela consciência pessoal de Knox de uma crise na cristandade. Ele também insiste que é a própria posição social dela sobre ele (uma mulher de alto status sobre um homem de baixo status) que coloca o problema fundamental: "Para muitos deve parecer supérfluo e tolo que eu, um homem de estado e condição básicos, ouse empreender advertir uma rainha tão ilustre, dotada de sabedoria e graças singulares [...] Mas quando considero [...] o estado preocupante da verdadeira religião de Cristo [...] sou compelido a dizer que esta proeminência em que a senhora está colocada pode ser seu desalento". MASON, Roger A. (Ed.). *John Knox: On Rebellion*. p. 55. Em um parágrafo podemos ver as suposições da Reforma sobre os males da hierarquia mundial, a própria base da realeza, sendo assim, do alto status da autoridade herdada pelas mulheres para governar sobre os homens.

² Esse cálculo de ao menos dezesseis mulheres que tiveram um verdadeiro poder executivo na Europa do século XVI já teve um começo brilhante. Em *Game of Queens: The Women Who Made Sixteenth-Century Europe* (Nova York: Basic Books, 2016), Sarah Gristwood entrelaça com habilidade as histórias de dezesseis mulheres que exerceram notável poder político e cultural no século XVI e que, de fato, "fizeram" a Renascença na Europa. Com frequência, elas se conheciam muito bem (como em geral acontece com as elites) e exerceram sua autoridade com uma nítida consciência do trabalho que fizeram como um *grupo* de mulheres que alcançaram um impacto duradouro na cultura de seu tempo. Sou em todos os aspectos devedora ao trabalho pioneiro de Gristwood, desvendando a importância central de tantas mulheres governantes na cultura e política do século XVI. No final do livro, ela faz uma pergunta muito interessante: por que os séculos subsequentes tiveram menos mulheres poderosas governando do que o século XVI europeu? Sugiro que poderia ter algo a ver com o avanço da Reforma e suas consequentes políticas republicanas. Depois do período da Commonwealth, os monarcas Stuart ficaram comprometidos com o Parlamento, e, em 1688, o católico James II foi deposto em favor de sua filha Mary II e seu poderoso marido protestante, o príncipe neerlandês William de Orange. Depois que o Parlamento obteve o poder de escolher o governante que quisesse (e depor o que não quisesse), pouco importava se aquele governante fosse uma mulher. Assim vieram as últimas rainhas Stewart, Mary e depois sua irmã Anne.

³ Em "Catherine de Medici: The Legend of the Wicked Italian Queen", N. M. Sutherland identifica as mudanças de visão de Catarina desde os primeiros relatos laudatórios de pessoas que a conheceram realmente, até a mitologia propagandística protestante sobre ela como uma envenenadora, necromante e mentora diabólica do Massacre do Dia de São Bartolomeu (*Sixteenth Century Journal*, v. 9, p. 45-56, 1978). Nesses relatos protestantes, Catarina, em especial, foi carregada de crueldade dos Médicis, ambição tola e inveja de cada trono; Michelet, anticatólico declarado, imagina que "Dia e noite com seus astrólogos, de sua torre [...] ela observa as estrelas e vê que ela e seus filhos serão senhores da Europa". Mary Stuart se sai um pouco melhor: "É de se imaginar, em seu retrato divino, a trágica violência que se vingou com tanta crueldade em Darnley por sua ofensa contra a realeza dela, e a qual, sem escrúpulo, aceitou o assassinato de Elizabeth". MICHELET, Jules. *L'Histoire de France*, v. 12, Project Gutenberg. Disponível em : https//www.gutenberg.org/files/39335/39335-h/39335-h.htm.

⁴ Para uma das primeiras etapas neste projeto geracional, ver FERGUSON, Margaret; QUILLIGAN, Maureen; VICKERS, Nancy (Ed.). *Rewriting the Renaissance: The Discourses of Sexual Difference in Early Modern Europe*. University of Chicago Press, 1986.

⁵ Annette Weiner, em *Inalienable Possessions: The Paradox of Keeping-While-Giving* (Berkeley: University of California Press, 1992), faz uma discussão de mudança de

paradigma sobre a natureza do "presente" na teoria antropológica do século XX, voltando às Ilhas Trobriand, o lugar onde Marcel Mauss teorizou pela primeira vez obre a importância do presente. Em *The Gift: The Form and Reason for Exchange in Archaic Societies* (Norton, 2000), o ponto principal de Maus é que cada presente *força um presente em troca*. As reciprocidades garantem a continuação das conexões entre grupos que constituem a sociedade. O desenvolvimento subsequente mais importante do argumento de Maus, que afirma que as mulheres são o tipo de presente mais precioso que possa ser dado entre os homens, é *Elementary Structures of Kinship*, de Claude Lévi-Strauss (Beacon Press, 1969). A tese de Lévi-Strauss, em particular, nega às mulheres qualquer atuação distinta na criação de cultura. Segundo ele, elas são simplesmente presentes passivos, dados e recebidos em troca entre grupos distintos (clãs, tribos) de homens, cujo "tráfico de mulheres" constitui a base fundamental da civilização. Sua teoria foi contestada por muitas teóricas feministas, entre elas Gayle Rubin, Marilyn Strathern, Nancy Chodorow e Kaja Silverman. Talvez, de maneira mais importante, Annette Weiner foi a campo descobrir a negligenciada doação de presentes entre mulheres; assim, ela acrescenta um peso substancial às críticas teóricas de outras pensadoras feministas com dados extraídos dos mesmos sítios em que o próprio Mauss trabalhou.

6   Para uma discussão sobre este livro, ver meu "Elizabeth's Embroidery", em *Shakespeare Studies*, v. 28, p. 208-214, 2000. Para uma discussão mais ampla do *Glass of the Sinful Soul*, como um bem inalienável e sua vida de décadas como um livro impresso, veja meu *Incest and Agency in Elizabeth's England*. Filadélfia: University of Pennsylvania Press, 2005. O poema da rainha Marguerite de Navarra, irmã de François II, que Elizabeth traduziu do francês, *Le Miroir de l'Âme Pécheresse*, usa a tradicional metáfora medieval da relação da alma com Deus, como "Holy Incest" [Incesto Sagrado], em que a alma (em latim, *anima*) é esposa, irmã e filha de Deus (Cristo). De uma maneira muito provocativa, essa metáfora fala à endogamia fundamental da "doação" de bens inalienáveis; a alma feminina nunca é trocada fora da santa "família".

7   Para uma discussão detalhada sobre as tapeçarias como expressões da agenda política de Catarina, ver CLELAND, Elizabeth; WIESEMAN, Marjorie E. *Renaissance Splendor: Catherine de' Medici's Valois Tapestries*. Cleveland Museum of Art, Yale University Press, 2018. Catálogo da exposição de seis tapeçarias Valois (de um total de oito) restauradas recentemente, o livro reforça os argumentos dos curadores e estudiosos de Uffizi, de que Catarina era responsável pelas tramas. Ver também KOCISZEWSKA, Ewa. Woven Bloodlines: The Valois Tapestries in the Trousseau of Christine de Lorraine, Grand Duchess of Tuscany, *Artibus et Historiae*, v. 37, p. 335-363, 2016. Um estudo sobre as tapeçarias, precedente e inovador, que as investigações mais recentes estão corrigindo de maneira profundamente nova, é YATES, Frances. *The Valois Tapestries*. Londres: Courtauld Institute, 1959.

⁸ Em "Summary of the Second Blast", também publicado em 1558 (Mason, p. 128-129), Knox aprofunda a discussão contra o fator central da realeza masculina e feminina: "Não é apenas nascimento, nem propinquidade [proximidade] de sangue que torna legal um rei reinar sobre um povo". Knox acha que não apenas as mulheres *jamais* deveriam governar, como também só os governantes masculinos que tenham exclusivamente recebido e mantido a confirmação dos homens do país são elegíveis para ocupar tal função. Na verdade, homens do reino "podem [...] depor e punir aquele que impensadamente eles antes nomearam, indicaram e elegeram". Em certo sentido, o ataque misógino de Knox foi apenas uma primeira investida em seu ataque contra a própria monarquia, que se baseia firmemente em "propinquidade de sangue".

⁹ DE RONSARD, Pirerre. Élégies, Mascarades et Bergerie. In: LAUMONIER, Paul (Ed.). *Oeuvres Complètes*. Paris, v. 13, 1948. Apenas a primeira edição do livro, publicado em 1565, deixa claro que o comentário político de Ronsard é uma crítica velada às simpatias republicanas de Cecil. Como Ronsard revisou toda sua obra ao longo da vida, o poema a Cecil muda radicalmente em resposta à visão cada vez mais sombria que o poeta tem do secretário de Elizabeth. Em *Renaissance Studies, Articles 1966-1994*, Malcolm Smith discute os poemas da "Bergerie" e delineia as contínuas revisões de Ronsard de seu conteúdo. No final, Ronsard apaga completamente Cecil e qualquer menção da "Élégie" à Inglaterra originalmente dirigida a ele. Em vez disso, o "Cecil" do poema em 1584 não passa de um homem que vive na Sicília, e, portanto, um súdito do rei Filipe II da Espanha. Talvez seja possível ver alguma ironia escondida na transformação de Ronsard da figura ultraprotestante de Cecil em um súdito leal de um rei católico, um dos mais energicamente concentrados em estirpar a heresia protestante da Europa. Ronsard morreu em 1585, dois anos antes que sua amada *Marie, La Reine d'Écosse*, fosse executada pelo governo de Elizabeth I da Inglaterra.

¹⁰ GUY, John. *My Heart Is My Own: The Life of Mary, Queen of Scots*. Londres: Fourth Estate, 2004. O livro também é publicado sob o título *Mary, Queen of Scots: the True Life of Mary Stuart*. Considerei o argumento de Guy um apoio inestimável para que eu criasse meu próprio argumento, que no fim foram as maquinações de Cecil – e não o ciúme de Elizabeth – que levaram à execução de Mary Stuart. Antes de ler Guy, eu tinha de início entendido que Ronsard e Catarina haviam, à época, *literalmente chamado Cecil* de a ameaça antimonarquista; fiquei ainda mais convencida de que o argumento de Guy estava certo. Embora Guy não afirme que Elizabeth e Mary fossem irmãs em armas, combatendo uma reforma protestante patriarcal que ameaçava a própria ideia da monarquia, baseei-me muito fortemente em sua pesquisa de arquivo, da maneira que nunca poderia fazer usando documentos predominantemente digitalizados. Contudo, não cito capítulo e verso para cada caso de minha dependência em Guy, impedindo assim uma imensidade de notas de fim, mas assinalo os poucos momentos em que achei necessário discordar dele.

Capítulo Um: O instrumento para a sucessão

11 Uma excelente biografia recente de Mary I da Inglaterra é *The Myth of "Bloody Mary": A Biography of Queen Mary I of England*, de Linda Porter, Kindle Edition. Nova York: St. Martin's 2009. Porter faz uma argumentação das mais convincentes de que "Device for the Succession", de Edward VI, era sua própria ideia independente, não algo evocado para tornar possível a seu protetor, lorde Northumberland, continuar no poder, como tem sido a opinião acolhida por algum tempo. Ela também reforça que o rei adolescente deserdou suas *duas* irmãs, inclusive a protestante Elizabeth, sendo assim, deve ter sido algo diferente do catolicismo de Mary que incapacitou as irmãs aos olhos de Edward.

12 Todas as citações às cartas de Elizabeth são de MARCUS, Leah; MUELLER, Janel; BETH, Mary Rose (Ed.). *Elizabeth I: Collected Works*. Chicago: Chicago University Press, 2002. Essa edição acadêmica é a primeira na história a reunir e imprimir todas as cartas, os poemas e discursos de Elizabeth. Foi preciso praticamente três séculos para fazer a obra de Elizabeth I como autora acessível ao grande público.

13 O segundo discurso notável de Mary animando os homens a arriscarem suas vidas pelo seu reinado, em Guildhall, abriu muitos dos temas centrais que sua irmã mais nova usaria durante seu próprio reinado. O texto completo do discurso de Mary tirado do *Holinshed's Chronicles* pode ser encontrado em https://thehistoryofengland.co.uk/resources/speech-of-mary-i-1554.

14 O texto (modernizado) foi tirado da base de dados Early English Books Online (EEBO, https://eebo.chadwyck.com/), que traz cópias digitais de praticamente cada página publicada nos primeiros dois séculos de impressão na Inglaterra.

15 Como relatado por George Cavendish em *The negotiations of Thomas Woolsey, the great Cardinall of England containing his life and death* [...] (Londres: William Sheares, 1641). As palavras realmente correspondem ao que o embaixador francês escreveu sobre a cena ao rei François I: "Por fim, ela caiu de joelhos na frente dele, implorando-lhe que considerasse sua honra, a de sua filha e a dele; que ele não deveria ficar desagradado por ela defendê-la, e deveria considerar a reputação de sua nação e parentes, que ficariam seriamente ofendidos". https://www.british-history.ac.uk/letters-papers-hen8/vol4/pp2523-2531. Shakespeare colocou as palavras de Cavendish em versos em *The History of the Life of King Henry VIII*.

16 PORTER, Linda. *The Myth of "Bloody Mary"*, Kindle Edition; loc. 1577.

17 A ligação de Henrique com Maria Bolena deve ter produzido filhos vivos, talvez somando-se às esperanças dele pela fertilidade de Ana. Em *Mary Boleyn: The Mistress of Kings* (Nova York: Random House, 2011, Kindle Edition loc. 3241), Alison Weir conclui que, embora o filho de Mary, Henry Carey, *não* fosse filho de Henrique VIII, sua filha Katherine poderia muito bem ser filha dele. Katherine era mãe de Lettice Knollys, com quem Robert Dudley, o favorito de Elizabeth, casou-se em segredo,

obtendo para ambos uma raiva permanente de Elizabeth. Sendo assim, ela "perdeu" Dudley para sua prima em segundo grau. Lettice foi mãe de Robert Devereux, conde de Essex, seu filho de um casamento anterior, mimado por Elizabeth após a morte de Robert Dudley.

[18] PORTER, Linda. *The Myth of "Bloody Mary"*, Kindle Edition, loc. 3724. Porter cita a própria Proclamação: "Oxburgh Hall: *Bedingfeld MS*, proclamation of 18 July 1553". Henry Bedingfeld era nitidamente um leal servidor de longa data da católcia Mary, enquanto rainha. Ela o havia indicado para ser o carcereiro de Elizabeth em Woodstock durante dois anos, após ela ser solta da Torre. Elizabeth lembrava-se dele com carinho, mas ele achou sua função de carcereiro pesada. Permaneceu católico romano até morrer. Sendo assim, não é de se surpreender que uma cópia da Proclamação de Mary tenha permanecido em segurança na posse dos Bedingfelds por mais de quatrocentos anos.

[19] HOLINSHED, Raphael. *The first and second volumes of Chronicles [vol. 3 (i,e,, The Third Volume of Chronicles)] comprising 1 The description and historie of England, 2 The description and historie of Ireland, 3 The description and historie of Scotland: first collected and published by Raphaell Holinshed, William Harrison, and others: now newlie augmented and continued (with manifold matters of singular note and worthie memorie) to the year 1586, by John Hooker aliàs Vowell Gent and others. With conuenient tables at the end of these volumes* Londres: Henri Denham, 1587. p. 1091. Early English Books Online. Disponível em: https://quod.lib.umich.edu/e/eebo/A68202.0001.001/1:200?rgn=div1;submit=Go;subview=detail;-type=simple;view=fulltext;q1=Mary+I.

[20] 8 de outubro de 1553. Cito a carta como ela aparece em *The Calendar of State Papers, Spain*, v. 11, 1553. *The Calendar* compreende o arquivo oficial dos documentos governamentais britânicos dos reinados de todos os governantes da Inglaterra até a presente data. Os livros manuscritos antigos foram impressos em múltiplos volumes durante os séculos XIX e XX, e não foram digitalizados. As cópias digitais estão disponíveis no British History Online, http//:www.british-history.ac.uk/cal-state-papers. Para o material que trata do reinado de Mary, consultei TYLER, Royal (Ed.). *CSP Spain, 1553*. Londres, 1916; HUME, Martin S. A. (Ed.). *CSP, Spain (Simancas), 1558-1567*. Londres, 1892. Cito menções específicas no corpo do texto por data. A narrativa que as menções trazem é lida como um romance, embora frequentemente interrompida por uma gestão interna governamental mundana (pagamentos do orçamento, recomendações de empregados, notificação de litígios insignificantes, pagamentos a soldados etc.), tudo revelando a criação da história no imediatismo diário do momento.

[21] O poema é tão famoso que pode ser achado no Google com apenas as primeiras quatro palavras:

Whoso lists [desires] to hunt, I know where is an hind [female deer],
But as for me, *hélas*, I may no more,
The vain travail hath wearied me so sore,
I am of them that farthest cometh behind,
Yet may I by no means my wearied mind
Draw from the deer, but as she fleet afore
Fainting I follow. I leave off therefore,
Sithens [since] in a net I seek to hold the wind.

Who list her hunt, I put him out of doubt,
As well as I may spend his time in vain.
And graven with diamonds in letters plain
There is written, her fair neck round about:
Noli me tangere, for Caesar's I am,
And wild for to hold, though I seem tame.

Em tradução livre:

Quem desejar caçar, sei onde existe uma corça,
Mas quanto a mim, que tristeza, já não posso mais,
O esforço em vão exauriu-me a dor tamanha,
Sou dos que vêm atrás, em longa distância,
No entanto, de modo algum minha mente exausta
Pode se afastar da corça, mas como ela foge à frente
Sigo enfraquecido. Portanto, desisto,
Já que procuro segurar o vento com uma rede.

Quem quiser caçá-la, não lhe deixo dúvida,
Assim como eu, pode desperdiçar seu tempo.
E talhado com diamantes em letras simples
Está escrito, ao redor de seu belo pescoço:
Noli me tangere, porque pertenço a César,
E sou arisca para segurar, embora pareça mansa.

[22] PORTER, Linda. *The Myth of "Bloody Mary"*, Kindle Edition, loc. 2190.
[23] As cartas referentes às preocupações de Filipe em relação a Elizabeth e a um possível casamento com ela foram enviadas e recebidas entre março de 1557 e dezembro de 1558, estando acessíveis em *CSP, Spain*, https://www-british-history-ac-uk.cal-state-papers/spain/ vol13/pp394.

Capítulo Dois: A pérola de Mary Tudor

[24] Os comentários do editor sobre a relutância de Elizabeth em se casar com Filipe podem ser encontrados na introdução de HUME, Martin A. (Ed.). *The Calendar of State Papers, Spain (Simancas)*, v. 1, 1558-1567. Disponível em: History Online, https://www.british-history.ac.uk./cal-state-papers/simancas/vol1/i-lxiii. O conde Feria escreveu a Filipe narrando especificamente as objeções de Elizabeth: "O impedimento ela descobriu no fato de Sua Majestade ter se casado com a irmã dela, e depois disso ela negou categoricamente o poder do papa, o que ela havia, previamente, apenas assinalado de maneira indireta" (29 fev. 1559).

[25] Quando o imperador Carlos pediu ao papa uma dispensa para incesto no primeiro casamento de seu filho Filipe com uma princesa portuguesa, enumerou quatro casos de relações de parentesco proibidas; no entanto, houve tantos outros casos de parentescos interditos, por causa dos vários casamentos reais endogâmicos na Península Ibérica, que ele simplesmente optou por uma dispensa geral, que cobriria qualquer caso adicional que pudesse ter negligenciado. PARKER, Geoffrey. *Emperor: A New Life of Charles V*. New Haven, CT: Yale University Press, 2019, plate 28. É curioso dizer, embora não seja uma surpresa nessa história de famílias poderosas casando entre si para aumentar o poder político e o status, que o próprio Carlos V tinha primeiramente sido proposto como um possível noivo para sua sobrinha Mary Tudor, quando o pai dela, Henrique VIII, ainda estava vivo. E de fato, quando muito mais tarde foi primeiramente proposto que a rainha Mary deveria se casar com um rei Habsburgo, Carlos se ofereceu novamente, mas logo trocou para o seu filho, Filipe. Talvez como lembrança do seu compromisso anterior, Carlos V também mandou a Mary um segundo diamante tabular para o casamento dela com seu filho.
Para uma discussão fascinante dos possíveis motivos das regras elaboradas contra o incesto, formuladas pela Igreja na Idade Média, ver GOODY, Jack. *The Development of the Family and Marriage in Europe*. Cambridge: Cambridge University Press, 1983. Em suma, Goody afirma que as regras do incesto foram projetadas para dificultar a uma família passar sua propriedade entre parentes, de modo a ser mais provável que ela fosse transferida para a Igreja. Ver também meu *Incest and Agency in Elizabeth's England*, introdução.

[26] Este vínculo de conexões de famílias estendidas permaneceu constante nos tempos modernos para a realeza britânica. Victoria e Albert eram primos irmãos. Elizabeth II e o príncipe Philip eram primos em segundo grau. Mais remotamente, o príncipe Charles e a falecida princesa Diana descendiam de duas irmãs de Henrique VIII, Charles da irmã mais velha, Margaret Tudor, e Diana de Mary Tudor, a irmã mais nova. O príncipe William quebrou essa tradição ao se casar com Kate Middleton, uma plebeia respeitável sem ligações de sangue com a família do marido.

[27] Em seu testamento, Mary não menciona pérolas ligadas aos diamantes que Filipe e o pai lhe deram. "E eu humildemente suplico a meu dito queridíssimo senhor e marido que aceite meu legado e conserve como lembrança minha uma joia sendo um diamante tabular que a imperiosa Majestade, seu e meu mais honorável pai, enviou-me pelo conde degment, com a segurança de meu dito senhor e marido e também outro diamante tabular que sua Majestade enviou-me pelo marquês de les Nanes." Uma cópia do testamento de Mary Tudor pode ser encontrada em https://tudorhistory.org/primary/will.html.

[28] STARKEY, David (Ed.). *The Inventory of King Henry VIII: The Transcript*. Harvey Miller Publishers for the Society of Antiquaries of London, 1998. p. 77, item 2619.

[29] A medalha era uma com um perfil correspondente de Filipe, ambas claramente malhadas para celebrar o casamento dos dois monarcas (https://www.coingallery.de/KarlV/Engl2_E.htm). Para mais informações sobre a medalha, ver SCHER, S. K. (Ed.). *The Currency of Fame: Portraits Medals of the Renaissance*. Nova York: Thames and Hudson, 1994.

[30] Pintada por um artista desconhecido em 1590, copiando um retrato anterior, a pintura mostra um medalhão de ouro mais arredondado como pendente no colar da modelo, um diamante diferente, de cantos mais acentuados, e uma pérola em gota em um pendente que desce de uma corrente elaborada em ouro, pérolas e diamantes, ligada ao corpete da modelo. A identificação da modelo como Jane Grey é controversa. Ver ZARIN, Cynthia. Teen Queen: The Search for Lady Jane Grey, *New Yorker*, 15 de outubro de 2007. Ver também MUELLER, Janel (Ed.). *Katherine Parr: Complete Works and Correspondence*. Chicago: Chicago University Press, 2011. Mueller argumenta que "Lady Jane Grey's Prayer Book" [o livro de orações de lady Jane Grey] havia, de fato, pertencido a Katherine Parr, que o escrevera de próprio punho, recolhendo orações de muitos lugares e também compondo a sua própria. Mueller sugere que Parr deu-o a Jane Grey, que o levou ao cadafalso onde foi, finalmente, executada. Por outro lado, como o retrato foi pintado postumamente, ele pode simplesmente dado à modelo da rainha Katherine Parr o broche de aspecto conhecido – ou seja "a pérola de Mary Tudor" – como prova extra da viabilidade de Jane como rainha.

[31] Em *The Book of the Pearl: The History, Art, Science and Industry of the Queen of Gems* (1908), George Frederick Kunz repete a lenda sobre as origens de "La Peregrina": "Garcilasso de la Vega [...] diz que a viu em Sevilha em 1597, ela foi encontrada no Panamá em 1560 por um escravo que foi recompensado com sua liberdade". Ele observa que a pérola entrou para as joias da Coroa espanhola.

O equívoco de longa data de que essa gema entrou para as joias da Coroa espanhola *antes* do casamento de Filipe com Mary, em 1554, deve derivar da aparência de uma grande pérola em formato de pera em um retrato da mãe de Filipe, a imperatriz Isabel, pintado por Ticiano em 1548. Feito após a morte da imperatriz, Ticiano copiou uma pintura feita em vida por um artista flamengo. Quando o imperador lhe pediu para copiar esse retrato anterior da imperatriz, Ticiano, em sua versão, ampliou uma pequena joia, aumentando-a de maneira fabulosa para uma pérola diferenciada em formato de gota. Embora Isabel use um colar com uma pérola no retrato anterior, a pérola é bem pequena e discreta. Ver GRONAU, Georg. Titian's Portraits of the Empress Isabella, *Burlingon Magazine*, v. 2, p. 281-285, ago. 1903. Em um retrato deslumbrante de Elisabeth de Valois, terceira esposa de Filipe, Sofonisba Anguissola dá à rainha uma joia muito parecida com a da imperatriz. Uma joia concreta deve ter sido criada em referência à da imperatriz, ou Anguissola deve ter simplesmente copiado a de Ticiano. A sequência em que a pérola aparece em retratos reais espanhóis deve ter fortalecido o mito de que a pérola aumentada por criação de Ticiano entrou nas joias da Coroa espanhola à época da mãe de Filipe, a imperatriz, assim ele poderia dá-la a Mary Tudor.

32 Para uma incursão recente na confusão entre a pérola de Mary Tudor e "La Peregrina" espanhola, ver https://eragem.com/news/a-tale-of-two-pearls-tracing-la-peregrina-mary-tudors-pearl-through-portraits/.

33 Louis Montrose, em *The Subject of Elizabeth: Authority, Gender, and Representation* (Chicago: University of Chicago Press, 2006), pode ser o primeiro acadêmico a defender a importância do arco e da pérola no retrato da Armada e sua relação com o famoso retrato de Henrique VIII, feito por Holbein. Ninguém que eu saiba ainda tinha comentado a joia à qual o arco está ligado e sua semelhança com a pérola de Mary Tudor, ou de fato com a joia usada em retratos anteriores (ou mais tarde, como no Retrato Ditchley, de 1592). Um dos primeiros acadêmicos a estudar todos os retratos em detalhes é Roy Strong em *Gloriana: The Portraits of Elizabeth I* (Nova York: Thames and Hudson, 1987). No entanto, ele não menciona a joia.

34 Uma nova biografia conjunta de Elizabeth Stuart e suas filhas oferece um estudo absorvente e fascinante da maneira como tais mulheres permitiam que a dinastia Stuart perdurasse: GOLDSTONE, Nancy. *The Daughters of the Winter Queen: Four Remarkable Sisters, the Crown of Bohemia, and the Enduring Legacy of Mary, Queen of Scots*. Nova York: Little, Brown, 2018.

Capítulo Três: Três rainhas, um poeta e o conselheiro republicano

35 WILLIAMS, Kate. *The Betrayal of Mary, Queen of Scots: Elizabeth I and her Greatest Rival*. Nova York: Hutchinson, 2018. p. 41. Apple iBooks. O que eu afirmo não é que nunca tenha havido animosidade entre Mary Stuart e Elizabeth, mas simplesmente que o abismo que elas tentaram transpor não era algo pelo qual cada uma delas fosse pessoalmente responsável. No mínimo, o poema de Elizabeth, "The Doubt of Future Foes" [A dúvida de futuros inimigos], testemunha as preocupações destruidoras de alegria sobre a rebelião que Mary, a quem ela chamava de "a filha da polêmica", poderia provocar em sua terra que, fora isso, era pacífica.

36 CHÉRUEL, Pierre Adolphe. *Marie Stuart et Catherine de Médici : Étude historique sur les relations de la France et de l'Écosse dans la seconde moitié du 16ᵉ siècle*. Paris, 1878. Chéruel imprime a frase italiana em uma nota de rodapé, mas não menciona que o papa, a quem a carta era dirigida, era Giovanni Angelo de Médici, que, sendo um orgulhoso membro da família Médici (embora não do ramo florentino), pode muito bem ter apreciado a fofoca de maneira mais pessoal do que a maioria. Sem dúvida, seu núncio só escolheu relatar esse comentário, que, caso contrário, seria trivial, por causa da conexão pessoal. Os Médici eram banqueiros, não comerciantes (ou doutores). Ao acaso, duas acadêmicas recentes que repetem a história são: DUNN, Jane. *Elizabeth and Mary: Cousins, Rivals, Queens*. New York: Vintage, 2005. p. 173; e FRIEDA, Leoni. *Catherine de Médici: Renaissance Queen of France*. Londres, 2003. p. 127.

37 MELVILLE, James. *The Memoires of Sir James Melvil of Hal-hill, containing an impartial account of the most remarkable affairs of state during the last age, not mentioned by other historians: more particularly relating to the Kingdoms of England and Scotland, under the reigns of Queen Elizabeth, Mary, Queen of Scots, and King James. In all which transactions the author was personally and publicly concerned*. Londres, 1683. p. 29.

38 À época dizia-se que as "pérolas Médici" valiam "um reino", embora, em seguida descobriu-se que elas tinham sido compradas em um joalheiro em Lyons. Veja FRIEDA, Leoni. *Catherine de Medici*. Londres, 2003. p. 42. Quando Mary fugiu para a Inglaterra, Catarina esforçou-se para comprar as pérolas que havia dado a Mary, mas teve que desistir da tentativa ao saber que Elizabeth já as havia comprado por doze mil ecus (DE LA FERRIERE, Hector (Ed.). DE MÉDICI, Catherine. *Lettres de Catherine de Médicis*. v. 3, n. 142). Talvez elas figurem em imagens das muitas pérolas usadas por Elizabeth em todos os seus retratos. (Ela havia dito que usaria as pérolas que comprou em homenagem à memória de Mary Stuart.) Essas joias foram, posteriormente, herdadas por James I, que as deu para sua filha Elizabeth Stuart. Ela as levou para a Boêmia, onde se tornou rainha. Depois, elas foram dadas para sua filha Sophia, que se casou com um membro da família alemã Hanover. Com o desaparecimento da dinastia Stuart em 1714, o filho de Sophia tornou-se George I da Inglaterra, sobre a qual os Hanovers reinaram ao longo do século XVIII. A rainha Vitória herdou de seu tio George IV o que restou da coleção. Pelo lado do pai, príncipe Albert, o filho de Vitória, era membro da Casa de Saxe-Coburgo. A atual dinastia mudu seu nome de família para Windsor, durante a Segunda Guerra Mundial. Quatro pérolas supostamente originárias da coleção Médici atualmente enfeitam o alto da coroa imperial de Elizabeth II. Em essência, as pérolas acompanham o DNA Stuart, uma vez que ele atravessou os séculos seguindo a linhagem feminina.

39 HUME, David. *The History of England, under the House of Tudor: Comprehending the Reigns of K. Henry VII. K. Henry VIII. K. Edward VI. Q. Mary, and Q. Elizabeth*. Londres, 1759.

[40] FROUDE, James Anthony. *History of England from the Fall of Wolsey to the Death of Elizabeth*. Nova York: Scribner and Sons, 1856, v. 8, p. 3. Disponível em: https://www.google.com/books/edition/History_of_England_from_the_Fall_of_Wols/AWMNAAAAIAAJ?hl=en://

[41] A primeira edição de *Élégies, Mascarades et Bergerie* (1565) pode ser encontrada em DE RONSARD, Pirerre. Élégies, Mascarades et Bergerie. In: LAUMONIER, Paul (Ed.). *Oeuvres Complètes*. Paris, v. 13, 1948. Disponível em: https://gallica.bnf.fr/ark:/12148/. Todas as traduções para o inglês são de minha autoria.
Muito pouco foi escrito sobre este volume. O único livro acadêmico dedicado a *Mascarades et Bergerie* é de Virgínia Scott e Sarah Sturm-Maddox, *Performance, Politics and Poetry on the Queen's Day*. Farnham, UK: Ashgate, 2007. Scott e Maddox lidam, fundamentalmente, com o "Bergerie" em seu contexto dentro da cultura francesa de representação. Em um "Postscript" elas tratam brevemente da parte de representação do drama no livro de Ronsard, como foi enviado a Elizabeth, mas não fazem comentários sobre sua possível mensagem política além de seu louvor ao governo de mulheres.

[42] Robert Dudley empregara Edmund Spenser, principal poeta não dramático da época, como seu secretário. Logo no início ele apoiou o desenvolvimento do teatro elizabetano com sua própria trupe, Lord Leicester's Men, a quem ofereceu proteção legal e licença para apresentar peças pela Inglaterra. Os vínculos não eram financeiros (para nenhum dos lados), mas estabeleceram o modelo para o desenvolvimento de todas as trupes futuras que se formaram sob a proteção de vários nobres, inclusive a Lord Chamberlain's Men, companhia de atuação de Shakespeare.

[43] CHAMBERLIN, Frederick. *Elizabeth and Lycester*. Nova York: Dodd, Mead, 1939. p. 40. Chamberlin era muito utilizado quando, mais tarde, historiadores seguiram a orientação de Bohun, difamando Dudley: "Você colocaria um cachorro em tal evidência?". Disponível em: https://babel.hathitrust.org/cgi/pt?id=inu.32000001826165&view=1up&seq=52&q1=Hang%20a%20dog.

[44] WEIR, Alison. *Elizabeth, the Queen*. New York: Vintage, 2009. p. 108. A carta de Quadras pode ser encontrada em *CSP Spain (Simancas)*, 11 de setembro de 1560.

[45] Para uma discussão clara sobre todos os detalhes deste escândalo, que durante séculos permaneceu um mistério, ver GRISTWOOD, Sarah. *Elizabeth and Leicester: Power, Passion, Politics*. Londres: Penguin, 2007. p. 99-112. Gristwood aventa a possibilidade da culpa de Cecil como assassino porque "ele tinha o melhor motivo" (p. 119). Quadra tinha razão sobre Cecil ter se afastado a favor de Dudley neste momento, de modo que qualquer abalo em sua reputação poderia endireitar o equilíbrio entre os dois conselheiros. Gristwood também considera o possível interesse de Elizabeth em uma morte escandalosa para a esposa de Dudley, o que impossibilitaria que ela se casasse com ele, mas ao mesmo tempo lhe permitiria mantê-lo como seu favorito. Contudo, Gristwood privilegia a ideia de que Robsart possa ter cometido suicídio, uma vez que existem evidências, pelo testemunho dos criados, de que ela estava em depressão

profunda naquele momento. Embora o livro de Gristwood tenha sido publicado em 2007, um ano antes da descoberta do desaparecido registro do médico legista, em 2008, o registro não estabelece uma certeza entre as possibilidades de acidente, assassinato ou suicídio, uma vez que os ferimentos na cabeça recentemente descobertos poderiam ser causados não apenas por um ataque com um objeto rombudo, mas também por uma queda em um lance de escada, qualquer que fosse a causa da queda: uma escorregada acidental, um empurrão ou um pulo decidido para a morte. A verdadeira causa da morte de Amy provavelmente permanecerá um mistério.

[46] GUY, John. *My Heart Is My Own*. Segundo Guy, Cecil lançou uma campanha que perdurou por décadas contra o reinado de Mary. Ele constrói um caso muito convincente para a armadilha que acabou bem-sucedida de Cecil contra Mary – e também contra Elizabeth –, forçando Elizabeth a executar oficialmente Mary, estabelecendo, assim, o precedente que legitimou o regicídio. Já em 1560, antes de Mary ter voltado a sua terra natal, Cecil defendia que a Escócia devia ser governada por um grupo de nobres.

[47] Na introdução a *John Knox: On Rebellion*, John Mason observa que quando Knox estava em Genève, tentando convencer John Calvino sobre a necessidade de uma ação mais agressiva à perseguição dos devotos, Calvino não concordou, sob o argumento de que, como a humanidade era naturalmente má, "o maior perigo era que motivos ignóbeis seriam mascarados sob o manto de zelo religioso" (p. xii). Ver também COLE, Gary Z. John Calvin and Civil Government. *WRS Journal* 16:2, p. 18-23, ago. 2009. Cole sintetiza: "Calvino pensou que seria mais seguro para o governo estar nas mãos de muitos a estar nas mãos de um, mantendo que as monarquias são, em geral, incapazes ou relutantes para se controlar. Calvino foi veemente em sua oposição à teoria de que o papa, ou qualquer rei, deveria ser capaz de reclamar poder absoluto". No entanto, ele não concordava absolutamente com Knox de que o fiel poderia se voltar legitimamente à violência para proteger seus direitos religiosos. Curiosamente, Calvino usa a mesma expressão de Mary Stuart ao observar o perigo de que a religião pudesse oferecer um "manto" para motivos ignóbeis de ambição política.

[48] A edição oficial da Pléiade não traz a versão mais antiga do poema sobre a "Sicília" em que ele é dedicado a Cecil, portanto, apenas vendo a edição de Laumonier, ou tendo acesso ao livro original ou a um fac-símile (ou cópia digital), é que se torna possível entender esse alerta (muito sutil).

[49] DE LA FERRIERE, Hector (Ed.). DE MÉDICI, Catherine. *Lettres de Catherine de Médicis*, v. 3. Catarina escreveu outra carta no ano seguinte, em 27 de dezembro de 1569, ligeiramente mais irritada com Elizabeth por não fazer o que havia prometido: "Rezamos para que você ponha a dita rainha da Escócia em liberdade e providencie a ajuda e o apoio que for capaz, a fim de recolocá-la em seu reino com toda a autoridade e obediência que lhe são devidas por seus súditos". (*Lettres*, 3:289).

Susan Doran sintetiza as relações diplomáticas entre Catarina e Elizabeth: "Apesar da desconfiança mútua e das diferenças religiosas, as duas rainhas mostraram-se capazes de colocar de lado [...] rivalidades tradicionais e manter as relações amistosas declaradas em Troyes, em 1564". Doran acrescenta, então, uma advertência notável: "A reconciliação entre elas não se devia em nada a seu gênero [...] Preferivelmente, considerações pragmáticas e práticas diplomáticas mantiveram-nas num caminho pacífico". DORAN, Susan. Elizabeth I and Catherine de' Medici. In: RICHARDSON, Gleen (Ed.). *"The Contending Kingdoms": France and England 1420-1700*. Londres: Routledge, 2008. Kindle Edition, loc. 3573. Tal argumento, no entanto, não leva em conta o entendimento que Catarina expressou a Elizabeth em seu post-scriptum manuscrito sobre Mary Stuart, de que o apoio que um soberano oferece a outro ao reprimir rebelião é expecialmente importante no caso de rainhas, ou seja, governantes mulheres. Isso não é a ternura feminina que talvez Doran descarte acertadamente, mas política pragmática obstinada que, pelo menos segundo Catarina e seu poeta, tem tudo a ver com gênero.

Capítulo Quatro: Rainhas "irmãs", Mary Stuart e Elizabeth Tudor

[50] MELVILLE, James. *The Memoires of Sir James Melvil of Hal-hill*. p. 131.

[51] FROUDE, James Anthony. *History of England from the Fall of Wolsey to the Death of Elizabeth*, v. 8. Scribner and Sons, 1856. p. 256. Disponível em: https://babel.hathitrust.org/cgi/pt?id=ucl.b3884223&view=1up&seq=296&q1.

[52] PHILLIPS, James Emerson. *Images of a Queen: Mary Stuart in Sixteenth-Century Literature*. Berkeley: University of California Press, 1964. p. 34-35.

[53] Poucos historiadores vão além da existência da fonte, mas Guy reconhece sua importância impactante. GUY, John. *My Heart is My Own*. p. 273.

[54] CANDEN, William. *Annals, or the historie of the most renowned and victorious princesse elizabeth, late queen of england containing all the important and remarkable passages of state both at home and abroad, during her long and prosperous reigne*. Londres: Thomas Harper, for Benjamin Fisher, 1607. p. 71.

[55] A descrição do embaixador veneziano da pia batismal de ouro pode ser encontrada em BROWN, Rawdon; BENTINCK, G. Cavendish (Ed.). *CSP, Venice, 1558-1580*. Londres, 1890, v. 7, p. 386-387. Disponível em: British History Online, http://www.british-history.ac.uk/cal-state-papers/venice/vol7/pp 386-387.

[56] Em 1555, Catarina de Médici havia enviado a Mary Tudor uma pia de prata dourada, entalhada com rosas e romãs [em inglês, *pomegranate*] (de onde veio o nome de Granada, lugar de origem da mãe de Mary e da família de seu marido, Filipe). Ela também trazia o lema de Mary "Verdade, a Filha do Tempo", em latim. Embora Mary Tudor, infelizmente, nunca a tenha usado, a pia serviu para o bebê de James I,

nascido na Inglaterra, Charles (que foi decapitado em 1649). COOLINS, A. Jeffrey (Ed.). *Jewels and Plate of Queen Elizabeth I: The Inventory of 1574.* British Museum, 1955. p. 310.

57 Elizabeth escreveu uma carta no mesmo estado de espírito: "Você sabe, meu querido irmão, que desde que você respirou pela primeira vez, sempre tratei de considerar que foi meu útero quem o gerou" (Janeiro de 1592). Em outra carta, James respondeu com a mesma linguagem de vínculo entre eles, agradecendo-lhe por seus cuidados maternais em relação a ele "como uma mãe amorosa usaria com seu filho natural e devotado". BRUCE, John (Ed.). *Letters of Queen Elizabeth and King James VI of Scotland.* Londres: Camden Society, 1849. Disponível em: https://search-alexanderstreet.com.

58 "Commère" em francês traduz-se para o inglês como "gossip", ou seja, fofoca, mas no século XVI "gossip" significava "god-sib", ou seja, um parente ligado por uma cerimônia sacramental, tal como o batismo. No entanto, era algo muito mais forte do que nosso sentido atual de "padrinho". Por exemplo, era considerado incesto casar-se com um "god-sib".

59 DE LA FERRIERE, Hector (Ed.). DE MÉDICI, Catherine. *Lettres de Catherine de Médicis.* Paris, 1887, v. 3, p. 289.

60 BUCHANAN, George. *Opera Omnia*, v. 2, 1725. p. 399-405. As traduções do latim para o inglês são de minha autoria.

61 LINCH, Michael. Queen Mary's Triumph: The Baptismal Celebrations at Stirling in December 1566. *Scottish History Review*, v. 69, p. 1-21, abr. 1990. Lynch argumenta que "à época, o nascimento e o batismo foram encarados como um acelerador do processo de reconciliação interna, tanto de Mary com seus nobres extraviados quanto de protestantes com católicos" (p. 4).

Capítulo Cinco: Regicídio, republicanismo e a morte de Darnley

62 CASTELNAU, Michel. Mémoires de messire Michel de Castelnau, seigneur de Mauvissière. Paris, 1823, v. 2. In: TEULET, Alexandre. *Relations politiques de la France et de l'Espagne avec l'Écosse.* Paris: Librarie de la Societé Histoire, 1862. p. 152. Teulet publica documentos políticos abrangendo os anos 1559-1573. Como Castelnau havia sido encarregado de fazer a paz entre Mary e seus barões, ele ignorou a insistência irredutível de Mary de o quanto ela considerava antimonárquicos os lordes rebeldes. Decidiu que a análise política que ela fazia era profundamente imatura. No entanto, a própria indignação moral de Elizabeth com essas mesmas afrontas dos rebeldes aos princípios monárquicos, quando, dois anos depois, eles se recusaram a obedecer às *suas* ordens de soltar sua rainha ungida da prisão, sugere que Mary estava simplesmente sendo lúcida, e não ingênua, e viu mais cedo o que

Elizabeth só percebeu depois. Mary não era estúpida, nem ignorante, sabia o que estava falando. Ver também CHÉRUEL, Pierre Adolphe. *Marie Stuart et Catherine de Médicis.* p. 43.

[63] GUY, John. *My Heart is My Own.* p. 226; 303. Guy entende que George Buchanan tinha uma teoria de governo republicano completamente articulada, mas não parece pensar que suas visões teriam sido percebidas por Mary, ou teriam indicado a opinião que ela tinha sobre as atitudes políticas dos barões. Knox, com certeza, não escondia sua rejeição ao direito divino dos reis. Guy mostra como Buchanan, assim como Knox, achava que "governantes eram escolhidos pelo povo"; caso os governantes falhassem no governo, então "o povo tinha o direito de depô-los" – mais uma vez, um preceito de Knox. Buchanan concordou com a abdicação forçada de Mary, "que viu como uma das melhores ilustrações práticas de sua teoria de responsabilidade régia em oitocentos anos de história escocesa" (p. 375).

[64] GUY, John. *My Heart Is My Own.* p. 263, Kindle Edition, loc. 4010. Mary afirmava que os rebeldes "eram abertamente 'republicanos' – ela usou a palavra – dispostos a destruir a 'antiga monarquia'. Os rebeldes a deporiam e a matariam juntamente com Darnley, e então criariam uma 'república' em que a soberania estava investida nos nobres". Mary leu Tito Lívio com seu assessor de latim, George Buchanan, que tinha, logicamente, uma noção ainda mais radical do que Knox do poder governamental, que ele sustentava fluir não de Deus, mas apenas e essencialmente do povo. A descrição de Tito Lívio da transição de Roma de um reinado para uma república, instigada pelo rapto e suicídio de Lucrécia, era uma história que ela conheceria bem.

[65] *CSP, Scotland, Elizabeth,* 27 de fevereiro de 1560; Artigo Berwick, *CSP Scotland, Elizabeth,* agosto de 1559.

[66] A declaração de Mary e François II pode ser encontrada em POUJOULAT, Jean Joseph François. *Nouvelle collection des memoires pour servir à l'histoire de France.* Paris: Guyot Frères, 1851. p. 451.

[67] De seu sermão sobre "Isaías, 26". A obra completa de John Knox está disponível na edição de seis volumes editada por David Laing, *The Works of John Knox* (Woodrow Society, 1846-1864). Esse sermão pode ser acessado digitalmente em http://biblehub.com/libray/knox/the_pulpit _of_the_reformation_nos_1_2_and_3_/a_sermon_on_isaiah_xxvi.htm.

[68] A Homília sobre Obediência Elizabetana 1.10.2.158 pode ser encontrada em http://www.library.utoronto.ca/utel/ret/homilies/bk1hom10.html. Como a Igreja Reformada na Inglaterra tinha passado de enfatizar a comunhão como centro do culto, para a pregação da palavra durante o sermão, e poucos ministros tinham formação nas doutrinas mudadas, o governo ofereceu volumes impressos de "homílias" prontas para eles usarem. Intitulado *Certain Sermons or Homilies Appointed to Be Read in Churches,* a primeira versão oferecia 33 sermões independentes sobre diferentes tópicos. A importância de pregar a palavra para ouvintes ativos, em vez de oferecer

um drama visual em uma língua estrangeira, tornou as homílias fundamentais para a educação do povo na nova religião. O primeiro livro de Cranmer, impresso em 1547, incluía um sermão sobre obediência. O ampliado "Segundo Livro", de John Jewel, publicado em 1571, acrescentou um novo sermão, "Uma homília contra desobediência e rebelião deliberada". Ele torna explícito o perigo enfrentado por mulheres governantes: "Que questão indigna seria então fazer os súditos mais perversos, e mais inclinados à rebelião e a todo mal, juízes de seus reis [...] especialmente se forem jovens de idade, do sexo feminino, ou gentis e cordiais ao governar, e igualmente confiáveis por sua terrível ousadia, fáceis de derrubar sua fraqueza e gentileza, ou, pelo menos assim temer as mentes de tais reis, que eles possam ter impunidade pelos seus feitos maldosos". BEST, Michael; GABY, Rosemary (Ed.). Internet Shakespeare Editions. *Shakespeare*, v. 4, n. 3, p. 221-233, 2008. Disponível em: https://internetshakespeare.uvic.ca/doc/Homilies_2-21_M/index.html.

69 BUCHANAN, George. *Opera Omnia*, v. 2, 1725. p. 399-405. As traduções do latim para o inglês são de minha autoria.

70 LÍVIO, Tito. *The History of Rome*. Tradução Rev. Canon Roberts. Londres, 1905, Livro I, Capítulo 59. Disponível em: http://mcadams.posc.mu.edu/txt/ah/Livy/Livy01.html.

71 GUY, John. *My Heart Is My Own*. p. 203; 227.

72 MARCUS, Leah S.; MUELLER, Janel; ROSE, Mary Beth (Ed.). *Elizabeth I: Collected Works*. Chicago: University Press, 2000. p. 116.

73 Os detalhes são da carta de Mary a James Beaton, Arcebispo de Glasgow, 2 de abril de 1566, em LABANOFF, Alexandre (Ed.). *Lettres, instructions et* mémoires de Marie Stuart. Londres: Dolman, 1844, v. 1. Ver também GUY, John. *My Heart Is My Own*. p. 596-597.

74 PRYOR, Felix. *Elizabeth I: Her Life in Letters*. British Library, 2003. p. 49. Disponível em: https://www.google.com/books/edition/Elizabeth_I/Nre2VCIIUxcC?hl=en&gbpv=1&bsq=March%2015,%201566.

75 MARCUS, Leah S.; MUELLER, Janel; ROSE, Mary Beth (Ed.). *Elizabeth I: Collected Works*. p. 115. Elizabeth sabia claramente que Darnley era desequilibrado, quando o chamou de "louco".

76 GUY, John. *My Heart Is My Own*. p. 350.

77 MELVILLE, James. *Memoires*. p. 177.

78 GUY, John. *My Heart Is My Own*. p. 275.

79 LABANOFF, Alexandre et al. *Lettres, instructions et mémoires de Marie Stuart*. Uma versão digital desta edição das cartas de Mary pode ser acessada em https://catalog.hathitrust.org/Record/000111814

80 *CSP, Scotland, Elizabeth*, 17 de julho de 1657.

81 Carta de Elizabeth de 14 de julho de 1567. STEWART, Alan. *The Cradle King: The Life of James VI and I, the First Monarch of a United Great Britain*. Nova York: St. Martin's Press, 2003. p. 27.

Capítulo Seis: Mary, Rainha dos Escoceses

[82] A própria carta pode ser encontrada em DE LA FERRIERE, Hector (Ed.). DE MÉDICI, Catherine. *Lettres de Catherine de Médicis*, v. 3, p. 143-144. A tradução para o inglês é de minha autoria.

[83] *CSP, Scotland*, v. 2, 1563-1569, item 697. The Queen Mother of France to Elizabeth, 26 de maio de 1568.

[84] DE LA FERRIERE, Hector (Ed.). DE MÉDICI, Catherine. *Lettres de Catherine de Médicis*. p. 144.

[85] FRIEDA, Leonie. *Catherine de Medici*. Londres, 2003. p. 60.

[86] Marguerite faz de Catarina um membro importante do seleto grupo de cortesãos cujo salão propôs pela primeira vez o jogo que veio a ser a estrutura para o famoso *Heptaméron*, uma coleção de 72 histórias pela concepção baseadas em fato recente, e não em histórias ou ficções antigas. Impressa em 1558, a coleção apresenta um desafio francês ao *Decameron* (ou cem histórias), de Boccaccio. Uma história em particular descreve um trágico ataque a uma mulher da aristocracia por um amigo de longa data da sua família, sugerindo, assim, que tais ultrajes não eram desconhecidos entre a classe alta francesa. Alguns sugeriram que Marguerite escrevia sobre sua própria experiência de estupro. Ver CHOLAKIAN, Patricia. *Rape and Writing in the Heptaméron of Marguerite de Navarre*. Carbondale: Southern Illinois University Press, 1991.

[87] FRIEDA, Leonie. *Catherine de Medici*. Londres, 2003. p. 60.

[88] Acompanhei a investigação de Guy em *My Heart Is My Own*, através do *Calendar of State Papers*, ao criar o argumento de que Cecil era responsável pelo perdão de Morton. Cecil, é claro, não poderia ter certeza de que a volta de Morton à Escócia *garantiria* a morte de Darnley, mas valia a pena correr esse risco.

[89] *CSP, Scotland, Elizabeth*, item 458; ênfase acrescentada.

[90] DE LA FERRIERE, Hector (Ed.). DE MÉDICI, Catherine. *Lettres de Catherine de Médicis*. Paris, 1887, v. 3, p. 316.

[91] LOVELL, Mary S. *Bess of Hardwick: Empire Builder*. New York: W. W. Norton, 2006. Bess assegurou-se de que nunca seria esquecida, tomando o cuidado de erigir suas iniciais no alto das seis torres construídas em Hardwick Hall. Um monumento signficativo da arquitetura elizabetana, exibindo os seis "ES's" de Elizabeth Shrewsbury, Hardwick Hall permaneceria como um testemunho em pedra e vidro da vontade indômita de Bess e de seu bom gosto arquitetônico.

Lovell refaz o início das perspicazes transações financeiras de Bess, à morte de seu segundo marido, William Cavendish, com sua luta contra a decisão do Parlamento de confiscar grande parte de sua propriedade (e dos filhos) por dívida. Tendo resistido a essa tempestade com a ajuda dos nobres da família Grey-Dudley, seus amigos íntimos, ela foi de um sucesso financeiro a outro, prosperando com uma frugalidade inteligente e arriscando-se com sabedoria. Um terceiro casamento com outro cortesão bem posicionado no círculo da rainha Elizabeth, William St. Loe, deixou-a com uma riqueza ainda maior, inclusive um valioso tecido eclesiástico. Seu último casamento com George Talbot, conde de Shrewsbury, trouxe-lhe a presença de Mary, Rainha dos Escoceses, como prisioneira em sua casa.

[92] LEVEY, Santina M. *An Elizabethan Inheritance: The Hardwick Hall Textiles*. Swindow, UK: National Trust, 1998. Levey explica que o trabalho de agulha em Hardwick Hall era feito por um grupo misto de bordadores, serviçais dos dois gêneros, filhas e netas aristocráticas, bem como Bess e Mary Stuart. Mas a maior parte era feita por bordadores profissionais homens, artesãos itinerantes que iam de mansão em mansão trabalhando como diaristas. As aplicações eram quase sempre da alçada de bordadores profissionais homens, incluindo pessoas específicas contratadas em Londres, que se tornavam servidores por longo tempo na casa.

[93] Em *Renaissance Clothing and the Materials of Memory* (Cambridge: Cambridge University press, 2000), Ann Rosalind Jones e Peter Stallybrass discutem as inúmeras maneiras com as quais a Europa da Renascença era uma "cultura do tecido", onde o tecido era o bem mais valioso em todos os reinos. Jones e Stallybrass salientam que a importância do vestuário e da indumentária pode ser observada no fato de que o rosto de um modelo seria copiado pelo artista em uma ou duas sessões com o retratista, mas as roupas eram mandadas para o estúdio, onde o artista pintaria meticulosamente as minúsculas texturas do veludo, do cetim, da renda usados. Suas roupas eram muito mais valiosas do que o retrato pintado pelo artista, o qual, afinal de contas, não passava de borrões de cor aplicados em um fundo tecido de maneira bem grosseira. Na verdade, seria possível dizer que o retrato talvez tivesse a ver ainda mais com o vestuário do que com o modelo.
No Shakespeare's Birthday Lecture, na Biblioteca Folger, em 1992, Stallybrass lançou uma teoria provocativa de que o teatro inglês era possível, em parte, pela circulação de roupas "velhas". Como leis sumptuárias impossibilitavam a qualquer plebeu usar roupas de um nobre, o teatro, com atores que podiam usar tal indumentária como figurino com muito menos risco do que outros cidadãos, oferecia um mercado para reciclagem dos trajes muito caros usados pela elite do século XVI. Para uma discussão mais profunda da relação entre teatro e roupas descartadas, ver capítulo 7 de *Renaissance Clothing*, "The Circulation of Clothes and the Making of the English Theater", especialmente p. 187-190.

[94] Em *The Culture of Cloth in Early Modern England* (London: Routledge, 2006), Roze Hentschell argumenta que o tecido de lã era uma parte fundamental da identidade da Inglaterra como uma nação e construía a identidade social, bem como a individual.

[95] Nos retratos medievais das Virtudes, as personificações são centrais, enquanto as ocorrências históricas individuais são secundárias. Nas tapeçarias de Mulheres Antigas, o contrário é verdadeiro, mostrando exatamente como essas tapeçarias estão perfeitamente equilibradas no auge da mudança em técnica alegórica, no século XVI,

de medieval para renascentista. Para discussão da questão incrivelmente controversa sobre o motivo de personificações de abstrações (Castidade, Santa Igreja, Razão, lady Filosofia) ostentarem o gênero feminino, ver TESKEY, Gordon. *Allegory and Violence*. Ithaca, NY: Cornell University Press, 1997. Ver também meu Allegory and Female Agency. In: MACHOVSKY, Brenda (Ed.). *Thinking Allegory Otherwise*. Stanford, CA: Stanford University Press, 2009.

[96] FRYE, Susan. *Pens and Needles: Women's Textualities in Early Modern England*. Filadélfia: University of Pennsylvania Press, 2010. p. 46-65. Eu mesma estive em frente à tapeçaria de "Lucrécia", impressionada com sua beleza, mas totalmente cega ao – neste caso – autorretrato de Mary Stuart. Susan Frye discute o uso anterior de Mary de seu vestido de bodas em um traje de luto, numa mascarada de casamento criada por ela ao se casar com Darnley, através do qual ela estabeleceu uma identidade duradoura para si mesma como a esposa enlutada e noiva virgem. Frye pôs cor, perspicácia e roupas na ideia de Weiner sobre bens inalienáveis, incorporando seu argumento geral sobre a majestosa Mary Stuart em uma vasta análise de arquivo da arte têxtil cooperativa (e, é claro, frequentemente anônima) de muitas mulheres de todas as classes. Embora o bordado de Mary não fosse extraordinário, o uso régio que ela fez dele o é. Em certo sentido, ela concretizou para si mesma, sozinha e prisioneira, o que a rainha Elizabeth I conseguiu com todo um regime defendendo o poder imperial de sua virgindade. O véu de Mary flutua no ar eternamente, uma vez que ela se transformou de viúva em noiva. Sou em todos os aspectos devedora a Susan Frye pelos argumentos e detalhes da minha reflexão sobre as tapeçarias de Mary.

[97] Um inventário do rei James V da Escócia lista uma tapeçaria de "unicórnio" entre as muitas que ele possuía. Baseada nesse item, a Historic Scotland mandou copiar o conjunto em Nova York e fez com que fosse tecido novamente (em 2001) à maneira manual do século XVI. Elas estão, atualmente, em exibição no Castelo de Stirling, em cômodos decorados como deveriam estar durante a residência de Marie De Guise. A série de Nova York foi usada como modelo para as tapeçarias em Stirling, uma vez que existe uma teoria não comprovada até agora de que um conjunto de tapeçarias de unicórnio poderiam ter sido trazidas da França por Madeleine de Valois, por ocasião de seu casamento com James V. O conjunto francês no Museu Cluny da Idade Média, na França, "A Dama e o Unicórnio" é uma série muito diferente. Uma monografia recente registra o impressionante número de interpretações desta série "alegórica", mostrando uma breve ligação com a Escócia: FOUTAKIS, Patrice. *De "La Dame à la licorne"*. Paris: Editions L'Harmattan, 2019.

[98] GIROUARD, Mark. *Robert Smythson and the Elizabethan Country House*. New Haven, CT: Yale University Press, 1983. Girouard aborda Hardwick Hall no capítulo 4. Bess estava redecorando o "velho saguão" até decidir construir uma estrutura totalmente nova, aos sessenta e poucos anos de idade. Segundo Girouard, ela gostava de simetria, altura, luz e quadraturas, que Smythson proporcionou com "torres

quadradas, janelas grandes com quadrantes de travessão e montantes" lembrando o estilo britânico Gótico Perpendicular, "despido de [...] detalhes". O estilo da casa prodígio elizabetana era "da maior ousadia e beleza". Girouard enfatiza que esse estilo era bem "exclusivo da Inglaterra" (p. 161-162).

[99] ELLIS, Margaret. The Hardwick Hall Hangings: An Unusual Collaboration in English Sixteenth-Century Embroidery. *Renaissance Studies*, v. 10, p. 280-300, 1996. Ellis sustenta que Mary, com uma formação muito melhor do que Bess, teria sido a parceira que imaginou os detalhes do desenho para os retratos das mulheres clássicas e suas virtudes. Ao morrer, Bess possuía apenas quatro livros; já no caso de Mary, o conde de Shrewsbury reclamava constantemente do custo de transportar a extensa biblioteca dela. Ela se mudou 47 vezes durante seu cativeiro (nem todas, mas a maioria dessas mudanças foi sob a égide – e à custa – dos Shrewsburys).

[100] Mary deve ter conhecido o tratamento de Lucrécia por Cristina de Pisano. Em sua versão, a história de Lucrécia é contextualizada com a simples questão: as mulheres gostam de ser estupradas? A Lucrécia de Cristina, assim como a Lucrécia de Tito Lívio, no início luta contra a tentativa do filho do rei Tarquínio de atacá-la. Quando ele percebe que ela não cederá nem para salvar a própria vida, o estuprador diz que mentirá sobre ela para o mundo, alegando que a encontrou fazendo amor com um criado. É para salvar sua honra, e não sua vida, que Lucrécia deixa de lutar. No dia seguinte, ela convoca sua família e outros aristocratas e conta a eles o que aconteceu, matando-se com uma espada escondida em suas roupas. Daí em diante, as mulheres podem invocá-la como um exemplo da seriedade com a qual as mulheres protegerão sua honra. Os parentes de Lucrécia dão início a uma rebelião contra o poder autocrático do rei, e nasce a República de Roma. Mais importante e excepcional na versão de Cristina é o fato de que o povo institui uma lei que torna o estupro um crime capital a ser punido com a morte. Como prova de que o trabalho de Cristina era conhecido por muitas mulheres da elite do século XVI, seja em formato manuscrito ou impresso, veja o trabalho de investigação de BELL, Susan Groag. *The Lost Tapestries of the City of Ladies: Christine de Pizan's Renaissance Legacy*. Berkeley: University of California Press, 2004.

Capítulo Sete: Uma armadilha para duas rainhas

[101] ALFORD, Stephen. *Burghley: William Cecil at the Court of Elizabeth I*. New Haven, CT: Yale University Press, 2008. p. 95. Alford, um aluno de John Guy, aceita o argumento de Guy de que Cecil estivesse contra Mary Stuart desde o início, mas é bem mais moderado em seu julgamento sobre os motivos de Cecil, enfatizando a noção que ele tinha sobre a força dos inimigos católicos da Inglaterra e o quanto o governo de Elizabeth estava em perigo. Alford não pressupõe que Cecil fosse de alguma maneira crítico à monarquia, nem que estivesse pretendendo usar Mary como um meio para colocar limites àquela forma de governo.

[102] Mary escreveu a Cecil em 5 de outubro de 1566, como relatado no *CSP*, v. 8, 1566-1568. Ela "sempre teve uma boa opinião sobre ele, que ele em todos os momentos exercia o dever de um ministro leal ao lidar com uma inteligência mútua entre ela e a rainha da Inglaterra, até os estranhos procedimentos de Rokesby. [Ela] entende, pelo relato de Melville, que ele não se alterou em nada desde sua boa inclinação anterior. [Ela] continua com a mesma boa vontade de antes em relação a ele".

[103] Aqui eu me baseio no escrutínio brilhantemente cuidadoso, feito por John Guy, da prova de arquivo. Guy sustenta que o escrivão de Cecil, que traduziu uma das cartas francesas de Mary a Bothwell, descreveu-a honestamente como tendo sido escrita *depois* do "ravissement" [rapto] dela por ele, negando assim a afirmação dos lordes de que a carta implicasse Mary num rapto *voluntário*. Guy afirma que Cecil logo percebeu que a anotação honesta do escrivão comprometia todo o caso contra o conluio ativo de Mary com Bothwell, o qual, os lordes esperavam provar, demonstrava a total aceitação consensual (e lasciva) de Mary do casamento entre eles, bem como seu consentimento antecipado e, sem dúvida, conspiração no assassinato do marido. Percebendo esse perigo, Cecil eliminou a palavra "after" [depois], escrita pelo escrivão, com seu próprio "inimitável rabisco", como denomina Guy, e ele mesmo escreveu "afore" [antes]. Embora ele não mudasse o tempo do verbo dentro da própria carta, estava assim encabeçada: "Cópia de Sterling antes [afore] do Ravissement". A adulteração feita por Cecil no registo foi, assim, segundo Guy, "a palavra individual mais importante [...] em qualquer documento ligado a Mary, Rainha dos Escoceses". GUY, John. *My Heart Is My Own*. p. 414.

[104] GUY, John. *My Heart Is My Own*. p. 461.

[105] GUY, John. *My Heart Is My Own*. p. 479.

[106] Para esta declaração ao Parlamento, ver MARCUS, Leah; MUELLER, Janel; BETH, Mary Rose (Ed.). *Elizabeth I: Collected Works*. p. 195.

[107] FRASER, Antonia. *Mary, Queen of Scots*. New York: Weidenfeld and Nicholson, 1993. p. 681.

[108] ALFORD, Stephen. *Burghley*.

[109] MARCUS, Leah; MUELLER, Janel; BETH, Mary Rose (Ed.). *Elizabeth I: Collected Works*. p. 296-297.

[110] A carta descrevendo as objeções de James VI está citada em GOLDBERG, Jonathan. *James I and the Politics of Literature*. Baltimore: John Hopkins University Press, 1983. Goldberg apresenta uma discussão fascinante sobre a preocupação de James com as relações entre autoridade poética e soberana (p. 1-17). Spenser recebeu a função de xerife do condado de Cork algum tempo depois disso, portanto fica claro que não houve punição.

[111] FRIEDA, Leonie. *Catherine de Médici*. Londres, 2003. p. 361.

[112] DE LA FERRIERE, Hector (Ed.). DE MÉDICI, Catherine. *Lettres de Catherine de Médicis*. p. 194. Tradução minha.

[113] Citado por MCLAREN, Anne N. *Political Culture in the Reign of Elizabeth: Queen and Commonwealth 1558-1585*. Cambridge: Cambridge University Press, 1998. p. 296. Uma série semelhante de sentimentos políticos também se formava na França. Em *Francogallia* (1573), o escritor calvinista François Hotman analisou a história da monarquia francesa, concluindo que seu presente absolutismo era muito diferente da forma original com que o monarca era eletio pela Assembleia Nacional ou Parlamento. Hotman também condenou o governo de mulheres. FRIEDA, Leoni. *Catherine de' Medici*. Londres, 2003. p. 295.

Capítulo Oito: Catarina de Médici

[114] CRAWFORD, Katherine. *Perilous Performances: Gender and Regency in Early Modern France*. Cambridge: Harvard University Press, 2004. A autora refaz as cuidadosas manobras realizadas por Catarina, na primeira *lit de justice* durante o reinado de Charles IX para tornar sua regência algo mais poderoso e permanente, sintetizada no novo título criado para ela, "La Reine Mère". Crawford também reflete sobre a habilidade de Catarina de Médici em fortalecer sua regência, tornando-a mais durável: Catherine de Medicis and the Performance of Political Motherhood. *Sixteenth Century Journal*, v. 31, p. 643-673, 2000. As várias regências de Louise de Savoy para François I foram modelos importantes, mas sendo uma mulher que não era rainha (apenas uma duquesa), ela nunca se apropriou da autoridade real como fez Catarina com os poderes de seus filhos.

[115] As Tulherias, construídas em um terreno em que Catarina mandara acabar com os trabalhos em azulejo, e onde monarcas de Henri IV a Napoleão III viveram, eram um palácio e um grande jardim. Catarina transformou o jardim em um espaço público.

[116] VALOIS, Marguerite de. *Mémoirs of Marguerite de Valois, Queen of Navarre, Written by Herself: Being Histoirc Memoirs of the Courts of France and Navarre*. Boston: L. C. Page, 1899, carta IV. Disponível em: http://www.gutenberg.org/files/3841/3841-h/3841-h.htm. As *Mémoirs* de Margot só foram publicadas em 1628, alguns anos após sua morte, em 1615.

[117] BRANTÔME, Pierre de Bourdeille. *The Book of the Illustrious Dames*. Nova York: Versailles Historical Society, 1899, Kindle Edition, loc. 2283. A Lei Sálica foi formulada pela primeira vez durante o reinado de Clovis I, o primeiro rei dos francos, em 507 d.C. Ela organizava muitas regras para a estrutura da sociedade, incluindo impostos, justiça (que incluía tribunal de juri, meio século antes de a Inglaterra reconhecer o direito fundamental do *habeas corpus*) e multas a serem cobradas, como indenização por danos a propriedade. Mas sua cláusula mais famosa era a lei sobre "sucessão agnática", pela qual as mulheres eram impedidas de herdar qualquer trono ou feudo que, por lei, deveriam passar para o parente masculino mais próximo do

dirigente: filho, irmão ou até mesmo um primo muito distante. A linhagem também não deveria passar *por* uma mulher, mas manter uma sucessão sem interrupções de um sucessor masculino ao próximo. No caso dos Valois, os filhos da filha preferida de Catarina – Claude de Valois, irmã dos três reis Valois, François II, Charles IX e Henri III, e casada com Charles, duque de Lorraine – não poderiam herdar o trono porque o direito à Coroa não poderia passar através de sua mãe. François I herdou seu trono quando um ramo dos Valois terminou. Descendendo diretamente do filho de Philip III, François I teve precedência sobre qualquer homem Bourbon porque a família Bourbon-Navarra descendia do irmão *mais novo* de Philip III, e só entrou na linha de sucessão depois que todos os netos homens de François tinham morrido. Na Inglaterra moderna, algumas das mesmas regras são aplicadas à sucessão: o príncipe Harry Windsor herdará o trono apenas se todos os filhos e netos do príncipe William, seu irmão mais velho, tiverem morrido. No entanto, Charlotte, a segunda criança do príncipe William, poderá herdar se seu irmão mais velho, George, morrer sem descendentes, porque não existe Lei Sálica na Inglaterra que impeça a sucessão feminina. Caso ela tivesse sido a primeira a nascer, seria a herdeira direta de seu pai. A lei que por séculos impossibiltou às mulheres herdar antes dos homens, mesmo antes de irmãos mais novos (como no caso de Mary e Elizabeth Tudor), foi mudada apenas pouco tempo antes do nascimento de William.

[118] BLACK, Annetta. Catherine de Medici's Chamber of Secrets. *Atlas Obscura*. Blois, França, 19 out. 2009. Disponível em: https://www.atlasobscura.com/places/catherine-de-medicis-chamber-secrets.

[119] Uma boa análise dos complicados efeitos retóricos da prosa de Margot na criação de sua própria subjetividade, em contraste com o retrato idealizado de Brantôme, está em TROTOT, Caroline. The *Mémoirs* of Marguerite de Valois: Experience of Knowledge, Knowledge of Experience. *Arts et Savoirs*, v. 6, 2016. Disponível em: https://journals.openedition.org/aes/728.

[120] VALOIS, Marguerite de. *Memoirs*. p. 27.

[121] Provavelmente publicado em Genebra em 1575, apenas três anos após o Massacre, o panfleto de um escritor anônimo (talvez Henri Estienne) foi o primeiro de um vasto número de ataques contra Catarina por causa do massacre, e o primeiro a apresentar a teoria sobre a conspiração de Catarina com Alba. Ver *Discours Merveilleux de la Vie, actions, et les deportemens de Catherine de Médicis da Royne Mère: Auquel sont recitez les moyens q'elle a tenu pour usurper le gouvernemement du royaume de France, & reuiner l'estat d'icelui* (Paris, 1649). O argumento é que a parada do tour real em Bayonne não era uma maneira de apresentar o jovem rei a seu reino, mas uma chance de Catarina falar aos nobres católicos sobre a planejada "*extermination des Huguenaux*" e conferenciar com o duque de Alba sobre maneiras de "perturbar o reino" (p. 29). Foram publicadas nove edições entre 1575 e 1579. Disponível em: https://www.e-rara.ch/bau_1/content/zoom/8652779.

[122] CHÉRUEL, Pierre Adolphe. *Marie Stuart et Catherine de Médicis*. p. 27-28.

[123] As citações vêm de BRANTÔME, Pierre de Bourdeille. *The Book of the Illustrious Dames* (www.Gutenberg.org). Disponível em: https://www.gutenberg.org/files/42515/42515-h/42515-h.htm#page_085.

[124] GOLDSTONE, Nancy. *The Rival Queens: Catherine de' Medici, Her Daughter Marguerite de Valois, and the Betrayal That Ignited a Kingdom*. Boston: Little, Brown, 2015. Embora Goldstone em geral seja cuidadosa ao observar os momentos em que Catarina parecia estar ao lado da filha nas explosões endêmicas da corte Valois e as subsequentes guerras violentas, como seu título sugere, ela considera que o assunto determinante seja uma rivalidade entre mãe e filha. A tragédia fundamental na vida de Margot, no entanto, foi o conflito entre seus irmãos, exacerbado pela marcante preferência de Catarina de Médici por seu terceiro filho, Henri III. A esterilidade de Margot também lhe negou uma das salvaguardas contra a vulnerabilidade feminina, assim como a fecundidade tardia de sua mãe salvara seu casamento e também seu lugar na sociedade.
A propaganda contra a suposta licenciosidade monstruosa de Margot começou de fato quando seu marido, Henri de Navarra, após a morte de Henri III em 1589, finalmente se converteu do protestantismo ao catolicismo e tornou-se rei Henri IV da França. Como rei, ele necessitava urgentemente de um herdeiro. O resultado foi a anulação, dez anos depois, de seu casamento católico, concedida pelo papa em 1599, devido à esterilidade de Margot. Tão logo seu marido estabeleceu-lhe um custeio suficiente para que ela continuasse sua vida privilegiada em Paris, Margot não impôs problemas à anulação. Quando Henri casou-se com Marie de Médici, parente bem distante de sua mãe, Margot compareceu alegremente ao casamento e se tornou uma espécie de confidente da nova rainha. O casamento entre Marguerite de Valois e Henri de Navarra, iniciado com um derramamento de sangue tão catastrófico, acabou se transformando numa relação amistosa.

[125] MARCUS, Leah; MUELLER, Janel; BETH, Mary Rose (Ed.). *Elizabeth I: Collected Works*. p. 116.

[126] SIDNEY, Philip. *Sir Philip Sidney to Queen Elizabeth, Anno 1580, Dissuading her from Marrying the Duke of Anjou*. Disponível em: http://www.luminarium.org/editions/sidneyeliza.htm.

[127] DORAN, Susan. *Monarchy and Matrimony: The Courtships of Elizabeth I*. Londres: Routeledge, 2002, Kindle Edition. Doran ressalta que "existem poucos indícios sobre o caráter elusivo e a prevaricação com a qual se diz que ela deslumbrava e confundia seus admiradores" (p. 217); ela era muito mais "franca e direta com aqueles que a cortejavam". Embora a própria Elizabeth tivesse dito que jamais se casaria, Duran observa que a criação da sua imagem pública de castidade era, em parte, "imposta a ela por escritores, pintores e seus mecenas durante as negociações matrimoniais com Anjou".

[128] MARCUS, Leah; MUELLER, Janel; BETH, Mary Rose (Ed.). *Elizabeth I: Collected Works*. p. 261.

Capítulo Nove: Oito tapeçarias Valois

[129] Um dos primeiros acadêmicos a estudar as tapeçarias em detalhes, Frances Yates, foi uma historiadora de arte do século XX que considerava as tapeçarias um sério trabalho de arte da Alta Renascença. Embora ela sustentasse que Catarina não havia encomendado sua criação, reconhecia o grande valor artístico contido nos desenhos de Catarina para os cortejos (*The Valois Tapestries*). Acompanhando o trabalho anterior dos curadores do Uffizi, o estudo de Pascal François Bertrand, no começo do século XXI, coloca, sem a menor dúvida, Catarina a cargo da criação das tapeçarias: A New Method of Interpreting the Valois Tapestries, Through a History of Catherine de Médicis. *Studies in the Decorative Arts*, v. 14, n. 1, p. 27-52, 2006-2007. Disponível em: http://www.jstor.org/stable/40663287.

[130] FFOLLIOTT, Sheila. Catherine de' Medici as Artemisia: Figuring the Powerful Widow. In: FERGUSON, Margaret; QUILLIGAN, Maureen; VICKERS, Nancy (Ed.). *Rewriting the Renaissance: The Discourses of Sexual Difference in Early Modern Europe*. Chicago: University of Chicago Press, 1986. p. 227-241. Ffolliott identifica que o desenho dessa tapeçaria Valois se deve a um desenho de Antoine Caron para a narrativa de *Artemísia*, por Nicolas Houel, escrita para Catarina. Muito tempo atrás, Ffolliott ressaltou, com brilhantismo, a importante posição da figura de Catarina, copiando a posição deslocada de Artemísia no desenho de Caron. Também sou devedora a Ffolliott por assinalar a brincadeira da fonte em Diane de Poitiers.

[131] Para um argumento diametralmente oposto sobre o significado das tapeçarias Valois, ver JARDINE, Lisa; BROTTON, Jerry. *Global Interests: Renaissance Art Between East and West*. Ithaca, NY: Cornell University Press, 2000. Jardine e Brotton situam o significado dos painéis Valois à luz da importante tradição das tapeçarias que celebram heroicas batalhas militares entre os exércitos europeus da Renascença e uma tradição igualmente relevante e similar de batalhas protótipicas entre exércitos romanos e seus adversários não europeus. Rejeitam inequivocamente o argumento de Frances Yates de que as tapeçarias Valois retratem uma França pacífica, onde as forças huguenotes e católicas estão em harmonia e a tolerância religiosa é o tema vigente. Em vez disso, entendem, por exemplo, que os turcos trajados a caráter em "Tournament" e em outros painéis são representações dos infiéis internos da França, os huguenotes, e que as batalhas apresentadas são, portanto, imagens de uma verdadeira violência, voltada para uma intimidação militar, preenchendo, assim, o propósito tradicional da maioria das séries de tapeçarias anteriores (p. 122-131). Embora eles elogiem o nível artístico das tapeçarias Valois, ignoram a presença de Catarina nelas, desarmada, hedonista e ligeiramente onipresente, e o fato de que, embora haja um escudo caído no primeiro plano da batalha representada em "Tournament", não existem corpos caídos no chão, nem de fato alguma arma fazendo ferimentos visíveis. Esse tratamento sem sangue é bem diferente dos soldados feridos, prostrados no

chão, alguns nitidamente à morte, vividamente detalhados em séries de tapeçarias anteriores, que retratam os efeitos da violência da guerra nos corpos humanos.

[132] Para uma revisão útil de uma exposição no Uffizi em 2008 das tapeçarias de Artemísia, ver In Praise of Powerful Women. *The Economist*, 30 out. 2008. Disponível em: https://www.economist.com/books-and-arts/2008/10/30/in-praise-of-powerful-women. Embora a crítica não assinada diga respeito à série de tapeçarias encomendada por Marie a Peter Paul Rubens, uma observação estranha no final do ensaio chama atenção para a função inalienável da arte da tapeçaria: "Consta que Maria de Médici tinha poucos dons para governar, mas com certeza ela era um gênio no planejamento de herança". Catarina de Médici, sua parente distante, tinha as duas qualidades em abundância, possivelmente porque, para uma governante mulher, elas estão associadas.

[133] Para uma valiosa leitura de arquivo das várias festividades interligadas para os embaixadores poloneses, ver KOCISZEWSKA, Ewa. War and Seduction in Cybele's Garden: Contextualizing the *Ballet des Polonais*. Renaissance Quarterly, v. 65, n. 3, p. 809-863, 2012. Disponível em: www.jstor.org/stable/10.1086/668302. Evitando qualquer comentário sobre reconciliação religiosa, os eventos focavam na capacidade do balé em imitar a ordem marcial a serviço de um novo império Valois, criado por uma dominante Cibele romano-troiana, na figura de Catarina de Médici, que, de fato, serviu como regente enquanto Henri era rei na Polônia (e também enquanto ele fazia uma viagem excessivante demorada de volta à França, através dos jardins prazerosos da Itália). Catarina, como a deusa mãe Cibele, tinha sido celebrada no épico inoportuno de Ronsard, "La Franciade", publicado no mês seguinte ao Massacre do Dia de São Bartolomeu. Ronsard nunca terminou o poema, mas Catarina claramente manteve um interesse em se ver representada como Cibele.

[134] Em "Woven Bloodlines", Ewa Kociszewska afirma que Catarina pode ter planejado desde o início dar as tapeçarias para Christina levar com ela a qualquer corte que ela acabasse pertencendo através do casamento. É flagrante a ausência de um retrato de Christina nas tapeçarias, ainda que geralmente ela fosse muito destacada em pinturas contemporâneas da corte Valois. Kociszewska sugere que essa ausência pode indicar que ela sempre estivera programada para herdar as tapeçarias, sendo indecoroso para uma noiva exibir seu próprio retrato, ainda que exibir retratos de membros da sua família fosse perfeitamente adequado como uma maneira de demonstrar a excelência de sua linhagem. A importância central de Christina de Lorraine à concepção dos desenhos das tapeçarias também pode ajudar a explicar a proeminência dos detestados membros da família De Guise entre os retratos, porque os De Guises, por mais que Catarina não confiasse neles, eram um ramo cadete da augusta família Lorraine, que afirmava descender de Carlos Magno. Baseado nessas ligações, um retrato de James VI da Escócia, o filho de Mary Stuart e neto de Marie De Guise, também aparece na série de tapeçarias, ainda que nunca tivesse visitado a França. As tapeçarias celebram não apenas os Valois, mas também a mescla específica

da ascendência de Christina. As tapeçarias são quase uma definição de um manual sobre o que faz de um têxtil um "bem inalienável".

[135] Charles De Guise, duque de Mayenne, membro da Liga Católica, tinha tomado posse da casa de Catarina, sendo assim, Christina teve que fazer uma solicitação para que ele a liberasse. A tomada da casa por um De Guise revela o quanto os Valois haviam decaído. Ver FRIEDA, Leoni. *Catherine de Medici*. Londres, 2003. p. 383.

[136] MOSS, Jean Dietz. Galileo's Letter to Christina: Some Rhetorical Considerations. *Renaissance Quarterly*, v. 36, n. 4, p. 547-576, inverno de 1983. Disponível em: http://www.jstor.org/stable/2860733.

Capítulo Dez: Filipe II

[137] GREER, Margaret; MIGNOLO, Walter; QUILLIGAN, Maureen (Ed.). *Rereading the Black Legend: The Discourses of Religious and Racial Difference in the Renaissance Empires*. Chicago: Chicago University Press, 2007, introdução. Essa lenda "negra" pode muito bem ter começado com a coleção das imagens visuais mais influentes da Renascença, representando as "descobertas" europeias do "Novo Mundo" nas Américas, além dos velhos mundos da África e Ásia. Theodore de Bry e outros publicaram uma coleção fartamente ilustrada em treze volumes das viagens de europeus à América, África e Ásia, entitulada Collectiones peregrinatiorum in Indiam orientalem et Indiam occidentalem, XIII partibus comprehenso a Theodoro, Joan-Theodoro de Bry, et a Matheo Merian publicatae. Frankfurt, 1590-1634. A coleção de Bry, em seu conjunto, não apenas mostrava o tratamento espanhol e português dado aos nativos americanos sob luzes piores do que a colonização norte-americana anglófona, como também tendia a despojar culturas do velho mundo (China e Índia) de suas nítidas conquistas de civilização. As figuras da elite chinesa e indiana eram equipadas com as penas de chefes iletrados algonquins e, com frequência, eram mostradas usando muito menos roupas do que normalmente usariam; na verdade, elas haviam sido retratadas nos desenhos originais de onde os de Brys fizeram suas gravuras. Para uma coleção de ensaios sobre esses volumes seminais, ver QUILLIGAN, Maureen (Ed.). Theodor de Bry's Voyage to the Old and New Worlds. *Journal of Medieval and Early Modern Studies*, v. 41, 2011.

[138] STANNARD, David E. *American Holocaust: The Conquest of the New World*. Oxford: Oxford University Press, 1993. Stannard acompanha o espantoso colapso da população nas Américas com a chegada dos europeus, seus germes e sua violência. No mínimo noventa por cento da população morreu após contato. Isso significa três vezes mais do que o número de europeus mortos pela peste bubônica, que acabou com trinta por cento da população europeia. Nem todas as mortes ocorreram por doença, já que os europeus também trataram de acabar com a população por atacado, o que poderíamos chamar de genocídio.

139 Chamadas de pinturas de "casta", elas geralmente representam as gerações de uma única família, mas algumas revelam, como se fosse em termos gráficos, as variações pelo espectro de cores. Em sua maioria são pinturas mexicanas do século XVIII, revelando imagens idealizadas de uma sociedade diversificada e próspera. Ver KATZEW, Ilona. *Casta Paintings: Image of Race in Eighteenth-Century Mexico*. New Haven, CT: Yale University Press, 2005.

140 Em 2012, a população da Cidade do México era de 62% de mestiços (ameríndios-espanhóis); 21% predominantemente ameríndios; 7% de ameríndios puros, e 10% de outros – a maioria europeus (https://www.worldatlas.com/articles/largest-ethnic-groups-in-mexico.html). Em contraste, americanos nativos, de sangue puro ou misto compreendiam um pouco mais de 2% da população corrente dos Estados Unidos (https://en.wikipedia.org/wiki/Modern_social_ statistics_of_Native_Americans).

141 PARKER, Geoffrey. *Imprudent King: A new Life of Philip II*. New Haven, CT: Yale University Press, 2014. p. 239. Como seu título sugere, o ponto principal de Parker é que Filipe não era tão prudente quanto muitos historiadores louvaram-no como sendo, porque sua própria prudência, sua atenção a detalhes e sua preocupação em manter todas as coisas sob seu controle pessoal fizeram com que perdesse de vista as tarefas mais importantes às quais deveria ter prestado atenção, não delegando a outros o menos importante. Em vez disso, ele microgerenciava tudo, deduzindo que Deus faria um milagre, caso ele cometesse um erro.

142 Em "Of Books, Popes and *Huaca*", um ensaio em *Rereading the Black Legend*, Gonzalo Lamana analisa os muitos relatos diferentes desse famoso momento entre Atahualpa e Pizarro, uma reviravolta importante na história colonial espanhola.

143 PARKER, Geoffrey. *Imprudent King*. p. 239. Logicamente, as religiões evangélicas protestantes fizeram algumas incursões nesta hegemonia histórica, tendo a América do Sul permanecido 70% católica, enquanto agora 19% do Brasil e 40% da América Central adotam o protestantismo.

144 KAMEN, Henry. *The Escorial: Art and Power in the Renaissance*. New Haven, CT: Yale University Press, 2010.

145 PARKER, Geoffrey. *Imprudent King*. p. 143. Em contraste, as imensas pedras do Império Inca, ainda em pé após séculos de terremotos ao longo do "Círculo de Fogo" na costa do Pacífico da América do Sul, estão assentadas na espessura de um micrômetro. É impossível enfiar o menor dos canivetes entre os blocos. As minas de prata peruanas arcaram com grande parte do esplendor da Renascença na Espanha. É de se perguntar se Filipe conhecia a precisão das técnicas de construção inca.

146 RONALD, Susan. *Queen Elizabeth I, Her Pirate Adventurers, and the Dawn of Empire*. Nova York: HarperCollins, 2019.

147 HOWARTH, David. *The Voyage of the Armada: The Spanish Story*. Nova York: Penguin, 1982. p. 110.

148 PARKER, Geoffrey. *Imprudent King*. p. 362.

[149] PARKER, Geoffrey. *Imprudent King*. p. 361-362.
[150] GRISTWOOD, Sarah. *Elizabeth and Leicester*. p. 328.
[151] GRISTWOOD, Sarah. *Elizabeth and Leicester*. p. 334.
[152] FRYE, Susan. The Myth of Elizabeth at Tilbury. *Sixteenth Century Journal*, v. 23, n. 1, p. 95-114, 1992. Disponível em: doi:10.2307/2542066. Frye adverte os estudiosos sobre a proveniência nebulosa do discurso. Cito-o aqui em sua forma canônica porque se tornou uma parte indelével da história, e, no mínimo, é tido como certo que, naquele dia, Elizabeth fez um discurso de estímulo a seus soldados, ainda que não tenhamos as palavras exatas ditas por ela.

Epílogo

[153] ARNOLD, Janet. *Queen Elizabeth's Wardrobe Unlock'd: The Inventories of the Wardrobe prepared in Juy 1600*. Editado de *Stowe MS 557* na *British Library*, *MS LR 1/21* em *Public Records Office*, Londres, *MS V.b.72* na *Folger Shakespeare Library*, Washington, DC. Leeds: Maney and Sons, 1988. p. 94.
[154] Um retrato do tecido consta da Bridgeman Images, número CH1767229: "Detalhe de uma importante saia ou anágua de seda carmesim dito ter sido bordada por Mary, Rainha dos Escoceses para a rainha Elizabeth I enquanto ela estava cativa em Hardwick (seda)". Disponível em: https://bridgemanimages.us/en-US/asset/1767229. Mary nunca morou em Hardwick, tendo morrido antes de Bess tê-lo construído. Mas as tapeçarias marianas ainda estão ali.
[155] FRASER, Antonia. *Mary, Queen of Scots*. p. 680-681. Fraser cita MORRIS, John (Ed.). *The letter books of Sir Amias Paulet, Keeper of Mary, Queen of Scots*. Londres, 1874. O relato oficial não menciona as roupas íntimas vermelhas, mas o relato francês sim. Morris fornece uma lista delas (p. 378). Morris acompanha os inventários das roupas de Mary antes e depois da execução. Um vestido marrom-avermelhado é mencionado no primeiro, mas não consta do segundo.
[156] JONES, Ann Rosalind; STALLYBRASS, Peter. *Renaissance Clothing and Materials of Memory*. A indumentária era fundamental aos ideais da identidade social da Renascença. Polônio não mentia quando disse: "O vestuário com frequência anuncia o homem".
[157] MARCUS, Leah; MUELLER, Janel; BETH, Mary Rose (Ed.). *Elizabeth I: Collected Works*. p. 347.
[158] WILLIAMS, Kate. *The Betrayal of Mary, Queen of Scots: Elizabeth I and her Greatest Rival*. Nova York: Hutchinson, 2018. p. 41. Apple iBooks. O que eu afirmo não é que nunca tenha havido animosidade entre Mary Stuart e Elizabeth, mas simplesmente que o abismo que elas tentaram transpor não era algo pelo qual cada uma delas fosse pessoalmente responsável. No mínimo, o poema de Elizabeth, "The Doubt of Future Foes" [A dúvida de futuros inimigos], testemunha as preocupações

destruidoras de alegria sobre a rebelião que Mary, a quem ela chamava de "a filha da polêmica", poderia provocar em sua terra que, fora isso, era pacífica.

[159] MELVILLE, James. *The Memoires of Sir James Melvil of Hal-hill*. p. 131.

[160] CRAWFORD, Katherine. *Perilous Performances: Gender and Regency in Early Modern France*. Cambridge: Harvard University Press, 2004. A autora refaz as cuidadosas manobras realizadas por Catarina, na primeira *lit de justice* durante o reinado de Charles IX para tornar sua regência algo mais poderoso e permanente, sintetizada no novo título criado para ela, "La Reine Mère". Crawford também reflete sobre a habilidade de Catarina de Médici em fortalecer sua regência, tornando-a mais durável: Catherine de Medicis and the Performance of Political Motherhood. *Sixteenth Century Journal*, v. 31, p. 643-673, 2000. As várias regências de Louise de Savoy para François I foram modelos importantes, mas sendo uma mulher que não era rainha (apenas uma duquesa), ela nunca se apropriou da autoridade real como fez Catarina com os poderes de seus filhos.

Bibliografia

Fontes primárias

D'ANGOULÊME, Marguerite. *Le Miroir de l'Âme Pécheresse*. Paris, 1533.

ANONYMOUS (possibly Henri Estienne). *Discours Merveilleux de la Vie, actions, et les deportements de Catherine de Médicis, Royne Mère: Auquel sont recitez les moyens q'elle a tenu pour vsurper le gouvernemement du royaume de France et ruiner l'estate d'icelluy*. Paris, 1649. https://www.google.com/books/edition/Discoursmerveilleux de_la_vie_actions.

ARNOLD, Janet. *Queen Elizabeth's Wardrobe Unlock'd: The Inventories of the Wardrobe prepared in July 1600, edited from Stowe MS 557 in the British Library, MS LR 1/21 in the Public Records Office, London, and MS V.b.72 in the Folger Shakespeare Library, Washington, DC*. Leeds: Maney and Sons, 1988.

DE BRANTÔME, Pierre de Bourdeille, Abbé. *The Book of Illustrious Dames*. New York: Versailles Historical Society, 1899. Project Gutenberg. https://www.gutenberg.org/files/42515/42515-h/42515-h.htm#page_085.

DE BRY, Theodor. *Collectiones peregrinatiorum in Indiam orientalem et Indiam occidentalem, XIII partibus comprehenso a Theodoro, Joan-Theodoro de Bry, et a Matheo Merian publicatae*. Frankfurt, 1590-1634.

BUCHANAN, George. *Georgii Buchanani Opera omnia: historica, chronologica, juridica, politica, satyrica & poetica*. Netherlands: Langerak, 1725. https://www.google.com/books/edition/Georgii_Buchanani_Opera_omnia/dFYJzQEACAAJ?hl=en.

CALENDAR OF STATE PAPERS (CSP). All citations of CSP are to British History Online, http://www.british-history.ac.uk/cal-state-papers.

CSP SPAIN, vol. 11: 1553-58, ed. Royall Tyler. London, 1916.

CSP SPAIN (Simancas), vol 1: 1558-67, ed. Martin Hume. London, 1892. British History Online. http://www.british-history.ac.uk/cal-state-papers/simancas/vol1. CSP Venice, vol. 7: 1558-80, ed. Rawdon Brown and G. Cavendish Bentinck. London, 1890.

CAMDEN, William. *Annals, or, the historie of the most renovvned and victorious princesse Elizabeth, late queen of England containing all the important and remarkable passages of state both at home and abroad, during her long and prosperous reigne. VVritten in Latin by the learned mr. William Camden. translated into english by R.N. gent. together with divers additions of the authors never before published London*. Printed by Thomas Harper for Benjamin Fisher, 1641. https://eebo.chadwyck.com.

CASTELNAU, Michel de. "Mémoires de messire Michel de Castelnau, seigneur de Mauvissière". Paris: 1823. Volume 2 of Alexandre Teulet, *Relations politiques de la France et de l'Espagne avec l'Écosse*. Paris: Librarie de la Societé Historie, 1862. https://books.google.com/books?id=fPk9AAAAcAAJ&q=Castelnau.

CAVENDISH, George. *The negotiations of Thomas Woolsey, the great Cardinall of England containing his life and death, viz. (1) the originall of his promotion, (2) the continuance in his magnificence, (3) his fall, death, and buriall / composed by one of his owne servants, being his gentleman- vsher*. London: William Sheares, 1641. Early English books online, eebo.chadwyck.com.

ELIZABETH I, Queen of England. *Elizabeth I: The Collected Works*, ed. Leah Marcus, Janel Mueller, and Mary Beth Rose. Chicago: Chicago University Press, 2002.

_____. *The Glass of the Synful Soul*. MS Cherry 36. Bodleian Library, Oxford.

_____. *British and Irish Women's Letters 1500-1950; Letters of Elizabeth I and James VI of Scotland*, ed. John Bruce. London, 1849. https://bwld -alexanderstreet-com. Holingshed's Chronicles. Mary's Guildhall Speech. https://thehistoryofengland.co.uk/resource/speech-of-mary-i-1554.

KNOX, John. *The Works of John Knox*, ed. David Laing. Woodrow Society, 1846-64.

_____. *John Knox: On Rebellion*, ed. Roger A. Mason. Cambridge: Cambridge University Press, 1994.

KUNZ, George Frederick. *The Book of the Pearl: The History, Art, Science and Industry of the Queen of Gems*. 1908. Kindle Edition.

LABANOFF, Alexandre ed. *Lettres, instructions et mémoires de Marie Stuart*. London: Dolman, 1844. https://catalog.hathitrust.org/Record/000111814.

MARY I of England. *Last Will and Testament*. https://tudorhistory.org/primary/will.html.

MEDICI, Catherine de'. *Lettres de Catherine de Médicis*, vol. 3, ed. Hector de la Ferrière. Paris: Imprimerie Nationale, 1880-1943.

MELVILLE, James. *The Memoirs of Sir James Melvil of Hal-hill, containing an impartial account of the most remarkable affairs of state during the last age, not mention'd by other historians: more particularly relating to the Kingdoms of England and Scotland, under the reigns of Queen Elizabeth, Mary, Queen of Scots, and King James. In all which transactions the author was personally and publicly concerned*. London, 1683. https://play.google.com/books/reader?id=yWpkAAAAMAAJ&hl=en&pg=GBS.PA29 .

MICHELET, Jules. *L'Histoire de France*, vol. 12. Paris, 1876. Project Gutenberg, https://www.gutenberg.org/files/39335/39335-h/39335-h.htm.

PARR, Katherine [Catherine], Queen of England. *Katherine Parr: Complete Works and Correspondence*, ed. Janel Mueller. Chicago: Chicago University Press, 2011.

PAULET, Amias. *The letter books of Sir Amias Paulet, Keeper of Mary, Queen of Scots*, ed. John Morris. London, 1874.

POUJOULAT, Jean Joseph François. *Nouvelle collection des mémoires pour servir à l'histoire de France*. Paris: Guyot Frères, 1851.

RONSARD, Pierre de. *Elegies, Mascarades et Bergerie (1565). Oeuvres Complètes*, vol. 13, ed. Paul Laumonier. Paris: Didier, 1948.

SHAKESPEARE, William. *All Is True, Henry VIII. The Norton Shakespeare*, ed. Stephen Greenblatt, Walter Cohen, Jean E. Howard, and Katharine Eisaman Maus. New York: W. W. Norton, 1997.

SIDNEY, Philip. "Sir Philip Sidney to Queen Elizabeth, Anno 1580, Dissuading her from Marrying the Duke of Anjou." http://www.luminarium.org/editions /sidney eliza.htm.

STARKEY, David, ed. *The Inventory of King Henry VIII: The Transcript*. London: Harvey Miller Publishers for the Society of Antiquaries, 1998.

TEULET, Alexandre. *Relations politiques de la France et de l'Espagne avec l'Écosse*. Paris: Librarie de la Société Histoire, 1862.

VALOIS, Marguerite de. *Memoirs of Marguerite de Valois, Queen of Navarre, Written by Herself: Being Historic Memoirs of the Courts of France and Navarre*. Boston: L. C. Page, 1899.

Fontes secundárias

ALFORD, Stephen. *Burghley: William Cecil at the Court of Elizabeth I*. New Haven, CT: Yale University Press, 2008.

ANDREWS, Angela Magnotti. "A Tale of Two Pearls: Tracing La Peregrina and Mary Tudor's Pearl Through Portraits." N.d. https://eragem.com/news/a-tale-of-two-pearls tracing-la-peregrina-mary-tudors-pearl-through-portraits.

BELL, Susan Groag. *The Lost Tapestries of the City of Ladies: Christine de Pizan's Renaissance Legacy*. Berkeley: University of California Press, 2004. http://www.gutenberg.org/files/3841/3841-h/3841-h.htm.

BERTRAND, Pascal François. "A New Method of Interpreting the Valois Tapestries, Through a History of Catherine de Médicis." *Studies in the Decorative Arts* 14, no. 1 (2006-7): 27-52. http://www.jstor.org/stable/40663287.

CHAMBERLIN, Frederick. *Elizabeth and Leycester*. New York: Dodd, Mead, 1939. https://babel.hathitrust.org/cgi/pt?id=inu.32000001826165&view=1up&seq=52&-q1=Hang%20a%20dog.

CHÉRUEL, Adolphe. *Marie Stuart et Catherine de Médicis: Étude historique sur les relations de la France et de l'Écosse dans la seconde moitié du 16e siècle*. Paris, 1858.

CHOLAKIAN, Patricia. *Rape and Writing in the Heptaméron of Marguerite de Navarre*. Carbondale: Southern Illinois University Press, 1991.

CLELAND, Elizabeth; WIESEMAN, Marjorie E. *Renaissance Splendor: Catherine de' Medici's Valois Tapestries*. Cleveland Museum of Art, Yale University Press, 2018.

COLLINS, A. Jefferies, ed. *Jewels and Plate of Queen Elizabeth I: The Inventory of 1574*. London: British Museum, 1955.

CRAWFORD, Katherine. "Catherine de Médicis and the Performance of Political Motherhood." *Sixteenth Century Journal* 31 (2000): 643-673.

_____. *Perilous Performances: Gender and Regency in Early Modern France*. Cambridge, MA: Harvard University Press, 2004.

DORAN, Susan. "Elizabeth I and Catherine de' Medici." In *"The Contending Kingdoms": France and England 1420-1700*, ed. Glenn Richardson. London: Routledge, 2008. Kindle Edition.

_____. *Monarchy and Matrimony: The Courtships of Elizabeth I*. London: Routledge, 2002. Kindle Edition.

DUNN, Jane. *Elizabeth and Mary: Cousins, Rivals, Queens*. New York: Vintage, 2007. Kindle Edition.

ELLIS, Margaret. "The Hardwick Wall Hangings: An Unusual Collaboration in English Sixteenth-Century Embroidery." *Renaissance Studies* 10 (1996): 280-300. https://www.jstor.org/stable/24412272?seq=1.

FERGUSON, Margaret; QUILLIGAN; Maureen; VICKERS, Nancy, eds. *Rewriting the Renaissance: The Discourses of Sexual Difference in Early Modern Europe*. Chicago: University of Chicago Press, 1986.

FFOLLIOTT, Sheila. "Catherine de' Medici as Artemisia: Figuring the Powerful Widow." In FERGUSON, Margaret; QUILLIGAN; Maureen; VICKERS, Nancy, eds., *Rewriting the Renaissance: The Discourses of Sexual Difference in Early Modern Europe*. Chicago: Chicago University Press, 1986.

FOUTAKIS, Patrice. *De La Dame à La Licorne*. Editions Hartmattan, 2019.

FRASER, Antonia. *Mary, Queen of Scots. 1969*; rpt. London: Weidenfeld and Nicolson, 1993.

FRIEDA, Leonie. *Catherine de Medici: Renaissance Queen of France*. New York: Fourth Estate, 2003.

FROUDE, James Anthony. *History of England from the Fall of Wolsey to the Death of Elizabeth*, vol. 8. New York: Scribner and Sons, 1856. https://www.google.com/books/edition/Historyof_England_from_the_Fall_of_Wols/AWMNAAAAIAAJ?hl=en.

FRYE, Susan. "The Myth of Elizabeth at Tilbury." *Sixteenth Century Journal* 23, no. 1 (1992): 95-114.

_____. *Pens and Needles: Women's Textualities in Early Modern England*. Philadelphia: University of Pennsylvania Press, 2010.

GIROUARD, Mark. *Robert Smythson and the Elizabethan Country House*. New Haven, CT: Yale University Press, 1983.

GOLDBERG, Jonathan. *James I and the Politics of Literature*. Baltimore: Johns Hopkins University Press, 1983.

GOLDSTONE, Nancy. *Daughters of the Winter Queen: Four Remarkable Sisters, the Crown of Bohemia, and the Enduring Legacy of Mary, Queen of Scots*. New York: Little, Brown, 2018.

_____. *The Rival Queens: Catherine de' Medici, Her Daughter Marguerite de Valois, and the Betrayal That Ignited a Kingdom*. Boston: Little, Brown, 2015.

GOODY, Jack. *The Development of the Family and Marriage in Europe*. Cambridge: Cambridge University Press, 1983.

GREER, Margaret; MIGNOLO, Walter; QUILLIGAN, Maureen, eds. *Rereading the Black Legend: The Discourses of Religious and Racial Difference in The Renaissance Empires*. Chicago: Chicago University Press, 2007.

GRISTWOOD, Sarah. *Elizabeth and Leicester: Power, Passion, Politics*. London: Penguin Press, 2012.

_____. *Game of Queens: The Women Who Made Sixteenth-Century Europe*. New York: Basic Books, 2016.

GRONAU, Georg. "Titian's Portraits of the Empress Isabella." *Burlington Magazine* 2 (August 1903): 281-85.

GUY, John. *My Heart Is My Own: The Life of Mary, Queen of Scots*. London: Fourth Estate, 2004. (Also published in US as *Mary, Queen of Scots: The True Life of Mary Stuart*. New York: Houghton Mifflin, 2004.)

HENTSCHELL, Roze. *The Culture of Cloth in Early Modern England*. London: Routledge, 2006.

HOWARTH, David. *The Voyage of the Armada: The Spanish Story*. New York: Viking, 1981.

HUME, David. *The History of England, under the House of Tudor. Comprehending the reigns of K. Henry VII. K. Henry VIII. K Edward VI. Q. Mary, and Q. Elizabeth*. London, 1759.

JARDINE, Lisa; BROTTON; Jeremy. *Global Interests: Renaissance Art Between East and West*. Ithaca, NY: Cornell University Press, 2000.

JONES, Ann Rosalind; STALLYBRASS, Peter. *Renaissance Clothing and the Materials of Memory*. Cambridge: Cambridge University Press, 2000.

KAMEN, Henry. *The Escorial: Art and Power in the Renaissance*. New Haven, CT: Yale University Press, 2010.

KATZEW, Ilona. *Casta Painting: Images of Race in Eighteenth-Century Mexico*. New Haven, CT: Yale University Press, 2005.

KOCISZEWSKA, Ewa. "War and Seduction in Cybele's Garden: Contextualizing the Ballet des Polonais." *Renaissance Quarterly* 65 (2012): 809-63.

_____. "Woven Bloodlines: The Valois Tapestries in the Trousseau of Christine de Lorraine, Grand Duchess of Tuscany." *Artibus et Historiae* 73 (2016): 335-63.

LAMANA, Gonzalo. "Of Books, Popes, and Huaca." In GREER, Margaret; MIGNOLO, Walter; QUILLIGAN, Maureen, eds., *Rereading the Black Legend*. Chicago: Chicago University Press, 1986.

LEVEY, Santina M. *An Elizabethan Inheritance: The Hardwick Hall Textiles*. Swindon, UK: National Trust, 1998.

LOVELL, Mary S. *Bess of Hardwick: Empire Builder*. New York: W. W. Norton, 2006.

MAUSS, Marcel. *The Gift: The Form and Reason for Exchange in Archaic Societies. 1925*; rpt. New York: W. W. Norton, 2000.

MCLAREN, A. N. *Political Culture in the Reign of Elizabeth: Queen and Commonwealth 1558-1585*. Cambridge: Cambridge University Press, l998.

MONTROSE, Louis. *The Subject of Elizabeth: Authority, Gender, and Representation*. Chicago: Chicago University Press, 2006.

MOSS, Jean Dietz. "Galileo's Letter to Christina: Some Rhetorical Considerations." *Renaissance Quarterly* 36, no. 4 (Winter 1983): 547-76, https://www.jstor.org/stable/2860733.

PARKER, Geoffrey. *Emperor: A New Life of Charles V*. New Haven, CT: Yale University Press, 2019.

_____. *Imprudent King: A New Life of Philip II*. New Haven, CT: Yale University Press, 2014.

PHILLIPS, James Emerson. *Images of a Queen: Mary Stuart in Sixteenth-Century Literature*. Berkeley: University of California Press, 1964.

PORTER, Linda. *The Myth of "Bloody Mary": A Biography of Queen Mary I of England*. New York: St. Martin's Press, 2009, print and Kindle Edition.

QUILLIGAN, Maureen. "Allegory and Female Agency." In MACHOVSKY, Brenda. *Thinking Allegory Otherwise*, ed. . Stanford, CA: Stanford University Press, 2009.

_____. "Elizabeth's Embroidery." *Shakespeare Studies* 28 (2000): 208-14.

_____. *Incest and Agency in Elizabeth's England*. Philadelphia: University of Pennsylvania Press, 2005.

_____, ed. "Theodor de Bry's Voyages to Old and New Worlds." *Journal of Medieval and Early Modern Studies* 41 (2011).

RONALD, Susan. *Queen Elizabeth I, Her Pirate Adventurers, and the Dawn of Empire*. New York: HarperCollins, 2019.

SCHER, S. K., ed. *The Currency of Fame: Portrait Medals of the Renaissance*. New York: Thames and Hudson, 1994.

SMITH, M. C. "Ronsard and Queen Elizabeth I." *Bibliothèque d'Humanisme et Renaissance* 29 (1967): 93-119. https://www.jstor.org/stable/41610251.

STANNARD, David E. *American Holocaust: The Conquest of the New World*. Oxford: Oxford University Press, 1993.

STEWART, Alan. *The Cradle King: The Life of James VI and I, the First Monarch of a United Great Britain*. New York: St. Martin's Press, 2003.

STRONG, Roy. *Gloriana: The Portraits of Elizabeth I*. New York: Thames and Hudson, 1987.

STURM-Scott, Virginia, e Sarah Maddox. *Performance, Politics, and Poetry on the Queen's Day*. Farnham, UK: Ashgate, 2007.

SUTHERLAND, N. M. "Catherine de Medici: The Legend of the Wicked Italian Queen." *Sixteenth Century Journal* 9 (1978): 45-56.

TESKEY, Gordon. *Allegory and Violence*. Ithaca, NY: Cornell University Press, 1997.

TROTOT, Caroline. "The Memoirs of Marguerite de Valois: Experience of Knowledge, Knowledge of Experience." Trans. Colin Keaveney. *Arts et Savoirs* 6 (2016). https://journals .openedition .org/aes/728 .

WEINER, Annette. *Inalienable Possessions: The Paradox of Keeping-While-Giving*. Berkeley: University of California Press, 1992.

WEIR, Alison. *Elizabeth, the Queen*. New York: Vintage, 2009.

_____. *Mary Boleyn: The Mistress of Kings*. New York: Random House, 2011. Kindle Edition.

WILLIAMS, Kate. *The Betrayal of Mary, Queen of Scots: Elizabeth and Her Greatest Rival*. New York: Hutchinson, 2018. Apple iBooks.

YATES, Frances. *The Valois Tapestries*. London: Courtauld Institute, 1959.

ZARIN, Cynthia. "Teen Queen: The Search for Lady Jane Grey." *New Yorker*, October 15, 2007.

Este livro foi composto com tipografia Adobe Garamond e impresso em papel Off-White 80 g/m² na Formato Artes Gráficas.